リサ・マリー・ライス/著
上中 京/訳

真夜中の抱擁
Midnight Embrace

扶桑社ロマンス
1646

MIDNIGHT EMBRACE
by Lisa Marie Rice
Japanese translation rights arranged with
BOOK CENTS LITERARY AGENCY
through Japan UNI Agency, Inc., Tokyo

真夜中の抱擁

登場人物

エマ・ホランド	元国家安全保障局（NSA）職員、現在はパシフィック証券投資社（PIB）市場定量分析家（クオンツ）
ラウール・マルティネス	元SEALs、ポートランドを本社とする民間警備・軍事会社アルファ・セキュリティ・インタナショナル（ASI）社員
トビー・ジャクソン	エマの同僚クォンツ
ウィテカー・ハミルトン	PIBのCEO
ブランドン・ラザフォード	投資家、ウィテカー・ハミルトンの顧客
フェリシティ、ホープ	NSA時代からのエマの親友、ASI社のITならびにサイバーセキュリティ部門担当
ジェイコブ・ブラック	世界最大規模の警備・軍事企業、ブラック社のオーナー経営者
コリン	トビーの恋人
ライリー・ロビンソン	エマたちのNSA時代の同僚、友人
ダンテ・ヒメネス	元麻薬取締局（DEA）捜査官、ASI社員
ピアース・ジョーダン	ラウールのSEALs時代からの仲間、ASI社員
メタル	フェリシティの夫、ASI社員

1

オレゴン州ポートランド、
アルファ・セキュリティ・インタナショナル社

「レディのお二方(ふたかた)に、ご挨拶(あいさつ)申し上げる」ラウール・マルティネスは部屋に入ると、もったいぶった笑みを奥のほうに投げかけながら、ドアを閉めた。よし、滑り出しは好調だ。持ってきたスイーツは核爆弾級の大ヒットなんだから、うまくご機嫌を取れるはず。部屋の奥で女王さまのように君臨するフェリシティ・オブライエンとホープ・エリスは社のきわめて優秀なＩＴ担当であるばかりか、サイバーセキュリティに関しても天才的な能力を発揮している。おかげで、ＡＳＩ社のその分野での売り上げはいっきに押し上げられた。社のボスであるミッドナイトとシニア・チーフが二人を大切にするのは当然だろう。ただ同僚である社のエージェント全員からも崇(あが)められるのは、二人の人柄と、何より彼女らのＩＴスキルが、自分たちの任務をサポートしてくれるからだ。二人がいなければ、仕事はどれほど辛く惨めで困難なものになっていたことか。

中に進むと、ひんやりした空気が彼を包んだ。多くの会社の、もちろんＡＳＩ社そのもののサイバーセキュリティを守るために、本社ならびに遠隔地に設置された会社のサーバー容量はとてつもなく大きなものになっている。その番人でもある二人がいるこのオフィスは、室温がかなり低く設定されている。年間通じて、常に凍死しそうなぐらい寒い。賢明なフェリシティとホープはここでは分厚いスエットを着て、指先の出る手袋をはめている。エージェントたちは、マッチョな男としての見栄を捨てきれず薄着のままでいるが、この部屋に足を踏み入れた瞬間、自らの愚かさを知り、寒さに身をすくめる。

人間工学に基づいてデザインされたエレガントな椅子を入口に向け、ホープがラウールを認める。次にフェリシティも同じ近未来的な椅子に座ったまま、笑顔を向けてくれる。ラウールの親友であるピアース・ジョーダンが二人の横に立っていたが、彼だけはちらりとこちらに視線を向けて、顔をしかめた。

まあ、そうだろう。ピアースのやつは、女王さま二人を独り占めしてご満悦だったのだろうから。二人はものすごく頭がよくて、感じがよくて、しかも美人だ。この二人が自分にだけ注意を向けてくれるのは、陽光をいっぱいに浴びて目を細めているようなものだ。日向ぼっこと異なるのは、この部屋がひどく寒いことだけ。おそらくピアースは、ビデオゲームの必殺技とか攻略法でも教えてもらっていたのだろう。言い寄っていた、なんてことはない。絶対に。冗談にせよ、ちょっとしたたわむれにせよ、ラウールもピアースも、そんなことをするほどばかではない。フェリシティの夫は、メタルと呼ばれるＡＳＩ社の古参エージェントで、彼は自分の妻に女性としての興味を示す男を徹底的に冷たい目で見る。しかもフェリシティは現在身重だ。双子の赤ちゃんであることがわかっていて、元々小柄な彼女は巨大なお腹(なか)を抱えて、辛そうだ。

　ホープはごく最近、ＡＳＩ社員になったばかりだが、ルーク・レイノルズというエージェントと婚約したところだ。ルークは、彼女が入社してから一週間、そばにぴったりとくっついて離れず、この女は俺のものだ、というメッセージを強烈に放ち続けた。彼女の背中に『手出しはするな！』といった警告を書いた看板でもぶら下げてあるのも同然だった。

　ＡＳＩ社の男性社員は、他の男性から女性を奪うようなまねはしない。それでもホープもフェリシティも、とても愉快な話し相手なので、色恋抜きの友人として一緒に楽しい時間を過ごしたくなる。もちろん彼女たちならＩＴ関連の相談ごとは、ただちに解決してくれる。おまけにアクションＲＰＧで誰かをやっつけたいときは、ホープにコツを教えてもらうのがいちばんだ。

「ラウール」フェリシティが彼の抱える箱を顎で示した。「あたしたちに、貢ぎ物？」

「そのとおり！」彼はそう言うと、ピアースをずるそうに見上げた。ピアースがそこいらのスーパーマーケットで買ったらしいドーナツが、手も付けられないまま近くのテーブルに置かれている。箱の外までにじみ出ている油を見るだけで、胃がむかつきそうだ。一方、上品にラッピングされたラウールのスイーツは、箱の上部の綴じ目がオリガミで鶴の形にしてあった。魔法のようなそのラッピングペーパーを慎重に外して箱の中身を見せる。「じゃ、じゃーん！」

ラッピング同様、中のスイーツも夢のようだった。子猫の形の練り切り、小ぶりのフルーツを載せた丸いビターチョコレート、ひと口大のレモンとブルーベリーのチーズケーキ、薄くスライスしたリンゴのキャラメリゼを何枚も重ねてバラの花に見立てたもの……。

ホープもフェリシティも大騒ぎで、オリガミ・ラッピングの中身をのぞき込んでいる。勝ったな、と満足してピアースを見ると、ピアースは油まみれの無地の箱を情けなさそうに見下ろしていた。ただそこには、見向きもされないドーナツが四つあるだけだった。

しかし、ラウールにはさらなる秘密兵器まであった。お楽しみは最後に見せるものだ。

「これだけじゃないんだ」

ホープとフェリシティがさっと頭を上げる。実にかわいい表情で、ホープがたずねた。「まだあるの？」

別の箱を取り出す。中身が壊れていないことを祈るばかりだ。ホープの机に置いた箱の蓋（ふた）を慎重に取り去り、中身が二人によく見えるようにした。フェリシティの青い瞳（ひとみ）とホープの緑の瞳が、まん丸になる。

当然だ。百点満点のスイーツとはこのことだ。

「これ、何だ？」ピアースが警戒感をにじませる。彼の視覚が認識したのは、こぶし大に丸まった水滴でしかないはず。ただ、物理的にそんなものは存在しない。

「日本のお菓子さ。水信玄餅（レインドロップケーキ）というものだ」再度、勝ち誇った視線を投げかけ、にやりとする。「乳製品も脂肪もまったく使われていない。だからヴィーガンだ」

ピアースは、負けたよ、とばかりに首を振って、天を仰いだ。「わかったよ、おまえの勝ちだ」

「勝った、って何に？」フェリシティはリンゴでできたバラを口にほうり込むと、そのおいしさにため息を吐（つ）いた。ところがそのとき、彼女のコンピューターから警告音が聞こえた。脂肪の塊みたいな醜悪なモンスターが画面で足を踏み鳴らして怒っている。『ゴブリンの王』だ。同じ画像がホープの画面にも現われている。彼女らは国家安全保障局で一緒に働いていたことがあるのだが、そのときの担当官というか上司がひどい男で、二人を含む仲よしの女性四人にパワハラやセクハラを繰り返した。当時の話を聞いたASI社員全員が、その上司に殺意を抱いたほどだった。四人は〝HERルーム〟というプライベートの掲示板を通じてこの男の情報を交換し合っていたのだが、そのときに『ゴブリンの王』をその上司を示す暗喩として使い、以来、NSAを離れ、この男とはまったくかかわりがなくなった今でも、自分に不穏な状況が迫ったと感じると、このゴブリンの王の画像を使って他のメンバーに知らせるのだ。

フェリシティとホープは、驚いた表情で顔を見合わせた。

「HERルームだわ」ホープが言うと、フェリシティがうなずいた。

HERルームというのはその四人組のうち、ホープ、エマ、ライリーのそれぞれの頭文字から名づけられた。フェリシティは外部コンサルタントという肩書で短期間プロジェクトに参加しただけだったので、この掲示板にはあとから参加したのだ。とにかく、その男が近づいてくることをこっそり知らせ合うのが、当初の目的だった。

ラウールもはっと身構えた。四人のうち二人は目の前にいる。残りの二人はエマ・ホランドとライリー・ロビンソンで、そのどちらかが何らかの援助を求めているわけだ。まさか、エマが？

実は、彼がこのオフィスを頻繁に訪れる最大の理由が、エマだった。もちろんフェリシティとホープとおしゃべりを楽しみたいとは思うし、二人と話していると何かしら役に立つことを教えてもらえるのも確かだ。だが、いちばん楽しみにしているのは壁のコルクボードに留めてある大きめの写真を眺めることだった。

四名の美女が肩を組んでほほえんでいる。フェリシティ、ホープ、ライリー、そしてエマだ。ブロンドが二人、黒髪がひとり、そしてもうひとりは赤毛。四人とも見ほれるような美人だが、ラウールの目を奪うのは赤毛の女性、エマだけだった。

その写真の彼女は輝いて見えた。いや、どんな写真や画像でも、彼女の姿からは光が放たれていた。ホープが携帯電話で撮った彼女の写真を見せてくれたのだが、すべてがまばゆく光っていた。陶人形みたいになめらかで白い肌だが、おとなの女性らしい曲線はきちんとある。鮮やかな金赤の髪に、空のような水色の瞳を見ていると、こっちがどぎまぎしてしまう。

しかし、この美しい陶人形に信じられないぐらい回転の速い頭脳が詰まっていることを知って、多くの男は愕然とする。一方ラウールは、可憐な顔と天才的な頭脳というギャップを、きわめて魅力的に感じる。さらに女性らしい曲線美を描く体。写真を見ているだけで、よだれが出そうになってしまう。

おっと、今は彼女の魅力について考えるときではないようだ。何か悪いことが起きたのだ。ピアースも不穏な空気を感じ取っている。

フェリシティとホープは、無言でモニターに集中し始めた。画面に現われる多くの文字や数字は呪文(じゅもん)のように、オーラのように二人を包む。ところが、内容が見えるのは画面にまっすぐ向き合ったときだけ。現在、ラウールはホープの横、ピアースはフェリシティの横に立っていたが、その角度からだと、画面には何も映し出されていないようにしか見えないのだ。

ただ、女性二人の態度には、不安がはっきりと映し出されている。二人とも顔が青ざめ、緊張と警戒感がはっきりと伝わってくる。

まずいことになっているのだ。「エマに何かあったのか?」ラウールは思わずたずねていた。

同時にピアースの声が聞こえた。「ライリーに何かあったのか?」

「エマだよ」フェリシティとホープが声をそろえて答える。「エマよ」

それを聞いてラウールは、ホープの後ろに回り込み、彼女の肩越しに、正面からモニターをのぞき込んだ。数字の羅列が猛スピードで流れていく。何の数字だったのかもわからない。『マトリックス』に出てきた、あの緑のコーディングが横に流れている感じだ。

「これ、何だ?」こんなものを見ても、彼にはちんぷんかんぷんだ。

「トラブルが起きた」フェリシティが強ばった顔でつぶやいた。彼女が〝トラブル〟と言うとき、それは大きな意味を持つ。彼女の父はロシア人で、ノーベル賞を授与されるほどの傑出した原子物理学者だった。授与式に出席するためスウェーデンを訪れた際、米国大使館に駆け込み、そのまま妻と一緒に亡命した。その際、彼の妻は妊娠しており、産まれた子がフェリシティだった。彼を通じて、保有する核爆弾の情報が西側に漏れるのを、ロシアは当然恐れる。そこで彼と妻の身の安全の確保のため、米国では一家は証人保護プログラムの中で暮らした。彼女の家族は偽の経歴、偽名を使い、しかもそれを数年おきに変えた。つまりフェリシティは、嘘で固めた日々を重ねながら成長していった。子どもだった彼女には、いったい何が真実で、誰を信じていいのかもわからなかったはずだ。

フェリシティは、ラウールのほうを見て言った。「かなり、まずいことだね」

〝まずいこと〟の察知能力では、ラウールも負けていない。今、うなじに電気が走るような不快感を覚えている。この感覚が裏切られることは、まずない。実際これまで、この不快感を覚えたら、必ず〝まずいこと〟が起きた。

新しく着任した指揮官として、モリス・ブキャナンが部隊全員に紹介されたときのことを思い出す。数えきれないほどの勲章を授与された、きわめて優秀な将校という触れ込みだった。しかしブキャナンの青い瞳を覗(のぞ)いた瞬間、その奥にひそむ冷酷な殺人鬼がほの見え、ラウールのうなじはぴりぴりと電気を帯び、新指揮官から伝わってくる不吉なオーラだけで、首全体が爆発するのではないかと思った。

あのときほどではないが、似た感覚がある。彼は努めて平静をよそおいながらたずねた。「どういう意味で〝まずい〟んだ？」

フェリシティは、ブロンドの眉をぎゅっとひそめ、お腹をそっとさすった。ミニ・メタルが二人、その中で成長しているのだ。「それが……私にもよくわかんなくて。ホープは、わかる？」

なるほど、実にまずい。フェリシティはめちゃくちゃ頭がいい。何かよくないことが起きていて、その正体が彼女にもわからないとすれば、エマは本当に困った状況に追い込まれているに違いない。

ホープも顔を曇らせて首を振った。彼女も〝まずいこと〟の察知能力に長けている。彼女の人生にも裏切りがあり、しかもそれをごく最近知ったばかりだった。実は父方の祖父が、彼女の実母を殺させていたのだ。フェリシティ同様、この世界はきれいごとだけでは済まないとホープも知っている。

「エマが何かをつかんだ。それが何なのかはまだわからない。どう言えばいいか——目の前にブラックホールがあるのはわかっているけど、ブラックホールそのものは目には見えない、みたいな感覚。見えないのに、どんどんブラックホールの中に吸い込まれていくのはわかる」

「ああ、そうね。その感覚」うなずいたフェリシティは、顔を画面に近づけた。「ただ、それよりもっと変な感じ」

「変とは？」太い声が背後に響き、女性二人はびくっと跳び上がった。メタル・オブライエン、フェリシティの夫だ。彼はフェリシティのそばに立ち、そっと妻の肩を引き寄せた。妊娠初期の頃のフェリシティはつわりがひどく、無理に食べものをお腹に入れても、すぐに吐き戻してしまっていた。そんな妻をメタルはひどく心配した。いっきに十歳ぐらい老けたようにも見える。現在はつわりは収まり、この数日は吐いてもいないらしい。それでもメタルは彼女の仕事が忙しくなりすぎないかに目を光らせ、勤務時間も四時間以内、しかも午後にはすぐに休むようにさせている。産婦人科医の言いつけを、しっかり守らせているのだ。家に帰っても、いわゆる休息時間には、彼女のスーパー・ハイテクなノートパソコンさえ隠してしまうらしい。メタルは本当に妻を愛していて、基本的には完全に妻の言いなりなのだが、ひとつだけ、何を言われても絶対に妥協しないものがある。彼女の身の安全だ。

フェリシティは振り返りもせず、画面を見ながらほほえんだ。「あ、メタル。今ね、ちょうどエマから送られてきたパズルを解こうとしてたんだよ」

少年のように甘える妻の頭に軽く唇を寄せ、メタルはそっと彼女の肩をつかんで、椅子から立たせた。

「でもさ――」

「だめだ。医者から言われてるだろ？　仕事をしていいのは、昼までの四時間だけだ。せっかく、来週には午後にも少し働いていいか考えてみようって言ってもらえたんだから。今無理をしたら、その計画も台無しだぞ」

「でもさ、エマが――」

「ホープにまかせておけば大丈夫だ。ホープは本当に有能だからな」

なるほど、これはうまいやり方だ、と横で聞いていたラウールは思った。ホープの有能さは誰もが認めるところだ。もしフェリシティがあくまでメタルに反論するとなれば、ホープの能力を否定することにさえつながる。ホープひとりでは、問題に対処できないと言うようなものだから。

メタルがたたみかける。「ホープなら、うまく対処してくれるさ」

ホープは指を二本額に添えて、軽く敬礼をしてみせた。「ええ、このホープにまかせてくれれば、大丈夫」

フェリシティは、そっと夫の胸に手を置く。「でもね、エマを助けてあげなきゃならないんだ。何かトラブルが起きちゃったみたいで」

妻を抱きかかえるようにして戸口に向かっていたメタルは、ほんの一瞬足を止めた。

「ラウール！」こちらに向かって怒鳴る。「フェリシティの友だちが助けを必要としている。トラブルになっているらしい。場所はサンフランシスコだ」

意味不明の数字の羅列を見ていた彼は、はっと画面から顔を上げた。

トラブルが起きている。数字を見ていても、自分は何の役にも立てそうにないが、トラブルに対処するのは得意だ。自分の真価を発揮できるのは、トラブルの解決においてだ。

「了解」彼はドアに向かいながら、頭の中で荷物に詰めるもののリストを作っていた。まずは武器だ。「状況説明は、飛行機の中で聞く。エマにも、俺が行くことを伝えておいてくれ」

＊＊＊

パシフィック証券投資社の最高経営責任者（PIBCEO）ウィテカー・ハミルトン三世は、三十四階の角部屋にある自分のオフィスから、窓の外を眺めていた。ここはサンフランシスコの金融街の最中心部にある高層ビルで、サンフランシスコ湾の先には、東はオークランド、北はマリン郡まで広がる絶景が見渡せる。

ポケットに手を入れ、グッチのローファーを履いた左右の足を踏み替え、体を揺らす。向こうのオークランドが金色に輝き、太陽はベイブリッジをまぶしく照らす。窓ガラスに額をくっつけて地面に視線を落とせば、あくせく行ったり来たりする人たちが見える。普段なら、そんな働きアリを眺めて悦に入る。しかし、今日は働きアリのことなど構っていられない。やつらは自分よりはるか下で生きていくしかない無意味な存在。この高さから見下ろすと、彼らが生きものであることすら忘れそうになるぐらいなのだ。今日から、自分の人生が新しい幕を開く。これまで想像さえできなかった暮らしが待っている。

彼の執務机の上には、過去二十四時間における全世界でのＰＩＢの業務報告書がある。ハミルトン自身は、自分のパソコンにその報告書をファイルとして保存しているが、取締役会の中には原始人みたいなやつもいる。時代についていけず、どうしても紙にプリントアウトした書類が必要だと言い張るのだ。だから毎日の業務報告書の他にもたくさんの紙の書類が彼の机に置かれることになる。内容を彼が確認したあと、紙の書類は取締役たちに配布される。

彼が紙の報告書に目を通すことなどない。当然だ。デジタル・ファイルで内容を細かくチェックできるのだから。取締役会の原始人どもには、まず不可能な作業だ。

ハミルトンは原始人ではない。デジタル情報を読み解き、市場の行方を占うことができる。投資によって市場がどうなったか、今後どのように導けるのか、そういうことを彼は理解している。世間一般の人々は誤解している。〝金は天下の回りもの〟と信じているからだ。金は勝手には世間を回らない。金は重力のようなもので、人やモノを引き寄せる。宇宙でいちばん強い力だ。報告書を読めば、ちゃんとわかる。

ＰＩＢのデータ分析部門はビルの二十階にあるが、そこのやつらなら重力がどう作用しているかは理解している。しかし、その重力から解き放たれた天体がどうなるのかまではわからない。天体ともなれば、それはＣＥＯであるハミルトンの命令で動くのだ。その動きを見られる者は誰もいない。定量分析家(クオンツ)と呼ばれる株価市場のデータ分析家たちは、市場に起きた変則的な現象つまり、天体特異点について、ああでもないこうでもないと理屈をつけようとする。実際は、この自分、ウィテカー・ハミルトン三世が、膨大な資金を操り市場を動かしているだけだ。彼の懐には大河のように資金が流入してくるのだから。

あの日、ブランドン・ラザフォードがこのオフィスにやって来た日、ハミルトンの人生は始まったと言っていいだろう。ラザフォードが鍵を解き、新たな世界の扉を開いてくれた。その世界は間もなく、ハミルトンのものになる。

ラザフォードは謎に満ちた人物だ。カリフォルニアの名門――貴族階級の出身だとかで、どことなく威厳がある。この男がまたとない儲け話を持ってきてくれたのだ。株式の空売りをしてもらいたいという依頼だった。いろんな分野の会社の株式を六月十日までまず売る。当日まで一週間、膨大な株式売却の事実を誰にも知られないようにする。とにかく、売り株の総額は、なんと――考えるとめまいさえする――十億ドルにもなり、ハミルトンは手数料だけでも大儲けできることになる。この手数料は個人的に彼の懐に入る。

損することはけっしてない。なぜならラザフォードは、一週間後に壊滅的な経済破綻が起きるのを知っているから。要するに、六月十日付で株を売る約束をしておき、その代価として十億ドルが支払われる約定が交わされている。ところが、実際にその株を調達するのは六月十日以降、つまり株価が大暴落したあとなので、莫大な差益が得られる。ラザフォードはインサイダー情報で、六月十日に大事件が起きるのを知ったらしい。

事情を知ってから、ハミルトンも、個人的に大きな賭けに出た。保有していた証券をすべて現金化し、PIBの取引として空売りを始めた。倫理的には問題があるかもしれないが、ここまでは違法ではない。巨額の利益が出たあとなら、取締役会も多めに見てくれるだろう。そう自分に言い聞かせた。そのうち気が大きくなり、今度は会社の資産を流用し始めた。最終的には、ネイキッド・ショート・セリングと言われる、売りつけの際に貸株の裏づけがない、つまりその売り株の確保なしに売る取引にまで手を出してしまった。しかし、これによって得られる利益を思うと……。

自分の権力の大きさを実感する。信じられないぐらいの大きな力。今回ほどの大きな金額の売買は、証券市場を再構築するぐらいの影響力を持つ。その力を握っているのが自分なのに、誰もそのことを知らない。これまでの彼の仕事は、そこそこ大きな金額を、将来性のある優良企業に投資することだった。すべてはＰＩＢという会社名において売買された。大きな儲けになるものはあまりないが、手堅い取引で着実な利益を狙う。それでもときどきはクズ同然の株にも投資した。断末魔の叫びを上げているような会社、経営がまずい、あるいは旧態依然とした技術を売る企業だ。すると市場が、ぴくりと反応する。反応が自分の手にも感じられるほどだった。驚きが地鳴りを起こし、手探りするかのようにその会社の株価が少しだけ上がる。上がった瞬間をとらえ、できるだけ高いところまで到達した時点で、その株を売り抜ける。

　こういった売買のすべてで、彼は利益を手にしていた。確実で間違いのないやり方だった。そこに——濡れ手に粟の儲け話が転がり込んできた。ラザフォードだ。そして、まずは余裕資金をラザフォードの分に追加して空売りに回した。自分には好きなだけ自由にできる金が手に入るのだ、と思うと気が大きくなり、投資もした。上場企業のリストにダーツを投げて当たったところを片っ端から買いあさった。莫大な金額がその企業に注ぎ込まれた結果、市場も反応し、そこの株価はさらに値上がりした。

　つまり、現時点でもかなりの儲けが出ているのだ。全世界から、どんどん金が彼の懐に流れ込んでくる。懐と言っても、実際には海外に開設した匿名口座に振り込まれるのだが。俺は用心深いからな、とハミルトンは思った。だから儲けた金を派手に使ったりはしない。それでも、欲しいものは何でも手に入るのだ、という認識が彼を変えた。

努力せずに希望が叶う魔法の杖が手に入ったような気分だった。何に束縛されることもない。何だって金の力で解決できる。

金がものを言うのは、これまでの経験からわかっている。少し前に、愛人のひとりともめごとを起こしたことがあった。たいしたことではない。女の手首が折れて、顔にあざができただけの話なのだ。そこで知り合いの警察官を頼った。退職間際だった刑事に後始末を頼んだ。問題はすぐに解決し、かかった費用は二十万ドルだけ。何てことはない。

警察関係者を使えることの利便性を思い知ったハミルトンは、クリス・リックスというその刑事とコンサルタント契約を結んだ。かなりの報酬を支払っているが、将来何があるかわからないから、文句はない。

またロサンゼルスに本社を置く警備会社とも契約した。シエラ・セキュリティというその会社は、たっぷり金さえ払えば、多少の倫理的な問題には目をつぶってくれるところだという評判だった。これで自分だけの軍隊ができたようなものだ。電話ひとつで好きなときに好きなところへ兵士を呼び出せるのだから。

自分に大きな力が備わっていることを実感する。その力はどんどん大きくなる。もう一般的な法律に縛られることもない。法を犯しても、クリス・リックスが解決してくれる。

今の俺を止めるものは何もない。これからは好きなことをしよう。

俺は神だ。

＊　＊　＊

うわ、どうしよう。男性が自分のほうに近づいて来るのを認めて、エマ・ホランドの頭に浮かんだのはその言葉だった。高鳴る鼓動をどうにかしなければ、とつい胸を押さえてしまいそうになるが、そういうところを見られたくもない。ああ、困った。

うちの社員をひとり、そちらに向かわせるわ。名前はラウール・マルティネス――ホープからのメールには、そう書いてあった。ホープは最近、フェリシティと同じアルファ・セキュリティ社という警備会社で働くようになったのだが、すぐにその会社になじみ、また会社の誰からも、大切に扱われているようだ。警備会社と言っても、あらゆる方面でのセキュリティ対策をしてくれる民間企業で、当然やって来るのも筋肉隆々のエージェントだろうと思っていた。話を聞いたところでは、エージェントはみんな有能らしいので、射撃技術が抜群の上に、もしかして多少は知性もあるのだろう、と思っていた。運がよければの話だが。しかし、そのエージェントとやらの、男性的な魅力については完全に想定外だった。こちらに向かって来る男性はものすごくセクシーなのだ。

エマは本来、立派な筋肉に見ほれたりするタイプではない。大学時代にセクシーな体の男性とデートしたことはあるが、食事の途中で話に飽き、デザートまで耐えられなかったものだ。

だが、この男性ときたら……。

ラウール・マルティネス。つまりヒスパニック系だ。背は高いほうだが、見上げるように大きいわけではない。エマ自身が背の低いほうなので、あまりにも大きな男性は、間が抜けた印象を持ち、場合によっては気持ち悪いとさえ感じてしまうのだが、この男性のプロポーションは完璧（かんぺき）だ。すべてが百点満点。肩は幅が広くて分厚い。胸からなだらかな線を描いて腰回りが細くなる。彫りの深いハンサムな顔立ち。オリーブ色の肌。漆黒の髪。カジュアルだがセンスのいい服。運動能力の高そうな無駄のない動き。周囲が畏怖（いふ）してしまうような強いオスならではのオーラ。すてき。

二人の目が合った瞬間、火花が飛び散った気がした。彼女はその瞬間、呼吸を忘れていた。彼が自分のことを認識したのは明らかだ。ここは人気のあるおしゃれなカフェだが、店内にいる赤毛の女性は自分だけで、エマ・ホランドはどんな女性か、とたずねられた人は必ず、髪の色から説明を始めるから。

彼も、他の人には目もくれず、まっすぐにエマの座る席へ進んでくる。天井まである窓の横にテーブルが置かれた、サンフランシスコ湾を望む見晴らしのいい場所だ。

彼も火花が散るのを感じていたはずなのだが、すぐに警戒態勢に戻り、周囲の状況に目を配った。不審人物が店内にいないか、さっと見渡して確認している。警戒を怠らない人というのは、常にこういったものなのだろう。ただこのカフェにテロリストや連続殺人鬼が潜んでいるとも思えないが。海に近いこのおしゃれな店は、金融街にある彼女の勤務先からも歩いてすぐの距離で、こういう場所に、見るからに危険な人物はいないものだ。店内は、金融証券業界の人間ばかり。一生かかっても使いきれないほどのお金があるのに、さらにもっと金儲けをすることしか考えられない人たち。ラウール・マルティネスとおぼしき男性は、すばやく、それでいて入念に、陽当たりがよく心地よいカフェの内部を見渡した。そのあと、レーザー光線のような眼差しをまたエマのほうに戻し、彼女の席の前で足を止めた。「君がエマだな？　エマ・ホランド？」

低音の声で静かに話すので、周囲の人は彼が何と言ったかわからなかったはずだ。

「ええ」彼は挨拶のために差し出されたエマの手を取ると、大きな手で包むようにして軽く握ったあと、すぐに手を引いた。感じのいい人、と彼女は思った。握手にかこつけて、いつまでも手を放さない男は、本当に気持ち悪い。手を握ったまま、心の中まで見透かそうとするように目をのぞき込んできて、肌の触れ合いを確かめ合うタイプの男だ。けれど彼は違う。「で、あなたはラウール・マルティネスね？」

「そうだ」うなずくと、一瞬まぶしいぐらいの笑みを投げかけてきて、空いた席を示した。「そこに座ってもいいかい？」

「どうぞ」

彼は腰を下ろしたものの、背もたれに体を預けて、リラックスすることもなく、手を組んでテーブルに置き、エマを見た。タイミングを見計らっているのだ。どう話を切り出そうかと。

困った。どう伝えればいいのだろう。彼女は常に、思惑などの入り込む余地のない事実だけを相手にしている。金融証券業とはそういうもので、キャッシュには血も涙もない。だが、今話そうとしているのは、曖昧模糊としてつかみどころのない内容なのだ。

そうだ、まずは礼儀正しくしよう。

「何か頼む？」ラウール・マルティネスがわざわざサンフランシスコまでエマを助け

に来てくれたのは、フェリシティとホープに頼み込まれたからだ。少なくともエマはそう理解している。ＡＳＩ社のエージェントが来てくれるからには、私がその費用を支払うべきだ、とエマは何度も主張したのだが、二人はエマの意見など一切無視した。そして、ラウールは公休扱いで、必要な費用はＡＳＩ社が支払うことでボスたちも同意している、また彼はサンフランシスコにいる時間を好意で提供するのだ、とまで言われると、言い争っても勝ち目はなかった。場合によっては――命の危険さえある状況になるかもしれないのに、彼は進んでタダ働きしてくれるのだ。それならせめて、コーヒーの一杯ぐらいごちそうしてもいいはず。

「ああ、何を頼もうかな」彼女のほうを見る。「君は何を飲んでるんだ？」

午後のこんな遅い時間なのに、珍しくエスプレッソを飲んでいる。その意味を改めて考えると、自分が漠然とした恐怖を感じていることに気づいた。何が起きても敏感に反応できるよう、カフェインを求めていたのだ。

彼女は軽く指を立てて、ウェイターに合図した。同じものをもう一杯、お願いね――顔見知りのウェイターは機転が利くので、これだけで通じただろう。

エマは顔を正面に戻した。すると彼と目が合った。うわあ。がつんと殴られたような気がした。彼女は株式や証券を扱う業界で働いていて、日々接するのは同じ業界の男性だけだ。だから、本音を隠すのに慣れている。ポーカーフェイスは得意なので、感情が顔に出ていないのはわかっている。しかし、この男性は……歩くセックスアピールといった感じ。

今は集中しないといけないときなのに。気が散っていては危険だ。そもそも、こんなのはあんまりではないか。サンフランシスコでこの職を得て一年半、魅力的な男性にはひとりも出会わなかった。ただのひとりも。社交的な生活を続けるため、デートは何度かした。しかし、お茶をするぐらいまで、せいぜい食事を一緒にするのが限界だった。ベッドをともにするなど、問題外だった。そんな考えが頭をよぎったことさえない。一瞬たりとも。恋人を作る気はじゅうぶんあったのに。仕事も順調で、給料にも不満はなく、好きな人と好きなことなら何でもできる、さらに、ちょっとした火遊びだって楽しめる状態だった。男性と楽しい時間を過ごしたいと思っていた。

しかし、そんな気分になれる男性はいなかった。

冷静にものごとを考える必要に迫られた今になって、休眠中だった女性ホルモンが目覚め、頭の中をぐちゃぐちゃにしてしまう。この男性は、オーラのようにフェロモンをまき散らしている。彼の周囲にはフェロモンの雲が立ち込めている。

そのとき彼女は、はっと現実に戻った。だめだめ、空想にふけってしまうところだった。考えごとに夢中になるのは、クォンツという職業柄、慎まなければならない。フェリシティやホープは、元々データ解析をして新しいアイデアを考えるのが仕事だった。好きなだけ空想をふくらませることが許される。エマは、会社の業績や利益性を厳密に数字を分析することで予測する。そこに夢想を入れてはならないのだ。

彼女は真正面からラウールを見た。頬骨(ほおぼね)が張って鼻が高く、顎が尖(とが)って、浅黒い肌がつややかで——だめ、そんなことに気を取られては。テーブルに置いた手が大きい。じっと座ったまま身じろぎもしない。顧客が直面する問題について説明するのを待つ姿勢なのだろう。プロの警護エージェントらしい。彼が生身の人間であることを示すのは、チョコレート色の瞳が、きらりと輝くところだけ。これは男性として、女性であるエマに興味を持っていることを示すものだ。よくこういう目で見られるので知っている。ただ、女性に対する興味で目を輝かせた男性は、普通訳知り顔でにやけて、ボディランゲージが——おい、俺とちょっと遊ばないか、と伝えてくる。

ラウールの全身から伝わるのは、忍耐だけ。そう、この人は警護任務のプロなのだ。なるほど、それならわかった。私だって投資業務のプロだ。

覚悟を決めた彼女は少し身を乗り出して、彼に上体を近寄せた。周囲に人はいないし、近くの通路を歩いている人さえいない。このカフェのことは前から知っていて、店内でもこの場所がいちばん人目につかないのも承知していた。それでもこれから話す内容は、他人に聞かれないように細心の注意を払わなければならない。

「トラブルに巻き込まれているかもしれないけど、ただの思い過ごしかもしれない」

自分でも意味不明なことを言ったのに、彼は眉ひとつ動かさない。「俺の仕事の経験から言わせてもらえば、そういう事態に直面したとき、あとで前者だったとわかることがほとんどだ。つまり、君はトラブルの渦中にいる。とにかく、今からの話は、まずい事態になっているという前提で続けよう」

「わかった。そうしましょう」彼女はうなずいたが、そこでさっきのウェイターが戻って来たので言葉を切った。カップがラウールの前に置かれ、また二人きりになると、彼はエスプレッソをごくっと飲み干し、デミタスカップをソーサーに戻した。そのあと、黙っている。話す気になるまでいつまでも待つよ、というサインだ。「ある程度の事実は示せる。でも、多くは証拠のない推論なの」先にそう断っておくべきだと思った。

「よし、では事実のほうから話を聞こう。ただ推論を軽視するわけじゃないからな。重要な事実を意識せずに認識している場合があるからだ。話の流れとか、つじつまが合っていない場合、人はそれを漠然と、問題があると感じ取るんだ。前に戦闘地帯の山間部を部隊で進んでいたとき、仲間が突然、前進を止めるようにと言い出した。あとで、その先で待ち伏せされていたことがわかった。そいつだって言い出したときは、ただの胸騒ぎだと思ったらしいが、実際はあたりがあまりに静かすぎるという情報から、無意識に頭が、危険だと判断したんだな」

なるほど、そう言われると納得できる。「わかったわ、事実ね。とは言え、事実として伝えられることはそう多くないの」

彼はまったく表情を変えず、エマを見ていた。「状況説明を受けて事態を理解するのが俺の仕事だ。多くの仮定に基づいて話を進めるのには慣れている」

「わからないことだらけで」彼のほうをまっすぐ見た瞬間、エマはその目があまりにもきれいなことに気づいてしまった。焦げ茶色の虹彩に、小さく黄色い星が交じっているのだ。それに知性にあふれている。だめ、そんなことには気づかなかったふりでもしよう。「私の仕事について、話を聞いている？」

彼の口元が、ふっと緩む。「すごく難解で、複雑な内容だってことは。数学と投資にかかわる職種だとも聞いた。正直、この二つは俺にとって理解できない範疇にある。しかし、君は今、トラブルを抱えている。俺はトラブルなら理解できる」

もちろん、そうでしょうね。彼のことは詳しく知らないが、厳しい現実を見てきた人だということは聞いた。彼が飛行機でこちらに向かっているあいだに、ホープがこのラウール・マルティネスという元海軍ＳＥＡＬのエージェントについて教えてくれたのだ。彼とフェリシティとホープが働くＡＳＩ社が、比較的最近、彼のチームメイトのピアース・ジョーダンと彼を採用した背景も。彼らの部隊がアフガニスタンで任務に就いているとき、隊の指揮官が大きな怪我を負い、新しい指揮官が配属されてきた。この新指揮官というのが、完全に頭のいかれたサイコパスで、余暇の楽しみとして片っ端から道行く民間人を撃っていた。二人は軍の上層部に申し立てたが、指揮官には大物政治家の強力な後ろ盾があり、二人は逆に捕らえられ、軍法会議にかけられた。二人とも非常に有能かつ評判の高い兵士だったので、内部で激しい反発が起きた。最終的に二人に対する訴状は取り下げられ、名誉除隊でも不名誉除隊でもない、非名誉除隊という扱いで軍を去ることになった。殺人鬼がいる、と警告を発しただけなのに、そんな扱いを受けたのだ。当然、〝トラブル〟の意味はよくわかっているだろう。

「わかった、まずこれを――」彼女は自分の名刺を取り出し、テーブルに置いた。彼の様子を見たまま、視線は下げなかった。ものすごくコストがかかっていることが一目瞭然（もくりょうぜん）の名刺だった。「そこに何て書いてあるか、見える？　名前の下よ」

「エマ・ホランド、市場定量分析家」読み上げてから、彼が視線を戻す。「市場、定量、分析家という言葉のそれぞれの意味はわかるが、具体的に何をするんだ？」

「金融工学という学問があるのだけど、資産運用や資産のリスクマネジメントに統計手法や工学的な考え方を駆使して、金融商品、私の場合は株式や証券などを分析・評価する。まあ、平たく言えばお金についての研究ってところかしら。一般的には略して〝クォンツ〟と呼ばれるわ。要はお金の流れを追って、分析するの。地理学者が川について、その源流から調べるのと同じ。川はうねり曲がり、ときには地下を流れて地表からは見えないときもある。でも基本的には物理法則に従って流れるでしょ。お金も変わらないわ。基本は、人間の強欲さに動かされるものだから、その基本に則れば流れを追うことができる。地理と同じように、経済学でも理屈に合わないことは起きない。いえ、例外だってあるけど、長い目で見れば、原則どおりのところに落ち着いていく。もし原則どおりの形に落ち着かないのなら、どこか何かがおかしいのよ。要するに、水は低いところから高いところには流れない、ということ」

「うむ」彼は用心深い表情でこちらを見ている。

「ところが最近、丘を駆け上がる川が見つかった」

「うむ」

「私はパシフィック証券投資社（PIB）という大きな証券投資会社にアナリストとして雇われている。ＰＩＢは取扱高で言うと世界四位の規模で、アナリストだけでも四十人も抱えている。会社は私たちアナリストに株式や債券、つまり証券にかかわるすべてについての分析をして報告書を作らせる。私は株価予測のために、市場を定量分析し、個々の企業の分析レポートを作成するんだけど、市場全体の動向にも目を光らせている。市場分析は、クォンツの他にも、売り手側、買い手側の双方で別にアナリストがいるのが普通よ。私は同僚のトビー・ジャクソンとともに、クォンツ部を率いている。私は海外市場担当、彼は国内市場担当なの。クォンツ部はＰＩＢの中でも大きな部署で、給料も他の部署より高く、だからありとあらゆる市場の動向に注意を払い、綿密な分析を行なう。

そんな私たちが、二ヶ月ちょっと前、市場で奇妙な動きを見つけた。どう言えばいいか……不安定な動きなの」そう言って彼女は、顔を曇らせた。「いえ、違う。不安定なんじゃない。理不尽な動き、理屈に合わない動向ね。もちろん市場がただの噂に敏感に反応しすぎることはあるし、株価の乱高下なんていつも見ている。でもそういう場合だって、噂の出どころや、乱高下の理由なんかも説明できる。でもここしばらくの市場の動きは、完全にいかれてる。整合性がまるでないの。いろんなところから情報を引っ張り出して、何らかの説明ができないかとあれこれ考えたわ。でも、無駄だった」

自分の気持ちやトビーの不安をうまく説明する言葉がないかと思ったのだが、適切な表現が見当たらず、苛立ちが募る。彼女はただテーブルの上をぼんやりと見た。「うむ」ラウールがまた同じ言葉で応じる。「君の言いたいことは理解した。目の前に大きな何かが迫っていて、それが危険だということも何となくわかるのに、なんでそういう事態になっているのかがわからない、そういうことだな？」

彼女ははっと顔を上げて、彼の目を見た。完全に理解してくれたのだ。「そう、まさにそんな感じ。その大きなものがどんどん迫ってきているのがトビーにも私にも認識できるし、匂（にお）いや味さえもわかる気がするのに、いざ目を開けても何も見えないのよ。しかもその何かの発生源はこのサンフランシスコなのに」

ラウールの目が少し丸くなった。彼は危機管理の専門家だから、感情を表に出さないようにトレーニングされているのだろう。だから、少し目を丸くするというのは、普通の人からすれば、仰天して目をむき、口をぽかんと開く、というぐらい衝撃だったはず。「株式市場だか証券市場だか、その違いも知らないが、そのトラブルの震源地がここだって言うのか？」

「正確に言うと」エマは少しほほえんで、親指で金融街の高層ビル群を示した。いくつものビルが堂々とそびえている。「あそこね。ええ、そうよ、市場の奇妙な動向の震源地は、このあたりになるわ」

「他の人間は気づいていないのか？」

「そうね、業界紙やヘッジファンドの人たちの中には、この奇妙な動きに気づいている人もいる。その原因については、地政学によるものと言う人もいれば、太陽フレアのせいにする人までさまざまね。海王星の逆行が理由だという説を唱える人までいたんだから。でもトビーと私はそんな理由じゃないとわかっていた。私たち暗い流動性（ダーク・プール）の動きも追っていたから」

彼が眉根を寄せる。「ダーク・プール？　どういう意味かは知らないが、不吉な響きだな」

「ダーク・プールというのは固有名詞で、代替取引システムのひとつよ。歴史としては一九七〇年代までさかのぼれるんだけど、現在の形に発展したのは十五年ほど前。要するに証券取引所を通さずに、直接的に株の売買をする仕組みなの。個人投資家の売買は許されておらず、基本的には大きな証券会社などによる、大口の株の売買だけを扱うの。一般市場に知られることはないから、市場価格への影響は最小限に抑えられる」

ラウールが上体を起こす。頬骨のあたりが引きつっている。「要するに、こういうことか？　地下証券取引所みたいなのがあって、そこでは大金持ちが大口の賭けをして儲けるが、一般人にはその事実すら知らされない」

「まあ、簡単に言うとそうね。ひどい話だわ、ええ、同感よ」

「ま、俺にはそこまでの大金はないから、かかわらなくてよかったよ。俺は地元の会社や親戚（しんせき）の店に投資するだけだから。実はいとことまたいとこをあわせると、六十人ぐらいになるんだ。だから、じゅうぶん間に合ってるよ」

エマは今抱えている問題のことも忘れ、ぽかんと口を開けた。「六十人？　嘘（うそ）でしょ？」普段から付き合いのある親戚が六十人だなんて、想像もつかない。彼女はひとりっ子で、両親もともにきょうだいはいなかった。だからいとこはいない。母は彼女がまだ十二歳のときに亡くなった。父はあちこちの女性と浮名を流したが、再婚はしなかった。父から連絡があるのは年に二回、クリスマスと彼女の誕生日だけだ。現在、父がどこにいるのかも知らない。

「いや、六十人じゃなくて、六十二人なんだ。それはいとことはとこだけの話で、甥や姪の数は入れていない」彼女が驚く様子を見て、彼はきつく結んでいた口元をわずかにほころばせる。「兄が三人、姉が二人いるんだが、みんな結婚して、子どもが生まれているから。今後、さらに増える予定だけど。今んとこ全部で十二人だが、兄の子がまた、この十一月に生まれる予定だから、さらにひとり増える」

「それでおしまい？」

彼がまぶしいほどの笑みを見せた。「今のところはね。だから、投資対象には困らないと言うか……」彼が指を開く。「いろんな商店に出資していてね。清掃業者二つ、土建屋二つ、美術修復業ひとつ、個人出版の専門業者ひとつ、レストラン三軒、喫茶店二軒、パン屋一軒、旅行代理店にランジェリー・ショップと翻訳エージェントがそれぞれひとつずつ。すべて立派に成功した自慢の店や会社だ」

なんてすてきな話だろう。マネーゲームではなく、実際にものを作って売る会社や店を支援する目的で投資するなんて。本来、投資とはそういうものだったはず。種をまき、成長するのを見守る。その過程で養分を与えたり、さらなる支援の手を差し伸べたり。しかもそれが同じ一族の人の商売なのだ。仲のよい親戚を後押しする。エマの会社がやっている〝投資〟とは似て非なるものだ。エマはその会社の金儲けの一端を担うだけ。市場が干上がるまで、金を吸い上げる。考えたらめまいがしそうだ。「話

けれど今は、とにかく集中しなければ、そう言い聞かせて彼女は深呼吸した。「話を戻すとね、今の市場で得をする人が誰もいないの。逆に、誰もが損をしている。株価はばかみたいに上がり続け、高値の限界で大量に売られている。市場は日々流動するもので、ニュースに敏感に反応する。ある会社が新規上場を計画しているとか、あらゆることが株価を動かす。でも、大局的には、株式や債券などの証券市場は……あえて言うなら、現実を反映するものよ。今の市場は現実を反映していない。何を反映しているのかさえ、私にはわからない。きっと誰かが大儲けをして、市場に流通するお金を吸い上げているんだわ」

ラウールは眉間（みけん）にしわを作り、首をかしげた。「大儲けって、どれぐらいの金額だ？」

彼女はやりきれない、と息を吐くと、今日の分を計算した。「そうね、ざっと計算すると、今日だけで不審な取引や、おそらく違法な売買はだいたい一億ドルにはなるわ」

「えっ？」彼は背筋を伸ばして座り直した。「そんな巨額の金の話をしているのか？」

「ええ、今日だけでね。実際には三月末からのすべての無意味な空売りを合算すると、十億ドル規模だと思う。こんなことが続けば証券市場は完全にいびつなものになる。市場からお金がなくなり、株式や債券の売買という機能が失われる。すると、市場本来の目的である、新たな企業に投資してビジネスを発展させることも不可能になる」

「それって、もっと大きなニュースになるべきじゃないのか? この話、俺はまったく聞いていないぞ。いや、俺は市況ニュースを絶えずチェックしているわけじゃないけど、これは経済全体にかかわる話なんだから、一般のマスコミで報道されていてもいいだろうに」

「実態がつかめないからよ。トビーも私も何かがおかしいと気づいたけれど、私たちはデータ分析の専門家だし、何より普通のアナリストよりずっとたくさんの情報を詳しく得られる立場にいる。さらに言うとね――」エマは口ごもった。

この先を言葉にするのは辛い。ラウールは続きを待っている。早く話せよ、といったプレッシャーをかけてはこない。

「実は」彼女はゆっくりと話し始めた。「この市場の異常に、私たちが加担しているんじゃないかと思ってる」

ラウールは少しだけ首をかしげた。驚いたときに、彼の外見に出る数少ない癖のひとつなのだろう。「君と、君の同僚のトビーってやつが証券市場を操作して、十億ドルもの金を動かしてるのか？」

エマの口から、ふっと笑いが漏れる。「違う、そういう意味じゃないの。『私たち』と言ったのは、友人と私、みたいな具体的な人ではなくて、私とトビーが勤務するＰＩＢ、という意味。ＰＩＢの中の誰、と特定できてはいない。うちの会社が関わっているんじゃないか、と最初に気づいたのはトビーなの」

「じゃあ、そのトビーってやつと話したいな。会えるか？」

エマは身じろぎして、テーブルの砂糖のパックをいじった。「本来なら、すぐにでも、と言うところなんだけど、トビーは転職してしまって。急にＰＩＢを辞めて、台湾に行ったとか。中国本土への投資を専門にしている会社だとか」

ラウールの視線が鋭くなる。「その話、嘘だと思っているんだろ」

「私が？」エマはまっすぐに彼の目を見たが、彼はたじろぎもしない。そう、図星だ。「ええ、そのとおり。転職なんて話、信じていない。ただこれも、社内の噂でしかないの。誰が言い出したのかもわからない。ただ、トビーは挨拶もなく会社を辞めただけ。私だけじゃなく、誰にも、さよならの言葉さえなかった。確かにクォンツは、しょっちゅうヘッドハンティングされるし転職が多い。職場を次々と変えるし、私自身、今の仕事を辞めようと思っている。でも――トビーがひと言の挨拶もなくいなくなるなんて、どう考えてもおかしい。新しい仕事が見つかったら、オイスターバーにでも行って、シャンパンで祝う、そういうタイプの人なのよ。私たちは同僚として仲よく仕事してきた。直属の上司のことは二人とも大好きで、会社のCEOのことは大嫌いだった。ウィテカー・ハミルトンてやつ。あ、ハミルトン三世よ。お坊ちゃまなんだって」ハミルトンの話になると、つい皮肉めいた口調になってしまう。自分の勤務先のCEOの悪口は避けるべきだが、ラウールなら口は堅いだろう。「とにかく、トビーは消えてしまったの。自分のオフィスにある私物を片づけに顔を出すこともなく。おまけに、書類上はまだ社員として在籍していることになってるのよ。さらに、彼からのメールで……」

「メール？　君を脅しているのか？」ラウールの声が鋭くなる。

彼女は首を振った。「いえ、そういうのじゃないの。そもそも、これが本当に彼から来たという確信が持てない。私の知らないアドレスから送られてきて、メールの最後にビバップ、と記されていた」

「ビバップという名前の人を知ってるのか？」

「いえ、そんな人、知らない。でも前に……いちどだけ、トビーがうれしそうな様子で出社してきたことがあった。ダンスしてるみたいに飛び跳ねて。どうしたの、とたずねると、その前夜、すてきな人とクラブで出会ったんですって。ああ、念のために説明しておくと、彼はゲイで、サンフランシスコのゲイが集まるカストロ地区にあるクラブでいつも遊んでいるのね。それまでは、ただの遊び相手で終わっていたのに、この彼氏とはすごく話が盛り上がったみたいで、トビーはすっかりのぼせ上がっていた。足取りも軽くオフィスに入って来たから、ビバップでも踊ってるみたいね、と言ったの。彼とビバップという単語を結びつけるのはそれだけだけど、アドレスそのものがstevemartin1234@gmail.comで、私も彼もスティーブ・マーティンが大好きだから。彼が仮に作ったアドレスかもしれないでしょ。場所なんかを特定しようとしたんだけど、そのメール一回だけのために使われたアドレスらしくて、もう追跡することはできなかった」

「メールにはなんと書かれていたんだ?」

心臓が、どーんと重い音を立てた。メールを受け取ったときは、悪い冗談ね、と笑い飛ばそうとしたが、ものごとを真剣に考えるラウールのような男性を前にすると、彼女自身が、このメールで不安になっていたことを悟った。トビーの失踪(しっそう)後、ずっと不安なのだ。

彼女は重い息を吐いた。「ただ——『逃げろ!』と」

2

うなじにびりびりと電気が走る。それはわかっている。しかし、男性ホルモンの激しい分泌によって、全身の感覚が鈍っている——ラウールは焦った。こんな体験は、これまでなかった。女性は好きなほう——ものすごく好きだし、性的な魅力に負けた結果、あとさき考えない行動をして後悔したことだって、何度かはある。ただし、任務中はそんなことは起きない。ＡＳＩ社で働くようになってからも同じで、公私の切り替えは抜群にうまい、そう思ってきた。ちゃんと頭で考えて、脚のあいだのものは黙らせておけた。それなのに今は……ちくしょう。こんなふうに反応してはいけないのに。

俺は危険予知能力とでも言うべき本能にすぐれている、彼はそう自負してきた。その本能が、うるさく警告音を発している。ここまでのエマの話だけでも、もっと早い段階で厳重な警戒態勢を敷いておくべきだったことがわかる。想像を絶するような大きな額の金がどこからともなく現われて消え、それを誰が指示したのかもわからず、人がひとり行方不明になり、エマに警告のメッセージが送られてきた。彼の細胞すべてが、この女性を守れ、と訴える。彼女の体をしっかりと抱き寄せ、どこかに連れて行って安全に匿うべきだ、と。

しかし彼の中の別の部分も、彼女を抱き寄せてどこかへ連れ去りたい、と叫ぶ。安全に匿うのではなく、着ている服を破り捨て、クリーム色の滑らかな肌をどこもかしこも撫で、彼女の体の奥深くに自分を埋めるためだ。

非難されるかもしれないが——仕方ないだろう？　こんなにきれいな人なんだから。写真で見たときから好意を持っていたが、実物は……言葉にならない。このカフェに入った瞬間、状況認識を失ってしまった。しばらく周囲への警戒を怠ったのだ。SEALsで任務に就いているときだったら、命にかかわる事態になっていてもおかしくなかった。ここが埃っぽいアフガニスタンの街中ではなかったのは幸運だった。サンフランシスコのベイ・エリアだ。ただそれでも、これまで状況認識を失ったことなどなかった。ところがエマ・ホランドをひと目見るなり、他のすべてを忘れてしまった。彼女以外のカフェの客すべてが消えていた。上品そうな人たちがコーヒーを楽しみ、心地よいジャズが背後で流れ、食器が触れる甲高い音が聞こえる場所。周囲の会話がすうっと消えていき、視界には彼女だけが残っていた。後光が差したその姿から、目が離せなかった。

彼女の鮮やかな色合いにも圧倒された。炎のように燃える赤毛、南国の海のような青い瞳、クリーム色の肌。精気の感じられないグレー系の白ではない。真っ白の肌は、なんだか死人みたいでぞっとする。彼女の肌はクリームみたいで、すぐにバラ色に染まりそうだ。背は高くないし、ほっそりしているが、出るところはちゃんと出ている。こんな女性は初めてだ。意識していないとだんだん彼女に近寄ってしまうので、頻繁に自分を押し留めなければならない。ただ本当は彼女に近づきたくて仕方がなかった。じゅうぶん近づいて、あたりにふんわりと漂う、花のような彼女の温かな匂いを、胸いっぱいに吸い込みたかった。もっと言えば、彼女の首筋に鼻を突っ込んで、犬みたいにくんくん嗅(か)ぎ回りたかった。匂いを吸い込みながら、手でほっそりと華奢(きゃしゃ)な首の感触を確かめる。そのまま手を肩から滑り下ろし、胸元へ。こんもりと盛り上がった乳房はこの手のひらにぴったりと収まりそう。手のひらの中心に当たる乳首が……。最悪だ。おしゃれなカフェの店内で、これから警護任務にあたる女性から事情を聴いている最中に、あそこが硬くなるなんて。

おまけに、ああ、最悪だ。彼女がこちらを変な目つきで見ているではないか。元々が浅黒い肌で助かった。頬が赤らんでいるのは、そう目立たないはずだから。

この女性と普通に会話するだけで、最後にデートした女とセックスしたときより硬くなるなんて。あの女、何て名前だっけ？　思い出せない。

ふうっと息を吐いて、興奮を鎮める。かなりまずい事態だ。今は頭をフル回転させて、事態を把握しなければならないのに。実際に彼女に危険が迫っているかどうか、今の情報だけでは断定はできないが、過去の経験から、大金が絡むとき、常に危険はつきものだと、個人的には思う。さらに、エマは非常に頭のいい人で、危険な人間は頭のいい人間を嫌う。頭のいい人は簡単にごまかされないからだ。甘い言葉の裏にある強欲を見つけ出す。金について、ラウールが口をはさめることはないが、悪いやつらと対峙するのは得意だし、この美しい女性がそういうやつらから標的にされている可能性はじゅうぶんある。彼女には何の罪もなく、ただ頭がよすぎる、というだけの理由で。

この十年ばかり、ラウールは悪者どものおぞましい行為の結果を、実際に体験してきた。一生忘れられない光景も目にした。腕や脚がちぎれ、肉片になった体が血の海に横たわる映像には、今でもうなされる。

だからこの女性をどれほど魅力的だと感じたとしても、最優先事項は彼女を悪者の脅威から守ることなのだ。つまり、今すぐ警護のプロに徹し、脚のあいだのものには下を向いておとなしくしていてもらう必要がある。

といったことを考えていたら、自然に下を向いてきた。

彼は座り直して、身を乗り出した。「トビーという男性のことを教えてくれ」

ラウールが、脚のあいだのものと会話して、勝手なことをするなと言い聞かせているときには、エマは途方に暮れた顔をしていたが、彼からの質問で、すぐに彼女の表情が引き締まった。警護の開始にあたって、もっと情報が必要だ。一方、彼女はデータ化された情報の世界で生きている。

彼女が顔を上げてまっすぐにこちらを見ると、その瞳の美しさにラウールはおぼれそうになった。鮮やかな青い虹彩の底から、知性が燃え上がるようにあふれてくる。

「トビーのことね、ええ、わかった。まだ若いの。クォンツはみんな若いわ。歳を取るとできなくなるのよ。私がクォンツとして働ける上限ぐらいになるかな。もうそろそろ燃えつきる寸前よ。仕事の密度が濃すぎるから。この仕事はチャレンジングで、そこが魅力ではあるのよ。でもどんなに好きでも、常に強烈なプレッシャーをはねのける毎日を、長年続けることはできない。疲れ果てるの。だからこそ、トビーが転職したこと自体には驚きはなかった。ただ、さよならも言わずにいなくなったことに驚いた。ヘッドハンターと連絡を取っていたとも聞いていなかったし。転職の機会があるのなら、必ず私と彼のあいだでは話題になったはずなの。ただこつ然と姿を消すなんて……」彼女が額にしわを寄せると、えび茶色の形のよい眉の根元がぎゅっと近づいた。「トビーらしくないの。まったく」

「客観的な情報から、頼む」

ああ、どうしよう。長時間彼女を見ていることができない。あの美しい瞳に魔法をかけられてしまう。そのため、彼は頻繁に視線を外し、横を向いた。周囲の様子を確認しているのね、と彼女に思ってもらうために、大げさに顔の向きを変えてみる。

そこで思い出した。実際、周囲の状況を確認すべきだった。広々した店内を四分割してチェックする。最初の四分の一、まばたきをしてから次の区画。確認作業に時間はかからない。今のところ、特に脅威となりそうなものは認められない。まあ、フォークでいきなり肝臓や動脈をひと突きされたら、どうしようもないが。

エマはこくんとうなずいて話し始めた。「トビー・ジャクソン、年齢二十六歳、アイオワ州出身。飛び級で高校に進学、十五歳でマサチューセッツ工科大学から学費の他に寮費や生活費も含む奨学金の申し出を受け、入学。卒業後、スタンフォード大学の大学院で修士と博士号を獲得、彼の発表した『動的データの位相幾何学』という理論はアメリカ国立海洋大気庁が海流研究をする際に用いられた。海洋大気庁は彼の大学院修了を待たずに、研究員の職をオファーした」

「海洋大気庁と言えば、気象局や海洋局を統括する、今や大注目の政府機関だ。そこからのオファーに、トビーは応じなかったのか？」

「ええ、彼の性格を知れば当然だと思うわ。海洋大気庁からオファーされたポジションは、ワシントンＤＣ郊外のシルバースプリングにある本庁での仕事だったから。何にもない退屈な町よ。トビーは天才的に頭がいいけど、けっして頭でっかちのオタクというわけじゃなくて、社交的で遊ぶのが大好きな人なのよ。彼にとっての充実した人生には、おしゃれなレストランに行ったり、すてきな服を着たり、ということが不可欠なの。宗教的に非常に厳格な家庭ってあるでしょ？　トビーはそういう保守的で禁欲的な両親に育てられ、成長期には一切楽しいことを否定されてきた。今の彼が享楽的な生き方を求めるのは、その反発もあるんだと思う。現在、家族の誰とも音信不通になってるみたい。それで家族に問い合わせることもできなかったの。問い合わせたって、わかりっこないし、彼が――」彼女は言葉に詰まった。「どうなろうと、誰も気にしないんじゃないかと思って」

「そういうのは、辛いな」ラウール自身は、家族と縁を絶つ、という概念が理解できない。親戚もみんな、非常に密接な関係にあり、もちろん喧嘩することもあるが、そのときは双方が怒鳴り合い、けれどすぐに仲直りする。そもそも両親と口をきかないという状態が想像できない。

「ええ、辛いわよね。ただ、トビーは光のあふれる大都会で働きたかったの。スタンフォードのあとはサンフランシスコに住みたいと思ったらしく、ここで仕事を探した。彼ほどの経歴なら簡単に職は見つかる。トビーはね、この街で僕の人生が始まったんだ、ってよく言ってたわ。たくさん友だちもできたしって。エマも大切な友だちさ、と」彼女は目を潤ませ、ぐすんと鼻をすする。「ごめんなさい、湿っぽくて。今初めてわかったの。トビーがいなくてさびしい。彼に会いたいわ」

「すごく、さびしいんだな」

「すごく、さびしい」ラウールの質問に、彼女が同じ言葉で答える。

こんな彼女に、トビーってやつはもう生きていないかもしれない、とはさすがにラウールも告げられなかった。何かに恐怖を感じて、これまでの友人たちとの連絡を突然絶った可能性はある。しかし同時に、彼の遺体がサンフランシスコ湾の底に沈められている可能性もあるのだ。

いずれにせよ、今の彼女は悲しんでいる。ラウールは我慢しきれなくなって、彼女のこぶしを自分の手で包み、軽く握った。人と人とのコミュニケーションで、いつも行なわれるジェスチャーだ。気持ちはわかるよ、俺にできることがあれば、何でも言ってくれ――ラウール自身、このジェスチャーを何百回もしてきた。

けれど、今回はいつもと違った。彼女の手は温かなシルクみたいで、触れた瞬間、手から腕へと電気のようなショックが走った。

まずい。

彼女にもそのショックが伝わったようだ。陶人形の青い瞳が、大きく見開かれる。

彼はもういちど静かに握り、そのあと手を引き、そっとテーブルから降ろした。ああ、すばらしい感触だった。自分の浅黒い肌が彼女の白くてかわいい手を包んでいる光景が……。

　彼は背筋を伸ばした。確かにこの女性に惹（ひ）かれている。しかし、彼女は深刻なトラブルに巻き込まれている。その内容を詳しく知る必要がある。美しい女性がひどい目に遭うことは多い。おまけに非常に頭のいい女性だから、危険性はさらに上がる。

「君とそのトビーってやつは、いい仕事仲間だったみたいだな」

　彼女は考え込んだ。「ええ、職場の人間関係について深く考えたこともないし、基本的に同僚とは私的にかかわらないようにしてる。さらに、オフィスでは会社についての不満を人の耳のあるところで話さない――NSAで働いた体験で、正直者はばかを見る、ということが私の頭に叩（たた）き込まれたのね。でもトビーは一緒にいて楽しい人で、話しやすく、さらに仕事に関してものすごく能力が高かった。だから互いに会社について愚痴を言い合うことはなくても、彼の様子がおかしいときは、ちょっと見ればわかるのよ。最近はおかしなことだらけだけど」

　おかしなこと、そう、大問題に発展する事件は、最初ほんのわずかなおかしなことから始まる。「どういうふうに、おかしいんだ？　説明してくれ」

　彼女は肩をすくめ、顔をしかめた。「お客さまから預かった資産を投資するのが仕事の会社だから、他人のお金を好きなように動かせる。市場によって価値が上がったり下がったりする。トビーや私は、その動きを追跡し、どうしてそうなったのかを分析するのが仕事なんだけど、社内の他の部署、例えば投資部門や顧客管理部、資産管理部とかの人たちは、株価が下落すると、すごいプレッシャーがかかるのね。でもそういう業務の人たちが、見るからにぴりぴりしているのは職務柄まずいでしょ。それで彼らは、心の中の不安を、他人への攻撃という形に変える。社内がすごく、おかしな感じになるのよ。だから損失が出ているとき、私たちは社内のあらゆる人を避けるようにしていたわ。トビーも私も、できるだけ目立たないようにして、横を通り過ぎる人をこっそり目で追った。夕方になると、私たちは一緒に飲みに出かけて、ほっと胸を撫で下ろした。逆に、大きな利益が出る日もある。そういう場合は、私たちは別々の行動を取るの。トビーはクラブに出かけるから。ある意味、私とトビーは苦難のときに肩を寄せ合う仲間だったわけ」

そういう感覚はラウールにもよく理解できる。新しくチームメイトになった者の中には、そう仲よくなるわけでもないまま、また別の部隊に所属が変わる者もいる。特に一緒に時間を過ごして楽しいタイプではなくても、銃弾が飛び交う前線をともにくぐり抜けたチームメイトは、最高の仲間として、安心して背中をまかせられるのだ。

彼女の投資会社では銃弾が飛び交っているわけではないが、何か不穏なことが起きている。

「先月のことを聞きたい」

「おかしくなり始めてから、二ヶ月ちょっと経つの。その頃にさかのぼって話をするわね」

エマがぎゅっと口を結ぶ。何を語るのか、その内容より口の形のほうが気になるが、とにかく話に集中しよう。

「二ヶ月半ほど前のある日のこと、市場は朝から乱高下してたけど、まあそれはいつものことなの。するとある瞬間に、何かが起きた。どう言えばいいか、PIBが突如として免責特権みたいなものを与えられたのよ。そのときからうちの会社は、一切の損を出していない。いちども。そんなのって、あり得ないのよ」彼女は少し前に体を倒し、彼の目を見つめた。

いや、そういうのはまずい。俺を見つめちゃだめだ。彼は身構え、反射的に体を起こして離れようとしたのだが、どうにかこらえた。彼女の瞳に吸い込まれそうだ。こんな強い光を放つ瞳は初めて見た。この瞳だけで、部屋じゅうを明るくできそうだ。頭がくらくらしてきて、彼女のほうに倒れ込みそうな気がした。無理やり視線をそらし、わざとらしく、店内をチェックする。ドア、テーブル、こちらからでも見える厨房。いかれた殺人鬼が入って来た様子はない。五分前にチェックしたときと同じだ。じゅうぶん時間をかけて周囲を見回してから、また彼女のほうに視線を戻す。するとまた彼女の瞳に吸い込まれそうになる。

だめだ、彼女の話に集中しろ。

「さっき、市場の話をしたわよね？　グローバルな規模の市場。そのどこかで何かが起きているの。毎分、毎秒、悪いことが起きる。だから、必ずどこかで損は出る。絶対に。運よく儲かった日、というのは五百万ドルの損失を出して、九百万ドルの利益が出る日のことよ。ところが今のＰＩＢは神様から連絡を受けてるようなものなの。うちの会社が投資する証券はすべてが利益を上げるんだから。でも、何かしっくりこないのよ。仕事のあと、何度かトビーと一緒に出かけて、お互いが不審に思うところを話し合ったんだけど、それでもいったい何が起きているのか理解できなかった。ここで改めて言っておくけど、いったい何が起きているのかを理解する、ということこそが、トビーと私の仕事の本質よ。定量分析部門に求められるのはそれなの。だってね、外部から何らかの圧力をかけて、ＰＩＢに大損させる、というような謀略なら、あり得る話でしょ？　実行可能だし、そんなことをしたい人がいてもおかしくない。でも、うちの会社に巨額の利益を上げさせ、損失を一切出さないようにする、なんて不可能だし、そもそもその意図がわからない」

「損失は、まったくゼロなのか？」

彼女はラウールを見ながら、少し考えた。「あなたにわかりやすく例えるなら、銃撃戦で弾丸が百万発発射されたのに、誰にも一発も当たらなかった、みたいなものね」

「なるほど、それは映画の中だけの話だな。それで、君とトビーはどうしたんだ？」

彼女は肩をすくめた。「何も。だって、何もしようがないでしょ？　会社は利益を——それもものすごい利益を上げている。私たちは会社が利益を上げるために雇われているわけだし。クォンツ部門でも、他の人たちはこれが妙だということにも気づいていない。と言うか、どうだっていいのよ。転職活動で忙しい人とか、結婚を間近に控えて舞い上がってる人とか、そういうのばっかり。私たちの直属の上司には、事情を説明するメモをメールで送ったんだけど、特に反応はなかった。メールは受け取った、と言われたけど、それっきり。上司はいい人なんだけど、利益を上げすぎたことを問題視するのが彼の仕事じゃないから。先月のうちの会社の利益は、去年の半年分の利益より大きかったのよ。利益はさらに大きくなるばかり」彼女はふっと息を吐いた。「困った事態よ。ただ、喉から手が出るほど望ましい事態。こういう状況になるためなら、人は何だってするわ」

二人のあいだに沈黙が漂う。エマはテーブルクロスを所在なさそうにピンクの爪でなぞっていた。自分が今、何を言ったかに彼女は気づいていない。『人は何だってするわ』——殺人も含まれるのだろう。

「他にも気になることがあるんだろ？　トビーのことを心配してるのか？　それとも――」エマが視線を落とす。ラウールは、テーブルを見つめる彼女と目を合わせようと上体を近づけた。「まだ話していないことがあるんだろ？」

彼女がはっと顔を上げる。美しい赤髪の下にあるハイスペックの頭脳が、フル回転する音が聞こえるようだ。

「む、む……」彼女はなおも口ごもる。

当たりだ。まだ話していないことがある。ラウールは尋問に慣れていて、返答が嘘だとすぐに見破れる。また、向き合った人の胸の内を探るのも得意だ。エマはけっして嘘をついているわけではないが、すべての真実を話してくれたわけでもない。ただし、今回の相手は女性、しかも非常に頭がいい上に、ラウールがよい友人だと認める同僚女性の親友だ。だから、無理やり口を割らせるようなことはできないし、適当にはったりを言って、口を滑らせるようにもっていくこともできない。そもそもここに来た目的は彼女を助けることだ。だから彼女から進んで情報を提供してくれるのを待つしかないのだ。

覚悟を決めた彼は、背もたれにどっかりと体を預け、じっと待った。忍耐力はある。待つのは苦にならない。頭のいい彼女のこと、ラウールが六百マイルも離れたところからわざわざ助けに来てくれたという状況を考えれば、何もかも打ち明けるのが賢明だという結論に達するはず。

しばらくして彼女が重い口を開いた。「まだわからないことだらけなの」低くぼそりと言う。

「うむ」ラウールは表情を変えないようにした。「情報というのはそういうものなんだ。俺たちの任務でも確率に照らして行動を決定する。いつものパターンがちょっと崩れた、少し日常とは異なることがあった、いるはずの場所にいないやつがいる——数千にもおよぶ何ということないサインを総合的に考え、判断を下す。判断が正しい可能性は半々の場合もある。何月何日の何時に、どこどこの場所で誰それが狙撃(そげき)される、なんて情報を得られることはない。絶対に。通常は、矛盾するできごとがあり、ちょっと気になる事象が起こり、暗号化されたメッセージを傍受したら、荷物がどこかに届けられる、と書かれていた、みたいなことがあって、それらをつなぎ合わせる。運がよければ、それで全体の六割ぐらいが明らかになる。百パーセントはない。君の言いたいこともそういう状況なんだろ？　あちこちで引っかかることがあった、みたいな」

彼女はラウールをまたまっすぐに見た。その顔をまじまじと見つめてしまいそうになり、彼は無表情をよそおうのに必死だった。目が泳いでしまいそうだ。頭の位置を固定し、一点を見るようにする。それでも視界の隅で彼女の顔をとらえて、その美しさに驚く。なめらかですべすべ、クリームのような肌、つんと尖った小さな鼻、厚めの唇に高い頬骨。まぶしいぐらいにきらきら輝く青い瞳。女性的な魅力にあふれているのに、それを売り物にしない女性。ガラスに映る自分の姿をチェックすることもなく、また、自分の女性的な魅力が目の前の男性にどのような影響を与えているかを試そうともしない。小首をかしげて、蠱惑的に見上げてくることもない。

これまで何度も、女性からそうやって誘いをかけられた。たいていは、エマ・ホランドよりはるかに魅力のない女性だった。エマはそういったゲームをしかけてこない。常に親戚のおばさん、みたいな雰囲気で話しかけてくる。図書館司書として働いていたけれど、定年退職した感じのいいおばさん、みたいな、気さくで会話にだけ集中している人。彼女の仕事はどちらかと言えば男性社会だ。だから女性的な魅力など、まったく出さないようにしているのだろう。

どれほどひどいセクハラが横行するものかは、フェリシティたちから聞いていた。彼女たち四人は同時期にNSAで仕事をしたことがあるのだが、その監督役だった男が地獄の死者みたいなやつだった。最終的に四人ともその仕事を辞め、新しいキャリアを求めたのだが、別の職場でもセクハラ・ジョークはしょっちゅうあったらしい。フェリシティは、夫のメタルには内緒だからね、とラウールとピアースに話してくれたことがあったのだが、フリーランスで働いていたときひどいセクハラに遭ったらしい。この話をメタルが知れば、その職場のあったニューヨークまで飛行機で向かい、セクハラした当の男を血みどろになるまで殴り倒すだろうから、と言っていた。

メタルには話さない、というフェリシティの判断はもっともだとピアースもラウールも考えたが、代わりに自分たちがニューヨークに飛んで、その男を殴り飛ばしてやりたいと思った。

そのことがいつまでもラウールの心に引っかかっていた。フェリシティもホープも、本当にやさしくて友だち思いの感じのいい女性だ。天才的に頭がよくて、ものすごく仕事熱心。エージェントの任務遂行のために、最大限の努力を惜しまない。二人の最大限の努力というのが、またすごい。二人のおかげで、ASI社は今、警備・軍事会社の中でもIT関連やサイバーセキュリティに関しては世界有数の会社となった。こんな人にハラスメントをするなんて、まったく意味不明だと思った。この人たちをいじめて何になるのだろう？　危害を加えるなんて、言語道断だ。

ASI社では、二人とも正当に扱われている。外部の人間が、意地悪な目つきで見ようものなら、社のエージェント全員を敵に回すことになる。特殊部隊出身、もしくは相当の戦闘スキルを持った、場合によっては武器の使用も躊躇（ちゅうちょ）しない二十五名の戦闘員を相手にするのはなかなか大変だろう。

そういった事情で、ラウールは、エマの職場でもセクハラまがいのことやいじめがあるのだろうと想像した。
そうではなかった。もっとひどいことだった。

3

エマはあたりを見回した。ここは値段の高いコーヒーを出す、おしゃれなカフェ。無駄な飾りを排した未来的な設計の店内で、身なりのきちんとした人たちが、穏やかな声で会話している。常に目を配り、客の要求にすばやく応じようと待ち構えるスタッフ。何もかもいつもどおり。すべてが整然として効率よく機能している。エマはこのカフェのこういうところが好きだった。周囲が散らかったり雑然としていたりするのが嫌いだった。理由は母親だ。父親には常に愛人がいて、母に嘘をつき続けたため、母は鬱気味で睡眠薬と酒なしではベッドに入れなかった。あんなふうにはなりたくない、と思った彼女は、自分で身の回りをきちんとしておくことを覚えた。感情も人生そのものも、別の人に振り回されはしない、と心に誓った。

だから何もかもをきちんと整理し、合理性のないことを嫌った。こういう職業を選んだのもそのせいだろう。数字とデータを理解すればいいのだから。

ところが今、大きな渦にのみ込まれたあげく、流れに翻弄されている気がする。現実に何が起きているのか、混沌としてわからないのが、恐ろしい。株式市場の不自然な動き、トビーの失踪。逆らえないまま、いつの間にか知らないところに流されてしまった感覚。夜の大海原でひとり、波間に頭を出しながら、どこまでも続く真っ暗闇を見つめている状態だ。海でどうやって泳げばいいかさえわからない。

けれど、ラウールは元海軍ＳＥＡＬだ。

彼なら海の中でも、どこに向かえばいいかわかるのかもしれない。

見上げると彼がそこにいた。ハンサムな顔が、真剣な面持ちでこちらを見つめている。真摯、誠実。この人は大親友二人が信頼してここまで寄こしてくれたのだ。フェリシティとホープが、適当にエージェントを選ぶはずがない。考え抜いてこの人がふさわしいと決めたに違いない。

「わかったわ」彼女は大きく息を吸って、ふうっと吐き出した。心を鎮めるためのいちばんの方法だ。「これから、まだ実体のわからないデータポイントを教える。これらが特定のパターンを導き出すかもしれないし、あるいは導き出さないかもしれない」

「いいよ」ラウールがうなずき、少し視線をそらす。「とにかく、わかっていることから聞こう」

わかっていることはあんまりないんだけど、と彼女は心でつぶやいた。「少し前からなんだけど、私のオフィス——会社で私が個人的に使う部屋に、誰かが勝手に入ってきている気がしていたの。でも廊下の監視カメラが撮影した映像には、不審な人物の出入りは記録されていなかった」

「記録なんていくらでも改ざんできることぐらい、知ってるよな?」ラウールの暗い瞳が彼女の目をしっかりと見据える。深刻な眼差しには強い懸念が表れていた。

「ええ、わかってる——」そこで視線を下げると、空のデミタスカップが目に入った。紅茶を頼んでおけばよかった。茶葉の残りで占えば、何かがわかったかもしれないのに。「だから、ログデータも調べてみた。何もなかった」

「しかし、続きがあるんだな?」

「ええ。ログデータを改ざんできる人が、記録を書き換えたのだと思う。つまり、セキュリティに高度のアクセス権を持つ誰かよ。その人が私のオフィスに、勝手に入り込んだ可能性があるの。だって、オフィス内のものの位置が少しずつ違っているから。大きな変化じゃないのよ。私ほど几帳面ではない人が、前にあったのとまったく同じ場所に戻したつもりになっているんじゃないかと思うぐらいの微妙な違い。私はそういうことにとてもうるさいの。机の上に置くものの場所は、ものすごくきちんと決めている。それから、何かの香りがうっすら残っていることもあるわ」彼女は鼻をくしゃっとしてみせた。

「いえ。どちらかと言えばいい匂い。ちょっと柑橘系が混じった香水とか……一般的によく知られた香水ではないけど、そういうコロンとかの匂い」

「アフターシェーブローションか？」

「あ、それかも。香水にしても女性用なのか男性用なのかわからなかったんだけど、アフターシェーブローションと言われたたら、なるほど、と思う。私は香水が好きだから、有名な香水はだいたいわかるのに、何の匂いだろうとずっと思ってきた。オフィスは空調がいいので、匂いがあまり残らないせいだろうと考えていたんだけど。でも確かにその匂いは存在しているの」

「匂いが残っているのは、朝いちばんとか、ランチから戻って来たときとかか？」

「ええ、そのタイミングよ」エマは彼と顔を見合わせた。彼の推理の行き先が読めた。早朝、あるいは彼女が昼食に外出しているあいだに、誰かが彼女のオフィスに忍び込んでいるのだ。「さらにトビーの突然の転職についても疑問があったから、彼のコンドミニアムの賃貸契約を担当している不動産屋をちょっと探ってみて――」『ちょっと探ってみる』がつまりハッキングだとラウールにばれなければいいのだが。「――わかったのが、ロビーは賃貸契約を解除していないのよ。電話にも出ないし、メールにもまったく返信はない。さっき言った『逃げろ！』というメッセージがトビーからだとすると、あれだけよ」

ラウールはかなり長いあいだ黙ってじっとエマを見ていた。やがて話し出した彼の口調がやさしかった。

「心配なんだね。すごく不安なんだ」

彼女はこくん、とうなずいた。

「当然だ。心配すべき事態だよ」

ふうっと息が漏れて、彼女は初めて自分が息を殺していたことに気づいた。ありがとう、ラウール、わかってくれて。私は、被害妄想で頭がおかしくなったわけではなかった。何かよくないことが起きている。すごく悪いことが。

「彼の実家については、連絡を取らないと決めたんだったよね？」

「ええ。トビーは家族とは疎遠になっていて、サンフランシスコでの生活について、まったく知らせていなかったみたい。さっきも言ったように、家族のほうはトビーがどうなろうが、どうだっていいと思っているみたいだし」私と同じ、と彼女は思った。彼女も父とは音信不通状態で、父は彼女がどこで何をしているのか、まるで知らない。

「ほら、保守的で宗教的に厳格な人たちだから……彼がゲイだということで、かかわりたくないと思っているみたいなの」

「そうか」

ラウールの反応に、エマは少し驚いたが、この人は実家や親戚とずっと近い関係にあったのだと思い出した。彼女自身を含めて、周囲にはほとんどそういう人はいなかった。親族あわせて六十人を超える人が仲よくしているなんて想像もつかない。いったいどういう感じなのだろう？　そういう人が、親のどちらともまったく連絡を取り合わない、という話を聞いて、どんなふうに思うのだろう？　彼がどう思ったにせよ、その顔にはほとんど感情は出ていなかった。少し視線が左右に動いただけ。

「トビーの交友関係は？」続けて彼がたずねる。「彼の友人と会ったことはあるか？」

「トビーは公私をきっちり分けて考えるタイプだったから。私は同僚として仲よくしていたけど、プライベートな生活については知らない。ちらっと聞いたことのある友だちとかも、ファーストネームを知っているだけだから、捜しようもないわ」

「そうか」そのあと、少しためらいがちにラウールが言った。「どこかで好みの彼氏と出会って、ロマンティックな時間を過ごそうと、旅行に出た、という可能性はないか？」

彼女はその可能性について考えてみた。そして、彼のボーイフレンドの話も。「ええ、例のクラブで出会った彼氏とは真剣な付き合いを続けているって、その彼の話はさんざん聞かされた。でもね、旅行に出るとしたら、週末を絡めて金曜の夜からにしない？　月曜日にいきなりどこかに行くかしら。それに、あの人、静かな場所でゆったりするより、クラブで遊ぶのが好きで、普段の夜はもちろん、週末はクラブで羽目を外すのよ。いちばんの楽しみをやめてまで、どこかに行くとは思えない。こういうふうに言うと、トビーのこと薄っぺらい遊び人みたいに聞こえるかもしれないけど、そうじゃないのよ、絶対に。生活を存分にエンジョイしてはいたけど、遊びにのめり込むようなところはなかったから。そして、その新しい恋人は、最近会話の端々から、とても大切にしたいと思っていると伝わってきた。どう言えばいいか、宝くじに当たって、これから換金するところだ、みたいな、うきうきした感じ。だからこそ、その彼との生活のためにも、現在のキャリアをないがしろにはしないと思うの。新たな彼氏と、特に好きでもない旅行に出かけるために会社を休むかしら？　せめて連絡ぐらいしてこない？」そこでひと息吐いた彼女は、口にするのを恐れていたことをついにラウールに告げた。「トビーのことが心配なの。本当に。無事でいてほしい」

ラウールが、ゆっくりとうなずいた。「心配するのは当然だ。エリート街道をひた走り、その仕事に何の不満もなく、今後のキャリアを大切に考える男性だ。そんな人間が、突然姿を消し、どこに行ったか手がかりさえない、なんてあり得ない。君の家のセキュリティは？」

突然の話題の転換に、エマは驚いた。「コンドミニアムの一角で、ビル全体のセキュリティはじゅうぶんのはずよ。コンドミニアムのセールス・ポイントが、この充実した警備システムだったの。警備員が二十四時間常駐し、一階ロビーにも通路にも、監視カメラが何台もある。地下駐車場にもカメラはあるけど、私は車を持っていないから」

ラウールは険しい表情でうなずいた。「どんなものか、俺が確認に行ってもいいか?」

「もちろん。いつ来る?」

「できるだけ早く。できれば、このあとすぐにでも。トビーはクラブで遊ぶのが好きだということだが、特に気に入ってた場所とか知ってるか?」

「カストロ地区にあるクラブはひととおり行ってたけど、最終的に〝ヘブン〟というところに入り浸る（びた）ようになってたかな。すごくおしゃれで、セレブな雰囲気の人が集まるところ。収入のある若いエグゼクティブ向けね」

「では、特別な男性と、この〝ヘブン〟で出会った可能性もあるわけだな」

「その可能性は高いわね」

「じゃあ、今夜そこに行こう」

エマは目を丸くした。「このあと? 〝ヘブン〟に? 本気?」

「ああ。職場の外のトビーのことを知っている人を見つけたいんだ。君は都合が悪いか?」

「私はいいけど」ラウールの全身をじろじろと見てしまう。幅の広い肩、大きな手、彫りの深い顔、短く刈り上げた髪、そして何より、スーパー・マッチョな雰囲気。

「ゲイのクラブよ」

「知ってるさ」彼がにやりと、口の片側だけ緩める。「いけてるスーツを持ってきてよかったよ」

＊＊＊

「さあ、入って」

ラウールはあのあと宿泊先ホテルに行ってチェックインし、服を着替えた。クラブに人が集まり始めるのは早くても十時頃なので、それまでは一緒に食事でもしよう、ということになった。

エマの自宅に迎えに行った彼は、よだれを垂らして口を開けたままにしそうになるのを何とかこらえた。何とセクシーなんだろう。きれいなサンダルを履いたつま先から、豊かな赤毛を炎のように結い上げた頭のてっぺんまで、夢に出てきそうな姿だ。その頭とつま先のあいだにある顔や体も、昼間とはずいぶん違って見える。どういう魔法が使われたのかはわからないが、さらに女性らしく、いっそう魅力的に見える。

いや、昼間のあの姿よりセクシーで魅力的になれるはずがないのに。見つめられるとおぼれそうになる青い瞳、しみひとつない磁器のような肌、ルビーのように明るく赤い唇。

　体にまとわりつくシルクのドレスは、曲線を見事に強調する。高い位置で揺れる乳房、きゅっと締まったウエスト、丸いヒップ。そしておしゃれなサンダルを履いた足先には、青いペディキュア。顎をどうにか元の位置に戻し、彼はやっと言葉を発した。たったひと言。

「ハイ」彼女がほほえみ、真っ赤な口の両端が上がる。彼はどきっとした。ああ。

「時間どおりね。そういう人好きよ。さ、どうぞ」

　彼女が部屋の中のほうを向き、ラウールはその後ろ姿を遠慮なく見られるようになった。歩くたびにドレスが揺れ、悩殺的な脚がちらちらと露出する。あとに媚薬でも混じっているのかと思わせる匂いが漂い、彼の思考を停止させる。

　いや、ちゃんと考えろ。この女性は、外見だけでなく頭脳も天才だ。そう考えると恐ろしくなる。天は二物を与えたわけだが、その二つともが桁違いのスケールなのだ。

　彼女が何かを話しかけているが、ぽかんと玄関ホールに立ちつくしていた彼には、何のことだかわからなかった。しっかりしろ。

「今、何て？」こっそりと口元を拭う。よかった、よだれは垂れていなかったようだ。

いや、垂れていたのか？

彼女は振り返って笑顔を見せた。「食事に出かける前に、何か飲む、ってたずねたの。それから言っておくけど、今日のお勘定はすべて私が支払います」

その言葉に、彼の顔からさっと笑みが消えた。「それは絶対にない」

彼に温かくほほえみかけていた美しい顔も凍りつく。急に怒りの形相になり、抗議しようとする彼女に対し、彼は制止するように手のひらを見せた。

「そんなに怒らないでもらいたい。男らしさを押しつけようとしているわけじゃないんだ。理由はマッチョだからではなく、因果みたいなもんだ」彼女は抗議しようと開けた口を閉じたが、まだ険しい表情だ。「それにサバイバルのためでもある。俺が支払わないと、俺は身の危険を感じることになる」

適当なこと言わないで、とでも言いたげに、エマが冷たい眼差しを向けてきた。

「その意味不明の理由について、説明してくれるんでしょうね」

やれやれ。「君が支払いをした、どんなことについても、一セントであっても、君に払わせた、ということがASI社の誰かに知れようものなら、帰ったときに俺はどんな目に遭わされるかわかったもんじゃない。ボス二人にも、さんざん説教される。仕事をクビになるとかそういうのではないが、とにかく針のむしろだ。俺だって闘うし、弱いわけじゃないが、社の全員を相手にするんじゃ、どう考えても勝ち目はない」

エマが険しい表情のまま、つかつかと彼の近くまで来た。「いったい、何の話？」

「サバイバルの話だよ。それに、君にごちそうされるなんて、俺自身だって自分が許せない」

エマが腕組みをする。豊かな乳房が腕の上で強調され、彼は懸命に彼女の顔に意識を集中させた。自分をほめてやりたい気分だった。彼女は首をかしげ、わかるように説明しなさいよ、という姿勢を崩さない。

「つまり、だな、フェリシティとホープは会社の星、女王さまなんだよ。ＡＳＩ社は警備・軍事会社としてスタートし、エージェントのほとんどが海軍ＳＥＡＬｓの出身だ。元ＣＩＡだとか陸軍レンジャーなんて甘ちゃんの組織にいたやつはいるが、まあそれでもうちに入ったエージェントはそういう組織にしては例外的に有能な——いや、要するに、ボス二人を含めて、厳しい訓練を受けて全員が特殊戦術に長けた男なんだ。特殊戦術とは何かと言えば——」

「知ってるわ」彼女が冷たく言い放つ。「私、ＮＳＡの職員だったから」

そうだった。そのことは聞かされていたのに、すっかり忘れていた。当然、言葉にはいっそう気をつけねばならない。

「そうだったな。特殊部隊出身の人間というのは、非常に効率よく、敵を……無力化できる。もちろんコンピューターやITの知識だってあるが、フェリシティやホープと比較すると、その知識は原始人なみだ。あの二人は天才であると同時に、非常に親切でいい人だ。現場に出ているエージェントの支援のため、身を粉にして働いてくれる。しばらく前、うちのエージェントが五人、ナイジェリアで中国軍の特殊部隊に周囲を取り囲まれたことがあったんだが、そのときフェリシティは四十八時間、不眠不休で働き続けた。五人のひとりでも捕らえられていたら、間違いなく殺され、国際問題に発展するところだった。やつらは不名誉な死を逃れたが、すべてフェリシティのおかげだ。彼女は敵の動きを逐一、エージェントに伝え続けた。だから当然眠ることはできず、食べものを口にすることもほとんどできなかった。丸二日間だぞ。彼女の夫のメタルは発狂寸前だったよ。みんなが彼女に、少し休んだほうがいい、と言ったんだが、あたしよりうまくデータが読み取れる人はいるの、と言い返して、休息を拒否した。実際、彼女ほどデータの読み取りができる者はいなかったから。その後、五人ともが無事に帰国し、自宅へと戻ったが、フェリシティがいなければ、五人とも棺桶に入った状態で飛行機から降ろされていたはずだ。これはほんの一例で、社の全員が同じような逸話をいくつも語れる。ホープも入社後、赤外線信号のシステムを改良した。このコンクリート越しでも熱を感知できるから、これで命を落とさずに済む人が多くなるはずだ。君があのゴブリンの画像を送ったとき、俺はちょうどその場にいた。ラッキーだったよ。うちの社で、君を助け、あの二人に少しでも恩を返せるのなら、タマ――いや小指の一本ぐらい差し出す、ってやつが大勢いる。いや、誰もが競ってそうしたがる」

エマは驚いて、何も言えずにいる。

「これで事情は理解してくれたか？　フェリシティとホープの親友を助けるのは、とてつもない光栄だというのは、社の全員の一致した考えだ。俺も、あの二人には返しきれない恩がある。夕食代とクラブの支払いなんて、どうってことはない。それにさっき言ったこと――君に払わせたと社の誰かにばれたら、って話」ラウールは大げさに身震いしてみせた。彼女は、まったく、という顔で天を仰ぐ。「会社近くの川に俺の死体が浮くことになる」

「わかった」彼女はそう言って、息を深く吸い、笑顔を見せた。「知らなかったとは言わないでね、今夜予約したレストランはサンフランシスコでも特に有名なところなの。高級中華よ。それから、〝ヘブン〟は入場チャージだけで百ドルかかる。ひとり分が」

「いいニュースだな」笑顔で応じる。「うちの会社の給料はいいのに、俺はいつも決まったものを食べて、似たような服を着るから、貯金が増えるばっかりなんだ。こうやって正しいことのために金を使えてありがたい。気分もいいよ」

彼女はあやふやな笑みを浮かべた。「北京ダックとハウス・ミュージックにお金を使うのが正しいことなのかしら」

彼は真顔で応じた。「君の友だちがどうなったかを知るためだぞ。何が起こったかを突き止め、君に危険が迫っていないかを確認するんだから。金には代えられない」

その言葉に彼女の顔からも笑みが消えた。彼の本気が、実際に危険を感知しているのが、はっきりわかったからだ。カフェで話を聞いているあいだから、うなじがぴりぴりして、強い警報音が彼の頭の中で鳴り響いていた。何かが起きている。この美しくて、ものすごく頭がよくて、おまけにフェリシティとホープの親友である女性が、被害を受けることのないようにしなければ。フェリシティとホープは自分にとって友だちと呼ぶのもおこがましい、仲よくしていること自体が自慢、という存在なのだ。

それだけではない。この女性は強烈に彼を惹きつける。

エマが一瞬、少しだけ口を開けたまま彼を見つめた。急に真剣になった彼に、どう対応していいか戸惑っているのだろう。自分がチャラい男に見えがちだということは彼自身承知している。どちらかと言えば、進んで軽い男のふりをすることもよくある。軽く扱われてもどうってことはないし、多くの場合相手が自分を見くびってくれれば、闘いは有利に進められる。女性と浮ついた話をするのが好きで、しょっちゅう女性を口説いているし、冗談を言うことも多い。ピアースとは正反対だ。あいつは常にまじめで、判事みたいな態度を取る。さらにいつも、愛犬を戦争で失ったばかり、みたいな悲痛な表情をしている。

しかし太陽みたいな明るさを表面につくろいながらも、世界が本当はどういうものかをラウールは見てきた。闇の奥、恐怖が支配する世界の一部を。そんな部分で、十年近くも過ごしてきた。だから、人間がどれほど醜いことを仕かけ合うものかを、よく知っている。純真な人が危険な罠に足元をすくわれることは多い。

女性であればなおさらだ。フェリシティとホープのことは友人として大好きで、エマには女性として強く惹かれている。この三人とも女性だ。信じられないぐらい賢くて、他人を助けるために最善をつくす人たち。俺の仲間。けれど、女性だから、男性のような肉体的な強さはない。

この世界の一部の地域では、肉体的に劣ることが、くそ野郎に餌食にされることと同義語であったりする。女性であるだけで、宣戦布告を受けたのも同じなのだ。そんなのは許せないと思う。それでも、許せないことは行われ、そのあとも見てきた。

しかしこの女性には、絶対に手出しは許さない。自分が生きているかぎり、この女性の美しさを守ってみせる。彼女が石につまずき、蹴り上げた石の下からサソリが出てきたとしたら、サソリが彼女を刺す前に、俺が撃ち殺してやる。

彼女がこういう事態に巻き込まれた理由はただひとつ、頭がいいからだ。そんな理不尽なことがあっていいはずがない。ラウールは、彼女をあまり心配させない程度の真剣さで、彼女と向き合った。自分の心の内を隠すのは得意だが、これだけはわかってほしい、という部分をうまく顔に出すこともできる。今、わかってほしいのは、問題に真剣に取り組もう、ということ。

「そうね」彼女は少しぼう然とした感じでつぶやいた。「あの……えっと、ありがとう」

彼はすぐに、楽天的で軽い感じの男の顔に戻った。「ま、そういうことだ」

彼女はぼんやりとあたりを見回し、ふとサイドボードの上の時計に目を留めた。グランドファーザー・クロックのミニチュアみたいなもので、本もののアンティークのようだ。よく見ると室内にはアンティークがいっぱい置かれていて、それらすべてに、先祖代々受け継がれてきたもののような雰囲気がある。それが室内をどっしりと落ち着いた感じにしている。いい部屋だ。この場所は彼女にとってのサンクチュアリなのだろう。

しばらく彼女は黙っていたが、ふと顔を上げて言った。「もうそろそろ出たほうがいいかも。レストランの予約は七時なの」

「ああ、そうしよう」笑顔で応じたが、彼女の様子が、何となく……バツが悪いと感じているような。今の彼女を表わすのに、バツの悪さを感じているというのは、ふさわしい表現だろう。バツが悪いという表現を学んだときのことを、彼ははっきり覚えている。十二歳のとき、本を読んでいて意味がわからずに、おばあちゃん（アブエラ）にたずねた。辞書で調べるより、アブエラの答のほうがうまく理解できた。彼女はスペイン語も英語も完璧に話せた。それはね、気恥ずかしい（デスコンセルタード）ときの様子だよ、と教えてくれた。どうしていいかわからなくなって、次の行動に迷っている状態、エマはまさに、そんな感じだ。ラウールという人物をはかりかねているのだろう。

「でも……」眉をひそめた彼女は、本当にかわいい。目の前にあるおいしいもの、たとえばふわふわの生クリームを山盛りにかけたイチゴをどうやって食べようか、スプーンを手に悩んでいる子どもみたいだ。「昼間、するって言ってたでしょ、あの……」

「何をだ？」

「ここの――」彼女は手を広げて自分の住居を示した。「正式には何て言うのかしら、そのセキュリティ検査？」

ラウールの顔からまた笑みが消える。プロのエージェントの顔だ。彼女には、何をどう調べたか教えておく必要があるだろう。「もう済んだよ」

彼女の青い瞳が大きく見開かれる。「済んだ？　いつ？」

「この部屋に来るまでに。コンシェルジェにいるやつと話した。あいつはコンシェルジェ兼警備員なんだな」

「マイクのこと？　彼と話したの？」

「うむ、最初は何も話そうとしなかった。ま、当然だな。俺がこの建物のセキュリティシステムについての質問を始めると、いっそう口が堅くなった。何の情報もくれないし、敵意をむき出しにしてきたんだ。何もしゃべらないぞ、という強い決意には、敬意を払うべきだな」

「じゃあ、どうやって情報を仕入れたの」

「面倒だが、少しずつ信頼を勝ち取るしかないのはわかっていた。まず、俺はセキュリティの専門家で、ここに住むエマ・ホランドさんの依頼で、システムがじゅうぶん機能していることを確認に来た、と告げた。会社の名刺も渡したよ。ＡＳＩ社は、警備関連の業界ではよく知られた存在だ。マイクは名刺を一瞥して、こんなもの町の印刷屋でいくらでも偽造品が作れる、と言った」

「まあ、ずいぶんな言い方ね」エマは彼のために憤ってくれた。

「いや、マイクの言うとおりだ」ラウールは笑みを浮かべる。「俺がマイクの立場なら、一切無視するだろうな。あいつはこの建物を守るために仕事をしている。俺はもしかしたら侵入を企てているやつかもしれないだろ？　そんな相手にセキュリティ情報を漏らすなんて絶対にだめだ。そこで俺は秘密兵器を取り出した」

彼女の顔にも笑みが戻る。「秘密兵器を持ち歩いているの？　それは頼もしいわね」

俺の本当の武器を見たいか、といったつまらない性的なジョークがラウールの頭に浮かんだが、だめ、だめ、と彼は自分を戒めた。ここに来たのは彼女の安全を守るためなのだ。

「ああ、この建物は、ブラック・ホーム・セキュリティ・システムが警備しているのを、ステッカーを見て知った。ここはブラック社の子会社で、ブラック社とＡＳＩ社が一緒に仕事をすることは頻繁にある。俺は親会社のブラック社の本社に電話をして、ＢＨＳＳの社長の名前を聞き、そいつと直接話をした。話しているうちに、マイクの直属の上司は、俺の元チームメイトだと判明した。一緒に撃たれて、一緒に酒を飲んだ仲間だ」

彼女がやれやれ、とかぶりを振る。「二つとも、絆（きずな）を結ぶには最高のきっかけね。私たちＩＴ関連の人間が、ビデオゲームで対戦して絆を結ぶのと同じだわ」

「ああ、兵士には、ゲーム機やパソコンの代わりに、銃とアルコールが要るんだ」

「まあ似たようなものよね。あなたたちは銃を武器として使い、私たちはマウスで戦う。どちらもクリックして狙いをつけるでしょ」

彼はつい大笑いしてしまった。セキュリティの話をしている最中に声を上げて笑ったことなどこれまでない。しかし、すごくおかしくて腹の底から笑い声が出た。笑いすぎだと心配になり、口元を手で押さえるほどだった。

彼女の青い瞳がきらきらと輝く。瞳の底にパワーでもあるみたいに。実際あるのだ。驚くべき頭脳が。彼女のすべてがすばらしい。

「実にそのとおりだ」彼は話を続けた。「そこでビデオ通話にして、画面に元チームメイトを出してもらった。自分の上司が画面に映っているのをマイクは確かめ、そのチームメイトは、俺のことを信用していいやつだ、と請け合ってくれた。その上で、このラウール・マルティネスさんには、できるかぎり協力するように、と命じたんだ。マイクは、最大限の協力をしてくれたし、俺に冷たい態度を取ったことで、あとで会社から叱責を受けないかとおそるおそるたずねてきた」

「彼が叱責を受けることなんて、ないわよね？」彼女が大きな声を上げた。それはまずい、と思っているようだ。「マイクはすごく優秀なの。夜勤のチャールズっていうコンシェルジェもいい人よ。本当に礼儀正しくて親切で、この建物に帰ってくると、ああ安心だな、と思える。それもみんな、コンシェルジェのおかげなの。この街にもいろいろと問題はあるから、このあたりは安全でも、いつ誰が侵入しようとするかわからないもの」

警戒感をあらわにしている彼女は本当にかわいい。食べてしまいたいぐらい。もちろん、真剣な姿も、どうしようもないぐらい魅力的だが。それからうれしそうにしているときも。そして悲しそうなときも。彼女のさまざまな表情を見るのが楽しくて仕方ない。もっといろんな感情が、どんなふうに表われるのか、楽しみだ。

「ああ、もちろんそんなことにはならない。逆に、チームメイトだったマイクの上司に、昇給を提案するつもりだと伝えておいた。セキュリティシステムに関して、細かく説明してくれたんだ。調べた結果、システムは非常にしっかりしているし、問題も見つからなかった。うちの会社が取り扱うようなシステムと比べれば、当然緩い部分はあるが、それはテロリストなんかを相手にした、本ものの敵を撃退するものだからな。この建物に住んでいるのは、たいていが弁護士、会計士、証券や銀行などの金融業界で働く高給取りだろ」

彼女がにっこりする。「歯科医、美容形成外科医、それにアプリの開発者もいるけど、ええ、そうね、国の脅威になるような顔ぶれではないわ」

「だが、君は脅威にさらされているのかもしれない」彼の声がまた真剣みを帯びる。「だから、俺は徹底的に調べ上げた。防犯カメラにこれといった死角はない。共用部のすべて、出入口など完全にカバーしている。非常にシンプルなものだが、顔認証プログラムがセキュリティシステムに組み込まれており、各住居のオーナーや居住者はこのプログラムに登録されている。だから外部の人間が建物にいるときは、システムがBHSSにこっそりと注意喚起する。話はそれるが、これは建物の重要事項説明書に記載されており、所有者ならびに居住者は、自分の顔が登録されることを承諾する。

君ももちろんサインしている」

「ええ、したわ。少し気になったけど、安全とどちらが大切かを考えたら、プライバシーについては妥協するしかないと思った。近頃は……」

「ああ、近頃は、おかしなやつが多いからな。マイクもチャールズも、ともに火器の携帯許可ならびに使用許可を持っている」

エマがびっくりした顔をした。「そうなの……？　驚いた。二人とも武装しているだなんて思わなかった」

ラウールは驚かなかった。二人が武装していなかったら、ＢＨＳＳに失望していただろう。「非常出口はきちんと確保され、火災扉も問題なく機能する。建物に入るためのカード・キーと住居へのキーレスエントリーのシステムは最新鋭のものだ。マイクとチャールズは建物の管理会社の人間と一緒に、月にいちど全階を自分たちの足で歩いて、システムに問題がないか確認する。今月の検査は先週行われたので、治安のいい区域にある、問題を起こしそうにない人たちが住むコンドミニアムであることも考えれば、当面は建物のセキュリティについて心配する必要はないだろう」

「安心したわ、ありがとう」彼女はほっとした様子だった。

「お安い御用さ」二人の目が合い、どちらも視線を離さない。

やがて彼女が時計を見て、玄関ドアに向かった。「そろそろ行かないと。気候もいいし、路面電車で行くのはどう？　サンフランシスコと言えばケーブルカーが有名だけど、近くのマーケット通りからフィッシャーマンズワーフに行くFラインも、昔の路面電車の車両を世界中から集めて走らせていて、人気があるの。車両はクラシックカーみたいでかわいいのよ。レストランはフィッシャーマンズワーフからも歩いてすぐのところにあるし、この電車に乗れば一本で行ける。また〝ヘブン〟のあるカストロ地区まで通じているから食事のあとも、この電車を利用できる。クラブからの帰りは、Ｕｂｅｒ（ウーバー）とかの配車サービスでも頼めばいいわ」

「名案だな」そう言うとラウールは、ソファの背にふわりと置かれていた雲のような布を指した。「あれをドレスの上からはおるのか？」エメラルドグリーンの生地が、さまざまな色合いで碧（あお）く輝いている。彼女の瞳の色とまったく同じだ。

「よくわかったわね。ええ、そうよ」

「じゃあ、俺が……」その布を手に取ると、空気の塊みたいにふわっと軽く、想像していたより細長い。ショール、とかいう肩に巻きつける一枚の長い布なんだろう。さあ、困った。彼の姉はショールだとかスカーフなどを首に巻くとき、非常に複雑な結び方をする。ねじったりひねったりして、布の先端を華やかに広げ、彼が見てもおしゃれだとわかる形ができ上がる。彼自身には、そんな結び方はできない。やはり、彼女が自分で巻いたほうがいいのか。しかし、彼女はこちらに背を向けて、どうぞ、と肩を差し出している。ほっそりと細いうなじが、華奢な肩が、目の前にあるのだ。彼女の肌に触れる絶好のチャンス。確かに姑息なやり方かもしれないが、誘惑が強すぎる。彼はショールを広げた。やわらかくて軽くて、自分の両手のあいだに青緑の雲がわいたように見える。彼はただ布地を彼女の肩に広げ、前に三角形に垂らした。彼女の肌は、雲のような布地よりもさらにやわらかだった。

彼女と向き合う形になり、二人はその場でしばらく見つめ合った。彼の手はまだ彼女の両肩に置かれたままだ。顔と顔がくっつきそうな距離で。彼女の瞳に魅了されて動けない。彼女は西側の窓のほうを向いて立っていたので、傾いてきた太陽に顔を照らされる。その瞬間、瞳が宝石のように光を放った。

何てきれいなんだろう。こんな色をした瞳を持つ人なんて、初めて見た。

彼は魔法にかかったようにその場から動けなくなった。彼女も動こうとはしない。彼は両手を彼女の肩に置いたまま、宝石のように美しい瞳をただ見つめた。その瞬間、彼は完全に我を忘れてしまった。そんな体験は、これまでなかった。彼は常にその瞬間を大切に生きる人間なのだ。それなのに、その一瞬、すべてのことが彼の頭から消えた。ここには警護任務のために来たのだという事実を。そろそろ出発しなければならない時間であることを。目の前の女性と、知り合ってまだ数時間しか経っていないことを。

そう言い聞かせても無駄だった。彼の手はレンガになったかのように、足は床に釘で打ちつけられたみたいに動かない。息さえ、普通にできない。

だからどうだって言うんだ？

時間が過ぎていくのがわかる。でも彼にできるのは彼女の目を見つめることだけ。彼女は少し、化粧をしたようだ。でもどこをメイクアップしたのかはわからない。ただわかるのは、彼女の目がすごく大きく見え、頬が完璧な形に盛り上がっていることだけ。それから唇が濡れたみたいに赤く輝いていること。みだらな夢を誘う口だ。髪は高く結い上げ、こめかみのところに何筋かを垂らしている。どうやってこんなふうにするのだろう？　奇跡だ。

そのとき外で緊急車両のサイレンが鳴り響いた。ウァン、ウァン、ウァンというけたたましい音に、エマがはっと我に返った。「そろそろ、あの……」

「ああ、そろそろ行こう」それだけ答えた。まったく、今のは何だったんだ？　ぼう然自失、というやつか？　ばかみたいにぼんやりと突っ立ったままで。

通路に出ると、エマが住居の扉がロックされているのを確かめ、二人は通路を歩きだした。先にマイクと話をして、このシステムに使われているキーを複製するのは非常に難しいことを確認している。もちろんエマはキーをそこいらに忘れたままにしておくようなまねをしないだろうから、見知らぬ他人がキーを入手するチャンスなど、まずないだろう。

しかし、彼女が誰かにキーを渡した場合を考えなければ。たとえば親密な男性とか。そう思った途端、ラウールの中でむらむらと嫉妬(しっと)がわき上がった。いや、いや、何に嫉妬している？ そんな権利はおまえにはないぞ。

「建物や住居へのキーを誰かに貸したことはあるか？ ほんの短時間でも」エレベーターに進みながら、彼はそうたずねた。

彼女ははっと顔を上げた。額に縦じわが見える。「え？」

「ここのキーは入館用のも住居用のも、複製を作るのが非常に難しい。複製が作れる工場もごく限られた数か所だ。しかし、絶対に作れないわけではない。そこでも四十八時間かかる。つまり、二日以上キーを誰かに預けたことがあるのなら、複製が作られた可能性は否定できなくなる。セキュリティ上の理由で知りたいんだ」

嘘だった。質問の理由は、彼女に恋人がいるのか知りたかったからだ。すごく、どうしても知りたくなった。

まったくの僥倖(ぎょうこう)と言うべきか、彼女はラウールの熱心さを不思議に思わなかったらしく、落ち着いて答えてくれた。「いいえ、キーを誰かに渡したことはない。ここに引っ越してきたのは割と最近で、誰かが訪ねてきたこともいちどもないの。ホープは、必ず遊びに行く、と言っていたんだけど、お互いのタイミングが合わなくて。そういうわけで、私の他には誰も、キーには触れもしていない」

ラウールは安心して、ふうっと息を吐いた。つまり、彼女はこのしばらく、真剣な交際をしていない、ということだ。親密な関係が続けば、キーを渡すものだろう？

心の中のつぶやきが、つい声に出てしまいそうになり、彼は慌てて自分を叱った。

「よし。建物の管理会社がマスターキーを持っていて、すべてのキーは登録されている。キーの製造会社は、万一複製が作られた場合は、管理会社に報告する義務を負っている。それでも違法にコピーするやつはいるし、最近じゃ３Ｄプリンターで何でも複製できる。だから、君に異存がなければ、もうひとつキーパッド・ロックを取り付けようと思う。生体認証にするのがいちばんいいかな」

エレベーターから、吹き抜けの正面ロビーに出て、ラウールは軽くマイクに会釈した。マイクも軽くうなずき、玄関の大きなガラスのドアをエマのために開けた。

「ええ、もちろん、構わないわ。そのほうが安全なんでしょ？」

外の空気はすがすがしく、やわらかな初夏の気配が満ちていた。申し分のない天候、すばらしい夕暮れだった。沈みゆく太陽が、あたりの色をまぶしく染める。エマのコンドミニアムのある通りから次の四つ角を曲がり、マーケット通りに入る。

「わお」

「でしょ？」エマは笑顔で彼を見上げた。「高い賃料だけの価値はあるな、と思わない？」

「ああ、すごく、そう思う」目の前すぐに海が広がる。サンフランシスコ湾の海の色はどこまでも濃い青。右側のベイブリッジのアーチの先に、オークランドが見える。湾にはたくさんのフェリーやヨットが浮かんでいる。深く息を吸うと、潮の香を感じた。

「実家を思い出すなあ」

「そうなの？　家はどこ？」

「今住んでいるのはポートランドで、育ったのはサンディエゴだ。うちの家族は四十年前に国境を越えてこの国にたどり着いた。西海岸のいろいろな町に移り住んだが、結局、サンディエゴが故郷ってところかな。いとこのひとりがこのサンフランシスコに住んでいるが、長期休暇で家族旅行中なんだ。ポートランドに住んでいる親戚も多い。俺は、まったく知らない人しかいない場所に落ち着くのは嫌だな。ファミリーの誰かがいてくれれば、そこに縁を感じられる」

彼女は首を振りながら笑った。

「何か、おかしいか？」

「だって、ファミリーの誰かがいる場所を選んで住む、なんて不思議な感じ」

「君の家族は？」

彼女の顔から表情が消えた。何かがぴしゃりと閉ざされた感じ。「電車が来るわ。さ、急いで」

彼女がものすごいハイヒールを履いていなくてよかった。細くて高いヒールでは、走ってケーブルカーに間に合おうとはしないだろう。彼女が今夜選んだサンダルは、とてもおしゃれだが、ヒールはそう高くない。ラウールは彼女の腕をつかむと、通りを横断し、駅でがたごとと音を立ててやって来る電車を待った。

「ほら！」アンティークな電車に乗り込むと、エマの顔が喜びに輝く。「こういうのが気に入ってるの。見て」彼女の指さす先、運転士の上の位置に張られた板に、〝Milano，1928〟と書かれていた。一九二八年にイタリアのミラノで製造された電車のようで、車両のあちこちにイタリア語が見られる。「何だかすてきでしょ？」

確かに。座席は板を張っただけの硬いベンチで、古い車体はかなり揺れるが、それでも、坂道を進んで行く様子が力強い。ヨーロッパの都市で、百年近くも前に製造され、まだ現役で使用できるのだから、たいしたものだ。こんな古い乗り物を利用するのは、ラウールにとって初めてで、畏怖の念さえ抱く。彼の知っているアンティークな乗り物と言えば、いとこのシボレーぐらいだが、あれはただ、古くてぼろぼろなだけだから。

海に近づいたところで、路線は左に折れ、電車はサンフランシスコ湾に沿って走りがたごと揺れる音を聞きながら、世界でも随一と言われる美しい街をこのすてきなだった。汗、おなら、それにマスターベーションするやつもいる。

一週間を過ごした。シャワーを浴びるところなどなく、キャンプの中は殺人的な臭いのトレーニングをすることになった。担当となったラウールは、ユタ州の砂漠地帯で先週、ブラック社からの依頼で、ASI社はエージェントとして採用した新入社員かに漂うエマの香り。軽やかでフローラルなコロン。気分が明るくなるような匂いだ。分で楽しむしかない。本当に楽しい。窓が開いているので潮風を感じる。そしてかすかすものはない。報告すべきこともない。だから、ただ肩の力を抜いて、観光客の気険を排除しなければならないのはわかっているが、今この瞬間、エマの身の安全を脅ほんの短い時間だったが、ラウールは心から電車での移動を楽しんでいた。早く危ながら、アンティークの路面電車に揺られる体験。

い、夕日に輝くサンフランシスコの街並みの中を、心地よい初夏の風に頬を撫でられ「ああ」笑顔で即答する。この体験のすべてが楽しい。美しい女性とぴったり寄り添いる人はほとんどいなくなった。「Uberよりいいでしょ?」

二人は黙って外の景色を眺めた。終点に近づくにつれ、降りていく人が増え、周囲にたごと大きな音を立て、また混雑もしているので、普通に会話をするのは困難だった。始めた。うまい具合に海の見える場所に二人並んで陣取る。アンティークの車体はが電車で進むなんて……楽しくないはずがない。考えれば、ここ最近、楽しい体験などほとんどなかった。

エマが顔を近づけてきた。彼の首に唇が触れそうなぐらい近くに。「次で降りるわ」

その言葉に反応した彼が、エマのほうを向くと、二人の顔同士がくっつきそうな距離になった。彼がうなずくと、彼女が目を見開く。瞳孔が少し拡散し、こめかみで血管が大きく脈打つのが、ラウールにもわかった。そうか、彼女もこちらを意識しているのだ。動揺しているのが自分だけではなかったと知れてよかった。二人のあいだに何が起きているのだろう？　異性として惹かれている、それは確かだ。だが、その感情が濃密すぎる。痛いぐらいに強く惹かれている。映画の手法で、どんどんズームインしていって、誰かの顔だけが画面に映し出される、というようなカメラワークがある。今のラウールに見えるのはそんな映像で、視界からエマの顔以外のものが消えていた。肌のクリーム色、鮮やかな瞳の青、唇の燃える赤、そして炎の赤毛——そんな色が彼の視界の端から端までいっぱいに広がる。ああ、息ができない。

そのとき、電車がごとん、と揺れ、終点に到着した。うるさいブレーキ音のおかげで、元の世界が目の前にまた現われた。ああ、助かった。エマはこちらの状態には気づいていなかったようだ。降りる用意を始め、彼を待っている。慌ててあとを追ったが、膝が少しがくがくしていた。

エマと一緒にいると、こういった状態になってしまうことが多い。一瞬、世界が存在していることを忘れてしまうのだ。もちろん、こんな経験はこれまでない。今、どういう状況にいるのかという認識を保っているのがあたりまえなのに。元特殊部隊の兵士だから、あるいは現在も警備・軍事会社で仕事をしているので、危機意識、というものが体に叩き込まれているせいではあるが、それに加えて、感覚的に理解したことを重視するからでもある。戦場でも、とりわけ、もっとも危険な紛争地帯にあっては、匂いで周辺の状況を判断し、太陽で自分の位置を確かめ、光や影の動きで不穏な動きを予測するようにしていた。

世界一美しいとされる街で、一瞬でもその感覚を失ってしまうとは。周囲に何があるかさえ気にしていなかった。状況認識なんて、どこかに飛んでしまっていた。彼にもエマにも危険が迫っていなかったのが、幸いだ。しかし、彼女の生活を脅かすものがあり、実際に彼女に危険が及ばないようにするために、彼はここに来たのだ。

それなのに、一瞬、そのことも忘れていた。

よし、彼女を見て、匂いを嗅いで、楽しむのはいいが、今後は、頭を空っぽにしないようにして楽しめ。いいか、マルティネス？　彼は自分をそう叱りつけ、電車の出口に向かった。

古い車体は床が高く、ステップは狭い。彼は先に降りて、エマに手を差し伸べた。

彼女はきびきびと動くし、身のこなしも軽やかなので、人の手を借りる必要などない。ただ、彼がそうしたかっただけだ。

本来ラウールは、デートのときに手をつないだり腕を組んだりするのが嫌いだ――いや、今回はデートではないのだが――理由は、両手を空けておきたいからだ。しかし今は、助けるための手を、という理由を思いついたので、さっそうと手を握った。

フィッシャーマンズワーフは混雑しているわけではないが、にぎやかだった。観光客がサンフランシスコの名所を楽しもうと繰り出して、はしゃいでいる。不審人物は見当たらず、誰もがリラックスして、悩みなどなさそうに見える。だいたいは太って、ださい服を着ている。そして楽しそうだ。思う存分、楽しもうと決めているようだ。

ラウールとエマに注意を払う人もいない。理想的だ。

「どっちに向かうんだ？」二人は観光客の一団にのみ込まれるように立っていた。二人を避けて、人の波が両側に分かれる。

「あっち。この方角」エマが示したほうに視線を向ける。背景としてゴールデンゲートブリッジが見えた。赤い塗料が夕日を浴びて本当に金色に輝いている。

彼女が示した方向にさっさと歩き始めた。サンダルを履いている割には、信じられないぐらい速足だ。進む方向を自分がリードせずに歩くのは、ラウールにとって本当にしばらくぶりだった。どこに向かっているのかわからなかったが、彼女にまかせることに異存はない。自分を魅了する美しい女性と美しい街を歩いてディナーに行く。世界的に有名な美食の都会で中華の高級店に。文句のあるはずがない。

4

マッチョな外見とは裏腹に、ラウールは男らしさを押しつけてくるタイプの人ではなかった。肩肘（かたひじ）張ったところもなく、素直にエマの意見を受け入れてくれる。ゴリゴリのアルファ・メールというオーラを出す男性と相対するとき、彼女はいつも緊張した。彼らは、自分が最優位のオスとして存在していることを確認しようとする。周りからどう見られているかをチェックし、自分の言い分が必ず通るようにする。彼らの言い分が正しいことは、往々にしてある。だが、そこまでして言い分を通すことに、何の意味があるのだろう。

ラウールは、職務上当然ながら、周囲の様子に気を配ってはいる。誰かが電車に乗ってくると、その人物を暗い眼差しでさっと見て、危険がないかどうかを確かめていた。ただ路面電車の乗客のほとんどが観光客、あるいは電車マニアみたいな人たちだった。観光客で古い電車が好き、という人ももちろんいるだろうが、とにかくこの時間にFラインを利用するのは、移動手段としてよりも、アンティークの電車に乗ってみたい、というのが目的である場合が多い。

ラウールのチェック方法は、実に系統立っている。対象者の、まず首から上を見て、次に手、脚へと視線を移す。これを、乗車しようとする人物が車体のステップに足をかけた瞬間にやってのける。即座に問題ないと判断を下し、次の客のチェックを始める。それを、エマとの会話に華を咲かせながら行なうのだ。会話であやふやな返答をすることもない。

「俺はフリスコについては何も知らないんだ」電車が海沿いを走っているとき、騒音に負けじと声を張り上げて彼が言った。「大昔、悪友連中と大騒ぎした延長で、サンディエゴから車でここまで来たことはあるんだが、この街がこんなにきれいだ、という記憶はなかったな」

「問題がないわけではないのよ。でも、そうね、本当に美しい都市だわ」住む場所については、彼女は常に恵まれてきた。これまで、上海、マドリード、ブエノスアイレス、ボストンといった、独自の文化を誇る美しい都市に住んできた。まあ、いいわね、とよく言われる。しかし、その代償とも言うべきか、家族には恵まれなかった。

終点が近づいたとき、彼に近づいてそっと言った。「お節介かもしれないけど、忠告するわ。地元の人たちは、サンフランシスコがフリスコと呼ばれることを嫌うのよ。どうしてだかはさっぱりわからないけど。都市伝説かもしれないわね」

「なるほど」彼は気分を害された様子もなく、気楽に応じ、口にチャックをするジェスチャーをしてみせた。「忠告に感謝するよ。今後一切、その呼び方は使わない」

二人の目が合う。彼の瞳は濃いこげ茶で、周囲を琥珀色の線が縁取っているところなど、ワシの目のようだ。そのせいで、この目に射すくめられると身動きが取れなくなる気がする。まさに猛禽類だ。彼は目をそらさず、彼女も彼を見たままでいた。本当にハンサムな人。でも、一般的にハンサムと言われる人とは違う。クォンツ仲間にハンサムな男性はいない。母なる自然は、数学の能力に秀でた男性に美貌を与えることをよしとしなかったようだ。ただ、金融や証券業界のエリートの中には、外見のよさを天から与えられた男性もちらほらいた。そういう男性からは、僕ってかっこいいでしょ、というオーラを嫌というほど浴びせられた。

ラウールは違う。彼は自分自身のことにはかなり無頓着で、彼の興味の中心は外の世界にある。具体的に言えば、エマに対する関心だ。スポットライトで強烈な光線を当てられているみたいに、彼の意識が自分に集中しているのを感じる。つい、彼に寄りかかってしまいそうになり、その衝動を懸命に抑えている。彼にすがりつきたい。その誘惑が抗いがたいほど強い。欲望に負けたわけではないが、電車を降りるときには、彼の手を借りてしまった。

不思議なものね、と彼女は思った。これまでの人生を振り返って、誰かに助けの手を求めたことなどいちどもなかった。精神面だけではなく、肉体的にも強靭だった。実は高校生まで体操選手だったのだ。はかない夢ではあったが、オリンピック出場を考えたこともあるほど、とにかく必死にトレーニングした。しかし、やがて学業との両立が難しくなり、そもそも自分にはそこまでの技能はないとあきらめた。

とにかくそういう事情で、足元が不安定だからと男性の手を求める必要はまるでなかった。それなのに、いつの間にか彼に手を預けていた。形式的なレディ・ファーストみたいなものではなく、金属製の手すりができたみたいな感じだった。人間でできたガードレール。転びそうになっても大丈夫、俺がいるから、そう伝えられたのも同じだった。

そのことに苛立ちを覚えなかったのも驚きだった。

やがて歩道へ入ると、ラウールが笑顔で腕を妙な角度に曲げて横に並んだ。一瞬、どういうことなのかわからなかったが、ああ、これは肘を差し出して、ここに手を預けてください、という意味か、と思い至った。ヒストリカル・ロマンスとかでよくあるシーンだ。そのまま彼女は、ためらっていた。

「こんなすばらしい時間を、腕を組んで歩けたら、すごく楽しいと思うんだ。だが、他にも理由が存在する。ある意味、俺は潜入捜査官みたいなものだ。腕を組むことで、周囲は、俺のことを君のボーイフレンドだろうと思う。実際、友人であることに変わりはない。とにかく俺は君を助けるためにここにいる。今のところ、誰も俺たちに注意を払ってはいないが、今後のことを考えておかないと。何が起きているのかが明白になるまで、俺はずっと君のそばにいる必要がある。だから君には俺の存在に慣れてもらわねばならない。俺がいることで、びくびくされても困る。普段どおりでいてほしいんだ」

　なるほど、納得だ。

「それなら、議論の余地もないわね」ぼそりと言ってから、口調を変えた。「それなら……導け（リード・オン）、マクダフ！」（シェイクスピア『マクベス』第五幕の「やるなら、とことんやってみろ〈レイ・オン〉、マクダフ」からの誤った引用で、常套句）

「それ、古典に出てくるフレーズだろ？　シェイクスピアだよな？　俺の姉は文学を教えていて、シェイクスピアの作品をきちんと覚えていない俺を、叱り飛ばすんだ。どれがどれだか、わからなくなる。これって、悪いやつが物語の題名になってるやつだろ？　そこまでは覚えてるんだ」

「そう、確かに悪者ね」彼の腕に置いた手の先が、上腕と前腕の筋肉の盛り上がりを感じ、彼女はどきどきした。「主人公とその妻が悪役なの」

　海辺からレストランに向かうあいだ、街並みは陽光のその日最後の輝きをいっぱいに浴びていた。目を細めないとまぶしい。あちこちのレストランから、おいしそうな匂いが漂ってくる。すると、自分が空腹であることを思い知らされる。夕食が非常に楽しみだ。こんなに胸がふくらむとは想像していなかった。

「その悪いやつだが、妻も一緒に、やっつけられたんだろうな？」

エマは彼の腕を軽く叩いた。「主人公の悪者はやっつけられた。その妻は自分で命を絶った。正義は必ず勝つ。めでたし、めでたし」

＊＊＊

エマが選んだレストランは、洗練された雰囲気があり、スペースを贅沢に使った高級な店だった。〝紅天〟という店名の理由は、中に入るとすぐにわかった。壁一面に描かれている古典的な手法の中国の風景画のせいだ。左側の壁は、湖にそびえる山の背後に、血のように真っ赤な太陽が沈んでいく図。右側の補強ガラスの入った窓からはサンフランシスコ湾が見渡せ、その中央にゴールデンゲートブリッジがある。

光沢のあるチャイナドレスを着た女性が、窓際の席まで案内してくれる。革張りの表紙に型押しで文字が書かれたメニューを置くと、女性は姿を消した。ラウールは椅子を引いてエマを座らせた。なぜなら俺は紳士だから、と言いたいところだが、自分の卑しさを認めるしかない。肩越しに覗くと、彼女の胸の谷間がよく見えるのだ。うーん、よだれが出そうだ。

自分も席に着いてから、店内を見回す。この店のすべてがいい感じだ。厨房からは実においしそうな匂いが漂ってくる。窓の外には絶景が広がる。目の前には、彼を妙に惹きつける美女がいる。こんなに女性に惹かれるのは、いつ以来のことだろう。ここまでの強い気持ちは初めてかもしれない。

「すごくいいところだな」

彼女がメニューを閉じてほほえみかけてくる。「しかも、料理のほうも極上らしいわよ」

ラウールは、そこまで求めているわけではなかった。願いの多くが叶ったようなものだから。向かいに座る女性は美しくて楽しい。すばらしいインテリアのレストランで、絶景を見ながら食事できる。この上、出される料理がおいしいなんて、ボーナスみたいなものだ。

「そりゃいい」彼はメニューを開いたが、どういう料理なのかがよくわからない。

「君はメニューを見ないのか?」

「まあね。口コミを読んだから、食べたいと思うものがすでにあるの」

「そりゃ、よかった」彼はぱたんとメニューを閉じて、テーブルの端に置いた。「じゃあ、俺の分も頼む。俺はメニューを見ただけではわからないから。君と同じものを注文してくれてもいいし、君が注文するもの以外に、食べたいものでも構わない。二人でシェアすればいいだろ？」

「私にまかせてくれるの？」

「もちろんだ」閉じたメニューの表紙を、こんこんとこぶしで叩く。「それに、俺は好き嫌いもないから。何だって食べる。軍に入って、前線で長期間過ごせば、えり好みなんてしてられなくなるんだ」

エマは、本当かしら、とでも言いたそうに、首をかしげた。「じゃあ私が――そうね、たとえばバッタのチョコレートがけを頼んだら、どうするの？」

「そういう料理がこのメニューに載っているとは思えないが、ああ、平気だ。実際、戦地で虫を食べたこともある。実はたんぱく質が摂取できないとき、虫は貴重な栄養源になるんだ」さらに、ヤギやヘビも生で食べたことがある。「非常用食糧っていうのも、かなりおぞましい食べものなんだ。パック詰めの軍配給品で、ゾンビだけが生き残る終末の世界になっても腐らないという代物だから、とにかく、ものすごくまずい」しかも、必ず便秘になる。長時間のパトロールに出ても、排便を催すやつはひとりもいなかった。意図してそういうふうに作ってあるのではないか、とまで言い出すやつもいた。

「じゃあ、安心して。今夜のところは、バッタのチョコレートがけはないから。注文するのは――」

きれいなウェイトレスが音もなく近づいてきた。カクテル・グラスに紅い飲み物が入っている。「紅・天(レッド・スカイ)でございます。お店からのサービスです」グラスを置くと、女性は音もなく去っていった。

「サービスですって。飲みましょうよ。二人とも運転するわけでもないから」

「そうだな」ラウールも同調した。「どうせなら、楽しもう」

二人ともグラスを持ち上げると軽く縁(ふち)を当てて乾杯した。エマはひと口すすっただけだったが、ラウールはごく、ごくと飲み干した。おいしい。おいしい。

「うーん」何のカクテルかはわからないが、おいしい。「口の中に今入れたものが何かはわからないが、パンチの利いた味だな。ウォッカとザクロジュースをベースに、いろいろなものを混ぜたんだろう。中国ふうではないが、すごくうまい」彼はエマのグラスを指先で奪った。「飲み干してごらん？　このあといっぱい食べるから、少しぐらいアルコールを飲んでも大丈夫だよ」

彼女はもうひと口すすった。「あとでね。まず注文しないと。ロブスターを頼むつもりなんだけど」

「そうか。ロブスターは大好物だ」

「そうね、あなたが支払うんだったら、私は〝怒れる(アングリー)・ロブスター〟にしようかな。これきっとスパイシーで辛いのよね。もうひとつ〝酔っぱらい(ドランク)・ロブスター〟っていうのもあるわ。こっちはきっと、紹興酒煮込みね」

「よし、決まった」ラウールは、ウェイトレスを呼んだ。

ウェイトレスが、すっとテーブルの横に立つのを待って、ラウールはエマを見た。

彼女は、あら、と眉を上げる。彼女は注文するのを嫌がるだろうか？　これまでのデートでは、なかなか自分の意見を決められない女性が何人もいた。こういう女性に注文させると、永遠に料理にありつけない。だから、ラウールは自分で注文する。しかし、エマは自分で何でも決断できる人だ。ここは彼女にまかせておけば大丈夫だろう。

エマはウェイトレスに笑顔を向け、注文し始めた。緊迫感のあるやり取りが行われ、南北朝鮮の統一について話し合っている、と説明されても信じてしまいそうな真剣な議論。

中国語で。

何とまあ、彼女は中国語が堪能なのだ。たどたどしい片言の中国語ではなく、なめらかに流暢に、完璧な北京語を話せるようだ。

すごい。

高級中華料理店で、中国人と、きれいな標準語の中国語で議論できるのであれば、彼女にまかせて大正解というわけだ。彼はゆったりと椅子にもたれてリラックスし、彼女の姿を眺めた。いい感じだ。彼女はウェイトレスと真剣に話し込んでいるので、存分に彼女を見ていられる。眉のあいだの小さなしわが、すごくかわいい。議論に集中しているのだ。仕事中も、彼女はこういう表情をするのだろう。女性二人は、メニューに首を突っ込むようにして話し合っている。エマが何かを指さすと、店の女性がうなずきながら応対する。すべて中国語で。まいった。

どこで中国語を学んだのだろう？　学校で？　海外留学制度みたいなのを利用して、中国本土、あるいは台湾で過ごした時期があるとか？　彼女が大学院で数学を学んだことは知っている。何とかいう難しい理論で修士号を取得したはず。中国語も専攻していたのか？　ラウールは常に、語学の才能がある人を尊敬していた。彼自身も英語とスペイン語のバイリンガルということにはなっているのだが、いつも周囲で話されていた言葉を真似て覚えただけだ。彼の話すスペイン語は文法的にはめちゃくちゃ、町のちんぴらがしゃべっているみたいだ、とよく祖母から言われた。彼は、おとなになってから新たな言語を学ぶのは困難だと思っている。ところが相棒のピアースは、スポンジが水を吸収するみたいに新しい言語を習得していく。えらい違いだ。アフガニスタンに二年間駐在したのに、パシュトゥン語も簡単な文章の断片を覚えただけ。たとえば、水をください、とか銃を下ろせ、とか。その他にはあまり必要性を感じなかったせいもあるが、とにかく、自分には言語能力がないと思っている。

エマとウェイトレスの議論が終わりに近づいたようだ。やがてウェイトレスが満足そうな表情で立ち去った。エマはメニューから視線を上げ、彼にほほえんだ。彼も笑顔を返した。

「中国語ができる、ってことか」

彼女がかすかにうなずく。「ええ、話せるわ」

「大学で専攻してたのか？　高校に交換留学プログラムがあったとか？」はっと不吉な考えが彼の脳裏をかすめる。否定してくれ、と心で念じながらたずねる。「中国人の恋人がいるから？」

「全部、はずれ。私がまだ小さい頃、家族で四年上海に住んでいたの。現地のアメリカン・スクールに通っていたけど、放課後、地元の子どもたちと交流するプログラムがあって、中国人の友だちがたくさんできたの。それに子どもって何でもすぐに覚えるでしょ？　だから、簡単にしゃべれるようになったのよ」

「上海に住んだのは、お父さんの仕事の都合？　あちらでビジネスをされてたのか？」

彼女の顔からさっと表情が消えた。ぴたりと閉ざされた感じで、陶人形と変わらない。苦悩の色も、怒りも、何もない。ただ無表情なのだ。こんなふうになるのは、電車に乗る前にもあった。二度目か。どうやら家族の話は地雷原のようだ。こういう場合は、そろそろと足を安全な場所に戻し、地雷原から遠ざかるのが賢明だ――そう思ったのだが、急に好奇心がふくらんだ。賢くてきれいで、友情を育みつつある親切な女性二人の大親友。この目の前にいる女性のすべてを知りたくなった。

もう一回、試してみるか。

「自分の事業でなければ」さりげない口調で、質問を続ける。「会社の駐在員として？　あるいは学術関係かな？」

彼は上体を起こし、少し距離を取って彼女の表情の変化を見ていた。いったん聞き始めると、何もかも知りたくてたまらなくなってしまった。こうなったらどうしても本当のことを聞き出すぞ。この場で何もかも聞き出すのは無理かもしれないが、いずれ。

そう、いずれ聞き出してみせる。

ここで何も言わないと、会話としておかしいことに彼女も気づいたようだ。くちびるの両端がぐっと下がる。笑みではない。この質問を歓迎していないのは明らかだ。

「えーっと、その……うちの父は外交官だったの。だから四年もあっちに住んでたのよ。上海総領事だった」それだけ告げると、彼女は固く口を閉ざした。口の周囲に力が入り、肉感的な唇が細く一直線に結ばれている。

ラウールもばかではない。退却すべきタイミングぐらい心得ている。それがすぐれた兵士というものだ。ここは引きどきだ。彼は少し頭をかしげて話題を変えた。

「ずいぶん長々と話し込んでいたが、俺の目の前にどんな料理やワインが置かれるのか、決まったのか?」

彼女はふうっと息を吐いた。固唾をのんで、話の行き先を案じていたに違いない。大丈夫だよ、もう無理に聞き出そうとはしない、そう言ってあげたかった。ただし、今のところは、だが。彼女の口元が緩む。

「ええ、決まったわ。ワインはナパ・バレー産の白にした。評判のいいシャルドネよ。勝手に決めてしまってごめんなさい。でも、生産したワイナリーのことはよく知ってるし、このワインも飲んだことがあるから、間違いないと思って、あなたに相談もしなかったの。気分を害したのでなければいいけど」

「まったく構わない。カリフォルニア産のワインのことは、君のほうがよく知ってるだろうし、そもそも俺はワインに詳しいわけじゃない。どんなワインか楽しみに待つよ。他に何が出てくるんだ?」

「いろんな点心料理を頼んだ。スペイン語で言うタパスと同じね。前菜として出されることもあるし、ちょっとしたスナックとしてお酒と楽しむのもいいわ。そのあと、あなたの前にはお勘定書きが置かれる」

「いいね。これで、積もりに積もったフェリシティとホープへの貸しの一部を返せるわけだから」このレストランの支払いをASI社のクレジットカードで決済しても、誰からも何も言われないことはわかっている。しかし、ここは自分の財布から支払いたかった。貸しを返す、という意味合いは無論のこと、何より自分がごちそうすることで、デート気分にひたれるからだ。

本当に、デートならいいんだが。

これは警護任務の一環だ。しかし、こんなに楽しい気分になったのは久しぶりだった。エマほどすばらしい女性にあったのも、いつのこと以来だか。こういう状況で会ったのでなければ、すぐにでもデートに連れ出し、彼女のことをもっとたくさん知ろうとするはずだ。

そしてベッドに誘う。もちろん。

「上海に住むのは楽しかったか？」彼女が顔をこわばらせた原因は、家族なのか、住んだ都市なのか。

エマは笑顔のままだ。なるほど、思い出したくないのは家族のようだ。

「最高のところよ。アメリカン・スクールには世界各国からの駐在員の子どもが在籍していて、その上さらに、午後は地元の子どもたちとの交流を目的とした課外授業みたいなのに出ていた。今でも当時の友だちと連絡を取り合っている。上海はすばらしい都市よ。あなたは行ったことある？」

実は、ある。だがそのことは口が裂けても言えない。超極秘事項として、ごく一部の関係者以外には絶対知られてはならない事実なのだ。そもそも上海に遊びに行ったわけでもない。彼の所属部隊は、夜の闇に紛れてけっして人目につかないように市内に入り、滞在したのはたったの四十八時間。同じようにこっそりと街をあとにした。あとに死体をいくつか残して。

「いや」すばやく否定して、話題をそらす。「中国語を覚えるの、難しかったか？」

「たぶん、想像すればわかると思うけど、子どもの頃って、何でも簡単だから」そこで、不満そうな顔をする。「大変だったのは、男の子の相手ね。どう対応すればいいのか、いつも悩んでた」

えっ？　そう聞いて、彼は驚いた。「男の子と仲が悪かったのか？　棒を振り回して追い払うとか？　いったい何が原因で男の子と喧嘩になってたんだ？」

彼女は、ふふ、と笑って、説明を始めた。「そうね、どこから話せばいいのか――まず、私は、その……かわいい、と男の子に思われるタイプじゃなかったの。赤毛で歯列矯正具(きょうせいぐ)をつけた女の子なんて、人気がないわけよ。背が低くて、体つきが女らしくなるのも遅かった。顔じゅう、目と口ばっかりみたいだったわ。中国人の子どもたちは、アメリカン・スクールの子全員が自分たちとはあまりに違っているから、私の見た目なんて、さほど気にならなかったみたい。それがありがたかった。赤毛で大きな目で歯列矯正具をつけてる不思議な子、としてそのまま受け入れてくれたのね。私に角が生えてたって、そういうものだ、として気にもしなかったんだと思う。一方、アメリカン・スクールのクラスメイトたちは、私のことを変な子、と思っていたのね。そもそも、算数が得意で数字が大好きな女の子、なんて男の子には人気がないものでしょ」

「算数が得意な女の子が好きな男の子だっているさ」彼は心からそう言った。「俺はフェリシティとホープのことは大好きだぞ。もちろん、友人として、という意味だからな。女性として魅力的だと思ってる、なんて知れたら、メタルとルークに生きたまま皮をはがれ、窓の外に吊り下げられそうだ」

エマが軽く笑う。彼はそんな彼女に笑顔を向けた。エマを笑わせるのが楽しい。本質的に彼女はまじめで、きれいな濃い赤色の眉間にしょっちゅう、小さなしわができる。常に難問に取り組んでいるかのように見える。おそらく、実際に彼女の頭の中は複雑な数式でいっぱいなのだろう。

ラウールにとって、人生とはシンプルなものだ。世の中には、いいやつと悪いやつがいる。いいやつを助け、悪いやつが何かをするのを止める。二度と悪いことなどできないようにする場合だってある。そして、友人と家族を応援する。これまでずっとそうしてきたし、これからもそうする。世界がどうやって成り立ち、こんなふうになっているのだろう、なんて深く考えない。この世界で生き残ること、それだけが大事なのだ。

エマというのは、世界の成り立ちや、その存在理由を考えるタイプの人間だという気がする。フェリシティもホープも、同じだ。

さっきとは異なるウェイトレスが、カートを押して二人のテーブルにやって来た。チャイナドレスが優雅だ。小さな容器に入ったさまざまな料理がテーブルに並べられていく。見たこともないものも多いが、どれもおいしそうだ。予想どおり、エマは箸（はし）の使い方がすごく上手だった。ラウールもいちおう使えはするのだが、任務で二ヶ月朝鮮半島に滞在したときに覚えただけなので、さほどうまくはない。その間はほとんど、穴の中に隠れたままで、ナイフやフォークが欲しいなどという贅沢は言えなかったのだ。

料理があまりにおいしかったので、二人はしばし無言で食べ続けた。その沈黙を気まずく感じることもない。ただ、会話するのも惜しかっただけだ。

「うーん」しばらくしてから、エマが何種類目かの点心を口に入れてつぶやいた。

「口コミは正しかったわね。本当にすばらしい」

ラウールも力強くうなずいた。食べものを口いっぱいに頬張っていて、言葉を発することができなかったのだ。そして店の売りである北京ダックを、少し自分の取り皿に入れた。うーん、絶品だ。ここまでおいしいのは、反則じゃないのか？

黒いスーツに身を包んだ青年が、ワインのボトルを手にやって来て栓を抜いてくれた。ラベルを見ると〝シャトー・モンテレーナ〟と書かれている。青年が、ラウールのグラスにテイスティング用のワインを注ごうとしたので、ラウールはさっと首を振って、エマのほうを示した。ワインを選んだのは彼女だから、彼女が味を確認すべきだ。ウェイターは驚いた顔ひとつせずに、エマのグラスに半分ワインを注いだ。彼女は匂いを確かめたあと、少し口に含んで、目を閉じた。

チャンスだ。彼女が目を閉じているあいだに、好きなだけ見つめておこう。俺を魅了してやまない、この顔を。きれいな顔、それは間違いない。燃えるような赤い髪、空のような真っ青な瞳の組み合わせは、人目を引くものだ。それでも、世界じゅうにきれいな女性はいっぱいいる。この前最後――半年近く前か？――に寝た女性だって、美人だった。しかしあの女の奇行には参った。セックスの最中、金切り声を上げ、背中に爪を立てて引っかく。ものすごく積極的で燃え上がったと思ったら、互いに絶頂を迎えて五分も経たないうちに、彼女のほうからベッドを離れ、さっさと服を着て、部屋から姿を消していた。彼女の連絡先も知らず、名前も聞いたかどうかさえわからない。自分が男娼（だんしょう）として体をもてあそばれたような気分になった、彼女が部屋を去る前に金を置いていかなかったことが、せめてもの救いだ。部屋に入る前に、食事をともにしたのだが、その理由は彼女がラウール自身よりも、彼に家を売りつけることに興味があったからだ。食事のあいだも彼女は、食べものには目もくれず、不動産の話ばかりしていた。

この体験がトラウマになり、それから彼は誰ともデートしていなかった。あのときのことを思えば、今夜は何とすばらしいのだろう。いや、デートではないのだが。正確には。

ラウールは、エマに体を近づけるようにして問いかけた。「トビーについて、もう少し話してくれないか？ 彼が行きそうなところを、もういちど考えてみてほしい。最後に彼を見かけたのはいつだった？」

彼女はしばらく黙って考え込んでいた。フェリシティやホープもこういうふうに考え込む。質問をすると、その答をじっくりと考えるのだ。頭の中のコンピューターに語りかけ、数十万とある可能性の結果を導き出し、もっとも正しいと思われる答を口にする。秩序だった推理が誰をも納得させる、賢明な答だ。

「最後に見かけたのは、先週の金曜日。先物取引に関する社内向けの報告書を二人で仕上げたとき。細かい内容まで、わかりやすく説明したものよ。彼は国内取引、私は海外取引を担当した。次の月曜日、つまり今週の初めに二人で社のお偉いさんたちにプレゼンする予定だったから、そのあと土曜日にも電話で打ち合わせをした。そのときはどこかに旅行だなんて言っていなかった。この一ヶ月、報告書を仕上げるために二人で頑張ってきたのに。複雑な説明になるから、細かなところまでミスがないか調べるのに、先週の大半を費やした。トビーが計算式をチェックし、私は簡潔明瞭(めいりょう)にするよう文言を調整した。かなり重要な報告書で、会社の次の四半期の経営方針を決めるものだったの。この報告書が認められ、昇進することをトビーは狙っていた」

「君は？」ラウールがたずねる。

「私は、って？」

「君もその報告書で昇進するはずだったのか？」

「え？　ああ、そんなんじゃないの。私はトビーみたいに昇進したいわけじゃないから。あの人、いい意味で上昇志向が強くて、将来的には役員になるつもりなの。経営陣に加わるなんて、私から言わせれば地獄だわ。強欲で物質的な豊かさだけを追い求める人たちばかりの世界よ。誰もが常に、隣に座って談笑する人の寝首をかこうとしている。今のポジションからひとつ昇進するぐらいでは、たいした昇給にもならないから、興味はないわね。私には――」彼女が突然、言葉を切った。

「君には？」やさしく先を促す。トビーについての情報は少しでも多いほうがいい。エマに危険が迫っているとすれば、そのことにトビーの失踪が関連しているのは間違いない。だから状況把握のため、こうやって話を聞き出す必要があるのだ。戦略的情報(インテル)と呼ばれる、今後の作戦を決定づける重要な情報となる。

ただ……それだけではない。ラウールはエマが何を考えているのかを知りたかった。さっきまでは、評判のレストランで、すばらしい中華料理と上質のワインに満足する幸せそうな女性だった。さらに言えば、ラウールと一緒にいることさえ楽しんでいるように見えた。それが一瞬にして、何か大きな悩みごとを抱える人になってしまった。眉間の縦じわがくっきりと目立っている。そんな彼女の心の内をもっと理解したくなった。フェリシティもホープも、NSA時代について、セクハラ・パワハラ上司がいたこと以外には、ほとんど話してくれない。社の誰もが、その意思を尊重した。ASI社のエージェントなら誰もが、軍の機密に関するできごとを見たり、噂として知ったり、実際の事件などの当事者だった経験を持っている。こういった機密は、一切他言はできない。ただ、具体的な事実については教えてもらえなくても、当時NSAに勤務していた四人の女性が強い絆で結ばれているのはわかる。互いに助け合い、ひどい上司の下でも、できるだけ仕事を楽しもうとしていたのだろう。

「私には、よくも悪くも、トビーみたいな上昇志向はないの。今のお給料で、欲しいものは何でも買えるから。自分の家を持ちたいとは思っているけど、まだ落ち着く気にはなれないし。今の会社ですごく幸せか、と言われると、イエスとは言いにくいけど、今のところは大きな不満もない。あんな会社で出世したいとは、絶対に思わない。でもトビーは望んでいた――ああ、どうしよう、過去形で話すだなんて。出世がトビーの望みなの」こちらを見た彼女の瞳から、荒涼としたその心がうかがえた。「私、彼のことをもうこの世にいないとでも思っているのかしら」

ラウールは彼女の手を包み込んだ。「死んだと思っているから、過去形になったわけじゃない。確かなのは、君が彼の身を心配していることだけだ」

「お待たせしました」また別のウェイトレスが湯気の立つ皿を二つ運んできた。「アングリー・ロブスターはどちらですか？」

エマが笑顔で手を挙げると、彼女の前には殻をうまく割って、身を食べやすくしたロブスターが置かれた。盛りつけは芸術品だし、とてもおいしそうな香りがする。

「ドランク・ロブスターはこちらですね？」

肯定するために、ラウールは指を一本上げた。こちらもすごくおいしそうだが、エマの皿とは異なるフレーバーだ。

二人はすぐにロブスターを食べ始めた。エマは品よく食事するが、それでもこういう状況で指がべとべとになるのを意に介さない。感じのいい食べ方だな、とラウールは思った。テーブルにはバラの花びらを浮かべたぬるま湯の小さなボウルが置かれていたので、二人とも食べてはそこで指を洗った。ロブスターの殻を割って豪快に食べるのは達成感があって楽しいが、手は間違いなく汚くなる。

「さっきの話だけど」しばらくしてからラウールは体を起こし、また話を始めた。

「トビーってやつは、野心家なわけだな」ラウールは慎重に言葉を選んだ。過去形を使ってはいけない。それでも、この男が被害者なのか、それとも悪事の一端をになっているのかを、どうにか早めに判断したい。エマはトビーが悪者側である可能性など、まったく考えていないようだ。しかし、あらゆる方面での最悪の事態に備えてきたラウールは、当然その可能性も考える。被害妄想と言われても構わない。

いいやつのふりをする悪者なんて、世界じゅういたるところにいる。問題は、トビーもそういうやつのひとりなのか、ということだ。上司と悪事を、企てたのか？　たとえば違法な取引、倫理的に問題のある取引。金融証券業界において、法律に触れるかどうかの線引きは非常に難しい。少しばかり倫理的に問題のあることをしていたところ、それが悪い方向に進み、はっきり違法な範疇に入ったので、トビーは姿を消さざるを得なくなった、ということなのか？

可能性はある。また、エマは実際に何かもっと秘密を知っているのに、トビーが悪人であることを認めたくなくて、無意識にその知識を記憶のどこかに封印してしまっている可能性だってある。

エマは、ロブスターの身を突き刺したピックを手に、ふと、遠い目をした。「トビーというのは、とても複雑な人でね。中西部の保守的な地域で、中でも特に厳格に宗教の教えを守ろうとする過程で育ったの。さっきも言ったけど、家族については話したがらなかった。ただ、あまり幸せな少年時代じゃなかったんだろうな、ということはわかった。経済的に苦しいわけではなかったようだけど、ご両親は、質素に生きることが神様の教えだと考える人たちで、ちょっとした娯楽や遊びなんかを、とことん否定したのね。その反動で、トビーは享楽的な生き方を求めるようになったんだと思う。自分を甘やかすことが大好きなのよ」トビーのことを思い出したのか、エマがふっと笑う。「空の旅はビジネスクラス、と決めていたわ。でも、ファーストクラスにも憧(あこが)れていて、昇進したい理由のひとつが、役員クラスは出張のときファーストクラスが使えるからなの。贅沢が好きな人だけど、どんなものにも趣味がいいのよ。ファッションにもうるさくて、私のスタイリストにもなってくれたわ。おかげで私も着る服が前とはすっかり変わった」

　スタイリスト？　彼女が着る服？　そんなことはやめろ、とラウールが声を上げる前に、彼女が朗らかに笑い出した。

「私の今日のドレスも、トビーが選んでくれたものなの。完全に彼の好みのスタイルね。私のクローゼットを見たら驚くわよ。中身の半分はアドバイス後に買ったもので、前後の変わりようがすごいの。彼に色彩を合わせるという概念を教えられたのよ。それから、オフィスで着るためだけの服ではなくて、ファッションとして全身をコーデイネートすることも。彼はとにかくおしゃれで、いいものに囲まれて暮らしたい人よ。だから、軽薄だと誤解されることもあるけど、そうじゃない。数学に関しては、疑いもなく天才よ。彼がかかわると、証券投資のやり方であれ、何であれ、革新的な改善がなされる」

ラウールは、真剣な顔でうなずいた。ビジネスにそれほど影響力を持つ人間か……。なかなか想像しづらい。しかしこの会話のおかげで、エマの別の一面が浮き彫りになった。彼女は自分のことを、あまり人付き合いのよくない、一匹狼的な人間だと考えているようだが、友人への忠誠心が非常に強い。

「君たちは仲がよかったのか？」はっとしてすぐに言い直す。「仲がいいのか？」

「ええ、仲はいいわ。だからこそ、彼の身に何かがあったとしか思えないの。私に何も言わずにどこかへ行ってしまうなんて、考えられない。実際のところ、もし彼が転職するのであれば、盛大なお別れパーティを自分で計画し、じゃんじゃんシャンパンを開けて、新たな門出を祝うはずよ。そうでもしなければ、トビーじゃない。そもそも、あの人はＰＩＢでの仕事に満足していたわ。毎日が楽しそうで、私なんかとは――」エマは言葉をのみ込み、唇をかんだ。私なんかとは違って。彼女が口にしなかった言葉が、その場にぶら下がったままになる。

自分がつい言いそうになった言葉が何だったかを悟って、彼女は驚いた様子だった。

今はこれ以上追及しないでおこう、とラウールは思った。エマ・ホランドに関するすべてのことを知りたい。だから今は、そっとしておくべきだ。あとで何もかも聞き出そう。

「ところで、彼はどうして君に『逃げろ！』とメッセージを送ったんだと思う？」

彼女の肩から緊張が抜ける。自分についての個人的なことを話すより、自分に危険を知らせてくる同僚について話すほうが気楽なようだ。もちろん、あのメッセージが本当に警告を目的として送られたのかどうかはまだはっきりしていないが。

「そうねえ、トビーは芝居がかったことをするのも好きだったから。言うことが大げさなのよね。だから、何かが起きていて、それが何なのかはわからないけど、とにかくそれにはかかわるな、という意味だけだったのかもしれない。何だったのかしらね。手がかりになるようなことは何ひとつなし。事実としては、同僚の姿をこの数日見かけないということだけ。電話にも出ないし、メールの返事もなし。そしてこういうふうに姿を消すのは、まったく彼らしくない」

彼女の中で、不安と苛立ちが募ってきている。動揺した人の視野は狭くなりがちだ。ここはひとつ、緊張の糸を少しほぐしたほうがよさそうだ。そう考えたラウールは、トビーはどんな音楽が好きなのかをたずねた。その質問がエマの音楽の好みの話へと移り、うまく会話が進んだ。

ロブスターを食べ終え、ワインを飲んだあと、ラウールは、勘定書きを持ってくるように合図した。すると、エマが彼の手に、自分の手を重ねてきた。じっと彼の目を見る彼女の姿を見ていると、わくわくするような喜びを感じる。こうやって向き合うことで、彼のほうもエマの目を覗いていられる。不思議な色の瞳だ。宝石のようにきらめいている。すばらしい。

「ラウール」深刻な表情で彼女が話す。

「エマ」彼は、同じような声の調子で、同じように深刻な顔で応じる。この攻防は面白い展開になりそうだ。

「やっぱり、ここの支払いをすべてあなたに頼ることはできないわ」

視線を落とすと、彼女のほっそりした手が、倍ほども大きな自分の手を抑えようとしている。彼はほほえんで首をかしげた。「俺を止めるつもりか？　どうやって？　まさか武装してるわけじゃないよな？」

彼女はあきらめたように息を吐き、そっと手を下ろした。彼はうめき声を立てそうになった。あのやわらかさと温かさを、ずっと味わっていたい。「してないわ」ふてくされた顔をして応じる。「銃なんか持ってないわ」ラウールは、持っている。

「もうこの話は済んだはずだぞ。君に夕食代を払わせたとなると、俺はポートランドには帰れなくなる。食事代だけじゃなく、何ひとつ払ってもらうわけにはいかない。

エマが驚いた顔をする。「何ひとつ？　何もかもあなたに払ってもらわねばならないの？　そんなのどうかしてるわ」

「電車賃は君が払ったじゃないか」

「それは私がクリッパー・カードを持っているからよ。このあとカストロ地区に行くときも、このカードを使いますからね！　カストロ地区と言うのは、目的の高級クラブのある地域よ」

「それはよかった。何だか、少し肩の荷が下りた気分だ。さてエマ、君は頭のいい女性だ。この不毛の議論を続けたって、自分に勝ち目がないことぐらいわかるはずだ。俺の後ろにはASI社の全エージェントがついている。さ、この話はもう忘れて、トビーをどうやって見つけ出すかということを考えてくれ」

彼女があきらめたように息を吐いて、テーブルから立ち上がるあいだに、ラウールは勘定書きにサインして、革製のフォルダーにクレジットカードと一緒にはさんだ。

「クラブに行っても、何も手がかりがつかめなかったらどうするの？」

「君が気に入る案ではないんだが」例の雲のようなショールで彼女の肩を包む。肩から手を放すのが辛かった。

肩越しに振り返るようにして、彼女が驚いた顔を向けてきた。「どういうこと？」

「トビーの家に忍び込むことになるかな」彼は笑顔で言った。

5

『トビーの家に忍び込むことになるかな』

なるほど、そういう手があったわね——そう思った瞬間、彼女は自分がどれほどトビーのことを心配していたかを痛感した。本来の自分であれば、そんなアイデアはすぐに却下していたはずだ。他人の家に不法侵入するなんて。何より、トビーのプライバシーの侵害だ。ただ、彼が面倒に巻き込まれているのだとすると……。

しかもはっきりと確認したわけではないものの、ラウールは見るからに、鍵のかかった他人の家にやすやすと侵入できそうだ。いや、彼の能力についての褒め言葉だけれど。

カストロ地区に向かう電車の中から、海のほうを振り返る。海側の席の端に座ると、ラウールが並んで腰を下ろした。大きな防御壁ができたような気がする。彼が少し斜めを向いているので、他の乗客からの視線がさえぎられ、彼のオーラにすっぽり包まれた気がする。こういうのは閉じ込められた気がするので、本来は息苦しくて嫌なのだが、今はちっとも気にならない。

不安なのだ。証券市場で何が起きているのか、トビーはどうして失踪したのか、心配なことだらけ。彼女は元々、ものごとを楽観視せずに日々を送るようにしている。常に不安が心の中でくすぶり続け、何かの折に、それが大きく炎を上げる。

そんな不安を、ラウールに守られている感覚がなだめてくれるのだ。不安は消えたわけではない。けれど、炎が大きくなったとしても、彼が盾となって食い止めてくれるように思える。よく考えれば、そんなふうに感じてしまうのは腹立たしい。自分は誰かに守ってもらう必要などないのだから。これまで誰も自分のことを守ってくれなかったけれど、そのことについて、不満はなかった。ラウールが、あとほんの少しでも押しつけがましい態度を取ったなら、彼女としてもやめてくれ、と言っただろう。ヒステリックに叫んでも、高飛車に告げてもいい。どちらでもできる。ただ、彼の態度に押しつけがましいところなど、まるでなかった。これは客観的な判断だと穏やかに示しつつ、ただ君に手を貸すために来ただけだよ、と伝えてくる。だから、君は守られるべきなのだ、守るのは俺の仕事だ、と。

今回のことは、何でもないのかもしれない。自分が大騒ぎしているだけで。しかし、何か大きな陰謀が背後にある可能性も否定できない。もし大きな問題に発展するのなら、ラウールがいてくれるのは心強い。彼の力をありがたく受け取ろう。

おまけに彼がものすごくかっこいい人だというのも悪い話ではない。不必要にマッチョなところを強調してくる頭の空っぽなやつとは違って、あらゆる意味で男らしい。出会ってからここまで、彼の口からくだらない男性優位発言が飛び出したことはなく、また、彼がそういうことを思わせる態度を取ったりしたことも、いちどもない。これまで付き合った男性は、会って十分以内には、何かしらくだらないことを言ったり、愚かな行動を取ったりした。ラウールはただ……ほっとするような気分を味わわせてくれるだけ。この何日か、不安と漠然とした恐怖で重く感じていた心が、ふっと軽くなったようで、本当にありがたかった。彼がしてくれることの何が具体的に効果があったと言えるわけではなく、彼はただ彼女の言い分を黙って聞き、彼女の住居のセキュリティをチェックしてくれただけなのだが、それでも安心できるのは、彼の存在がそこにあるからだ。どっしりと落ち着いた存在感だ。

電車は市の中心部に通じる道路へ入り、背後では夜空にライトアップされたベイブリッジが浮かび上がる。

「きれいだな」ラウールがつぶやいて、彼女を見た。

「ええ、本当に美しい街よ」

「でも？」

「何？」

「『美しい街よ』のあとに、でも、という言葉が続くように思えたんだ」

「そうだった？　そんなふうには――」実際、続く言葉があった。この人の観察眼は本当に鋭いのね、と恨めしくすらなる。セキュリティシステムについてだけではなく、人の感情の機微さえも見逃さないのだ。彼女自身、続く言葉があったことを認識していなかったのに。

「そうね。すばらしく美しい都市だけど、この場所の何もかもがうつろいやすいのよ。物も人も」

彼がじっと聞き入っている。「IT関連の事業が多いからな。あの業界が動くスピードは、他より圧倒的に速い」

「ええ、新しいひとが入って来て、大金を稼ぐ。中には失う人もいる。そして次の場所へと移っていく。私が最初にここに来たときにできた友人は一年以内に出て行った。二度目の友人グループも、今はもう誰もいない」

「それは辛いなあ。君は特に、引っ越しを繰り返す幼少期を過ごしたから、じっくりと友情をはぐくみたかっただろうにね」

そう言われて、エマははっとした。この人は鋭すぎる。用心しないと、心の中まで見透かされてしまう。彼女は顔の向きを変えて、窓の外を見た。電車はがたごとマーケット通りを進む。

路面電車でこの通りを行くのが、彼女は好きだった。特に夜間、派手なネオンきらめくカストロ地区までの乗車は楽しい。空から夕日の金赤が消える瞬間に、この地区は目覚め、活動を始めるのだ。

〝ヘブン〟へ行ってみたところで、何もわからない可能性は高かった。結局のところ、トビーがどこにいるかなど、一生わからないのかもしれない。愚かなことを言い出したものだ。このクラブで、ラウールは二百ドル以上を使うはめになる。お金をどぶに捨てるようなものだ。〝紅天〟での食事代まで払わせたのに。

お金を使うことを気にしているようには見えないものの――実際、ディナーもクラブもどうしても自分が払うと言い張ったのは彼のほうだ――それでも申しわけないことに変わりはない。意味のないことをしているのかも。そして仮にトビーが見つかったとして、彼はただ新しい恋人と休暇を楽しんでいるだけかもしれないし、あるいは他の会社でいい仕事を得ただけかもしれない。これほど大騒ぎして、何でもなかったらどうしよう。トビーだって迷惑かもしれないし。そんなことになったら最悪だ。トビーにも謝らなければ……いや、違う。

トビーは仕事に関しては非常に真剣に取り組んでいる。休暇のときは、非常に多くのことを細かく手配し、仕事に穴があかないように気を遣う。エマにも、あとあとのことまできちんと指示していくだろう。この数日、エマはトビーの分まで仕事をしてくだろう。

きた。そんな事態にならないよう、彼ならあらかじめ、代わりの人たちを用意してお

そもそも、転職が決まったのなら、必ずエマに伝えていたはずだ。美容院の担当者を変えたことさえ話してくれたのだから、当然……。

「ここよ！」彼女はそう叫んで立ち上がった。考えに夢中になり、電車がどこを通過したかに注意を払っていなかった。ここで降りないと、ツイン・ピークスに向かう坂道を戻るので辛い。「ここで降ります！」

電車がブレーキをかけ、彼女はバランスを崩したが、すぐにラウールの手が彼女を力強く受け止めてくれた。彼の体はびくともせず、頼もしくて、この体に支えられれば、倒れようとしたって倒れようがない。

彼はぼそりと運転士に文句らしいことを言って、停留所に到着してからも、彼女の足元がしっかりするのを確かめるために、ほんの一瞬待った。今のは私が悪いのよ、とエマは思った。危うく乗り過ごすところで、急に立ち上がったからだ。

チンチン、とベルを鳴らして、路面電車は停留所から離れていく。二人は人通りの多い歩道に立ち、呼吸を整えた。

「あー、びっくりした」エマはラウールを見上げた。「急に降りると言い出して、ごめんなさい。焦ったでしょう」

彼はまだエマの腕に手を添えたままだった。「全然、平気だよ」彼の口調がやさしい。「考えることが多いだろうから。電車の中でもずっと、頭がいっぱいだっただろ？　見ててわかったよ。さて、どっちに歩けばいいんだ？」

一瞬、自分がどっちの方角を向いているのかがわからなくなり、彼女はあたりを見回した。実際に〝ヘブン〟に行ったことはなく、しばらく前にこの近くにトビーとランチに来たとき、あそこがいつも行くクラブの〝ヘブン〟だよ、と教えてもらっただけだ。

「確か、あっちだったはず」通りを指差したあと、ああ、もう私ったら、と心の中で自分を叱りながら、スマホを取り出した。スマホの地図アプリで調べればすぐわかるのに、思い出すのに時間がかかったのは、気が動転している証拠だ。エリアマップで探すとすぐに〝ヘブン〟のおしゃれな外観写真と一緒に、地図上の位置が出てきた。彼女はじっと地図を見て、顔を上げて通りを見て、また地図を見直す。

「俺が見てもいいか？」ラウールが手を出したので、彼女はすぐにスマホを彼に手渡した。

基本的に、スマホのアプリなどの使い方に悩むことはない彼女だが、地図だけはだめだ。とにかく方向感覚がないので、地図と現在の位置を結びつけて考えられないのだ。通りの多い都会はまったくだめだ。広々とした田舎もだめだが。

画面を見ていた彼が顔を上げ、彼女の腕を取る。「こっちだな」

「わかった、あなたの言葉をそのまま信じるわ。私、まるで地図が読めないの。軍じゃ、地図の読み方なんかも訓練されるんでしょうね」

「うむ」彼が一定のリズムで歩き始めた。サンダルを履いた彼女にとって、速すぎず、かといってのろのろしているわけでもない『ゴルディロックスの原理』に合った、ちょうどいいペースだ。「クラブに着いたら、どうやって情報収集するか、考えてみたか？」

「いえ、そう言われて、やっとどうしようと思い始めたぐらいよ」今まで考えてもいなかったが、トビーについてより詳しいのは、二人のうちでは自分だから、捜す方法を考えつく責任があるはずだ。「どうすればいいのかしら。いろんな人にたずねて回る？」

「当然そうなるな。だが、俺たちの正体は知られないほうがいいだろう。俺がトビーの友人で、話したがっている、ということにしよう」

ラウールの全身をじろじろ見てしまいそうになるのをこらえて、エマは笑みを漏らした。彼のことはこっそり眺めているので、その容姿は頭の中でイメージできる。男らしさの広告塔、歩く男っぽさみたいな人だ。「どうかしらねえ。あなたがゲイだと見なされる可能性は、きわめて低いと思うわ」

「ゲイだと思われる必要はない。ただ彼を心配する友人だと言えばいいだろ。俺にはゲイの友だちだっていっぱいいる。友だちは友だちだ。友情は、性的嗜好と無関係に成立する。どうしても無理だと言うのなら、弟がトビーの親友だということにしてもいい。どちらの話がうまくいくか、とにかく試してみよう」

「わかったわ。それでうまくいくと思う。私はどういうふうに質問すればいいかわからないから、あなたが質問して。潜入捜査は私の得意分野じゃないから。あなたはそういうの、得意なんでしょ？　私は数学とデータを専門とする人間で、一かゼロかをはっきりさせないと気が済まないの。データが曖昧な場合は、データ解釈が間違っているはず、と考える」

いつしか二人は、ゆったりとした足取りで歩くようになっていた。エマは彼の腕に手を載せ、その上から彼が手を重ねる。彼はじっとエマの顔を見ているものの、ときおり顔を上げ、あたりを見回してから、また彼女の顔を見つめる。他に面白そうなことでもあるのではないかと周囲を見渡すのではなく、もちろん、もっときれいな女性を捜しているのでもない。エマ自身に集中しているのだが、周囲の状況を認識しておこうとしているようだ。おそらく、危険なことが起きないか、警戒しているのだろう。

危険なことが起きるとはエマには思えなかったが、彼がそばにいてくれてよかったとも思う。彼女が考える最悪のシナリオは、証券市場における不正取引だった。はっきりとした違法行為があったのかもしれない。深刻な問題ではあるが、それでも直接、人の生死にかかわることではない。

彼女のいる金融証券業では、莫大な金を稼ぐ方法があまりにもたくさんあり、そのチャンスはそこらじゅうに転がっている。ちょっとばかりズルをする覚悟さえあれば、そのチャンスと出合う確率は高くなる。ずるいことをすればするほど、得る報酬は大きくなる。そんな場所では、しっかりとした倫理観を持っていなければならない。あるいは、富には関心がないか。エマは無関心派だった。稼ぎはじゅうぶんだと思っており、祖母からの遺産もある。預金の他に、昔から伝わる家具まで相続した。だから、金儲けのためにがむしゃらになる必要はない。お金のために法を破るなんて、もってのほかだ。

どこまで行っても、最後はただのお金。それだけのこと。たいして意味のあるものではない。けれど、彼女の周囲では莫大な金が動いている。

そしてトビーのことがある。彼の失踪、それにともなうさまざまなことは、理屈に合わない。数学的に言えば、特異点であり、外れ値だ。だからこそ、ラウールとくっついて歩くと気持ちが楽になる。彼の腕の筋肉を手のひらに感じ、さらにその手を彼の手で包まれる感触が心地よい。

いっきに何千世代もさかのぼって、原始時代の女になってしまった気がする。洞窟(どうくつ)

で暮らし、男たちが棒を持って狩りに出ていた頃。

「そうだな、潜入捜査なら経験がある」突然ラウールの声が聞こえ、エマはびくっと顔を上げた。また妄想にふけっていた。「あんまり楽しいもんじゃないんだ。俺の相棒のピアースってやつは、任務の大半が敵の懐に入り込むおとり捜査だった。あまりにもうまく敵の一味に成りすましてきて、もう少しで自分を見失うところまで行ったんだ。任務の目的を忘れたわけじゃなく、敵側のやつらに共感したわけでもない。そこははっきりしていた。ただ、自分という人間のアイデンティティに疑問を持ち始めたんだ」

「その人、あなたの親友なんでしょ？　ホープから聞いたわ。二人ともずいぶんひどい目に遭ったって。それを二人で乗り越えたんでしょ？」エマがそう質問すると同時に、彼の顔からさっと表情が消えた。整った顔立ちがぴしゃりと閉ざされた感じだった。こんなに一瞬で雰囲気が変わる人って初めてだわ、と彼女は思った。

「ああ」ぎこちない口調。手のひらに感じる彼の腕の筋肉が強ばる。ああ、しまった。何気なく口にしてしまったのだ。彼と親友のピアースが、サイコパスの上官を止めようとして除隊になったいきさつはホープから説明されていた。そのときの彼の気持ちは骨身にしみるぐらいわかる。フェリシティとホープ、ライリーとエマの四人がNSAで仕事をしているときの上司も地獄の使者だったから。もちろんその上司は、民間人を射撃練習の標的にするようなことはなかったが、その男がまき散らす毒は、周囲をどんどん蝕んでいった。四人が仲よくなったのは、その毒に対処する自衛手段でもあった。共同戦線を張って闘わなければ、毒にやられてしまいそうだったから。NSAというのは不思議なところで、おかしな男が要職に就いて組織を牛耳っている。だからハラスメントを訴えたところで、訴えた自分が降格や懲戒処分を受けるだけのことになる。

「もう済んだことだよ」ラウールの言葉に、エマはうなずいた。そう、そうやって前に進むしかない。過去のことと区切りをつけ、新たな一歩を踏み出すのだ。「その結果、ASI社に採用されたわけだから。今の会社が俺の居場所なんだ」彼がエマの顔を見つめ、重ねた手にやさしく力をこめた。

ああ。

心臓が、どくん、と高鳴るのがわかった。

ラウールとの恋人ごっこなんて、絶対にだめだ。彼はただ、命令されてここに仕事に来たわけだから。いや、命令ですらない。お願い、と頼まれたから、休暇を使って来てくれたのだ。これをデートだと勘違いしてはいけない。来てくれたエージェントが、すごく魅力的だとしても。あくまでも彼自身の好意で、彼はエマの巻き込まれた問題を解決してくれようとしているだけだ。

これが新しい男性との出会いの場だとしたら、どれほど楽しかっただろうか。今年初めてのうれしいできごとになっていたはず。

いや、去年もこんなことはなかった。

二人はカストロ地区でも最先端とされる過激な区画を抜け、一般の人でも入りやすそうな店が多い通りへと進んだ。おしゃれなカフェや高級ブティックが並ぶ。見ているだけでも楽しい、きらびやかな照明。本当にきれいだ。画廊に展示されたアート作品にも目を奪われる。カウボーイ・ブーツの専門店があり、ショーウィンドウに置かれたブーツの見事さに二人は思わず足を止めた。革にエッチング加工で繊細な模様を描いたもの、照明を受けて輝く光沢の美しさ、さまざまな色合い。彼女はふとウィンドウをのぞき込み、精巧なエッチングをじっくりと見て笑い出した。ゴッホの『星月夜』がそのままブーツに描いてあるのだ。

「すごいね」ラウールが言った。

「最高だわ」彼女はラウールを見上げてたずねた。「あなたもああいうの履いてみたらどう?」

「カウボーイ・ブーツは乗馬のために作られたもので、俺は馬には乗らない。そもそも、あんなすばらしい絵が消えてしまうと思うと、もったいなくて履けないな。でも、飾っておくために買ってもいいかな。いや、買ってブーツ好きのいとこにプレゼントしよう」

本気で言っているようだ。

ブーツ・ショップの隣は、非常に特徴的な店だった。二人はどちらからともなく店の前で立ち止まり、目を見張った。インテリア・ショップなのだが、ドラッグでハイになった太陽の王様がいるかのようなまぶしさだ。

「うわあ」二人ともまぶしさにぼう然としていたが、しばらくしてからエマは声を上げた。夜でもこの店の前ではサングラスが必要だ。シャンデリアがいっぱいぶら下がり、その光を壁掛けのタペストリーに取り付けられた何千あるかわからないぐらいたくさんの小さなミラーが反射している。「キラキラが大好きな人がいるようね」

「言葉を失うな。だが、中に入って、他にどんなものがあるのか確かめたい衝動にも駆られる」

「私の今日のキラキラ許容量は限界値に達してる」エマは断固として宣言すると、彼の腕を引っ張った。「〝ヘブン〟はここから近いんでしょ」

ラウールはもういちど店内を覗きながら言った。「そうだな、このままだと天国(ヘブン)に召されそうだ。でも俺たちの目的は、別の〝ヘブン〟だから」

目当てのクラブは近くの路地を少し入ったところにあった。すぐ先はもう突き当たりになる。二人は店の前に立つと、非常に奥行きのあるコンクリートの建物の構造を頭に焼きつけた。平屋建てで、路地に面した部分の真ん中あたりに大きな入り口があり、その両側に用心棒らしきドアマンが〝休め〟の姿勢で立っている。二人とも急所を隠すようにして両手を前で組んでいる。入場待ちの人を整理するために、ポールを立ててサテンの紐(ひも)が渡してある。客は区切られたとおりに列に並ぶが、まだ時間が早いのでそう列は長くない。

客層としては若者中心だが、身なりがよく、おしゃれで、喧嘩を吹っかけてきそうなタイプはいない。エマとラウールは並び始めて十分以内に、列の先頭まで来た。聞くともなく耳に入ってくる周囲のおしゃべりの内容が、エマには面白かった。美容院の話で、髪を切ってくれた美容師は最高だったけれど、髪染めをしてくれたやつは、技術はいいが最低野郎だったらしい。話の続きを聞いていたくて、ドアマンの前に進むように言われたときには、少し残念に思ったぐらいだ。ドアマンはちらっと二人を見ただけで、すぐにまた正面に向き直った。どうやら合格らしい。二人は流行の先端を行くクラブのおしゃれチェックで認められたのだ。

ドアを抜けるとロビーのような大きな部屋があり、客が何となく順番に、アクリル板の透明テーブルの前を通過していく。テーブルの向こうには鮮やかな緑の髪の男性が座っていた。二人がテーブルの前に立つと、男は満面の笑みで二人を歓迎した。

「あらぁ、いらっしゃい」男は、エマの全身をじろじろと見て値踏みしたあと、ラウールを見る。そのまま彼から視線を外そうとはしない。「入場は、お二人？」

ラウールがクレジットカードを取り出す。「ああ、二人だ。ありがとう」

緑の髪の男性が差し出すタッチ決済用の端末に、ラウールがカードを近づけ、ぴぴっと音がすると、小さな画面に決済金額二百ドルと表示された。二人はそれぞれ水色の結束バンドのようなブレスレットを手首に巻かれた。

エマが心配そうにラウールを見上げる。「本当に――」

「もう、いいから」ラウールは彼女のウエストに腕を回し、キスした。ほんの一瞬、唇が触れ合っただけだったが、はっきりと恋人同士のキスだった。彼女は脚をがくがくさせて、その場に立ちつくした。彼が店内に通じるドアへと彼女を促す。片腕でぎゅっと彼女を抱き寄せ、彼女の耳に唇をくっつけてささやく。「潜入捜査のやり方は、俺にまかせてくれるんだろ？　俺たちはここでは恋人同士ってことにするから。それから、誰が支払うか、なんていう話は、もう二度としないこと。これで終わりだから。いいな？」

彼は店内に入るドアの前で足を止め、彼女のウエストをしっかりと引き寄せたまま、もう一方の手でドアを押した。確かめるようにこちらを見下ろす彼に、エマはうなずく。すると彼がドアを開いた。

中に入った瞬間、エマはその場の光景に圧倒された。

「すごい」

本当にすばらしい。外観は大きいだけの醜いコンクリートの箱でしかないのに、内側は魔法の島のビーチさながらにしつらえてある。しかも、どこにでもあるビーチとは違う。南国にある夢の島のビーチだ。観光客向けのパンフレットにだけ存在する、現実にはあり得ない場所。

照明がうまく設置されていて、さざ波に陽光が反射しているようにみえる。今にも消えそうな淡いブルーの光が、壁と天井を動く。ひとり掛けの椅子があちこちに置かれ、ソファは、ビーチを模した形に配置されている。その上には、軽い木綿の天蓋（てんがい）があり、その布を垂らすと、周囲からの目隠しの役目を果たす。その中ではある程度のプライバシーは保てるようになっている。まだ早い時間のせいか、ひとり掛けの椅子に座っている人はいない。ウェイターたちは、薄いコットン生地のパンツにアロハシャツ、サンダル履きという服装で、飲みものを載せたトレーを抱えて、フロア内を歩いている。全員ものすごくハンサムで、絶妙のスタイルに整えた髪型をしている。フロアの向こう側に透明のアクリル板で作ったプールが置かれていた。水がまぶしい青にきらめく。若い男性が二人、ふざけて水に飛び込んだ。二人とも身にまとっているのは、いわゆるブーメラン水着で、彼らの股間（こかん）がどうなっているか、生地越しにくっきりとわかる。見事な体のセクシーな若者で、一瞬水面に出て息継ぎをすると、また水中に潜った。

　ここは南国のビーチで過ごすことをテーマにしたクラブなのだ。しかもどこのビーチでもいいわけではなくて、バリ島かモルディブあたりの紺碧(こんぺき)の海と白い砂のあるビーチだ。トビーがここによく来ていたのもうなずける。

　トビー。そうだった、彼の消息をつかむために、ここに来たのだ。エマはラウールのほうを見た。すると彼はエマを見つめていた。すばらしいインテリアには目もくれず。

「どうかしたのか？」

　ハウス・ミュージックはまだ店内に流れておらず、踊っている人もいない。今流れているのは、ニュー・エイジ風の曲、天国(ヘブン)ではまさにこういう調べが流れているのだろうな、という感じだ。

「本当の天国って、こういうところかな、と思ったの。美しい風景、美しい曲、美しい人ばかりの場所」まあ、いずれ死ななければならないわけで、天国に行くとすれば、こういうところがいいなと思う。誰もが若々しく、きれいで、おしゃれなところ。漂う空気もいい匂いだ。すごく高い香水が空調を通じて室内に送り込まれているのだろう。大海原の風を思わせる匂いも少し混ぜてある。そして高級な酒。

「そうだな」ラウールが笑い、目じりにしわが浮かんだ。女性なら絶対に避けたいカラスの足跡というやつだが、彼の目元にこういう線が浮かぶと——何だかすてきだ。

「天国に行くために、悪いことはできないな。さて、どこかに座って落ち着こう。そろそろ店が混雑し始めるぞ」

ちょうどそのとき、二十人ばかり、いちどに客が入って来て、座る場所を捜し始めた。あまりうるさいところにはいたくないので、急いで適当な場所を確保しなければならない。

プールや照明は非常に効果的で、客はここがビーチだと錯覚してしまう。爽やかな風の吹く夏の日の昼間、潮が浜辺を洗うように、クラブのダンスフロアをブルーの光が揺れながら動いていく。ここにいつまでも立っていたい、そんな気分にさえなる。風景を見ているだけで楽しいのだ。

「あそこがいい」ラウールが指差したのは、ラウンジチェアが二つと、ビーチベッドが一台置かれた奥まった場所だった。薄いコットンの天蓋を周囲に下ろせるようになっている。「あの場所に陣取ろう」

確かにいい場所だ。囲いの中には他に二つ席があるわけで、誰かがそこに座りたいと主張すれば、拒否はできない。ただ、そこまで混雑していないから、他の人がすでに座っている空間にわざわざ入り込もう、という人はいないはずだ。二人は店の奥のほうを向いて座り、プールで遊ぶ青年二人を眺めた。若者二人は人魚のように滑らかに泳ぐ。尾ひれの代わりに、筋肉質のすらりとした脚をもつ人魚なのかもしれない。

「さて、捜してるのはこいつだな?」ラウールが、周囲の目を気にしながらスマホを取り出して画面をエマに見せた。会社のウェブサイトからコピーしたトビーの写真だ。トビーもエマも、会社の写真はきわめてひどい映りで、互いに、ひどい顔だと笑い合った。エマの写真はテロリストに捕虜にされた人みたいだし、トビーは今日の朝食には、幼い子どもを食べました、みたいに見える。

「そうだけど、そんな写真を見せられて、ああ、あの彼ね、と思いあたる人はまずいないでしょうね。ほら……あなたのスマホを出して」彼女は自分のフォルダーから数枚を選ぶと、写真共有アプリを使って、ラウールの画面に表示させた。「こういう写真のほうが役に立つと思うわ。さて、これからどうするの? その辺の人をつかまえて、片っ端からこの写真の男を見かけたか、ってたずねる?」

彼は立ち上がり、おいで、と手を差し伸べた。「まずはバーテンからだ。俺の上着と君のショールをこの場所に置いて、席が取られないようにしよう。バーテンに質問するあいだ、盗まれないように目を光らせておけばいい」

「ええ、そうしましょう」彼女も立ち上がると、クッションの上にショールを置いた。上着を脱いでタイを緩めたラウールは本当にすてきだった。海の近くを歩いていると きに、潮風で少しだけ乱れた髪が、ふわりと額に落ちてワイルドな感じになっている。

普通の男性がこういうふうに前髪を少しだけ額に垂らすと、どうしようもなくわざとらしい。きっと鏡ばっかり見てこういうふうに整えたナルシストなんだろうと思ってしまう。ところがラウールの場合、実際に風で髪があおられるところも見たのに、彼自身はそのことに気づいてもいないのだ。こういうときの自分が、すごくハンサムで……かっこよく見えることにも。

このかっこよさをどう表現すればいいのか、とにかく雰囲気があるのだ。腕や脚が長く、ほっそりと引き締まった体が敏捷かつ無駄なく動くところ。運動能力の高さがうかがえる。笑顔になるときはもちろんあるが、そうでないときの表情が非常にまじめそうだ。何が起きても、どんな展開になっても、彼なら進んで自ら対応してくれる――そう信じられる。そんなすべてに、彼は気づいていないのだ。けれど、エマは気づいてしまった。

店内の他の客も気づき始めている。このクラブで酒を出すカウンターは、高級リゾート地などで見かける、南国の楽園バー風にしてあるのだが、そこへラウールが向かうあいだ周囲の人々がわざわざ振り向いて彼の姿を目で追った。こっそり、ふふ、とほくそ笑みながら、彼女はしっかりと彼の腕につかまった。悪いわね、皆さん。この人は私のものなの。とりあえず、今夜だけは。

竹で作られたバーのカウンターに身を預け、ラウールはバーテンにこっちに来るようにと合図した。

「何を差し上げましょう?」バーテンがカウンターのQRコードをタップする。「お飲みもののメニューはこちら」

「俺たちはあそこに席を確保できたんで、ウェイターが飲みものを持って回ってくるのを待つよ。待っているあいだに聞きたいことがあってね——俺の兄貴のロブが友だちを捜してるんだ。トビー・ジャクソンてやつ。ロブはそいつの住所も電話番号も知らなくて、連絡の取りようがないらしい。ただそのトビーって男はよく、この〝ヘブン〟にいるって話だから、ここに来れば会えるかなと思って」彼はゆっくりとあたりを見回した。低い天井に少々の圧迫感を覚えるものの、本当におしゃれで、ずっとここにこもっていたくなるような場所だ。「でも、〝ヘブン〟に行ってみてくれ、と言った兄貴に感謝だな。すごくいいクラブだから。そう思わないか、スイートハート?」

彼が笑顔をエマに向ける。「最高だよ」

バーテンも非常にハンサムで、ウェイターと同じように、白い綿のパンツにアロハシャツというういでたちだった。シャツの下からちらっと見えるタトゥーがシャツと同じ色合いだ。

「ありがと。でも、トビーって名前のお客さんは知らないなあ」

「そうだ!」ラウールが、突然何かを思い出したふりをする。「兄貴から写真を送ってもらってたんだ。ほら、これがトビー」

一緒に画面をのぞき込む際、バーテンはラウールの手首に触れ、次々に写真を見せられるあいだ、ずっと撫でるようにその手を上下させていた。やがて首を振り、心から残念そうに言った。「ごめんなさいね、ハンサムさん。しょっちゅう来られるお客さまならだいたい顔はわかるんだけど、この人は覚えてない」

エマが会話に割って入った。「あなたは何時から何時までの勤務なの？　閉店までここにいる？」

バーテンは不思議そうな顔で答えた。「僕は学生なんで、短時間の勤務なんだ。シフトは午後七時から十一時まで。ここじゃ『早起きさんシフト』って呼ばれてる。店は朝の四時までやってるから、閉店まで働くと、朝八時からの授業には出られなくなる」

「そのシフトは、店側が決めたものなの？　つまり、スタッフ全員が夜十一時で入れ替わるっていうこと？」

バーテンが口を尖らせる。「うーん、まあ、店が決めた時間ではある。けど、午後七時から午前四時まで、ずっと働いてもいいんだ。そのほうが稼げるし。ただ他に何もできなくなるんだよね。たとえば学生とか、モデルとか、あるいは俳優の卵みたいな人間にとっては、そういうのは無理。僕の見たところ、スタッフの三分の一は、短時間シフトを選び、残りの三分の二がフル勤務のシフトにする。ここの経営者はいろいろ理解ある人でね。きちんと仕事をすれば、うるさいことは言わないんだ」

「いいところなんだな」ラウールは自分のスマホをしまった。「ま、他の人にも質問してみるよ。絶対にトビーを見つけてくれ、と兄貴に言われてるから。何もわからないまま帰ったんじゃ、許してもらえそうにない。ああ、俺たちはあそこに席を取っているんだが、飲みものはここでオーダーしないといけないのか？　それとも回ってくるウェイターに頼むのか？」

「何が飲みたいか言ってもらえれば、これからすぐに作るから、ウェイターにあそこまで運ばせる」バーテンがほほえむ。「で、何が飲みたいの？」

エマは少し不安だった。中華料理店で、かなりたくさんワインを飲んだ。あれから少し時間は経っているが、一晩で飲むアルコールの量が少し多すぎる。ところがラウールが正直に話し出した。「実は夕食時に結構ワインを飲んだんだ。だからどんどん酒を飲むのはちょっとまずいかな。ゆっくり楽しむよ」

「了解、じゃあこうしましょ。このあとウェイターに、あなたたちのテーブルまでモヒートを持って行かせる。すごく爽やかでおいしいんだけど、ノンアルなの。ラム抜きで作るカクテルで、モクテル・モヒートって言われてる。どう？」

「まさにそういうのが飲みたかった。サンキュー」ラウールの顔いっぱいに笑みが広がる。それを見て、エマは胸がきゅん、となるのを感じた。バーテンもぼう然とした表情で身動きできなくなっている。カウンターにはいつの間にか、二十ドル札が置かれていた。いったいラウールはいつお金を出したのだろう？　とにかく彼に肘のあたりで支えられ、彼女は自分たちの席のほうに歩き出した。

「上出来だったわね」エマはラウールに賞賛の眼差しを送った。「こういうのも、ＳＥＡＬｓで教わるの？」

「まあな。潜入捜査に関するトレーニングがある。だが、潜入捜査でこんな楽しい思いをすることは想定されていないな。美しい女性を連れて、おいしいレストランに行き、おしゃれなクラブで遊ぶなんて……ま、海軍の任務では、まずこういうのはないから」

美しい女性？　そうか、そういう言葉も潜入捜査の一環なわけだ。それでも、彼に美しいと言われたことで、抑えようとしてもうれしさがわき上がる。何を調子に乗ってるの、落ち着きなさい、と彼女は自分を叱りつけた。

席に着くとすぐに、また非常にハンサムなウェイターが現れ、二人の前に飲みものを置いた。見た目がとても涼やかで、おいしそう。大きなグラスに、鮮やかなミントを浮かべた透明な飲みものだった。

「はい、どうぞ」ウェイターがほほえむ。かなり凝った髪型で、この自然な立ち上がりを維持するためには、毎週カットが必要で、その上、腕のいい美容師が、丁寧に研ぎあげたハサミを使わないといけないはずだ。彼のアロハシャツは非常にカラフルで、まぶしいぐらいの蛍光色のオウムが描いてあった。「どちらのブレスレットにします?」

一瞬、ウェイターが何の話をしているのか、エマは戸惑った。しかしラウールはすぐに理解したようで、エマを見つめたまま、自分の腕を差し出した。ウェイターは小さな金属片みたいなものを取り出すと、ラウールのブレスレットにタッチした。ぴっと音がする。ああ、また彼にお金を使わせてしまった。

ため息を吐いた彼女の頭上を、何かふわふわとしたものが漂った。銀色に輝きながらゆらゆらと揺れ、触手が四方に伸び……。はっと気づいて笑い出す。「クラゲが浮いてるわ!」つかみどころのない、ゼラチン質みたいな半透明の体が、天井付近をゆっくりと移動している。

「あっちも見ろよ」ラウールが彼女の顔の向きを変える。天井を突き破るようにして何かが出てきた。やがて、天井が割れたのではなく、ホログラムが映し出されたのだとわかって、彼女は声を上げて笑った。映像の効果で、銀色の魚があちこちを泳ぎ回っているように見えるのだ。きっと、豪華ヨットでバハマ近くの海に錨を下ろせば、実際にこんな光景が見られるのだろう。

次に、きらきら輝くタコとサメも海の競演に加わる。先に現われた海の生きものが天井を横断するあいだに、新たな生きものが出てくる仕かけになっているらしい。

「飲もうか」ラウールがノンアルのモヒートを差し出す。エマはグラスを受け取ると、いっきに飲み干した。信じられないぐらいすかっとする飲みものだった。気づかなかったが、ずいぶん喉が渇いていたようだ。潜入捜査は、喉が渇くものなのだろう。

「気分爽快（そうかい）だな」ラウールも飲み干して、グラスをテーブルに置く。すると親しみやすさが消え、真剣そのものの彼がいた。他の誰も彼の変化に気づいていないだろう。彼は捜査官としても、本当に優秀なのだ。

彼が体を近づけ、低い声で話しかけてきた。これなら、かなり近づかなければ聞こえないだろうし、周囲には誰もいない。「俺は早いシフトのスタッフから話を聞いてくる。最初は俺ひとりで行き、次は二人一緒に行こう。しばらく、ここで独りになるが、大丈夫か？」

「はい、ママ。子どもじゃないんだから、大丈夫。このクラブで私が襲われるとは思えないわ。どちらかと言えば、ここのお客さんは、あなたのほうに興味があると思う」

「よし、いい子にしてるんだぞ」ラウールは、スマホを手に立ち上がり、別のバー・カウンターへ歩いて行った。エマはその後ろ姿を見守ったが、仲間の安全を祈るため、というより、目の保養という目的のほうが強かった。彼を見ている人は、他にも大勢いる。性的嗜好はさておき、歩く彼を見るのは楽しい。幅広の肩、引き締まったヒップ、長い脚……ああ、すてき。

歩き方は男性そのもの、そして自分の魅力にはまったく気づいていない。彼の動き方はなめらかでありながらも力強い。自分の行き先を知り、迷うことのない男性の歩き方だ。バーに近づくとカウンターにもたれかかって、バーテンを手招きする。あの人、気前よくチップをはずむよ、という話がスタッフのあいだでさっそくささやかれているのか、ラウールがスマホの画面を見せ、すぐに会話が始まった。しばらくすると、バーテンは首を振り、ラウールは次の相手へと移っていった。

エマはゆったりと席で待っていた。ラウールにまかせておけば大丈夫。自分が出しゃばると、きっとうまくいかない。彼女は、実は嘘をつくのがひどく苦手で、ばれない嘘のコツみたいなのを知りたいといつも思っていた。ただ、大学の専攻や仕事のキャリアとしてもずっと取り組んできたのは、現実というのは何かを追求し、分析し、それについて報告書を書くということだった。そこで成功してきたわけだから、嘘や虚構とは正反対の場所にいたのかもしれない。何に関しても、自分が目にしているトレンドに関して、あるいは実は苦境にあるのに大丈夫だと嘘をつくと、大問題に発展する。彼女のいる世界では、それは巨額の損失を意味するのだ。

プライベートでも、嘘をつくことには何の意味もないと彼女は考えていた。そもそも、嘘をつきたいと思ったこともない。すごく短い付き合いだったが、何人かボーイフレンドもいた。その間は他の男性に目移りしたことはない。考えもしなかった。だから、相手に嘘をつく必要にも迫られなかった。フェリシティやホープやライリーに嘘をつくなど——想像するだけでぞっとする。四人の友情は、互いに本音を打ち明け、相手を思いやることから始まっているのだから。

仕事では、インターネット・ボットを使って情報収集しているので、人に口を割らせる、みたいなことをする必要はない。つまり、スパイとしては完全に使いものにならない人間だ。

一方ラウールは……見ていると、カウンターを少しずつ移動しながらいろいろなバーテンと言葉を交わしている。いかにも気さくに、感じよく。よく見ると、そっとお札が手渡されているが、やりかたがスマートなので、じっと見ていなければわからないだろう。

そのとき、彼の姿がかすんで見えた。酔っぱらったのか、と思ったが、ここではノンアルのドリンクしか口にしていない。何だろうとあたりを見渡すと、全体に霧がかかった状態になっていた。どこかにドライアイスからの煙が出る装置があるのだ。装置から出された煙が広がり、人やものの輪郭だけが、ぼんやり浮かび上がるようになっている。そのせいであたりは謎めいた雰囲気が満ちている。

ラウールに全部まかせておこう、と決め、彼女はカウンターのほうを見るのもやめた。ゆったり座り直し、リラックスする。ここ数日、ずっと緊張が続いていた。トビーの姿を見なくなってから初めて、やっと本当にリラックスできた気がする。まだトビーは見つかっていないが、強力な味方ができたのだ。気のせいだよ、など適当なことは言わず、心配して当然だと励ましてくれる人が。そして実際に、トビーを助ける手助けをしてくれる人が。

だから、彼から早く話を聞こうと焦るのはやめよう。要らぬことをする必要はない。

クラブの雰囲気が変わった。客がどんどん増え、笑い声やおしゃべりがうるさくなってくる。客の大半は男性だが、女性もちらほらいる。全員がおしゃれだ。ださい人などいない。音楽がアップテンポの曲になる。そのうち、ハウス・ミュージックが始まるのだろうが、今はポップスのカバー曲が流れている。ダンスフロアで踊るカップルも出てきた。曲がサルサに変わり、さらに多くの人たちがフロアに流れ込む。中にはプロかと思うほどダンスのうまい人もいる。

周囲を歩くウェイターがトレーに載せるドリンクが、興味深いものになってきた。ほとんど透明で爽やかな雰囲気のもの、ネオンのように鮮やかな色合いのトロピカルなもの、新鮮なパイナップルが入ったもの。小さな紙の傘(かさ)を差したもの。飲みものが四つ載ったトレーを運ぶウェイターが横を通ったが、そのドリンクはすべて、グラスの中で何層もの異なる色が重ねられていた。

アップビートの曲が続いたあと、音楽はスローバラードに変わった。

「おいで」どこからともなく現われたラウールが、手を差し伸べていた。大きな手。

「踊ろう。普通の客のふりをしないと」

すてき。ああ、ダンスなんて……いつ以来だろう？　スペイン語圏で幼少期を送ったこともあり、ダンスが大好きだった。ラウールは最高のダンス・パートナーになってくれるだろう。身のこなしの滑らかさを思えば、きっとすごく踊りもじょうずなはず。ああ、きっと楽しい体験に……。

ならなかった。

ため息しか出なかった。

ダンスが不得意なラテン系の男性なんてこの世には存在しないはず……がラウール・マルティネスという男性がいたのだ。まったくリズムに乗れない彼に合わせて、つまらないツーステップで前後に揺れるだけのダンスになった。もちろん、足の動きと音は完全にずれている。いち、に、いち、に……。はい、繰り返し。しかし、しばらくその動きを続けているうちに、彼にはダンスの能力が欠けていることなど、どうでもよくなった。これほどたくましい体を自分の全身に感じていられるのだ。足の動きなんて気にしていられない。

彼女の背中に添えられた彼の手に力が入り、そっと彼の胸に引き寄せられる。ああ、うれしい。彼の感触も匂いも気持ちいい。何の抵抗もなく、彼女は彼の肩に頭を預けた。分厚くて頼もしい肩に寄りかかって目を閉じると、本当にリラックスできる。何を考える必要もない。難しいステップなんて忘れればいいのだ。

頭の中を空っぽにして、ただ息をして流れに身をまかせているだけ。体が勝手に動く。彼の全身を感じながら。

ラウールが顔を下げて、彼女の耳元でささやく。彼が吐く息を耳に感じ、彼女の全身が総毛立つ。「悪いな、ダンスは得意じゃないんだ」

彼の肩に顔を埋めたまま、エマはほほえんだ。「〝マルティネス〟なんてラテン系の苗字(みょうじ)は奪い取られるべきね。ジョーンズとかだったら許せるけど。〝ダンス警察〟に逮捕されて当然だわ」

彼の胸の奥の振動が伝わってきた。しばらくしてから、それが彼の笑い声だったと彼女にもわかった。「これまでにも散々言われたよ。姉や女性の親戚からはずいぶんからかわれたし、結婚式とかクインセニャーラみたいなファミリーが集まる場でも、誰も俺とは踊ってくれない。俺の人生の最大の悲劇だな」

この人と踊りたがらない女性がいることが信じられない。足先はだるい動きをしているが、くるぶしから上は天国にいるみたいなのに。脚がときどき触れ合い、乳房が胸板に押しつけられる。片方の手を彼に預け、もう一方で彼の腰をつかむ。彼に抱きしめられているのと同じだ。このツーステップという単純な動きがいいのかも。やさしく少しだけ揺れ、子守唄であやされているような気分になる。ただし、目は半分閉じているものの、現在の彼女は眠りとは正反対の精神状態にある。ツーステップは基本的に前後に少しだけ体を揺するだけだ。動くたびに彼の体が自分の体の正面に当たる。実際には温かな壁に押しつけられている感覚。ただし、壁のように平面ではない箇所がひとつある。動くたびに彼の下腹部にエマの腰がぶつかり、そのたびに彼の興奮が増していくのだ。下品だとかそういうのではなくて、そもそも、できるだけその部分がエマに当たらないように彼は気を遣っている。ただ生理現象として彼は勃起している、自然なことだ。

と言うのも、彼女自身、かなり性的に興奮してきていたから。女性は現象として、その事実が目立たないだけ。しかし、実際は全身が性感帯になってしまったようで、乳房や脚のあいだがほてってきている。彼と直接肌が触れ合っているのは、預けた片方の手だけなのに。他のすべては衣服越しに感じるだけ。

彼女の体は、服の布地など無視している。全身の肌が敏感になり、熱がこもっている。体の内部のどこかで焚き火でも始まったみたいだ。彼の肩に顔を埋めているので、店内が今どうなっているのかわからないが、そんなの、どうでもいい。ただ、ダンスフロアには人があふれかえっていて、かなり混雑していることは漠然と感じ取れた。内容まではわからないが、音として話し声がぼんやりと耳に入る。彼女自身は、かすかに聞こえる音楽に合わせてそっと体を動かしながら、ラウールの腕の中でとてつもない快楽と熱に包まれているように思える。現在、彼女の世界のすべてがラウールだった。五感のすべてが彼という壁で跳ね返り、彼女の脳が認識できる感覚は、彼に反射したものだけだった。力強い彼の鼓動が、彼女の耳に響く。大音響の音楽より大きな音で。彼の匂い——石鹸(せっけん)と革製品みたいな匂いが、食べものや酒以上に彼女の鼻をくすぐる。彼がさらに強くエマを引き寄せ、彼女の頭に顎の先を載せた。彼女の周囲にラウール・マルティネスの磁場が完成した格好だ。

男性と一緒に踊るのって、こんなだったの？　どうして今まで知らなかったのだろう？　これまでダンス教室で教えてもらったのは、体をどう動かすか考えること、とりわけ足のステップを間違えないようにすることだった。今はパートナーのことしか頭にない。ステップを数える。パートナーのことなんて、二の次だった。動きを覚え、その人が自分を興奮させてくれるから。生きている実感を体験させてくれるから。ほとんど動いていないのに。

音楽がやんだが、二人はそのまま体を揺らし続けた。しばらくしてからエマは顔を上げた。フロアにはほとんど誰も残っていなくて、あの間抜けたち、いったいいつまでいるの、という目で他の客たちが遠巻きに二人を見ていた。

するると退廃的なタンゴの調べが流れ始めた。彼とタンゴなんて、すごくセクシーな雰囲気に浸れそう。すでにリズムに乗って腰を振りながら、期待に満ちた顔を上げた。笑みを返す彼の顔が……ああ、なんてすてきなの！　額に落ちる前髪、黒い瞳がきらめき、片方だけ端を持ち上げた口。彼はつないだままの手を持ち上げて、その甲で彼女の頬を撫でた。

「悪いね、タンゴはちょっと――」

彼が最後まで言い終わる前に、馬面の男が彼女の腕を引っ張り、エマはフロアの奥へと連れて行かれた。まぶしいぐらいに真っ白なシャツとジェルで固めた白い髪の男は、笑顔でラウールに告げた。

「こんなすてきな女性と踊るのに、その動きはないだろ？」朗らかに笑いながら、彼女を自分の腕の中に引き寄せる。

そうして、彼女は真剣にタンゴを踊ることになった。

6

エマが連れて行かれるのを、ラウールは恨めしそうに見送った。彼女の温かみとやわらかな感触を失ったのが辛い。ただ、ものすごく勃起してしまって、しかも衆人が見守るダンスフロアで、このままではまずい、と思っていたところだった。しばらく離れていられて、かえってよかった。彼女の体の正面部分がぴったりと自分の体に貼りついた状態だった。今は喪失感が大きいが、人生とは喪失の連続だから。

プラス面は、エマがタンゴを踊る姿を、真正面で見られることだ。これは絶対に見逃してはならない。

彼女、本当にダンスがうまいんだ。

彼女を自分の腕から奪っていった男は、エキセントリックと言うか、かなり奇妙な風体ではあったが、ダンスが始まったら男のことなど眼中に入らなくなっていた。なぜならエマは……すごい。すばらしい。

音楽はボーカルがないインストルメンタルで始まった。どこかで聞いたことのあるメロディだった。エマと奇妙な男は円を描くように動き始めた。即興で動きを合わせているはずなのに、長年のダンス・パートナーみたいに見事に同じ動きをする。体の向き、腕や脚の伸ばし方、すべてが同調しているのだ。タンゴは互いの動きを呼応させるのがすべてらしい。またいとこのホルヘが、サカーダだのオーチョだのヒーロだのステップをいろいろ説明してくれたことがあるのだが、説明が始まってものの一分で興味を失った。肉体的に複雑な動きを覚えなければならないのなら、射撃の腕を磨けばいいではないか。ラウールは銃の扱いが本当に得意で、それでじゅうぶんだ。

ただ、奇妙な男とエマが踊るのを見ていると……うーむ、タンゴを練習する意味はあるのかもしれない、と思ってしまう。二人が前もって、どんなステップを踏むかといった打ち合わせをしていないのは確かなのに、即興で完璧に呼応した動きをする。ＳＥＡＬｓにいたとき、何も言わなくても、俺はこっちの敵をやっつけるから、おまえはそっちな、と以心伝心で動けたのと同じだ。違いは、チームメイトはエマのようにきれいじゃなかっただけ。彼女を見ているのは実に楽しい。

二人はかなり複雑なステップを披露しながら、完璧に音楽に乗っている。いったいどうしてああいうことができるんだ？ ラウールがそう思ったとき、女性のボーカルで歌が入った。『バスト・ユア・ウィンドウ（他の女性と浮気したボーイフレンドに腹を立て、彼の車のウィンドウを割ってやったわ、という内容の『Ｇｌｅｅ』で歌われたタンゴ・フレーバーの曲）』だ！ 彼は声を上げて笑った。この曲には強烈な思い出がある。二十歳前だったか、軽い気持ちでデートしていた女の子がいた。その彼女がちょっとした勘違いから他の女性のことを嫉妬し、当時流行していたこの曲に触発されて、実際に彼の車の窓ガラスを割ったのだ。高校の卒業祝いのお金で無理して買った中古車だったが、彼にとっては初めての自分の車だった。

彼の笑い声が聞こえたのか、エマが振り向いて笑みを投げてくる。めちゃくちゃに複雑なステップを華麗にこなしながら。彼はその場に釘づけになり、彼女が体をくねらせ、脚を高く蹴り上げる様子に見入った。音楽はもう耳には入らず、ただ猛烈な欲望を感じて、その場に崩れ落ちそうだった。

彼女に見とれているのは、彼だけではなかった。他の客たちも、彼女と奇妙な男を囲むようにして、フロアの端に立ち、二人の技を賞賛している。また天井が開いて、大きなスポットライトが現われ、彼女を照らしているかのように思えた。そこだけが輝いて、他のものは何も見えない。ただエマが、まぶしくきらめき、音楽に踊っているだけ。彼女が音楽を作り出しているみたいだ。彼女が欲しい。息もできないくらい、彼女を自分のものにしたくてたまらなかった。

二人はくるりと回り、全身を使う。腕も、脚も、頭も、胸も。ステップはとんでもなく速くなる。エマがパートナーの脚に自分の脚をかける。あれは何と言う動きだったか――しかし、ラウールの頭の中は欲望でいっぱいで、タンゴのステップ名どころか、自分の名前すら思い出せないような状態だった。さらにほっそりと白い腕を空中に上げ、背中を反らせる。男性の腕が彼女のウエストに回され、彼女を支える。今後一生、この光景は忘れないだろう、とラウールは思った。白い肌、赤い髪、激しい体の動き。そんなことを思っているうちに、彼女がセックスのときどんな姿になるかを想像してしまった。

すると想像はどんどんふくらんでいく。エマの体にベッドで覆いかぶさると、彼女がもうだめ、と訴えるように両腕を頭の上に投げ上げる。目を閉じて、絶頂を迎えた彼女が、自分のものを奥深くへ引き入れ、きつく締め上げる。

ああ、だめだ。何を考えているんだ、俺は！　頭の中のイメージのせいで、彼のものは、巨大に硬くなっていた。たくさんの人がいるんだぞ、ここには。ちくしょう。こんな恥ずかしいことになるのは十七歳のとき以来だ。あれは授業中、メアリー・クヌードソンが前かがみになり、乳首が見えたからだった。しかし、今は十七歳の少年ではない。自分のものは自分でコントロールすることを覚えたのだ。男は人前で勃起するものではない。女性と二人きりになったときのために取っておくものだ。

彼は鼻をつまんで、天井を見上げた。銀色のエイが胸びれを動かしながら浮かんでいる。だめだ、悪いことを考えろ。たとえば、例の司令官のこと。埃っぽい街路を歩く妊婦を見かけ、銃を向けやがった。そして女性のお腹に銃弾を撃ち込むと、〝これって、一石二鳥ってやつだよな〟と叫んだのだ。あいつのにやにや顔が忘れられない。

その場に居合わせたのは、ラウールとピアースの二人だけだった。二人は、互いに引きつらせた顔を、見合わせた。軍の上層部に報告しなければならない事案だと理解した。しかし、そうすることで、自分たちのキャリアが傷つくこともわかっていた。それでも、かわいそうな女性が地面に転がり、だんだんと動かなくなるのを見て、黙ってはいられなかった。

後悔はない。

勃起はすっかり収まっていた。

曲もそろそろ終わりになろうとしていた。エマと男性は、ほとんど手の届きそうな距離で踊っている。男性は複雑に腕を交差させて彼女を抱き寄せたと思ったら、くるりと彼女の体を回して、腕を離した。本来ならば手を差し伸べてスピンを止めるところだが、彼はそのままエマをラウールの方向に押しやる感じにしたので、彼女は回転しながら彼の腕の中にすっぽりと納まった。まるで最後はこうしようと、何度もリハーサルを重ねたかのように完璧に。

腕の中の彼女は温かく、激しい運動のせいで息を切らし、生き生きと輝いている。スピンしながら彼の腕に飛び込む形になったので、かなり強くどん、と彼の胸にぶつかった。彼は反射的に腕を伸ばして、彼女を支えた。人生の一ページで、突然自分のところに褒美が投げられたのを、つかみ取ったような気がした。この人は俺のものだ。深く考えることなく、また計画していたわけでもないのに、彼はエマにキスしていた。もし考えていたら、やめていたかもしれない。いや、それでもキスしていただろうか。とにかく、そのままキスするのが当然のように思えた。キスしてはいけない理由ぐらい、ちゃんと頭にあった。今は仕事中であり、いや正確に言えば、友人から頼まれた警護任務の最中なわけだが、友人の友人という警護対象の背景を考えれば余計に、任務をしくじるわけにはいかない。頭をすっきりさせて警戒を怠ってはならない。女性にのぼせ上がっている場合ではないのだ。倫理上の問題のある行動で……そういったあれこれが、うるさいハエのように頭の中で彼を悩ませた。けれど燃え上がった炎に圧倒され、彼は唇を重ねていた。鉄が磁石に吸い寄せられるみたいに、口を離せなかった。

彼女の口の感触は最高だった。ついさっきまで笑っていたので、口が少し斜めに開いていて、二人の口がぴたりと合わさった。すると彼女の口は笑いからキスへとモードを変えた。ああ、いいぞ。彼女がキスを返してくる。彼女の口の中を舌でなぞると、彼女の舌が当たる。その瞬間、電気が走り、痛いぐらいの強さで高熱が股間へと駆け抜けた。

エマは彼の体にしがみつき、彼もさらに夢中になって彼女を抱き寄せる。彼女を俺から引き離すことは許さないぞ、とでも主張するかのように。もちろん、そんなことはさせない。彼女をしっかり抱えながら、彼女の口をむさぼる。何かの救いでも見つけ出そうとして、熱と光をそこに求めて。

息が苦しい。そうだ、少しだけ口を離せばいいのか——そう思ったが、くだらない、と思い直した。エマ・ホランドとキスするより大切なことなんてないんだ。呼吸ぐらい何だ！

何でもない。

それに、エマと口を密着させながらも、どうにか息ができている。彼女の吐息を吸い込み、彼女もまた彼の息を吸い込んでいる。

ふと、彼は何か音がするのに気づいた。いったい何の音だろう？　彼の男性ではなくて兵士の部分が不思議な音を聞きつけたのだ。兵士としての部分は、きっと一生自分の中から消えないだろうと思う。とにかく、彼の中に存在する兵士が、目を開けて確認しろと求めてくる。目を開けたくない。目を閉じてエマとのキスに酔いしれたい。キスの味と感触に、認識能力のすべてを使いたい。それでも、正体不明の音には気をつける、という習性が体に叩きこまれている彼は、どうにか片方の目だけ少し開いてみた。そして、もう片方も。

彼は少し体を引いて、エマとの距離を取った。これで彼女も少し退ける。

店内の客が輪になって二人を取り囲み、拍手していた。エマと踊っていた男が、にやりと笑って、皮肉っぽく敬礼してくる。客たちの中にはひやかしの声を上げる者もいるが、おおむねやさしい笑顔で二人を見守っている。ラウールとエマで、アトラクションとしての見せ場を作ってしまったようだ。やがて人々は三々五々他の場所に消えていく。去り際に振り返って笑顔を向けてくる人もいた。

どうやら〝ヘブン〟は、ロマンスを応援しているらしい。

「ああ」エマは動転して、何を言っていいのかもわからない様子だ。「今の……今のって——」

「すごかった」ラウールが彼女の言葉を引き取る。「ああ、確かにすごかった」ふと不安になった彼は、眉をひそめて彼女を見た。「大丈夫かい？　俺、やってはいけないことを——」

「してないわ！」勢いよく反論してから、彼女は声を落とした。「あなたは、いけないことなんてしていない。したとすれば私よ。タンゴで気持ちが昂ってしまって」

「うむ、それではタンゴに感謝しないとな」にやりと笑ってみせる。キスのあいだ、彼女のほうも自分と同じぐらい夢中になっていると思ったが、下半身がそう思い込んでしまっただけなのかもしれない。少しだけ大げさにお辞儀をして、別の話題にする。

「タンゴ、すごくじょうずなんだな。あんなふうに踊れるなんて、正式に習ってたのか？」

「ブエノスアイレスに住んでたから」確かに、前にそう言っていた。「一年ちょっとしかいなかったけど、すてきな街だった。あの街に住んだら、タンゴを知らずにはいられないの。あの街の誰もが、タンゴとともに生きているのよ」彼女の答は、スペイン語で返ってきた。

ラウールの頭の中で、どこかの回線がぱちっと火花を立てた。この女性は、これまで出会った中でいちばん美しく、天才的に頭がよく、なおかつ話して楽しい人だ。おまけに敬愛する友人の親友であり、さらに……スペイン語も話すのか？　何もかも、完璧すぎないか？

スペイン語で話しかけてきたからには、こちらもスペイン語で返事をしなければ。そうだ、何か言わないと。彼は口を開いたが、言葉がまるで出てこない。彼女は首をかしげ、鮮やかな青い瞳で彼を見つめている。青いヘッドライトを浴びせられている気分だった。

「ラウール？」

うう、いかん。彼は自分を奮い立たせて態勢を整えた。返事しなければ。だが、実のところ、彼はスペイン語がうまくない。ヒスパニック家庭の人間ならスペイン語が話せて当然と思われがちだし、一般の白人の中で話せば、やはりスペイン語がじょうずだね、と言われるのだが、彼女には通用しない。なぜなら彼女のスペイン語は完璧だから。

「えっと、それはすばらしい。その……ブエノスアイレスに住んでたことは。それから、君のスペイン語もすごくじょうずだ。おまけに君は、中国語も話せる。それは……その、すばらしい」

彼女はかしげていた首を反対側に倒し、ラウールの様子を研究し始めた。おかしな表現だが、他に言いようがない。目の前にあるのが表計算のスプレッドシートで、そこに記入された数字の示す事象をあれこれ研究しているみたいなのだ。彼がなぜスペイン語で応じないのか、理解しようとしているのだろう。頭のいい彼女のことだ、いずれ正解にたどり着く。つまり彼が英語で返答したのは、彼女ほどうまくスペイン語が話せないからだ、と。

彼女にそう指摘されたら、みっともない思いを味わうことになる。

しかし彼女はにっこりすると、彼の腕に触れて、話を変えた。「ね、もう十一時を過ぎたわ。そろそろ遅い時間のシフトのスタッフに話を聞いてみてもいいんじゃない？　トビーのことを知っている人を見つけないと」

その言葉に、彼ははっと現実に戻った。そうだった。ここに何しに来たのかを忘れるところだった。エマのタンゴに魅了されるためではなく、彼女にキスするためでもない。いや、キスは夢みたいにすばらしかったが。ここに来たのはトビーを捜すため、そして問題の本質を見つけ出すためだ。その問題とは、エマにとっての脅威となるかもしれないから。サンフランシスコまで行くと決まった当初は、フェリシティとホープの依頼だから、彼女らの友人であるエマを必ず守ろうと思っていた。しかし今、自分にとっての最優先事項が、エマの身の安全を確保することになった。なぜなら彼女は特別な人だから。俺がそばについているかぎり、絶対に危ない目には遭わせない。

そして、ラウールはこれからずっと、彼女のそばについているつもりだった。

その信念を心の奥底に徹底的に刻み込む。自分が求めていたのはこの人なのだ。自分が彼女を捜していたことさえ知らなかったが、会ってわかった。俺はこの女性を捜し求めていたのだ、と。やっと会えたのだから、もう離れない。問題を解決するまで、ぴったりそばにくっついていよう。片づいたらそのあとも、ずっとくっついている。どうしてか、と言われれば……どうしても、だ。

「持ちものは持って行ったほうがいいな。人が多くなってきたから、持ち物を席に置いたままにしておくのは不用心だ。今度は二人でスタッフに話を聞こう」

「わかった」彼女は、ささっと自分の持ちものをひとまとめにしてから、彼を見上げた。信頼しきった顔をしている。「プロの言うことには従わないとね」

「ああ」自信はない。情報収集は、エマと一緒にするほうがいいか、なんてさっぱりわからない。そんなこと、わかるはずがないだろう？　反乱軍の兵士の口を割らせる、ということなら、経験はある。聞き出すのは敵の戦術などだ。だが、ゲイの集まる都会のおしゃれなクラブで、証券アナリストのことを聞き出すにはどうすればいいのだろう？　さっぱりわからない。ただ、エマにはそばにいてほしい。それははっきりしている。彼女のオーラで、そばにいると気分がよくなる。自分も頭がよくなった気がして、生きている実感がわいてくる。

「こっちのほうから、順に質問していこう。トビーのことを知っているやつがいるかもしれない」

「それから、コリンのことも。ほら、新しい恋人の話、したでしょ？　その新しいボーイフレンドの名前がコリンだった」トビーの話題になり、彼女の顔が急に真剣になった。

「彼氏か、そうだな。トビーがこの店の常連だとすれば、ボーイフレンドと一緒に来ているかもしれないし、二人のことを知っているスタッフもいるはずだ」

ラウールは彼女の腰に腕を回し、メインのバー・カウンターの端へと進んだ。手に何枚か二十ドル札を握ると、エマがそれを見て、何かを言いたそうにした。

「何も言うな」のっぺりした口調で、それだけ言うと、彼女は、あきらめたように息を吐いた。

最初のバーテンは中背で、ジムで鍛え上げた筋肉を見せびらかす強面の男だった。素人がいれたタトゥーが見える。刑務所にいるあいだに自分でいれたのだろう。すごくおしゃれで繊細な感じの男性の多い〝ヘブン〟の雰囲気とは異なる感じだったが、特に不愉快なオーラを出しているわけでもなく、ラウールが指でこっちに、と呼ぶとすぐに近づいてきた。「何を差し上げましょう?」言葉遣いも感じがいい。

ラウールは上体を倒し、バーテンと額がぶつかりそうなぐらい近づいた。「情報を」そう言うと、手のひらをちらっと開いて、二十ドル札を見せる。

バーテンはうなずいた。「いいとも。ただし、おまわりはお断りだ」

「違う。俺は兄貴に頼まれて来ただけなんだ。兄貴は失踪した友だちを捜している」

バーテンは二十ドルを受け取り、ラウールのスマホ画面に出された写真を眺めた。きちんと丁寧に写真を見てくれたのはありがたかった。やがて顔を上げるとラウールの目を見る。「厄介ごとにでも巻き込まれたのか?」

「そうじゃないと思うけど、本当にわからないんだ。俺の兄貴とロサンゼルスで会う約束をしてたのに、来なかった。それで兄貴は――ただ心配してる。こいつ、トビー・ジャクソンっていうんだが、この店の常連だって話だったんで、兄貴からここに来て何か情報がないか聞いてみてくれと言われたんだ」

バーテンはじっとラウールを見てから、背後にいるエマにちらっと視線を移し、またラウールを見た。ラウールが発する無言のストーリーをしっかり受け取ったようだ。目の前の男はストレートだが、ゲイの兄がいる。兄から懇願されたので、兄の恋人を捜しに来た、そういうストーリーだ。ラウールは潜入捜査の経験もあるので、自分のイメージを好きなように作り上げられる。その気になれば、かなり威嚇的な態度に出ることもできるが、人畜無害な男を演じることもできる。今、投影している姿は無害な男そのものだ。

初めは警戒していたバーテンもリラックスしてきた。この男には、前科があり、おそらくドラッグの使用、さらに余罪もあるのだろう。だが、ラウールにとっては関係のないことだ。彼はただ知りたいだけ——兄のために——トビーが無事かどうか。バーテンもそう信じ始めている。

「こいつ、ここにはよく来るってことだな?」

「毎週末、それから平日もよく来ているらしい。特にこの数ヶ月は、毎晩のように顔を出して、閉店近くまでいたとか」

「それなら、話を聞く相手は俺じゃないな。今シフトに入っているほとんどが、早番のやつばかりだし、ここで働き始めて新しいやつも多い。ルーベンに聞けばいい。このカウンターの奥にいる。背が高くて、痩せてて、ヘビメタ・ファッションだから、すぐに見つかるよ」

「恩に着る」ラウールはもう一枚お札を渡そうとしたが、バーテンはその金を押し返した。「これはルーベンにやってくれ。多ければ多いほどいい。母親が病気で金が要るから、ルーベンはあちこちでバイトをかけもちしてるんだ。この店が閉まったら、朝からスターバックスでバリスタをしてる」彼はカウンターに乗り出すようにして、左のほうを見た。「ほら、あそこにいるやつ、ここから四人目だ。早く見つかるといいな、その……あんたの兄貴の友だち」

「ありがとう」エマが落ち着いた声で礼を言うと、バーテンははっと彼女を見た。さっきも見ていたはずなのだが、今初めてしっかり顔を見たのだろう。彼の表情を見れば、ゲイではないのは明らかだった。ラウールがいなければ、いつまでも彼女を見つめていたに違いない。まあ、俺の相手にはならないが、とラウールは思った。

　そのまま二人はすぐにルーベンのところに行った。さっきの男が言ったとおり、すぐにわかった。身長は二メートル近くありそうだが、がりがりに痩せていて、目の周りに黒いメークをして、唇も黒くし、真っ黒に染めた髪の先端にだけ、青のハイライトを入れている。何となく、細長くしたペンギンみたいな感じだった。

「ハイ、何にする？」

「情報が欲しい。仕事の邪魔でなければ、話を聞きたい」

　ルーベンは細長い頭部を片方にかしげた。「わかった。特に今のところ、緊急事態ってことはないから。何が知りたいの？」

ラウールは写真を出しながら、ルーベンの反応を注意深く見ていた。こういう場面に慣れているのか、ルーベンはほとんど感情を顔に出さない。しかし、写真を見せた瞬間、ルーベンのまぶたがぴくっと動いたのをラウールは見逃さなかった。

質問の核心に切り込む。「この男の名前はトビー・ジャクソン、証券投資会社でアナリストをしている。俺の兄貴の友人なんだ。兄貴はニューヨークにいるんだが、俺がサンフランシスコに行くと聞いて、トビーを捜してくれ、と言ってきた。急に行方がわからなくなったらしいんだ。トビーはここの常連だって話だから、この店で情報を仕入れてくれと言われた」

ルーベンはまだ写真を見ている。

「それで、見覚えのある顔か？　こいつは、ここによく来るのか？」

ルーベンはスマホをラウールに返すと、ふうっと息を吐いた。「そうね、見かける顔だわ。名前がトビーだっていうのは、初めて聞いたけど」

「最近、よくコリンって男と一緒だったと聞いた。コリンの苗字のほうは知らない」

突然、ルーベンの顔から感情が消えた。何かが閉ざされた感じだった。

「私はここで飲みものを出すだけよ。他人の生活に興味を持ったりはしないの」

エマが前に出た。「あなたがプライバシーを守ろうとする態度は立派だと思う。でも、私たち、心配なの。私は彼の同僚なんだけど、彼、職場にも顔を出さなくなったから。トビーが何か困るようなことをするつもりはない。本当よ。彼が無事でいるか、そのことを知りたいだけなの。最近トビーを見かけたとか、彼のボーイフレンドのコリンっていう人のことを知っているとかなら、ぜひ、教えてほしい。お願いします」

ラウールは黙っているが、エマの言葉に心を動かされたのは明らかだった。ラウールにはできなかったこと、心配と誠実さを態度で伝えることに成功したのだ。尋問に関するトレーニングもラウールはじゅうぶん受けている。敵だけでなく、第三者的立場の人から、どうやって真実を引き出すかを教えられてきた。だから、人が本当のことを話しているか、そうでないか、たいていの場合、推察できる。真実を告げる言葉には力がある。普通の人はそのことを理解していない。嘘は、無意識のうちに警戒心を持って語られる。逆に真実を話す人のどこかリラックスした感覚はドーパミン物質として、相手の脳が感知する。

ルーベンはエマの顔をしげしげと眺め、次にラウールを見た。そして、小さく、わかったよ、とうなずいた。「トビーは常連だけど、このしばらく見かけていない。最近、トビーといつも一緒にいた人は、トビーが来なくなってから、すごくアンハッピーな感じだな。その不幸せな人の名前までは知らないけど、二人で一緒のときは、両方が楽しくて仕方ないって雰囲気だった」

「その人、今日来てる？」

ルーベンは体を起こし、店内を見回した。「ええ、あそこに氷の柱みたいなのがあるでしょ？　柱の横に水色のソファがあるのが見える？　そこに座ってる人。背が高い黒髪の男。ラメのシャツに藤色（ふじいろ）のタイ。トビーはこのところ、あの人とずっと一緒だったんだ。でも、今週になってから、あの人ひとりが毎晩ここに来てる」彼はそちらを指差してからラウールとエマに視線を戻した。「あんたらの話、嘘じゃないよね？　トビーもあの人も、うちのいいお客さんだから、迷惑になるようなことはご免だな。痴話げんかに巻き込まれたくないんだ」

「違うわ」エマがやさしく応じた。「もっと深刻なことなの。話してくれてありがとう」

彼女はまっすぐ、ルーベンに教えられた男のほうに向かって歩き出した。ラウールはもう少しカウンターに残り、ルーベンの手に札を握らせた。二十ドル札が五枚もあることに気づいたルーベンが驚いて顔を上げる。

「俺も母親のことは大事にしているから。気持ちはわかるんだ」そう言うとラウールはエマのあとを追った。

ルーベンが言ったとおりの場所に、彼はいた。近づいてよく見ると、コリンはすらりとした黒髪のハンサムな男性だった。ラウールと二人でそばまで行くと、他の男性と話していたコリンが顔を上げた。濃いブルーの瞳の周辺が赤く腫れあがっているように見える。泣き腫らした目？

「コリンか？」ラウールがたずねた。

警戒感もあらわに、彼がうなずく。「あなたたちは？」

ラウールは振り返ってエマを見てから、またコリンに話しかける。「俺たちはトビーの友人なんだ。ちょっとの間でいいから、話ができないかな？」

トビーの名前が出た瞬間、コリンの顔が凍りついた。正確には、顔の表情が氷のように固まり、赤くなった目が怒りで燃え上がった。「どっかに行って」

「大事な話なんだ。大事じゃなきゃ、君の邪魔なんてしたくなかった」ラウールは静かに語りかけるが、声に強い決意がみなぎっている。店内はたくさんの客がひしめき、大音響のハウス・ミュージックで踊るので、かなりうるさいのだが、ラウールの声は大きくはないのによくとおる。

コリンが話し込んでいた男が、居心地悪そうに体の向きを変えた。「君たち、大事な話があるようだから、僕はここで――」

コリンの手がさっと伸びて、立ち上がろうとした男の手首をつかむ。「ここにいて。こんな人たちと話すことなんてないから」

エマはラウールの肘に手をかけ、前に出るとコリンの隣に腰を下ろした。「コリン、あなたコリンよね？　前から知り合いだった気がする。だって、トビーからあなたのことをいっぱい聞いていたのよ」

コリンは少し考え込んでから、エマのほうを見た。充血した目の焦点が合う。「あなた――もしかして、エマ？　エマ・ホランド？　トビーの同僚の？」

彼女は笑みを浮かべた。「ええ、私はトビーと同じ職場で働いているエマよ。でもここ数日、彼が職場に来ないの。ただ姿を消すなんて、彼らしくないから、すごく心配で」彼女は身を乗り出し、コリンの隣にいた男性に声をかけた。「ごめんなさい、私たちだけで話したいことがあるの。長くはならないから」

男性はうなずき、さっと立ち上がり、そそくさとバー・カウンターに向かった。コリンは残念そうに男性の後ろ姿を見送った。

「さて」エマは低い声で話そうと努めた。さっきのラウールと同じように。しかし、音の洪水におぼれそうになる。音楽は無論のこと、テーブルをひとつ隔ててその隣のテーブルで大勢がはしゃいでいて、笑い声がうるさいのだ。しかし、話の内容は絶対に秘密にしておきたい。そこであたりを見回してコリンにたずねた。「ちょっと込み入った話だから、どこか邪魔の入らない場所で話したいんだけど」

コリンが強情そうに口を堅く結ぶ。話そのものを拒否するつもりなのだ。エマは彼の腕にそっと手を置いた。全身が強ばっているようで、腕の筋肉も緊張していた。
「お願いよ、コリン」

彼はふうっとあきらめたように息を吐いた。かなり酒臭い息だった。飲んでいたネグローニ（ジン・ベースにカンパリとベルモットが入ったカクテル。カクテル・グラスではなく、オールドファッション・グラスで飲む）の入ったグラスを手に立ち上がる。「じゃあ、こっちに。でも話が終わったら、帰って。あなたたちと、二度とかかわりたくないから」

エマはラウールと顔を見合わせた。彼は表情を曇らせ、かなり深刻そうだ。彼が、先に行って、とジェスチャーで示し、二人は暗黙のうちに今回の互いの役割を確認した。ラウールが兄の友人を捜しているのではなく、エマが行方不明の同僚を見つけ出そうとしている、という前提で話を進める。だから主としてエマが話す。

非協力的な相手から情報を聞き出すにはどういう方法を取ればいいか、彼女にはまったく見当もつかない。後ろ姿からでも怒りと緊張が伝わってくるコリンのあとを追いながら、彼女はラウールにそっと耳打ちした。「私のやり方が間違っていたら、教えてね」

彼はエマの肘を支える手に、一瞬力を入れた。「君は頭のいい人だ。間違えることなんてないと思う」

そう言われるのはうれしいが、実際に間違ってしまいそう。それでも、彼女が主として質問する立場になるのは、正しいことのように思えた。ただ普段の彼女は、不得意なことはしない。

コリンに案内されて、三人は大きな回廊のような場所に出た。壁に防音素材が使われているのか、メイン・フロアからの騒音はかなり抑制されている。コリンは回廊の横の部屋を見ていき、右側の部屋に入った。性的なサービスをする店にもこういう別の部屋が用意してあるのだろうが、そういう場所は、彼女の想像ではヴィクトリア朝のコピーみたいな赤いベルベットの家具が用意されているのだろうと思っていた。ところがこの部屋はビーチをテーマにした、モダンで上品な内装で、内密の話に花を咲かせるにはぴったりのところだ。壁際にずらりとソファとテーブルのセットが置かれており、いくつかのセットは、すでに別のカップルが使用中だった。メインのフロアでは耳をつんざくような大音響だった音楽は、ここでは気持ちのいいバックグラウンドミュージックだ。

コリンは部屋の奥まったところへ進んだ。そこはちょっとしたブースで、二人掛けのソファ、ひとり用の椅子が四台あり、計六人で使える作りになっている。その中央に、透明アクリルの天板が載った楕円（だえん）形のコーヒーテーブルがあった。

コリンは二人掛けソファの真ん中に座った。横に座られるのが嫌らしい。なるほど、わかった。エマは椅子に腰かけ、ラウールも別の椅子に座って、彼女の隣に来た。彼は何もしゃべらない。兄の友人を捜す、というお芝居はもう終わりだから。

エマは嘘をつく必要がない。嘘は苦手なので、ありがたかった。

コリンは残ったネグローニをひと息に飲み干し、背もたれに体を預けた。険悪な表情だ。この人、まるで、色彩見本みたいだわ、とエマは思った。瞳は濃いブルー、白目の部分は充血して真っ赤、黒い髪、目の下にくまができ、薄緑になっている。顔の他の部分の肌は灰色。銀色に光るラメ入りのシャツに、藤色のタイを絞めている。

「で?」喧嘩腰に言ったあと、コリンは半分閉じた目から二人を見下ろすように顎を突き上げた。ただエマの見たところ、敵意をむき出しにしてこういう目つきになっているというよりは、ただ酔っ払っているだけのようだ。「どういう話? さっさと終わらせて」

自分の隣の席でラウールが不満を募らせているのを感じ、エマは彼の膝にそっと手を置いた。抑えて、ね? コリンはただ、お酒を飲みすぎているだけ。飲んでも、心の傷が癒えないのよ、きっと。

エマはコリンのほうに体を近づけた。コリンからミストのように漂う強烈なアルコール臭に、顔をしかめそうになる。「コリン、最後にトビーと会ったのはいつ? 覚えてる?」

「覚えてるか? 僕が? この僕が忘れたとでも?」彼の顔が引きつる。「ああ、忘れようったって、忘れられないよ。七日前に会った。先週の金曜、トビーは夕方僕の家に来て、その夜一緒に過ごした。一緒に住もうって約束したんだ。僕の仕事の都合で、一緒に住んでないと会える時間が少なすぎるから。実は、同棲しようと言い出したのはトビーのほうだった。僕の家はアラモ・スクエアの一軒家で、広くて余裕があるから、ここに引っ越してくるよ、とトビーが言った。正式にカップルになるわけだから、僕にとってはかなり勇気の要る決断だったし、彼としてもそれなりの覚悟が必要だった。僕は個人のスペースを大切にしたいほうで、他人が自分の場所に入り込むことに抵抗があった、けれど、トビーとならうまく行くと思った。そのはずだった。それで、彼のほうのコンドミニアムの契約を解除することになった。先週末に引っ越しする予定で、僕も週末は仕事を休む許可を取った」

「君の仕事は何なんだ?」ラウールもコリンに近づいてたずねる。

「セント・フランシス記念病院でERの医師をしている。想像できると思うけど、いつも長時間働かなきゃならない。プライベートの時間なんてなかなか持てない。トビーが一緒に住もうといってくれて、本当にうれしかった。これで二人はやっていける、僕たちの関係は続くんだと思って」彼の口元が歪む。「そう思ったのに、トビーが心変わりしたんだ。きっとそうだ。すべてを荷造りするのは大変だから、とりあえず土曜日にトビーは身の回りのものだけを簡単にまとめて、日曜日に僕の家にやって来る予定だった。二人ともっと時間のあるときに、本格的な引っ越しを終えるつもりだったけど、それでも日曜の夜は二人の初めての日を祝う予定だった。僕は豪華な食事を用意して待った。僕は料理ができないからケータリングを頼んだけど、自慢の食器もあったし、銀器もちゃんとそろえた。ヴーヴクリコを二本、冷蔵庫に入れておき、ろうそくをテーブルに立てた。予定では、トビーはスーツケースに身の回りのものを詰めて、七時にうちに来ることになっていた。七時になり、八時が過ぎ、九時になっても彼は来なかった。僕みたいな救命医なら、急患もあるから予定が遅れてしまうことだってあるけど、トビーは医師じゃない。八時頃から、何度も彼に電話した。まったくつながらなかった。彼は固定電話を持っていないので、さらに心配になった僕は市内の病院の救急治療室すべてに問い合わせた。夜中を回った頃、とうとう僕も悟ったよ。突然、理由もなくふられたんだって。トビーが僕を捨てたんだ。月曜日に彼の職場に電話してみようかとも思ったけど、恋人に捨てられたみっともない男だと思われるのが辛くて、できなかった。でも、あいつそれからいちどだって連絡してこないんだ。こんなに突然、僕を捨てた理由ぐらい、説明すべきだろ?」コリンは涙声になり、さっと顔をそらして、気持ちを隠そうとした。

傷ついて辛い思いをしている彼の心の内が、エマにもひしひしと伝わってくる。

「それ以来、寝ていないのね？　眠るのは無理かしら？」彼女はやさしくたずねた。

彼が激しく首を振る。「一、二時間ぐらいならうとうとできるけど、きちんと眠るのは無理。仕事にも影響が出そうで……昨日と今日は、病院を休んだ。それで元気になろう、こんなことは忘れようとした。でも本当に――」彼が懸命に涙をこらえる。「本当に、トビーとならやっていけると思ったのに。近頃じゃ、長続きのするカップルになれることなんて、めったにないでしょ？　僕たちはそういう珍しいカップルになれるんだって思った」

「コリン」エマは、彼の感情が少し収まるのを待った。ここからの話は、しっかり理解してもらわなければならない。「トビーはあなたを理由もなくふったんじゃないわ。実は彼、行方がわからないの」

コリンが、きょとんとした顔をする。ショックで緊張の糸が切れたようだ。「どういうこと？」

エマは同じ言葉を繰り返す。「トビーの行方がわからないの。今週はいちども職場に姿を現わしていない。彼の居場所を知る人は、誰もいない。私も、何度も電話したけど、つながらなかった。彼も私も、電話には必ず出るの。証券市場は動きが速いから、ニュースには敏感でいなければならない。トビーみたいな優秀なクォンツが、何日も電話に出ないなんて考えられない。だから私はすごく心配しているの。私の――」ちらりとラウールを見る。「私たちの考えでは、おそらくトビーは何かの事件に巻き込まれたのよ。つまり、身の危険があるということ。彼は、金融証券市場で非常に大きな陰謀が計画されているんじゃないかと調べていたところだったのよ。データがすべてそろったわけではないのだけれど、トビーは鍵になることを見つけたんだと思う。おそらく違法な——犯罪行為があり、ものすごい額のお金が動くようなこと。それが具体的にはどういうことなのか、私たちにはわからないけど、トビーは突き止めたんだわ」

コリンが背筋を伸ばして座り直した。「トビーは危険な事件に巻き込まれている、理由は仕事をしているときに、何かの犯罪行為を見つけたから——そういうこと?」

「ええ。それが何なのかを見つけないといけないの。トビーはいろんなデータから見つけ出したみたいなんだけど、そのあといなくなったから、私はそのファイルを見られないの。ただ彼の言っていたことから推察すると、何かが起きて、それによって巨額の利益を上げる人がいるらしい。きっと、その人が、トビーを黙らせようとしているのよ。あとね、私はトビーのプライベートな部分は知らないけど、ずっと一緒に仕事をしてきた仲間として、彼のことはわかっているつもりよ。トビーは誰に対してもひどい仕打ちをできる人じゃない。あなたをそこまで傷つけるような別れ方をするとは思えない。ただ何も言わずに消えたりはしない。あなたを心配させまいと気を遣う人よ。私を心配させるようなこともしない。あなたにも私にも何の連絡もしてこない、ということは、残念ながら、連絡ができない状況にあるんじゃないかと思う。そう思うと怖いけど」

コリンは遠い目をして黙っていた。いろんなことを、頭の中でつなげているのだ。しばらくして、彼がうなずいた。「腑に落ちないことだらけだとは、僕も思ってた。トビーらしくないなって。彼のコンドミニアムに行ってみた？　何か手がかりになるようなものがあるかも」

エマはラウールをちらっと見た。「明日の朝にでも行ってみようかなと思っていたところよ。このラウールは以前軍にいたこともあるから、侵入できるかも」

値踏みするような視線を投げてくるコリンに、ラウールは天使のような笑顔を返した。コリンは空のグラスを見下ろして、ぼそりとつぶやいた。

「侵入するまでもないよ」

「セキュリティがじゅうぶんじゃないのか？」

「僕がキーを持ってる」

7

Ｕｂｅｒで呼んだ車の後部座席で、エマは隣のラウールの様子を横目でうかがった。すると彼が真剣な眼差して、じっと自分を見ているのがわかり、慌てて窓の外に顔を向けた。見るともなく、カストロ地区の喧騒が視界を流れていく。彼の視線を愛撫（あいぶ）のように肌に感じる。彼がフロントガラスから道路を見ようと、前を向いた。その瞬間、エマは自分につながれていたコードがコンセントから抜かれたかのような気分になった。

コリンと相談し、翌朝九時にトビーのコンドミニアムがある建物の玄関前で会うことにした。そのあとコリンはあたふたと帰ってしまい、エマとラウールはプライベートな空間に二人きりで残される形になった。もう目的は果たしたから、私たちも出ましょう、と彼に耳打ちすると、ラウールは無言で、大きな手を彼女の肘に添えて腰を上げた。一緒に立ち上がって店を出たが、その間彼はひと言もしゃべらなかった。クラブから出ると、配車された車が待っていた。ラウールがいつＵｂｅｒに配車を頼んだのか、まったくエマの記憶にはない。ただシンデレラの馬車みたいに、ドアを出るとそこで待っていたのだ。

しかもオレンジ色の車なので、まさにパンプキンが馬車になったみたいだった。

彼はエマのコンドミニアムの住所を運転手に告げると、またむっつりと押し黙った。とても気軽に話しかけられる雰囲気ではない。手がかりが見つかったのはうれしいし、これで問題も解決し、不安のない生活に戻れそう。けれどそうなると、ラウールはポートランドに戻ってしまうのだろう。彼は、さっさと片づけて引き上げたいのに、予想以上に時間がかかってしまって苛立っているのだろうか。いや、たいした問題じゃないから、退屈なのか。どうしてこんなに不機嫌そうなのだろう。わかっていることはただひとつ。今夜、彼は何も話す気がないこと。深刻な表情を浮かべた顔が、緊張で引きつっている。今夜、ほんの少しだけ、何度か頰を緩めることがあり、あれがこの人にとってのスマイルなのだろうが、笑うと顔が壊れるとでも思っているみたいだ。

反対側を向いていても、隣に座る彼を意識する。大きな体が熱を発していて、静かで暗い車の中でその存在感に圧倒される。

彼がすっと手を伸ばし、彼女の腕を滑らせたあと、指を絡めてきた。指も手のひらも大きくて分厚い。たこができていて硬い。これまで手にたこができている人と手をつないだことがなかったように思う。彼女の父は、幼い娘が道路でスキップしていても、手を差し伸べるタイプの人ではなかった。そもそも父の手はたこができるどころか、すべすべで、とてもやわらかくて、白くてきれいだった。今、父の手は老人斑だらけだ。とにかく、ラウールの手は、父とはまったく違う。力強くて、腱が浮き出て、セクシーなオリーブ色の肌の手。

これまでのデート相手の中にも、手をつなぎたがるタイプの男性はいなかった。サンフランシスコに来る前に付き合っていた男性は、アナリストか会計士だった。こういう人種はロマンティックなジェスチャーをばかにしがちだ。手を触れ合う機会があったとしても、仕事として肉体を使うのはキーボードの操作だけなので、ラウールみたいに手にまめやたこができることはない。ラウールはこの手を何のために使ってきたのだろう。銃を撃つこと？　肉弾戦？　それとも——。

突然、彼の手が自分に触れるところが映像として彼女の頭の中に広がった。裸の彼女をまさぐる彼の手。顔が真っ赤になるのを感じ、車内が暗くて助かった、と彼女は思った。

手に彼のぬくもりを感じるが、体全体に彼の熱が伝わる。触れ合っているところから、彼女の全身へと熱が広がる。ＳＦ映画などで、エネルギーがあたりに充満して、やがて爆発する場面では、大気中にぱちぱちと火花が散る映像効果を見ることがある。今、二人のあいだは、まさにそういう感じだ。

爆発してしまうのは、私かもしれない、エマは心配になった。自分の肌の下に、ニトログリセリンが仕かけてあるように思える。点火さえさせられれば、いっきにどかーん！　と吹き飛ばされそうだ。自宅へどんどん近づいていく。着いたらどうすればいいのだろう？

通常の場合、誰かに何かを手伝ってもらい、さらに家まで送り届けてもらったら、うちでもう一杯、飲みものでもいかが、とか言うのがマナーというものだろう。個人的な誘いではなく、単なるお礼の気持ちとして、というふうに話をもっていくのは、エマが非常に得意とするところだった。エレベーター内では離れた位置に立つ。飲みものを出し、今日のことを振り返るが、その際は立ったままでいる。ラウールは紳士で、こちらが望まないことはしない。それは疑う余地などないから、心配する必要はない。

彼女は自分自身に不安を覚えていた。自分がレディとして振る舞えるか、自信がなかった。

以前、こういう流れでベッドに誘われたこともある。誘いに乗っておけばよかったとは思うが、その気になれなかった。想像しただけでぞっとする男性さえ、何人かいた。そういうことへの興味があまりにもないので、自分の女性ホルモンはもう枯渇してしまったのではないか、と思ったほどだ。干からびて、もしかしたら脚のあいだは砂漠みたいに乾燥しているのかも。枯れ草が塊になって、サボテンのあいだを転がっているところを想像してしまった。

愚かな心配だった。乾いてなどいない。その部分は今、熱を放ちながら存在を主張している。ラウールに触れられているところがくすぐったいような、しびれるような感じ。彼がそこにいることを強く意識する。

彼女の体にあったホルモンが、活動し始めたのだ。ずっと長いあいだ休止状態だったのに。卵巣が目覚めたのがわかる。お腹の奥のほうで、熱を帯びている。いや、卵巣が熱くなったり、それを感じたりすることは、物理的には不可能だ。それでも、そんなふうに思えてしまう。自分をわざわざ助けに来てくれた人、しかも今日会ったばかりの人に、高熱を放つ卵巣を近づけるのはまずい。

車は繁華街を過ぎ、さらに自宅に近づく。コンドミニアムの建物がある通りに入った。ここからは、もうすぐ。さあ、どうする？　ありがとう、とだけ言って、ひとりで建物に入る？

本来なら、そうしたかもしれない。いや、ホルモンが堰（せき）を切ったように体内を駆けめぐっていなければ、きっとそうした。心配しすぎたせいに違いない。とにかく今は、ラウールともっと一緒にいたい、と彼女の全身が訴えているわけだ。とにかく今は、興奮しきっているから。いつ以来だろう、ここまで興奮したのは——いや、初めてかも。

でも、彼と一緒に自分の住居に入り、そのあとどうすればいい？　ラウールは完璧な紳士でいてくれるかもしれないが、全身がホルモンに支配されている状態の私は、ぎこちない行動を取ってしまうのでは……彼女はなおも思い悩んだ。女性にはこういう場合の〝攻略ガイド〟みたいなものがあり、エマはそのガイドに則った技巧を完璧なまでに習得していた。サンフランシスコに引っ越してきてからは、その技巧を披露する機会がなかっただけだ。ガイドによれば、男性が少し言い寄る動きを見せ、女性は思案してみせる。その後さりげない会話などをはさみ、女性のほうから距離を縮める。親しげに、けれど、なれなれしくはならないように。次に何が起きようと、その覚悟はしておくが、万一のときにぴしゃりとはねつけられるような準備だけはしておく。ノーと言う場合は、冷静に、けれど冷酷にはならないように。

〝攻略ガイド〟なんてくそくらえだわ、と彼女は頭の中でつぶやいた。普段は頭が判断することに彼女は絶対の信頼を置いていた。きちんと考えて決めたら、後悔することにはならなかった。ところが今、どんな判断にも疑問がわく。

コンドミニアムの正面玄関にあるガラスの扉の前で、車は停まった。玄関ロビーのまぶしいぐらいのライトが、車の中まで明るく照らす。ふとラウールを見ると、彼の黒い瞳が光を反射してきらりと光った。

何を言うかも決められないまま、彼女は口を開いた。「もし、よければ――」

「イエス！」彼女が言い終える前に、ラウールが即答した。言うと同時に彼はドアから飛び出し、降りた車の反対側に回って彼女の横のドアを開いた。彼がそこにいた。大きな手を差し出して。

　彼女には、自分が何を言うつもりだったのかわからなかった。けれど、きっと彼にはわかっていたのだ。とにかく、言葉にできなかった彼女の意図に、彼はイエスと言い、歓迎してくれた。彼の肘のあいだに、自分の手を収めるのが、しごく当然のことのように彼女には思えた。

　大きな玄関ロビーを半分ほど進んだところでラウールは足を止めた。

「ちょっとここで待っててくれ」そう言うと、受付デスクへ足早に向かう。夜間のコンシェルジェ兼警備員のチャールズがいる。チャールズのこともエマはよく知っている。とてもいい若者だ。いろんな人種の混ざった顔立ちで、非常に礼儀正しい。ラウールはカウンターに身を乗り出すようにして、しばらくチャールズと話し込んでいた。ラウールが懐から何かを取り出すと、チャールズはうなずいた。その顔が真剣そのものだった。額をくっつけるように話していた二人だが、ラウールはやがて上体を起こし、こぶしでカウンターの天板をこつんと叩いたあと、軽くうなずき、すぐにエマのそばに戻って来た。そしてまた彼女に肘を差し出し、エレベーターへと二人で向かった。

「何の話をしていたの?」エレベーターに乗ったところで、彼女はたずねた。

「自己紹介していた。BHSの本社とも話していることなど、今回の事件の背景を伝え、不審人物がいないか目を光らせておいてくれ、と頼んだ」彼がエマの顔をのぞき込む。「君に危険が迫っているのか、本当のところはわからない。だが、トビーを見つけて、彼から事情を聴くまでは、警戒を怠るべきじゃないと思う」

トビー。行方不明の同僚、市場の奇妙な動き。彼女の体でも、奇妙な動きがある。ラウールがそばにいると、なんだかおかしな具合になる。ともかくエレベーターから降りたら、自分の住居に入り、そのあと……どうすればいいのだろう? ラウールの存在が近い。だから何も考えられない。きちんと計画し、次に何をするか準備しておかなければならないのに、それができない。次に何をするかなど、遠い未来のことのように思える。今、どうするかで彼女の頭の中はいっぱいだった。

興奮しきっていて、何をすべきか、何を言うべきかなんて考えられない。エレベーターのドアが開いても、二人は体を密着させたままで、彼女も何も言わなかった。ラウールは片手で彼女の腰のあたりを支え、もう一方の手で住居のキーを持っていたが、その手を前に出して、エレベーターのドアを押さえ、彼女を廊下へと促す。彼の求めているものが何か、エマの本能が察知した。彼は住居のドアを開け、ほとんど背中を押すようにして中へ入ると、照明のスイッチを入れる。

何だか体が重い、と彼女は思った。ゆっくりとしか動けない。リビングに入ると、銀のプレートに置かれた上質のウィスキーの入ったボトルが彼女の目に留まった。

「何か――飲みものでもどう?」

彼はうなずき、彼女の腰に置いていた手を離した。

グラス二つに、かなり無造作にウィスキーを注ぎ、ひとつをラウールに渡す。彼がグラスを口元に運び、エマも同様にグラスに口をつけたのだが、二人とも液体を口に入れる前に手を止めた。彼女は近くのサイドボードにグラスを置いた。

「私が欲しいのはこれじゃない」

「ああ、違う」彼もグラスを置くと、エマの体を引き寄せた。

そう、これが欲しかった。こうしたかったのだ。引き締まった彼の体に腕を回し、たくましさを実感しながら、唇を重ねる。これだ。周りに誰もいない。邪魔が入る心配はない。ラウールと抱き合うのはいい気持ちだ。背が高くて、筋肉の壁に守られているみたいで、頼もしい。その彼が、濃密なキスをしてくる。こんなのは初めて。今までキスだと思っていたのは何だったのだろう? キスはどんどん激しくなり、今二人の体が引き離されたら、その場で息絶えてしまうかのように思える。彼の両手がはさむようにして、頭部をつかんでいるのだが、押さえつけられている、という感覚はない。彼の手から何か熱いものが噴き出し、その勢いに吹き飛ばされそうだ。しっかりつかまっていないと。

ラウールが体を引き、頭を後ろに倒して目を閉じた。そのあとまた頭の位置を元に戻し、目を開いた。激しく燃える炎がその瞳に見えた。「ああ」ふうっと息を吐く。

「どこから始めればいいんだ？」

その気持ちが、エマには完全に理解できた。さっきのキスをずっと続けていたい。うっとりとして頭が軽くなり、ふわふわとどこかに漂っていけそう。同時に、彼のシャツを引きちぎって、たくましい胸板に手を這わせてみたい。

「いちばん上から始めたら？」こうしているのがうれしくてたまらないエマは、にっこりと彼に語りかけた。興奮が止まらず、自分を抑えておくのが難しくなっている。しかし、同時にリラックスもしていた。彼の腕の中にいれば、何も心配する必要はないのだ。

この一週間ほど、びくびくし、心配して過ごした。常に心のどこかが不安に陰っていた。今はそんな不安はない。ラウールの腕の中で、彼に包まれていると、ここは安全な場所だと思えてくる。自分には悪いことなど何ひとつ起きないのだ、と。ただめくるめく歓びの世界が待っているだけ。彼との距離がなくなるほど、歓びは増す。

「上だ」ラウールはそれだけ言うと、彼女の髪を留めていたピンを抜いた。髪が躍るように肩にこぼれる。指を広げてその髪をすくい上げ、一筋だけを頬に当てる。「ひんやりしてるんだな。きっと熱いんだろうと思っていたけど」

彼の手が、ドレスの後ろのファスナーを下ろし、背中が腰のあたりまであらわになる。肌がほてっていたので、少しでも涼しい空気が直接当たるのが心地よい。ところがそのとき、彼の手のひらが肩甲骨のあいだに置かれ、そこからまた炎が広がるように感じた。吸い込む大気さえ暑くて、肺がやけどしそうに思える。

ラウールは唇を重ねたまま、さらにドレスを脱がせていった。袖から肩が抜かれ、ドレスは床に落ちる。足元にドレスの布地を感じながら、彼女はストラップレスのブラとショーツだけの姿で彼の前に立っていた。淡いグリーンのレースの下着は、こういう事態を予測してのことではないが、それでもこれにしてよかった。自分を見つめるラウールを見るのが楽しい。彼は目を細め、鼻の穴をふくらませている。興奮しているのだ。だがエマも同じだった。彼の視線を肌に感じる。乳房が重い。脚のあいだが燃えるように熱い。

彼の視線がエマの瞳をとらえる。「すげえ」何日も声を出していないかのように、かすれて聞こえる。「すごくきれいだ」

きれいだと言われたことは以前にもあるが、こんなふうに言われたのは初めてだ。心の奥底から絞り出された叫びだった。これまでは、だいたいが礼儀正しい褒め言葉であり、意味のない、ただ通りいっぺんの挨拶みたいなものだった。性的な関係を持つための駆け引きですらなくて、とりあえずそう言っておこう、みたいな。

彼の言葉は違う。ラウールの魂の深いところから発せられた告白だった。

彼は背中に手を回し、ブラに触れたところで、はっとその手を止めた。「このあとのこと、君は望んでいるんだよな?」苦しそうな声でたずねる。もし、いいえ、望んでいない、と言えば、彼はこれ以上のことはしない。確信できる。でも、彼女は望んでいた。絶対にやめてほしくない。

エマの両手は彼の胸元に置かれていた。彼のドレス・ジャケットを糊の利いたシャツと一緒に引き裂きたいような衝動に駆られる。今夜はずっと、彼の裸はどんなだろうと想像していた。胸毛は濃いほうなのか、そうでもないのか。脱毛サロンで胸毛を整えたりするタイプではないのは確かだ。彼のちょうど心臓の上あたりに、彼女はそっとキスした。「このあとのことを望んでるわ。でもここでじゃなくて、できれば寝室がいい。あなたは——あ、えっ?」

彼に体ごとすくい上げられ、エマはいつの間にか廊下を進んでいた。おとなになってから抱っこされたことがなかったのだが、彼はいとも簡単にエマを運んでいる。すてき。贅沢な気分。自由に飛んでいるみたい。映画や小説で、しょっちゅう〝お姫さま抱っこ〟の場面があるのもうなずける。本当にお姫さまになった気分なのだ。世界の民を従える、セクシーなお姫さま。ただ現実社会では、普通のおとなの女性を腕に抱えて息も切らさずに歩ける男性というのは、そこらにいくらでも存在するわけではない。

　彼が息を切らしていないのは、移動中もずっと彼がキスしていたからわかった。唇を重ねたままであるのはともかく、彼は目も閉じたままだ。壁に激突することなく、彼がこうして歩いていること自体が奇跡だ。

　エマは原始的なナビ・システムを開発した。右に曲がるときは彼の右腕を引っ張り、左のときは左腕を引く。そうこうしているうちに、二人は何とか無事に寝室へたどり着き、彼はそっとエマを床に下ろして立たせてくれた。彼に抱っこされているのはいい気分だったが、彼と体を近づけられるのはもっと気持ちいい。体の前の部分がぴったりと彼に密着し、その感触にわくわくする。彼女は彼の首に腕を絡ませ、彼を引き寄せる。もっと近くにいたい。お腹に直接触れる彼のズボン越しに、彼のものが完全に勃起しているのがわかる。

　彼が顔を上げ、エマを見た。開いたドアから入るリビングの明かりしか光源のない寝室は、ほの暗く、陰影でやっと見分けられるぐらいだ。彼の顔は緊張に満ち、キスで唇が腫れている。エマの唇も腫れていた。唇、乳房、そして性器も。

「服を何枚も着すぎだわ」あたりに艶っぽく誘うような声が響き、彼女はいったい誰が言ったのかと、周囲を見た。自分が言ったのだ。とても自分の声とは思えないセクシーさだった。

「ああ、そうだな」ラウールはそうつぶやくと、少しだけ後ろに下がって、服を脱ぎ始めた。シャツのボタンを外す指がものすごい速さで動く。ただ胸元で手をひらひらさせているようにしか見えない。しかし、終了だ。ボタンが外れた。シャツが足元に落ちる。ベルトのバックルが外され、ズボンのファスナーが下り、床に落ちる。次にブリーフ、靴下、靴だ。ああ、夢みたい。目の前に裸のラウールがいる。彼がまた元の位置に戻ろうと足を踏み出すより先に、彼女はさっと手のひらを彼の胸に押しつけ、そこで止まって、と無言で伝えた。彼の姿をじっくりと見て、この光景を目に焼きつけておきたかったのだ。

　彼が強靭な肉体を持っていることは、当然理解していた。しかし、服で隠されていたものもたくさんあった。裸の彼は、男性美そのもの——鋼(はがね)のような筋肉がいくつにも分かれて盛り上がり、全体として完璧に調和の取れた肉体になっている。優美で強い。動物としてのオスが、その肉体的頂点にある時期の姿。

　それに彼のペニスときたら……ああ、すごい。太くてすっくと屹立(きつりつ)している。これまで肉体関係を持った際に見てきた男性器とはまるで異なる。ああいうのは、完全に勃起していたわけではないんだわ、と今になってわかった。これが勃起したペニスだったんだ。これまでのは、さほど硬くなくて、中には手を添えて無理やり挿入しなければならない状態のものさえあった。

ラウールにはそんな心配は不要だ。

「何か、問題でもあるのか?」声から、彼が懸命に自制しようとしているのが伝わってくる。「俺だって、このままじゃじいさんになりそうだ」

エマは返事の代わりに、自分から前に出て彼の顔に自分の顔を近づけた。何もかもがいちどに起きた。あっという間に彼にブラとショーツを脱がされ、抱き寄せられ、濃厚なキスが始まっていた。体の前の部分が温かくて毛の生えた壁に密着し、さらに腹部には硬くなった彼のものが押しつけられている。彼が舌を絡み合わせてくると、お腹に当たる彼のものが反応するように動き、いっそう硬くなる。いっぽうの彼女は、体が内側から熱に溶かされ、とろんとやわらかくなる。

世界が傾いていく、と思ったそのあと、彼女はベッドに寝かされていた。上から覆いかぶさる彼の体が、どっしりして心地よい。どこかに舞い上がりそうな自分の体を、しっかり地表に留めておいてくれそうだ。

力のみなぎる毛深い脚が、彼女の脚を開く。次の瞬間、彼がぐっと腰を突き出し、彼女の中に入っていた。

「うあっ」ラウールが大きなうめき声を漏らした。「ごめん、痛かったか?」

痛かったたか？　彼女は自分の全身の感覚を確認してみた。どこも痛くない。ただ、脚のあいだが熱い。そして気づいた。熱を帯びた部分が、収縮を始めている。普段だと、クライマックスに至るまでにかなりの時間がかかり、たいていの場合は、さっさと終わりにしたくて絶頂感を得たふりをする。ところが今日は、体が勝手に反応し、勝手に絶頂へと昇り始めたのだ。でも……何て気持ちいいんだろう。

「いいえ、痛くない」あえぎながら答えると、彼はエマの両腿を持ち上げ、自分の腰をさらに強く押しつけた。彼のものを体の深いところで感じる。彼女は枕に頭を投げ、激しいクライマックスに体を震わせた。首に彼の唇を感じていると、体の奥でも彼が動き始めるのがわかった。彼が軽く腰を押し引きすると、硬い毛が直接クリトリスを刺激し、電気ショックのような快感が彼女の全身を駆け抜けた。

彼の腰の動きが激しくなり、二人のお腹が強く当たって、ぱんぱんと音を立てる。ベッドの頭板が壁にぶつかる。彼が猛然と突き下ろす。

エマは悲鳴のような声を上げた。また絶頂に昇り詰めていく。体の奥から彼のものを締め上げ、そのたびに彼のものはさらに大きくなり、また……歯を食いしばっていた彼が、動物的な声とともに欲望を解き放った。

二人の動きが止まる。もう自分にはまったくエネルギーが残っていない、とエマは思った。しがみつくために強く彼の体に巻きつけていた腕や脚から力が抜けていく。

最初は腿が、次に腕が、ベッドに落ちた。もうだめ。肉体の歓びだけが優先し、快感を追求していた。理性の入り込む余地などなかった。ラウールもぐったりとして頭を枕に預け、彼女のすぐ横に顔を置く。耳元で彼の唇が動くのを感じる。

「うう」彼の吐く息を感じ、エマの全身にぶるっと震えが走った。

「うん」

「コンドームがまだズボンのポケットに入ったままだ」どうしよう、と思っているらしい。「幸運を祈るしかないな」

「あ、ええ」コンドーム。言わなければならないことがあったように思うが、快感の波におぼれている状態では、頭がうまく回らない。

「あの、本当に悪かったと、言うべきだし、実際、申しわけなく思ってはいるんだが、完全に自制心を失ってしまって。絶対、絶対に、今後は忘れたりはしない」

コンドーム。ああ、思い出した。「私は、その……事情があって、婦人科に通院しなければならなくて、そこで処方してもらっている薬は避妊薬でもあるの。だから……問題ないわ。それから、私、病気も持っていない」

彼女は仰向けになったまま、半分目を閉じていた。強烈な快感で目を開けられなかったのだが、彼がほほえむのが聞こえた気がした。

「そうか、身体検査なら、俺たちはしょっちゅう受けてる。俺も健康で、一切病気はない。それで……エマ？」いつの間にか、彼女は寝ていた。本当に意識が途切れていたのだ。眠りにとらえられかけていた彼女を、彼が肩を揺さぶって起こした。「エマ」

「う、うん？」

「大丈夫か？」

「最高」ふっと言葉が出る。

すると彼は、少しだけ腰を引き、また突き下ろした。もういちど。また繰り返す。

深い暗闇に落ちようとしていた彼女は、また光と熱の満ちた場所へと引き上げられる。

「まだ終わりじゃないぞ。これから始まるんだ」

8

「お寝坊さん、起きてくれ」ラウールはエマの頬に軽く口づけした。ふわっと押し返してくる感触に心が震える。彼女の体はどこもこうだ。やわらかなのに弾力がある。彼女がゆっくりと目を開け、ラウールの存在や部屋の状況に視線を合わせていくのを見守る。彼女が、陽が差し込んでいる事実に気づく。つまり、朝になっており、カーテンも開いているわけだが、そんなことも順に認識していっているようだ。ところが彼女は、また目を閉じた。

なるほど、二度寝か。早起きは得意ではないようだ。

ラウールは早起きだ。今日も明け方に目を覚ました。普段ならすぐにベッドを飛び出して、軽く走るか、雨の場合はジムでワークアウトして、シャワーを浴びる。けれど今朝は、ただベッドに寝そべってエマに肩を貸していた。何だかすごくいい気分だ。彼女の燃えるような赤毛が、自分の腕から胸へと広がっている。炎に触れる錯覚を起こしながらその髪にさわるため、ひんやりした感触に驚いてしまう。

彼は目が覚めたときの態勢のまま、彼女の寝息に耳を澄まし、天井を見上げた。そして自分の感情に気づき、驚いた。

幸せなのだ。これは幸福感だ。おとなになってから、そんな感覚を改めて認識したことがないため、最初は妙な気分だった。ＳＥＡＬとしての暮らしは、幸福とは程遠い。充実しているしやりがいもある。それでも自分が幸福だと思うことはない。ただ別に、幸せでいたいわけでもなかった。そして、あんなことが起きた。裏切られたという思いで、怒りと悲しみに打ちのめされそうになり、軍法会議で不名誉除隊どころか、犯罪者の烙印を押されるところだった。そして今の会社がラウールとピアースを拾ってくれた。この会社は最高だ。仲間の社員も大好きだ。ただ会社で感じることと、ここで感じることとは異なる。今、美しい女性が自分の肩に頭を預けて寝ている。そして彼女は……彼は少しだけ頭を起こして聞き耳を立てた。間違いない、彼女はいびきをかいている。

彼はうれしくなった。ひとりでに笑みがこぼれる。

彼女はぐっすり寝ているので、そっとベッドを出れば、起こさずに済みそうだ。そう思ってシャワーを浴びるためにバスルームに行くことにした。それでも彼女は、寝返りすら打たなかった。ラウールは、普段女性と関係を持ったあと、いつまでもベッドにいるタイプではないので、女性の住居がどういうものか、よく知らない。だからスパイシーな匂いの石鹸や、花の香りのシャンプーや、ラベンダーが香るタオルというものも初体験だった。結果、悪くないな、と思った。ユタ州の訓練基地の兵舎にいたときと比べたら、ずっといい。あそこは、汗と小便と精液の臭いで満ちていた。

シャツとズボンを身に着ける。着替えはホテルに置いたままなので、昨日の服をそのまま着るしかない。裸足でキッチンに向かう。ふうむ。きれいに片づけられているキッチンに、彼は好感を持った。さらに食料品がきちんと買いそろえられている。好感度がさらにアップする。ポートランドに住むようになって最初にデートした女性のキッチンほど、悲しい気持ちになる場所はなかった。見事な光沢の大理石のカウンターに、ぴかぴかの高価そうなステンレスの台所機器がそろったキッチンには、食品と呼べるものが何ひとつなく、キッチンそのものも使われた形跡がまったくなかった。実際に料理が作られたことがいちどもないのは、明らかだった。

エマのキッチンは使い込まれている。自分をこれほどまでに魅了する女性についてもっと知りたくなり、彼は罪悪感を持ちながらも、いろんな棚を開けてみた。冷蔵庫にもたくさん食料品があり、さらに作り置きの料理まであった。しかもすごくおいしそうだ。

何となく鼻歌を口ずさみながら、彼は冷蔵庫から作り置きのものなどを出し、小ぶりのテーブルに朝食用の料理を並べた。バナナブレッド、オムレツ、全粒粉パンのトースト、バター、それにジャムの小瓶をいくつか。すべて手作りらしく、手書きでイチゴ、ブルーベリー、オレンジ、レモン、とラベルが貼られている。うーむ、こいつはいい。カウンターには大きなほうろうのボウルがあり、カラフルな器にリンゴ、ナシ、バナナの色が映える。それもテーブルに運んだ。

コーヒーをいれるには、ラウールも使い方を知っているエスプレッソマシン、その他に一杯ずついれるプレス式のものがある。エマはどちらを飲みたがるだろう？　両方用意しておこう、と彼は決めた。

彼がハミングしているあいだに、エスプレッソマシンがコーヒーを抽出（ちゅうしゅつ）した。表面が細かい泡で覆われ、完璧だ。プレス式でいれたものは、大きなマグカップに注ぐ。褐色の液体が、食欲を刺激する。二つのカップをトレーに載せ、彼は寝室へと戻り、ベッドのエマを見下ろした。

情事の翌朝、というのは、どう振る舞えばいいのか、悩むことも多い。ぎこちない沈黙、にじんだ化粧のあと、ときには、間違いを犯したという自己嫌悪を抱き、その場から逃げ出したくなる場合もある。

今朝はそんな感情はない。一切。彼女を見下ろすと、今日一日が楽しみになる。トビーについてわかったことを話し合い、また彼女のことをもっと理解したい。新鮮な気持ちで朝を迎えられた。探りたいことがいっぱいある。主に彼女についてだ。

エスプレッソのカップを手に取ると、彼女の鼻の下に持っていった。彼女の鼻孔がふくらみ、閉じたままのまぶたの下で、瞳が左右に動いている。眠りから覚めつつあるのだ。そして彼に、頰をそっと撫でられると、彼女はぱっと目を開いた。きれいな色の瞳を持つ女性は、他の人間に比べて、あらゆる局面で優遇される。ラウールの瞳はヒスパニックにありがちな濃い茶色で、少し明るい色の線が入っているのが、珍しいと言えばそうかもしれない。ただ特に優遇されることはない。不公平だが、そういうものだ。そしてエマの目は……何かに反射した陽光が部屋をさっと横ぎり、彼女の顔を照らした。すると瞳がこの世のものとは思えないような透き通ったブルーに輝いた。夏空に氷のかけらを投げ上げ、それがきらめいた瞬間をとらえた色だった。

彼女は少し考えてから、状況を理解した。彼女の頭の中で思考の歯車が回転していく。そのプロセスをラウールは見ていた。まず、まばたきをする。次にコーヒーを見る。カップから立ち上る湯気、大きなマグカップと小さなデミタスカップ。彼女の視線は彼の腕から顔へと動く。またまばたき。そして自分はシーツの下で裸であることに気づく。また彼の顔を見て、昨夜のことを思い出す。彼女の顔が真っ赤になる。

透き通るような自分の肌色をきっと彼女は恨めしく思っているのだろう。感情が周囲すべてに宣伝されるようなものだ。ラウールは元々浅黒い肌なので、赤面しない。心の内に顔に血がのぼってもわからないのだ。それに、ポーカーフェイスも得意だ。

秘めておきたい想いを、表情から他人に悟られることはない。

「おーい」やさしく声をかける。「おはよう」

「あ――うん。おはよう」彼女が上半身を起こす。ベッドカバーを引き上げて、たわわに揺れる乳房を隠したのが残念だ。目の保養ができなかったが、いずれまた、できるかぎり近い将来に、あの乳房を拝むぞ、と彼は心に誓った。彼女は出口を捜しているかのように、あちこちを見渡した。

「私……あの、私たちは、その……」

その先を言葉にできない彼女のために、ラウールが口を開く。「ああ、した」体をかがめてふっくらした彼女の唇にキスした。彼女が口を開いて彼を迎える。「また、するんだ。少なくとも俺はそう願っている」

彼女はまたまばたきをして、かわいい口元をふっと緩ませた。「そうね」

やった！　心の中でガッツポーズをする。だが、自分がSEALであったことを思い出す。いちどSEALになれば、海軍を辞めてもSEALとしての矜持を胸に生きていく。非公式なSEALsのモットーは〝いちばん困難なことを最初にしろ〟だ。

今の最大の願望は、ベッドにもぐり込んで昨夜と同じような快楽を得ることだが、しなければならないことはそれではない。寝室をあとにして、トビーの住居に向かうことだ。

また彼女に、今度は軽くキスした。本もののキスをすれば、自分を止められない気がする。

「どっちのコーヒーが飲みたいかわからなかったので、両方持ってきた。君が飲まないほうを、俺が飲む。それから、さっきここのキッチンを襲撃した。作り置きなんかもあったから、それを利用して朝食を用意しておいた。キッチンの朝食コーナーに置いてある。ああ、それから、トビーの家は、ここからどれぐらいかかる？」

「たぶん十五分ぐらいかな。自動車で行けば、だけど」

ギリギリだが、不可能ではない。「俺はコーヒーのあと、用意した料理を軽くつまんで、急いでホテルまで戻る。ホテルに停めてある車で、ここに戻る。朝食のあと君が三十分程度で支度ができるのなら、約束の九時には間に合う」

彼女はエスプレッソを飲み干した。「これもう一杯飲みたいわ」そして、指を立て、くるっと回す。後ろを向いてほしい、という合図に彼はおとなしく従った。昨夜、すでに彼女の全裸姿を見ているのだが、あれは夜の闇の中での話。いずれ、どんな状況でもお互いに平気で全裸をさらすようになるはずだが、今はまだそういう時期ではないようだ。背後に衣擦れが聞こえたあと、ほっそりした腕が背後から彼の腰に巻きつけられた。

「ありがと」

片手をそっと引き上げ、その甲にキスする。「ああ」

バスローブを着たエマは、彼に付いてキッチンに入り、朝食用の小ぶりのテーブルの前に座った。彼がすぐにエスプレッソを入れたカップを置くと、彼女はにっこりうなずいた。

「トビーは行方不明なんかじゃなくて、自分から誰にも邪魔されないように家にこもっているだけかもしれない。もし彼の住居に入って、彼と鉢合わせすると、ずいぶん気まずいことになるぞ。その可能性については、考えてみたか？」

エマが眉根をぎゅっと近づける。熟慮するときの顔だ。やがて彼女は首を振った。

「いえ、あれからいろいろ考えてみたんだけど、彼のコンドミニアムに行ったときに可能性として最悪なのは、そこが空っぽで、彼の居場所が依然としてわからないまま、ということ。思い返せば、トビーは本当にコリンに夢中だった。あれほど大切に想う人を、連絡もなしに突然捨てるなんて考えられない。いえ、誰に対しても、トビーはそんなひどいことをする人じゃない。自分の実家の人たちとの関係がすごく心の重荷になっていて、だからこそ人付き合いには最低限の礼儀を持つべきだと考えていたんだと思う。それに、誰にも何も言わずに、急に職場に顔を出さなくなるなんてあり得ない。クォンツとしての仕事を気に入っていて、この会社でキャリアをきわめたいと考えていたんだから。突然消えるなんて、キャリアを投げ出すことになる。だから、彼のコンドミニアムに入った私たちが、ソファに座って新しい恋人とテレビでも観ているトビーに会う可能性なんてないと思う。彼に、何か――悪いことが起きたのよ」

ラウールを見上げる彼女の顔は、不安そうだった。張り詰めた気持ちをほぐそうと、彼は彼女の眉間を親指で撫で、しわを消した。「とにかく、まずは彼を見つけることに最善を尽くそう。見つかれば、トビーには腕を広げて待っていてくれるボーイフレンドもいるみたいだし」

彼女の笑みは弱々しかった。本当に心配なのだ。心配するのも当然だ。話を聞けば聞くほど、このトビーという男は人生を真面目に生きようとしているのがわかる。そういうやつが、何の前触れもなく、ふっと失踪することはない。考えられるシナリオは、すべて恐ろしいものだ。単なる誘拐、そしてすでに殺されている可能性。最初はトビーを見つけて事情を聴き、そこからエマに危険が及ばないことを確認するつもりだった。だが、思っていたより不穏な状況になっている。とにかくエマが危ない目に遭わないようにしなければ。

「俺がホテルに戻り、車でここまで来るのに四十五分かかるかな。建物の前に下りてきてくれれば、そのまま行けるから、コリンとは九時に合流できる。トビーの行方は必ず見つけ出す」

まだ不安そうな顔をしながら、エマがうなずく。ラウールはもういちどキスした。

軽く、すばやく唇を離す。燃えるような赤毛が肩で弾み、バスローブの前がセクシーにはだけている彼女の姿は、天使でも誘惑できそうなくらい官能的だったから。ＳＥＡＬとしての訓練を受けたラウールには、見たいものを見ないでいる自制心ぐらいある。それでも、難しかった。

エマが顔を下に向ける。白い肩で髪がさらりと揺れた。「時計を合わせておいたほうがいいかしら」

「時刻はどうやって調べてる？」

「私はスマホを見る」

「俺もだ。では、大丈夫だな。とにかくトビーのコンドミニアムに行って、それからのことは着いてから考えよう、玄関前に――」

「八時四十五分ね。ええ、待ってるわ」

よし。彼女ならちゃんと待っているだろう。彼女の言葉は信用できる。

すばやい行動に慣れている彼は、建物の前に待たせておいたＵｂｅｒに乗り、ホテルでジーンズとシャツというカジュアルな服に着替え、足元も戦闘ブーツにした。これで動きやすくなった。暖かかったので上着は必要なかったのだが、武器が要ると思ったので、グロック19をホルスターで吊り下げ、ジャケットを着た。車には他にもいろいろ武器が積んである。ブラック社が彼のために用意してくれた車両だったからだ。

サンフランシスコ国際空港に到着すると、ブラック社からメールを受け取り、これを使用してくれと車両のナンバーを教えられた。空港の駐車場で車の中を見ると、その装備に圧倒されそうになった。ドアパネルの中にも武器が仕込んであり、荷物席にはドローンまであった。どう展開するかがわからない任務のために、必要になる可能性のあるものはすべて用意されていたのだ。

どういう危険が待ち構えているのかはわからなかったが、大きな金額が絡むとき、必ず悪いやつがいて、悪いことをする。だから、万全の準備で臨めることがありがたかった。

急ぐこともなく、彼は時間どおりに彼女のコンドミニアムの玄関前に到着した。当然ながら、エマが待っていた。女性の姿を見てわくわくするのなんて、何年ぶりだろう。二人でこれから、誘拐された可能性もある男性の行方を追う。深刻な事態だ。けれど、エマが一緒に行ってくれるのだ。黒のパンツに明るい緑のコットンのシャツ、深緑のベスト、スニーカー、無造作に束ねたポニーテール。その出で立ちが、セクシーでたまらない。彼女のそばにいられるのなら、どんな場所でも一緒に行く。

彼女が笑顔で車の横まで歩いてきたので、彼は運転席から手を伸ばして助手席側のドアを開いた。彼女が笑みを浮かべたまま乗り込んでくる。

「ハイ」

「ハイ」彼女の挨拶に、同じ言葉で応じる。その瞬間、ラウールは、胸をどかん、と叩かれた気分になった。

9

「完了しました（トド・エチョ）」

「よし（ブエノ）」

　ギエルモ・デ・ラ・ベガからの報告に満足しながら、マーリン・デ・エレーラは電話を切った。ギエルモにまかせておけば大丈夫。何せ、メキシコ陸軍の精鋭部隊、〝特殊作戦群（フェルサス・エスペシアル）〟で大佐だった男、任務遂行能力は折り紙つきだ。デ・エレーラの命令に忠実に従い、無駄なく効率的に仕事をやってのける。メキシコ政府のために働いていたときと同様に。おまけに軍にいたときの五十倍の報酬を得ているのだから、きちんとやってくれることに疑いの余地はない。

　信頼できる男、頭のいいやつ。兵士であって、殺し屋ではない。

　そう心でつぶやきながら電話機に置いた受話器を見る。固定電話のほうが傍受される確率が低いので、彼は携帯電話より、電話線でつながった電話機を使うことが多い。

　さて、そろそろメキシコ人のデ・エレーラから、アメリカ人のブランドン・ラザフォードに戻る時間だ。デ・エレーラにとっての一大事業が目前に迫っている。彼自身は一生を贅沢に暮らしてもじゅうぶんすぎるくらいの金を手にしつつ、同時にアメリカ本土への一回の攻撃としては最大規模の被害を出す大イベントだ。この攻撃で手に入る財産で、ちょっとした国なら買えるだろう。

彼はこれまで、アメリカではブランドン・ラザフォードという名のアメリカ人として生活を続けてきた。実際のところ、彼は何世代にもわたってカリフォルニアきっての名門とうたわれた一族の末裔なのだ。容姿がラザフォード家出身の母に似て、本当によかった。母のDNAのおかげで、デ・エレーラは完璧なアングロサクソン系として通用する。背が高く、ほっそりとして、非常に肌の色が白く、髪や瞳も淡い色合い、まるで英国貴族のような風貌なのだ。

実体としてはメキシコの犯罪者、ドラッグ・カルテルのボスであるマーリン・デ・エレーラの素性は、アメリカ合衆国内では完璧に隠蔽されている。メキシコの犯罪者とは無関係の別人格として存在する。国境線の北側においては、名門一族の末裔のブランドン・ラザフォードとして、周囲の人々から敬意を払われる善良な市民だ。信託資産で余裕のある生活を送り、いくつかの会社の社外取締役を務めている――ことになっているのだが、実はラザフォード一族の先祖代々の資産は、彼の母の代で底をついてしまった。実に残念だ。彼が受け継いだのは、白い肌、整った容貌、茶色がかった金髪だけだった。信託資産など、どこにもなかった。

幸運だったのは、マーリン・デ・エレーラなら、簡単に金を工面できることだった。デ・エレーラの部下たちは、やる気のあるやつばかりだ。なぜなら、彼の率いるカボ・カルテルはメンバーへの金銭的報酬を惜しまないから。部下は〝任務〟への意欲に燃えている。仕事ではなく、任務と呼ぶのがデ・エレーラは好きだ。任務を次々とこなしていくにつれ、部下たちは資産を増やし、やがて引退する際にはかなりの金持ちになっている。成功の秘訣（ひけつ）はこれだった。最終的にどうなるかを示してやるのだ。そしてそこにたどり着くまで、寄り道してはいけないぞ、と教え込む。

万事順調だ。デ・エレーラはオフィスの自分専用のリクライニングチェアをゆったりと倒し、満足しながら物思いにふけった。これほどうまくいくのは、自分にアメリカ人の血が流れているからだろうか、と考えることがよくある。みんなやり方を間違えている。他のドラッグ・カルテルを見ると、つくづくそう思う。

貧乏人相手に、あくせくとけちくさい取引ばかりを追い求める他のカルテルのボスたち。雇うのは、頭が空っぽのごろつきども。そして金銭的な褒賞ではなく、恐怖による支配でそいつらを働かせようと必死になる。儲ける方法はいっぱいあるのに、やつらは常にいちばん汚いやり方で利益を追求する。極悪非道の限りをつくして。長期的に見れば、そういうやり方が長続きするわけがない。カルテルのボスの平均寿命は短い。むごたらしい死に方をするか、もしくは刑務所で一生を終える。愚かとしか言いようがない。

まあ、いい。俺は愚かではないから。マーリン・デ・エレーラとしてもブランドン・ラザフォードとしても。バハ・カリフォルニア・スル州のカボ・サンルーカスを本拠地とするカルテルのボス、デ・エレーラ。あるいはカリフォルニアの名門の末裔ブランドン・ラザフォード。どちらにせよ、この俺が今まさに証券市場でのクーデターを起こそうとしている。そして人知れず、世界でも有数の金持ちのひとりとなる。

リクライニングチェアにもたれたまま、彼は少し体をひねった。ここは高層ビルの二十五階、とある会社の社長室だ。ペーパーカンパニーだが、表向きは小規模ながら堅実に利益を上げていることになっている。彼が座るリクライニングチェアはイタリア製、トスカーナ産の革が張ってある。この瀟洒(しょうしゃ)なオフィスとももうすぐお別れだ。六月十日をもって、この会社はこの世から消える。ブランドン・ラザフォードという男も一緒に。

彼は化学の知識を生かして、フェンタニルを密造し、販売してきた。化学者(エル・キミコ)と呼ばれるのはそのためだ。だが、フェンタニルのビジネスは、製造工程や販売ルートもひっくるめて、誰かに売るつもりだった。麻薬ビジネスからは足を洗う。引退生活をどこで送るかは、まだ決めていない。スイスあたりがいいだろうか。食べものがおいしくて、街がごみごみしていなくて、警察が金持ちを守ってくれるところ。物価は高いし、何をするにも金のかかる国だが、世界じゅうの金を自分の意のままに使えるのなら、そういうことは気にしなくてもいいだろう。

デ・エレーラは自分の行動力には自信を持っていた。麻薬取締局(DEA)捜査官をつかまえ、情報を引き出し、さらに多くの金を稼ぐ計画を一週間もかからないぐらいの速さで立案から実行へと移した。他の人間なら、もっと長い時間をかけねばならない計画だっただろうが、ここまで順調に進んでいる。もちろん、そんな芸当をやってのけられたのも、非常に優秀な兵士を大勢、自分の子飼いとして抱えているからではある。ああ、それから、強欲な証券関業の人間がいなければ、計画を実行に移すことはできなかっただろうが。忠実な兵士と強欲な株屋、俺の計画には必須の要素だな、と彼は思った。

コリンは約束どおり、建物の玄関前で待っていた。昨夜とはずいぶん様子が違う。まぶたの赤い腫れは引き、きれいにひげを剃(そ)っている。また服装も黒っぽい色のズボンに水色のシャツと普通のものだ。何かにとりつかれたような表情は消え、しごくまともできちんとした社会人という感じ。医師だと言われれば、ああ、なるほど、と思える。

「やあ」近づいてくるラウールとエマに、コリンが声をかける。「ここの警備の人間と話し、事情を説明しておいた。警備員は僕のことを知っているので、問題はない」

「ここの警備員が最後にトビーを見かけたのはいつだ？」ラウールがたずねる。

「土曜の夜、帰宅する姿を見かけたようだ。僕は病院で夜勤だった。トビーは自宅で仕事を片づけながら、簡単に荷物をまとめると言ってた。それっきり、トビーからの連絡は途絶えた。もちろん、彼の姿も見ていない」

「うむ」ラウールが応じる。「トビーの住居を見たあとでいいんだが、この建物の防犯カメラの録画映像を見させてもらえないかな？」

コリンは一瞬驚いた顔をした。「え？　ああ。たぶん見せてくれると思う」そして少し考えてから、何度もうなずいた。「そう、そうだよね。名案だ。悪かった、僕が先に思いついて、頼んでおけばよかったんだ」

ラウールは、真剣な面持ちのまま答えた。「思いつかなくて当然だ。そういうことを考えるのは俺の仕事で、あんたの仕事は人の命を救うことなんだから」

「君の――仕事？」ちらりとコリンから視線を投げかけられたエマは、軽く首を縦に振ったが、コリンはまだ当惑げだ。「つまり、どういうこと？」

エマは彼の肘に手を添えた。「トビーのことがすごく心配で……それで、友人に連絡したの。その友人は大きな軍事・警備会社で働いていてね――すばらしい会社よ。ラウールはその会社のエージェントで、友人が私のためにこちらに派遣してくれたわけ。とても頼りになる人だから、トビーの居場所が見つけられるのは、このラウールしかいない」

ラウールはこれまで、食事を一緒にするのが楽しい相手であり、さらに情熱的に愛を交わす男性だった。しかし今は、完全にセキュリティ維持のために全力をつくすエージェントであり、任務に取り組むその姿は真剣そのものだ。具体的に、彼のどこが、と指摘するのは難しいが――おそらく彼の存在そのものが安心感を与えてくれる。周囲の状況を完璧に認識しているらしい真剣な顔つき。幅広の肩を持つ背の高い体は、どんな事態にもいつだって対応できそうだ。ひとりでトビーを捜していたら、どれほど不安だっただろう。改めて考えると、彼と一緒に捜索を始めてから、不安を感じたことはなかった。ラウールがいることで、いつかは必ず、トビー失踪の謎が解ける、と思えた。それがどんな結末かは、わからないが。

トビー。かわいそうに。もう姿が見えなくなってから六日経つ。体の具合が悪いとか、辛い状況に置かれているとすれば、六日は長い。それだけの日数があれば、どんな人間でも……だめ、そういうことは考えないようにしよう。

エマはすっと息を吸い込み、覚悟を決めた。「じゃあ、行きましょ。コリン、案内してくれる？　ここに来るのは、私、初めてなの。トビーとはよく飲みにいったけど、たいていは私の家か、外で軽く飲むかだったから」

大理石のフロアの広々とした玄関ロビーを進み、コリンがU字型のコンシェルジェ・デスクの内側に座るドアマン兼警備員に会釈する。ラウールがささっと視線を動かし、デスクのサイドパネルに目立たないように取り付けてあるマークを確認するのを、エマは見逃さなかった。

「あれって――」

「ああ。ここも、ブラック・ホーム・セキュリティだ」それなら安心だと思ったエマに、ラウールが厳しい口調で言い足した。

「ただし先に確認したところ、警備員は君のところみたいに二十四時間常駐しているわけではなく、夜間は無人になるんだ」なるほど、ここはそこまでセキュリティにお金をかけなかったのだ。

三人はそのままエレベーターへと歩く。別段何をするわけでもないのだが、ラウールがいるだけで、守られているという気分になる。コリンでさえも、リラックスしているように見える。

トビーが住居として選んだこの場所は、とにかく超高級と言えるコンドミニアムだった。エマのコンドミニアムも確かに高級ではあるが、いろんな意味で彼女の住居とは対極にある。彼女の住居がある建物は洗練されたデザインがおしゃれで、無駄なものが一切ない。ここはとにかく、ものすごく派手なのだ。黒っぽい木材と金ぴかの真鍮、飾りがいっぱいついた照明具、フロアのタイルも凝った装飾が施してあり、あちこちに置かれた観葉植物は、鮮やかな色合いのほうろうの鉢に植えられている。

トビーの住居は十階のエレベーターを降りてすぐのところだった。コリンは取り出したカードをシステムのプレートにかざしたあと、真鍮のドアハンドルに手を置いた。ラウールは驚いたようにたずねた。「テンキー入力はないのか?」コリンが首を振ってハンドルを下げ、ラウールがドアを押し開けた。

三人が中に入ると同時に、玄関の照明が点灯した。完璧なデザインのインテリアがそこにあった。あまりにすっきりしているので、ごちゃごちゃした自分の住居が恥ずかしくなる。トビーとエマはほぼ同じ頃にPIBで職を得て、同じ週にサンフランシスコにやって来た。そしてトビーはしっかりとこの街に根を下ろし、落ち着こうとしているように思える。彼の住まいを前に考えてみると、自分はいまだに、ここには短期的に住んでいるだけ、という感覚を持っていて、いつでもどこかに引っ越していくつもりでいたのかもしれない。

コリンは壁の前まで行って、ボタンに手を伸ばした。カーテンを開けようとしたのだ。しかしラウールがコリンを制止した。上着のポケットからラテックス手袋を出し、コリンとエマに渡す。エマとラウールが手袋を装着する様子を、コリンはぽかんと見ていた。

「ここは犯罪現場の可能性があるから」手袋を持ったまま立ちつくすコリンに、ラウールはやさしく声をかけた。

ラウールは顔面蒼白になり、うなずいて手袋をはめた。

そう、犯罪現場の可能性があるんだわ。そう思うと、エマは心の中でお祈りをした。トビーの守護天使様、愉快で、数学の天才のトビーを、どうかお守りください。できるだけ早く、無事に彼を見つけられますように。

ラウールは部屋の真ん中に立って、ぐるりとその場を見回す。エマには、彼のハンサムな顔の上にある頭脳がフル活動している様子を想像できるような気がした。全神経を集中させ、見て、感じて、この部屋で何があったかを理解しようとしている。もしかしたら嗅覚や味覚も判断材料になっているのかもしれない。これはエマの知らない世界だ。彼女の周辺の人たちは、デジタルデータを頭の中に取り込み、そこから答を出す。現実社会で起きていることを認識し、答を出そうとする人を初めて見て、彼女はわくわくした。いや、違う。ラウールが現実社会で起きていることを認識し、答を出そうとしているのを見て、わくわくするのだ。

「じゃあ、カーテンを開けてくれ」ラウールの指示でコリンがボタンを押すと、窓を覆う重い布がゆっくりと動き出した。天気のいい日で、すぐに陽光がリビング兼ダイニングのその部屋を明るく照らした。「カーテンは閉じられたままだった。つまり、トビーがここを出たとき、本人の意思だったにせよ連れ去られたにせよ、外は暗かったわけだ。夕方以降、朝の暗いうちということになる」そこで膝をつき、ふかふかのカーペットを見下ろす。「複数の人間の足跡、しかもブーツだ」

ラウールは系統だった調査を始めた。窓辺に立ったままのコリンは、かなり辛そうな様子だ。

エマはひとりキッチンへと向かった。ぴかぴかで汚れなどまったくない。そう言えば以前、トビーから料理はまったくできないと聞いたことがあった。そのまま広い廊下へ抜けると、その先に寝室や仕事部屋などがあるようだ。部屋の配置などは、彼女のコンドミニアムと似ている。そしてふと足元を見た。ベージュのタイルが敷かれている。

「ラウール」

静かな声で呼んだが、彼はすぐにやって来て、彼女の震える指が示すタイルを見た。

血だ。

長く引っ張られたような形の血しぶきが落ちている。凄惨な現場、というものではないが、血であることに違いはない。

「動脈からの出血ではなさそうだね。不幸中の幸いだ」いつの間にかラウールの後ろに立っていたコリンが言った。「動脈が切断されると、一定の方向に血がほとばしるんだ」

ラウールがうなずき、三人は血痕をたどって主寝室へと歩いて行った。血痕はベッドのそばまで続いており、最終的にはカーペットに大きな血だまりができていた。こういったことは二人にまかせておいたほうが効率的だと考えたエマは、実際に何があったのかを推理するため、寝室内を見て回った。

ベッドは整えられておらず、金色のベッドカバーがめくり上げてあった。金色の枕もベッドからずり落ちそうになっている。大理石の天板に木製の脚がついたベッドサイドテーブルの上には、アマゾンのエコー・システムがあり、さらに本が二冊乱雑に置かれている。三冊目は床に落ちていた。

「寝ていたか、少なくともベッドに入っていたところを襲われたのね」しゃがんで血だまりを調べていたラウールとコリンが顔を上げた。「トビーはきれい好きで、散らかっているのが嫌いなの。小さい頃からご両親が厳しくて、ベッドを整えてからじゃないと寝室を出ることを許してもらえなかったって、以前に話してくれた。その癖が体にしみついているって。だからこんな状態でトビーがどこかに出かけることはない。ベッドから引きずり出されるようにして、連れ去られたのよ」

「ふむ。朝方かな、それとも夜中だろうか」ラウールが独り言のように問いかける。

エコー・システムを見て、ふと思いついたエマは、室内の誰に話しかけるわけでもなく、声を上げた。「アレクサ、最後に何を命令された？」

人工的な音声が答える。「最後の命令は『懐メロをかけて』」

「それはいつ命令されたの？」

「命令、は、午前、零時、ゼロ、五分」

「襲われたのはそのあとか」ラウールが室内を見渡す。「寝ていた彼は、ベッドから引きずり出された。抵抗する彼を、犯人が殴ったんだ。かなりの出血があるから、強く何かを打ちつけられたんだろうが、命にかかわるほどの大出血ではない、そうだな、コリン？」

「そのとおり」コリンは青い顔をしていたが、取り乱したところはない。「出血の程度はさほどひどくない。ただ、頭部を殴られたのなら脳震盪を起こした可能性もある」

ああ、そんなことにはなっていませんように。エマは心で神に祈った。

「襲ってきたのは二人」ラウールの口調が厳しい。「ひとりはサイズ11のブーツ、もうひとりのブーツのサイズは13だ」

「大柄な男が二人」コリンの頬が強ばる。「トビーの体重は六十五キロもない。力ずくで来られたら、勝てるわけがない」

「ああ」ラウールが認める。「それに誘拐犯は武装していることが多いし」

コリンがいるので言葉に気をつけて、とエマはラウールに目くばせしたが、視線が合わなかった。だがさすが救急救命室の医師だ、コリンはひるむ様子もない。おそらく銃創やナイフによる刺し傷なども、見慣れているのだろう。実際、凄惨な場面にもエマよりたくさん遭遇しているはず。何より、トビーを見つけるには現実的な可能性から目をそらすわけにはいかない。

「トビーのパソコンも持ち去られたと思う」さっきリビングにいたときも、無意識にパソコンを捜していた。寝室では意識して捜したが見つからない。「他の部屋も見てくる」

その住居には他に二部屋、仕事部屋と客用の寝室があり、どちらの部屋にもパソコンはなかった。クローゼットやバスルームまでしっかりと調べたが、何も見つからず、仕事部屋へと戻ってきた。

ラウールの腕に手をかけて訴える。「思ったとおりよ。コンピューターがないわ。他の端末も見当たらない。iＰａｄがいくつか、ノートパソコンも二台あったはずなのに、何もないわ。いちばんメインで使っていた高性能のももちろん消えてる。これはトビーが知り合いからもらったとかいう試作モデルで、革新的なＯＳで動くらしい。紫とクリーム色の渦巻きみたいなカバーが特徴的だから、見落とすことはないはずなの。でもどこにもなかった」

ラウールは少し考えてからたずねた。「普通の人も、簡単に使えるパソコンか？」

「とんでもない。トビーですらシステムに慣れるのに二、三日かかったと言ってた。それにセキュリティはかなりしっかり設定していたから。タブレット端末でも、パスワードと生体認証の二要素認証にしていたわ」

「よかった。コンピューターに存在する〝問題をはらむ情報〟を知りたいやつなら、トビーを生かしておかなきゃならないわけだ」

〝問題をはらむ情報〟？

「そうね、そんなふうに考えてみたことはなかったけど、言われるとそのとおりだわ」いつの間にか呼吸を止めていたらしく、ふうっと一気に息が漏れた。

コリンはほっとした様子になったが、また顔を曇らせる。「でも……でもトビーを拷問して口を割らそうとするかも」

ラウールは表情を引き締めたが、コリンの不安については何も言わなかった。「とにかく、ここを徹底的に調べ上げよう。あるはずのものがない、逆にトビーなら肌身離さず持っていそうなのに、ここに置いたままになっているものとかを見つける。平たく言えば、本来の姿とは異なるものを見つけ出すんだ」

寝室はコリンにまかせ、エマは仕事部屋とバスルームを見た。ラウールはリビングとキッチンを担当する。三十分後に、三人はリビングに集まった。

重々しい空気を払しょくしたくて、エマは口を開いた。「総員、戦況報告」ラウールが眉を上げたが、その場の雰囲気はまだ軽くならない。彼女は言葉を続けた。「スリラー小説が大好きだから、影響されてるのよ。えっと、コリン、まずはあなたから」

「旅行用のスーツケースがいくつかクローゼットの中にあって、身の回りのものが詰めてあった」コリンが辛そうに報告する。「トビーはやはり、日曜には僕のところに来るつもりだったんだね」かわいそうなコリン。エマは冗談めかした自分の言葉を反省した。「覚えているかぎり、衣服はすべてそろっている。吊るしてあった服が片方に寄せられていたが、おそらく犯人が、隠し金庫とかがないか、確かめたせいだね。この住居にはそういうのはないんだ。ベッドサイドテーブルの引き出しの中身も調べられた形跡はあるものの、持ち去られたものはないみたい。タンスの引き出しも似たような状況だった。きれい好きのトビーならきちんと整理していたはずだけど、中はぐちゃぐちゃになっていた。何かなくなっていたとしても、あれではわからない。ただ、盗まれたものはないように思う」そこで彼の顔が強ばる。「シーツにも血痕があった。おそらく、トビーは寝ているところを襲われたんだね」

「そのまま床に引きずり下ろされたわけね」その様子が頭に浮かび、エマはぼう然とした。暴漢二人が自分の友だちの住居に侵入し、寝ていたその友人を殴り、血まみれの彼を引きずって連れ去る。

次は自分が報告する番だ。「バスルームは二か所とも、おかしなところはなかった。旅行用の洗面道具バッグが、洗面台に置かれていた。歯ブラシはホルダーに入ったまま。それから、仕事部屋で古いほうのタブレット端末を二つ見つけたわ。でもノートパソコンはなし。それからさっき言ってた、特別版のパソコンもない。コリンが説明したのと同様、仕事部屋のデスクの引き出しやクローゼットの中も探られた形跡があった。何にせよ、泥棒が目的ではないのは確かね。このリビングは荒らされた形跡がないけど、コンピューターやタブレット端末は別にしても、すごく高価なテレビがあり、写真たては本物の銀、さらには壁のリトグラフはマティスとジャコメッティの作品、オリジナルよ。トビーがこの作品を買ったとき、話してくれたのを覚えてる。つまり値打ちのあるものとしては、電子機器類しか持ち去られていないってことね。財布も見つかった？」

「ああ」ラウールが答える。「玄関ドアのすぐ横に、ほうろうのボウルが置いてあり、その中にあった。クレジットカードが四枚入った、革製のホルダーもあった。財布の中に二百ドルと家のカード・キーを見つけた」

「彼、帰宅するとすぐ――財布の中身をすっかりボウルに空けるんだ」コリンが懐かしむように告げる。「今日一日の穢（けが）れを一刻も早く落としたいって」

「車はどうなってるかな？」ふと思い出したのか、コリンが声を上げた。「スポーツカータイプの電気自動車(EV)を買ったばかりで、とても大切にしてた。スターター・カードがなければエンジンがかからない車なんだ」

ラウールが玄関ドアの横のテーブルまでつかつかと歩き、ボウルを見る。「それらしきカードはここにないな。財布にはクレジットカードが何枚か入っていたが」

「地下駐車場まで行って、車があるか調べたらどうかな」

「いや、行かなくてもいいだろう」ラウールはドア横のパネルにあった受話器を取り、画面を見て、『コンシェルジェ』と案内されたボタンをタッチした。「こちらはラウール・マルティネス、さっき、ブラック社とＢＨＳから連絡を入れてもらったはず――ああ、そうだ、今トビー・ジャクソンの住居にいる。うむ、協力に感謝する――ああ、ちょっと質問が――」リビングを調べているあいだに、ラウールはブラック社とブラック・ホーム・セキュリティに連絡を入れておいたらしい。これでいろいろなことがスムーズに進みそうだ。「駐車場の防犯カメラを見てもらいたいんだが……ああ、トビー・ジャクソンが借りている区画だ。うむ、わかった。では、先週土曜から日曜日にかけて、そうだな、午前零時前から五時ぐらいまでの録画映像も――ああ、このまま待つよ」ラウールは受話器を耳から離して、エマとコリンに話しかける。「車はない。今、録画映像を捜してもらってる。誘拐されたと思われる、土曜夜から日曜にかけての映像――」彼は受話器を耳元に戻し、電話口に戻って来たらしい警備の男性とまた話し始めた。「えっ？　そうか、了解した、いや、大丈夫、手間をかけたな」ラウールがエマとコリンに、今の話の内容を説明する。「どうやら日曜日の午前三時頃、トビーの駐車区画を映すカメラにペンキがかけられたらしい。カメラは元通りになったが、午前九時までは何も撮影できていなかったようだ。車はおそらく、犯人が乗って行ったんだろう。トビーが急に思い立って旅行にでも行った、と思わせたかったんだな。特に被害が出たわけではないので、いたずらだと判断されたか、異常として記録されていた」

「あ、あの……」ラウールの言葉をエマがさえぎった。「えっと、駐車場の録画映像に頼る必要はないと思うの。その……私が…見つけ出せると、たぶん……いえ、きっと、街じゅうの交通カメラの映像から。それで、車が駐車場を出てどこに向かったかも、調べられる」

ラウールが彼女を見る。「『調べられる』とは、ハッキングする、という意味か？」

「えっと、そうね」

「トビーの失踪がこれほど早く問題になり、さらにこんなにすぐに誰かがここを調べに来るとは、犯人も想定していなかったはずだから、交通カメラになら何かは映っているだろうが……それでも、ハッキングできたとしても、トビーを見つけられるか、自信はないな。連れ去られたと思われる時間をある程度絞り込む必要があるし、それが夜なら、映像があっても難しいだろう。どうすれば跡をたどれるのか、俺には見当もつかない」

エマはソファに座り、自分のノートパソコンをテーブルに置いた。彼女のパソコンは、トビーのものみたいな派手なソフトが入っているわけではないが、それでもかなり高性能だ。「トビーの車を追跡する方法なら、ちょっと心当たりがあるの。その前に、ここまでの情報を整理しておくわね。トビーはおそらく日曜の午前三時頃、連れ去られた、そう考えていいわよね？　カメラに塗料をかけるなんて、ちょっと荒っぽいやり方だけど、だからこそ単純ないたずらで済まされる」

「ああ、BHSの防犯システムをハッキングするのは不可能だからな」

自慢げに言うラウールは、ちょっとかわいいな、とエマは思った。実際に〝ハッキングが不可能〟ということはあり得ない。ネット環境につながっているものすべてが、ハッキングされ得る。ただ、彼の誤解を指摘することはやめ、軽く鼻を鳴らした。

「では、どうやって追跡するかを説明するわね。彼のEVはとてもかっこいいデザインで、私は車には詳しくないけど、トビーはすごく自慢してた。気に入っている理由のひとつは、彼が言うには、『機械的な不自由さ』があるからだとかで、そのため、車にはそれぞれ必ずメーカーの担当メカニックがいる。担当メカニックが定期点検のスケジュールもすべて立て、点検日には、車は点検センターまで運ばれ、終了後、所定の場所まで戻される。売買契約書にもちゃんとそう書いてある。アフターサービスがすばらしいのよ。点検やサービスの中に、タイヤ圧のモニターという項目がある。普段の走行中にパンクしないためのサービスね。まあ、いきなりすごく尖った鉄の楔でも踏んだら仕方ないでしょうけど、とにかく、タイヤ圧を常にモニターしているわけ」

エマは勝ち誇った顔で体を起こした。ラウールとコリンは当惑した顔を見合わせている。やれやれ。

「まだわからない？　モニターしたデータはリアルタイムで点検センターに送られる。つまりデータ転送のシステムが組み込まれているわけで――」

「そのデータを追跡すればいいのか」ラウールがやっと気づいた。

「そう」彼女はパソコンの向きを変え、ラウールとコリンに画面が見えるようにした。

「これが車の位置の追跡データよ」表に一定期間ごとの緯度と経度が示されている。

「最後はどこになってる？」コリンが画面をのぞき込む。

ラウールは頭の中で緯度と経度を計算したが、その必要はなかった。画面はすぐに住所表示に切り替わる。「住所はロス・ウェイ２２６４５番。これってどこなの？　私、通りの名前とかにはまだ詳しくなくて。地図にしてみるわね」

「ここだよ」コリンが地図になった画面を指差した。画面上にも水滴型の地点表示が現われている。ただ、エマはまだ、それが市内のどこにあたるのか、認識できなかった。「サンフランシスコ市街地のベッドタウンで、このロス・ウェイという道路を上がると、小高い丘になる。金持ちばかりが住むところだね。実はこの近くで家を捜したことがあったんだ。でもすごく高くて。五百万ドル以上出さないと、とてもこのあたりで家は買えなかった。今ならもっと高くなってるだろうな」

「あら、奇妙ね」エマはなおも調べ続けていたのだが、画面にフェイスブックのページを出した。「この住所にある家は、ラッセル・スチュアートという人が所有してるんだけど、この人、会社法を専門にするフィラデルフィア在住の弁護士よ。とりわけフランチャイズ法のことならおまかせください、ですって。住居もフィラデルフィア郊外ね」フェイスブックのページを真剣に見ていた彼女は、そこで紹介されている法律事務所のリンクをクリックした。この男性の勤務先、ウォルパー&スチュアート法律事務所のウェブサイトだ。非常に繁盛している弁護士事務所らしく、過去十二ヶ月で七十五件の訴訟開始手続きを行なっている。そのほとんどの裁判でラッセル・スチュアートが主任弁護士を務めている。裁判はすべてフィラデルフィア市内およびその近郊で行なわれている。ふうむ、つまりどういうこと？　エマは反対側に首をかしげて考えた。

「このスチュアートという弁護士が、他に所有する不動産を調べてみるわ。賃貸用の物件なのかもね」高額の賃貸料が期待できる家をたくさん所有しているのかも。

「不動産市場でも、高級なほうだね」コリンも同感らしい。

「ええ、投資目的か、賃貸収入を期待しているかのどちらかね」さらに調べていく。

「その両方ってとこかしら。この弁護士、ここと似たような不動産を全部で十八件所有してる。サンフランシスコ、サンディエゴ、ロサンゼルス、シカゴ、ボルダー、ボストン、ニューヨーク。サンダイアル不動産管理という会社がすべての物件の維持管理を担当している。その会社のオーナーは――」彼女がキーボード上で指を動かすと、情報が現われた。「スチュアート本人よ。そして社長はレイラ・カートライト。この女性の住所もフィラデルフィアで、えっと――あら、ラッセル・スチュアートの妻ね。この会社の取締役、みんなこの弁護士の一族だわ。彼が所有する物件の賃貸料は、平均すると週に一万ドル。弁護士業も繁盛しているのに、そこからの収入を上回る金額を稼いでるんだわ。すごいけど、この人たちは事件とは関係なさそう。ここを短期間貸しているだけね」

「ちょっと待ってくれ」ラウールが手を伸ばし、またパソコンの画面を自分のほうに向ける。ページの上部に現われたアルファベットを見て、彼は目を丸くした。ＩＲＳ。つまりアメリカ合衆国歳入庁の内部向けサイトだ。「おい、まさか歳入庁にハッキングしたんじゃないだろうな?」

うーむ。データの入手経路に関して、人々は神経質になりすぎる。データは自由になりたがっているのに。「え、その……」

彼は、まいった、とでも言いたげに、両手を投げ上げた。「まったく」そこで考え直したようだ。「できるだけたくさんの情報を、できるだけすばやく入手するわけか。ああ、いいぞ。しかし、これまで会った中でも、君は特別だな。フェリシティとホープも速いし、いろんなところから情報を拾ってくるが、君はあの二人以上だ。あの二人だって、データ取得競争のウサイン・ボルトだと思っていたんだが」

まさか、と言う代わりに、彼女は目の前で手のひらを振って見せた。「速さではフェリシティとホープにはかなわないわ。ただ私は経済情報を入手することにかけてはプロだから。これが私の仕事なんだもの」

今度はラウールも目をしばたいた。「ハッキングを日常の仕事の一環としてやっているのか? どうやって――」彼は首を振った。「いい、何も言うな。答を知りたくないから。とにかく、君が犯罪に加担する側でなかったことを神に感謝しよう。それで、トビーの車は、ずっと同じ場所にあるのか?」

彼女は映し出す画面を変えた。「ええ、日曜の朝からずっと同じ場所にある。おそらくトビーもここにいるわね」彼の車があるのに、本人がいない状況など、想像したくもない。なぜならそれは――だめ、考えちゃいけない。絶対に。

ラウールは、テーブルのガラスの天板に、ラテックスの手袋をしたままの指を、とんとん、と打ちつけていた。かなりの強さであることから、あれこれ考えをめぐらせているのだろう。「コリン、この街にいちばん詳しいのは君だ。ここからその場所まで、どれぐらいかかる?」

コリンが眉根を寄せて考える。「混雑の度合いにもよるけど、まあ四十五分から一時間ってところかな」

「よし、何かわかれば、できるだけ早く君に知らせる」

コリンはぱっと立ち上がった。「僕を置いていくつもりなのか? だめだ。僕が、はい、そうですか、と応じるはずがないだろ? 何より、トビーには傷の手当が必要なんだ。忘れているかもしれないけど、僕は医者だから」

ラウールは、猛然と反論されて、険しい顔をした。「忘れてないから、置いていくんだ。向こうに着いたところで、どういう状況かもわからないし」

「ああ、だからこそ、だ」コリンがぴしゃりと言い返す。

「トビーを見つけたあと、どうするかもまだわからない。エマだって連れて行くのは嫌なんだ。だが、彼女を置いていくのはもっと不安だ。傷の手当に関しては、救急治療のトレーニングを受けているから、大丈夫だ」

「トビーがただ、外傷を負っているだけなら、軍隊でのトレーニングでじゅうぶんだろうさ」コリンは目をむいて、肩をいからせ、足を広げて、コリンと対峙した。これから殴りかかってくるコリンのこぶしを、どうにか受け止めようとでもしているみたいだった。なるほど、さすがは大都市の救急救命医だわ、とエマは思った。簡単にあきらめたり、言い負かされたりしていたのでは、彼の仕事は務まらない。「確かに外傷患者なら、毎日、それも何人も診るよ。でも、問題はそこじゃない。彼が頭部を殴られたことで脳震盪を起こしていたら？　脱水状態の場合は？　ドラッグを打たれていたら？　意識不明の彼を見て、その原因を君は即座に言い当てられるかい？　邪魔にならないようにするよ。もし戦闘状態になったら、その対処は絶対に君にまかせたい。君はそのためのトレーニングを積んできているんだから。僕は救急救命医としてのトレーニングを受けてきた。そのトレーニングでは、外傷だけではなく、総合的に緊急を要する患者さんに、どういう手当をするのがいちばんいいかを学ぶんだ。さらに、気持ちの問題がある。僕のいとしい人でも、君にとっては他人だ。君は彼と会ったことさえない。救出すべきターゲットでしかない君とは違って、僕にとってトビーは心から大切に想う相手なんだ。彼がとらわれの身で、助けを必要としているとき、僕にはその場に居合わせる権利がある」

ラウールの揺れ動く心が、顔にそのまま出ているようにエマは思った。めったにないことだが、コリンが同行することの長所と短所を頭の中で秤にかけて、ああでもないこうでもない、と悩んでいるのだ。物理的な戦闘状態になったときに、コリンを頼りにはできない。だから、向かった先で撃ち合いにでもなるのなら、連れて行くのはまずい。だが、トビーが治療を必要とする状態で発見されるのなら、コリンの救急救命医としての能力に期待できる。シナリオその一の場合、コリンは足手まといだが、それを言えば、エマも邪魔でしかない。シナリオその二の場合、トビーを見つけても、彼が瀕死の状態であれば緊急救命措置が必要で、すぐに処置しなければ、自分の腕の中にいる彼の死を見届けることになる。

コリンは腕組みをして、絶対に引き下がらないぞ、という態度だ。

「わかったよ」ラウールの選択に、エマも賛成だった。「俺の車には必要な道具が積んであるから、俺は自分の車で行く。エマも俺と一緒に来るんだ。場所はわかっているだろうが、君も自分の車で俺のあとについて来てくれ。現地でセットアップしよう」

現地でセットアップ、とは何のことか、わからなかったが、エマは素直に従った。金融証券市場で学んだのだ。何かわからないことがあれば、その道の達人に従えばいい。なぜなら彼らは必ずインサイダー情報を持っているから。

金融証券市場で、達人が間違えば、大損につながる。自らも多額の金を失う。今回、ラウールが間違うと、三人とも命を失いかねない。

そんな考えが浮かんできたが、彼女は即座に考えを打ち消した。なぜかはわからないが、ラウールには、この人を信頼すれば大丈夫、という雰囲気がある。本能がそう感じるのだ。金融証券市場の達人は皆、こずるいことをしてのしあがってきた。いつも人を見下し、自分がいちばん何でも知っている、という顔をする。ラウールにはそういうところは一切ない。彼だって、地上最強と言われる精鋭部隊で長年任務をこなし、当然ながら、さまざまな分野で一流と呼べるほどの能力を身に着けているはずなのに。そのことを声高に主張せず、いきがる様子もない。ただ寡黙(かもく)に手際よく仕事を片づけるだけ。

大丈夫、この人にまかせておけば安心だ。

突然、彼の手が自分の体をまさぐるところが頭の中に浮かぶ。乳房を愛撫し、ヒップをつかんで、彼女を貫く映像が目の前に広がり、顔が真っ赤になるのが自分でもわかった。

人に見られていなくてよかった。ラウールは最後にもういちど、住居の中を見回り、コリンは突っ立ったまま震えて、何度も時計を見ている。早くトビーのところに行きたくてうずうずしているのだ。

それから五分後、建物の玄関ロビーにあるベンチに座った彼女は、自分のパソコンを取り出して、目的の場所までの最短ルートを考えていた。吹き抜けのロビー、ベンチはラフィア処理の革素材、目の前には人の大勢行き交う通り。これからトビーの車があるところ、願わくはトビー本人もいる場所へと向かうという事実に、現実感を持てない。ルートをスマホに送ったちょうどそのとき、ラウールが運転する大型SUVが、車寄せに入って来た。ドアを出て車へと歩いているあいだに、コリンの流線型のおしゃれなスポーツカーが、すぐその後ろに停まった。真っ青で洗練された車はEVらしく、まったくエンジン音がしない。

ラウールの大型車から排気ガスが出ているのが見える。ラウールの車は二十世紀のもので、コリンやトビーは二十一世紀の車を運転しているのだろう。なぜかはわからないが、ラウールの車の内部が見えない。ウィンドウはすべて透明なのに。どういう仕掛けなのか、とにかくかっこいい。コリンの車の内部は丸見えで、彼が険しい表情で不安げに指でハンドルを叩いているところまでわかるから、よけいにラウールの車はすごいと思ってしまう。

「ウィンドウ、かっこいいわね」車に乗り込んでから、彼女はラウールに声をかけた。彼はすでに車を出している。「中がまったく見えないのね。ウィンドウをティントガラスにすれば見えないけど、あれは違法だものね。そんなことをするのって、ロックスターかドラッグの売人ぐらいのものだわ」

ラウールがちらっとこちらを見る。軽くハンドルに手を置き、滑らかな動きで軽快に車を操る。運転がうまいのね、めったに来ない街なのに、と彼女は思った。エマ自身は、どうしても自分で運転する必要があるとき以外は、運転しない。引っ越しが多い人間にとって、車を持つと処分に困る。これまで住んだ場所はすべて都市部で、公共交通機関の充実したところばかりだったので、車を持つのはばかげていた。たまに交通機関の発達していないところに行くこともあったが、そういう都市部ではない地方ではタクシー代も安かった。

「特殊フィルムが貼ってあるんだ。外からの光は通すが、中は見えない。社員はみんな、少なくとも自宅を持っている者は全員、家の窓にもこのフィルムを貼っている。だが、このSUVには、まだまだたくさんの秘密兵器が備えてあるんだ。ジェームズ・ボンドも真っ青だぞ」

どんな装備なのだろう？　エマの頭の中を、これまで親しんできたミステリー映画やサスペンス小説の数々の場面がよぎる。何だかわくわくする。「まあ、何なの？

いいえ、言わないで、当ててみせるから」

「いいぞ」彼は会話にきちんとついてきながら、それでも道路や運転に集中している。ほとんど芸術とも言える技だ。自分には絶対にできない。ボストンに住んでいるとき、インドのムンバイ・サンセックス証券取引所の研究をしている同僚がいた。その同僚の車をエマが運転することになり、結果として車輪を側溝に落としてしまった。幸運だったのは、非常に浅い溝だったことだが、それでも事故を起こしたことに変わりはない。その同僚はいまだにこのことを怒っている。

「じゃあ、えっと……空を飛ぶ、とか？」

彼が気さくな笑顔を見せる。「いいや」

「追加のエンジンとか、そういうのがあって、スーパーチャージャーで、すぐに時速二百マイルになるとか？」

「正解。ただし、二百までは出ない。時速百五十だ」

「え？」ほとんどジョークとして言っただけだったのだが。「あ……えっと――ヘッドライトが格納されて、そこからマシンガンが出てきて銃弾を放ち続けるとか？」

「正解とは言えないが、近いな。どっちかと言うと、不正解よりは正解に近い」

うわ、すごい。「大統領専用車みたいに、独立した空気循環装置があって、毒ガスとかの中を走っても内部には影響しない」

「不正解。そういうのはすごく重いんだ。普通に走行するのには邪魔になるし、マイナス面のほうが大きいな。ただこの車にも、じゅうぶんな装甲機能はあるし、ウィンドウには銃弾が貫通しにくい素材が使われている」

「ふうん。もう私の想像力も限界だわ。他にもまだあるの？」

「まあな。ブラック社はありとあらゆる用意をしてくれてるから。ちょっとした武器庫なみの銃弾や武器がトランクに積んである。携帯電話が通じない場所での連絡に備えて、衛星電話がある。他には、スパイク・ストリップ、これは猛スピードで逃げる車を止める鋲みたいなのがついたシートだ。それからパンクしても走れるラン・フラットタイヤ、そんなとこかな。ま、準備万端だ」

「ほんとね」乗っている分には、ただ快適な車だ。こんなに滑らかに走る車は初めてだった。そして室内は非常に静かだ。外見としては、いかにもアメリカ製の大型SUVなのに、中にいると王室専用車みたいな、特別に高価なヨーロッパ車という感じがする。特殊フィルム越しに、窓の外を見ると、車が坂道を上り始めているのがわかった。ちらっとナビのモニターを見る。「近づいてきたわね」

「うむ」ラウールは路肩に車を停め、バックミラーでコリンも同じように停車するのを確認した。「次のカーブを回ると、もう邸宅はすぐそこだ」

エマはただラウールを見ていた。彼には何か考えがあるのだ。疑問に思うことすらない。

コリンがやって来て、こんこん、とウィンドウを叩いた。見るからに緊張し、心配そうだ。ラウールはウィンドウを下げた。

「わかってる、目的地は次のカーブを過ぎたらすぐだ。だが、やみくもに突入するのは愚かだ」コリンが口を開く前に、ラウールはそう告げた。そしてSUVの後部トランクを開け、荷物を取り出す。大きなプラスチックの箱が四つ、それより少し小さい箱がひとつ。小さい箱の蓋を取り、金属製らしき奇妙な形のものを二個持ち上げる。ちょうど彼のこぶしと同じぐらいの大きさだ。その下から、頑丈そうなケースに入ったノートパソコンが出てきた。

彼が金属製の奇妙なものの一部を引っ張ると、エマもすぐ、それが何かを悟った。

「ドローンね」興奮で息が荒くなる。まさに今必要なものだ。

「ああ」ラウールがパソコンを立ち上げると、エマは彼をその前から強引に押しのけた。「これは私の領域よ」

彼は降参のしるしに手のひらを掲げ、エマに場所を譲った。彼女がそのパソコンを大きなプラスチック・コンテナの上に置くと、SUVの後部全体は即席の事務室に早変わりした。彼女はささっとプログラムを確認し、その操作方法を体になじませる。発泡スチロールの型に入ったジョイスティックを取り出すと、手に昔から慣れ親しんだ感触がよみがえる。ジョイスティックの操作に、これまで何千時間費やしたことか。このドローンの操作は単純で、ジョイスティックも自分の手にしっくり収まる。

まずは、飛ばしてみよう。音もなく舞い上がったドローンは、三人の頭上でホバリングしている。説明書によると、飛行レンジは五十キロ内、再充電なしで五時間飛び続けられるらしい。さらに追加説明として、小型のソーラーパネルを取り付ければ、日中陽射しのあるところでは、最大十二時間まで飛行させられる、と書いてあった。それはすてき。彼女はそっとドローンを着陸させた。

振り向くとラウールが妙な表情を浮かべていた。「何?」

「それ――え、おほん。俺たちは午前を丸々潰して説明を受け、さらにもう一回、実地講習も受けて、ようやく飛ばせるようになったんだが……」

「あら、正直、かなりシンプルな設計よ。間違えようがないけど、私が信じられない? ジョイスティックをまかせるのは不安かしら?」

「まったく、問題ない!」彼は勢いよくエマの問いかけを否定した。「俺が操作するより、君がやるほうがはるかにうまくいく。ただし、具体的に何をするかは、俺の指示に従ってほしい」

「もちろん」納得のいく話だ。どこにドローンを飛ばすべきかは、彼のほうが正しく判断できる一方、そこに正確にドローンを飛ばすことにかけては、エマのほうがうまいだろう。これこそ、パートナーシップというやつだ。

「では、始めよう」

彼女がジョイスティックを少し動かすと、ドローンがまたふわりと浮き上がり、頭上でホバリングした。巨大なハチドリみたいに飛びながら妙に静かなので、不思議な感じだった。

「すばらしい騒音軽減装置が取り付けてあるのね」彼女はドローンを高く浮かせたり、高度を下げたり、右へ左へと動かしたりして、動作を確認している。その動きはなめらかで、優雅ですらある。「慎重にやれば、誰にも見つけられずに済みそうよ」

ラウールが、信じられない、とかぶりを振る。「俺がこのモデルを初めて操作したときは、地面に激突させてしまったよ。君は鳥みたいに軽やかに飛ばすんだな」

彼女はにっこりした。「ま、そういうものよ。こういう指先に繊細なタッチを必要とすることには、ちょっと自信があるの」

「ちょっとどころじゃないだろ、さて、カメラのスイッチを入れてくれ」

すぐに端末に画像が映し出される。画質の解像度はきわめて高く、非常にはっきりとした映像だ。映像は二種類あり、ひとつはドローンの下部に取り付けられたミニカメラからのもの、もうひとつは上部に前方を向けて組み込んである。下部のカメラで真下を通り過ぎる映像が、上部カメラでこれから向かっていく先の様子が確認できる。エマはまず、一方のカメラ映像を拡大し、次にもう一方も同じように試した。映像はクリアなままだ。すごい。超高級品だ。

「どっちを見たい？　真上からの映像、それとも前方？」

「前方だな」

「では前方カメラで」

彼女の操作で、ドローンはいっきにスピードを上げ、森の向こうへ消えていった。だがみんなモニターに釘づけになっている。コリンも非常に興味を持った様子で、食い入るように見ている。ドローンは急速に目的地に近づいていく。大きな邸宅をいくつか越えたが、すべてに青々とした芝生、プール、赤い屋根瓦があった。住人らしき姿はまったくなく、庭師がひとりいただけだった。モニターの右上にある数字が、目的地はすぐそこだと告げる。

「もうすぐだから、少しスピードを落としたほうがいいんじゃないか？」まったく役に立たないことを言われて、エマは、きっ、とラウールをにらみつけた。すると、すまん、というしるしに彼は手のひらを見せた。「悪かった」

本当に。この私が、注意を怠るとでも思ったの？　そろそろ、敵に見つからない用心をする。もちろん承知している。

「このカメラ、赤外線熱感知装置は付いてる？」

「ああ」

「私のパソコンを持ってきてくれない？　座席に置いたままなの」

「いいよ」ラウールはSUVの正面を回り、彼女のノートパソコンを手に戻った。

彼女はパソコンを立ち上げ、先に見つけておいた、邸内の見取り図を画面に出した。

ドローンのモニターのすぐ横に自分のパソコン画面を並べる。

「さて、と。これは邸宅の見取り図で、建築確認用に行政に提出されたものよ。無許可で改築などがあった場合は、知りようもないけど、それでも家屋の構造や部屋の位置取りはこれでわかる」

「よく思いついたな」ラウールは何枚にもわたる見取り図を次々に見ていった。屋内の構造を感覚的に覚え込んでいるのだ。彼のほうがうまく認識できるだろう。彼女自身は空間認識能力がそう高いほうではない。「よし、高く上がってくれ。下のほうのカメラを俯瞰撮影にしてほしい。ドローンが鳥だと仮定して、鳥の目が見る映像だ。ゆっくりと。急な動きは敵に気づかれる」

彼女は徐々にドローンの高度を上げ、地上から十五メートルあたり、敷地全体がカメラに収まるところでホバリングした。敷地としてはこのあたりの基準ではそう大きくもないが、真ん中に巨大な邸宅がでんと構えて、敷地面積のほとんどを占めている。手入れのされていない芝生が邸宅から数メートルの周囲にあり、その外側を漆喰の壁が囲んでいる。彼女は壁の上をなぞるようにドローンを飛ばしたあと、さっと玄関ポーチの屋根をくぐらせた。

「そこよ」ずいぶん離れたところにいるから、敵に聞かれる恐れはないのだが、それでも彼女は声をひそめた。男がひとり籐椅子で寝そべっている。全身黒ずくめで、横に置いた別の籐椅子の肘掛けに、ホルスターごと銃をぶら下げている。男はたばこを吸っていて、これまた籐でできたテーブルに、吸い殻があふれそうにいっぱいになった灰皿が置かれている。それだけ確認すると、彼女はすぐにドローンを上昇させた。「確かに見えた」ラウールも声をひそめる。「武装しているが、間抜けだな。手を伸ばして届くところに銃を置いていない。次は熱感知映像に変えてくれ。他にはどこに人がいるか確かめたい」

エマは赤外線カメラに切り替え、またドローンを浮上させて邸宅の周辺をぐるっと旋回させた。ただし今度はカメラの向きを屋内に固定している。

「見つけた」彼女が言うと、画面に、炎に包まれたような人の影が映し出された。見取り図を確認する。「こいつがいるのは、キッチンね」

エマもラウールもコリンも、額をくっつけるようにしてオレンジ色の人の影を見つめた。影が動くと、そのあとを赤い残影が追う。男は調理をしているわけではない。冷蔵庫から何かを取り出して、電子レンジに入れるだけのようだ。武器は確認できないが、これは熱を感知するだけの映像なので、熱したわけでもなければ、無機質のものは画像として浮かび上がらない。炎に包まれたような人影が窓に背を向けているあいだに、エマはドローンを窓のすぐそばまで移動させ、通常の映像に戻した。

この家の所有者が誰であれ、少なくとも窓に覆いぐらいかけておけばいいのに、とエマは思った。自分の家の窓は、常にカーテンを閉めておこう、と彼女は心に誓った。家の中は少し不気味な雰囲気だ。キッチンの男は、そう背の高いほうではないが、ものすごく分厚い体をしている。いかにもベンチプレスなどで作った見せかけだけたくましい体だ。大きく盛り上がりすぎて、実際に動くときには邪魔になるタイプの筋肉。ほっそりとしなやかで、パンサーみたいに動くラウールとは正反対。頭のてっぺんだけ黒っぽい毛を伸ばし、サイドを刈り上げた、いわゆるツーブロックの髪型。Tシャツからのぞく腕にはタトゥー。大きく盛り上がった筋肉を見せびらかすためか、わざとサイズの小さいシャツを着ているらしく、布地がぴったり胸筋に貼りつき、ブラが必要なのではないか、と心配になるほどだ。カウンターに銃と携帯電話が置かれているのが見える。銃の種類はわからないが、携帯電話の種類はわかった。非常に高性能で、値段の高いスマホだ。彼女はちらっとラウールを見た。この見張りの男二人を倒すのが彼の役割で、二人の手が武器に届く前、スマホに手を伸ばすより先に、音もなくやっつける必要があるのだ。

彼の胸中はさておき、彼の外見からは不安は一切見えない。

「屋根の上に」また低い声でラウールがつぶやく。「熱感知カメラの映像を」

屋根全体をカメラがとらえる。すると南西の角部屋に大当たりが出た。人影だ。ベッドに横たわっているのか、片方の腕が頭上に投げ上げられた状態になっている。それ以上の指示を待たずに、エマはドローンを南西の部屋の窓際へと移動させた。コリンはすっかり身を乗り出して、鼻先が画面に触れそうになっている。彼女がそっと肩を押すと、彼は後ろに下がったが、視線は画面に釘づけになったままだ。

「くそ」ラウールは苛立たしげに、息を吐いた。この部屋にもカーテンはないが、代わりにブラインドが取り付けてあったのだ。「何とか室内を見る方法がないかな」

「ちょっとやってみるわ」エマは全神経を指先に集中させ、ゲームの神様に感謝した――私があなたに捧げてきた何千時間ものおかげです。外科医がメスを自在に操るように、彼女はジョイスティックをコントロールできる。

まず、ドローンをできるだけ窓に近づける。この際、絶対にガラスにぶつけないように気をつけねばならない。ただそれだけではたいした進展はない。室内はかなり暗くて、よく見えない。次にドローンを窓から少し離し、窓の右側から斜めにカメラを向ける。ブラインドと窓の隙間から何か見えないかと思ったのだが、やはり暗くて、壁が見えるだけ……あら？　画面をズームして気づいた。壁に鏡があるのだ。角度を調節すると鏡にベッドが映り、そこに人が寝ている姿がとらえられた。

隣でコリンが息をのんだ。

間違いない。トビーだ。横向けにベッドに寝かされていて、目を閉じたまま動かない。腕を投げ上げていた理由もわかった。片方の手がベッドの支柱につながれているのだ。エマは胸の動きを見守った。どうか、どうか。神様、彼が生きていますように。

「どうしよう」コリンの声が震えている。「トビーは、トビーは……やった！　胸が上下した。呼吸しているんだ！　さあ、早く助けに行こう！」

ラウールがさっと手を伸ばし、コリンの腕をつかむ。「早まるな。気持ちはわかる。だが、トビーを外に運び出すには、見張り役二人を先にやっつけておかないと。その役目には、俺が適任だ。誘拐の実行を計画し、さらに見張りとしてこの二人を雇った黒幕がいるはずだろ？　その黒幕に緊急事態を知らされたら、トビーを助けたあと、ここから逃げるのが困難になる。慌てて突っ込んでも、犯人たちに警戒心を抱かせるだけだ。もしかしたら見張り役の二人は、この居場所を知られた場合、トビーは殺せ、と指示を受けているかもしれない。だから、静かに、頭を使って忍び込む。わかってくれるな？」

コリンの中ではちょっとした葛藤があったようだが、すぐにラウールに従った。焦ってあの家に飛び込んでも、トビーを救うことはできない。今はラウールの力に頼るしかない。物理的な戦闘となれば、エマも何の役にも立たない。銃撃戦なんてとんでもない。コリンも戦闘向きの体つきではない。今も全身ぶるぶる震えて、腕を胴に巻きつけている。

エマも足元ががくがくするように思えた。

ラウールには、そんな様子はみじんもない。すばやく、確実に動く。車から道具を取り出している。防弾着、拳銃、ホルスター、警棒、結束バンド、液体の入った注射器を二つ……。

「それ、何なの？」注射器を示してたずねた。

「青酸カリでも入ってるといいんだけど」コリンの声に悪意が満ちている。「あいつら、トビーに怪我をさせて、誘拐したんだから！」

「コリン、あなたは医師でしょ？　免許を受けるときに、人を癒し、病を治すことを誓ったはずよ」エマはコリンをたしなめたあと、ラウールに訴えた。「殺すのはだめよ」

ラウールは大きな手を心臓の上に置いて誓った。「殺さない。計画どおりに進めば、あの二人はまったくの無傷で済むはずだ。俺が侵入したことさえ気づかないだろう。中身はフルニトラゼパム、一般的にはロヒプノールとして知られている薬だ。あの二人にはしばらくお休みしてもらい、目覚めたときには何の記憶もないわけだ」

「デートレイプに使われる睡眠薬だね」コリンが、なるほど、という顔をする。

「うーん、あいつらをレイプしたいとは思わないが、まあ、目覚めたときにはトビーの姿はなく、なんでそういうことになったのか、見当もつかない、というわけだ」ラウールがエマのほうを向く。「あいつらの監視映像を切れるか？　このあたりにはカメラはないが、俺たちの素性をたどれる可能性のある痕跡は少しでも残しておきたくない」

「もちろん。映像は繰り返しになるように設定するわ。そうすれば、監視カメラがライブ映像を送っていないことすらわからないでしょ？　どれぐらいの時間、切っておけばいい？」

ラウールは注射器を見た。「コリン、一ミリグラムのフルニトラゼパムは、どれぐらいの時間効果を持続する？」

コリンが口元を引き締める。「使う人間の体重にもよるけど、少なくとも五、六時間は意識がなくなる」

「よし、エマ、それぐらいの時間だ」

「了解。この通り沿いずっと、その時間は過去の映像をループしておく。それからドローンの画像をスマホに送ったから、参考にして」

ラウールが、ぶちゅっと音を立てて、彼女の唇にキスした。「でかしたぞ。俺たちはいいチームだな」

彼女が真っ赤になる前に、彼はその場をあとにしていた。だが彼の言うとおりだ。俺たち二人は、いいチームだ。

コリンは今のやりとりに気づいてもいない。ただ苛々と、ＳＵＶの横を行ったり来たりしている。

やれやれ。

彼女はドローンからの映像を見つめ、ラウールが友だちを救い出してくれるのを待った。

10

ラウールは、夜が好きだ。

一般的にSEALsは、闇に紛れてたいていの任務をこなす。だからもし彼が行動開始時刻を選べるのであれば、いつも真夜中過ぎに設定していた。人は皆、午前三時にもっとも活動が鈍り、防御も手薄になるのがわかっているから。しかし今回、選択の余地はない。あの見張り役がどのような指示を受けているのか、あるいはこれから受けるのか、知るすべはない。トビーを消せ、と命令されているかもしれない。その命令が今この瞬間に実行される可能性だってある。だからすぐにトビーを救出すべきなのだ。悪くなる可能性がある場合は、必ず悪くなる、というやつだ。だから、まぶしく太陽が輝く昼間でも、行動を開始する。

とは言え、さほど困難な任務ではない。SEALsでは、状況認識を絶対に失わないようにと、繰り返しトレーニングされた。どんな場合にも状況認識を保っておくことは、彼の体に叩き込まれている。邸宅内のあの二人の見張りは、あまり機転の利くほうではないようだ。本来、緊張感をもって周囲に目を光らせるべきなのに、基本的な注意を怠っている。二人一緒に相手をしても、自分ひとりで制圧できるだろう、とラウールは考えた。

大邸宅の並ぶ通りを進む。スマホで確認すると、エマが何をしてくれたのかがわかった。彼の移動に合わせて、通り沿いに設置されている防犯カメラを順に切っていき、あるカメラがとらえられる範囲を彼が通過し終わると、そのカメラの機能を元どおりにしていくのだ。カメラが切れた瞬間にそこの住人が映像を注視していたのなら別だが、そうでなければカメラが止まったことすらわからない。ほんの一瞬何も映らなくても、ちょっとした接続不良か、と思うだけだろう。

任務にエマが同行するのは最高だ。ああ、彼女もASI社に加わってくれればいいのに。フェリシティやホープと一緒に、俺たちエージェントの毎日を、過ごしやすく安全なものにしてくれるはずだ。

ラウールはふと足を止め、自分の心の声に耳を傾けた。

ああ、そうだ！　エマもポートランドに来ればいいのだ。そしてASI社員になる。それだ、それしかない！　もちろん職場での男女関係というのは慎重になるべきだが、ホープとルーク、フェリシティとメタルは同僚としてもカップルとしてもうまくやっている。確かに、この二組が問題にならないのは、フェリシティとホープがあまりにも有能で、絶対に失いたくない社員だからではあるが、エマだって負けてはいない。あの二人と同じレベルだ。ものすごく頭がいいのに、偉ぶらない。おまけに美人で――いや、それは社員としての評価には関係ないか。しかし、美しくなることに最大限のエネルギーを使うタイプではない、というのは関係あるだろう。前にモデルと付き合ったときは、愛玩犬とデートしている感覚だった。見ている分にはきれいだが、どうしようもなくばかで、やたらと世話の焼ける女だった。ベッドから出た瞬間、逃げ出したくなった。エマとのときとは、まったく違う。もちろんベッドでは最高だった。けれど、ベッドを出てからも、一緒にいるのが楽しい。

もし彼女がポートランドに引っ越してきて、ＡＳＩ社で働くことになったら、彼女と毎日会えるのだ。ああ、最高。会社は新たに採用した社員には、会社所有の独身者用アパートメントを用意してくれる。そのアパートメントは、ラウールの家からすぐ近くだ。仕事帰りに、毎夕会えるわけだ。セックスと知的な会話、その両方を楽しめる。しかも彼女は性格もいい。そもそも今回のことだって、同僚のことを心配したからこそフェリシティとホープに連絡を取り、彼のためにあれこれと心を砕いているわけだから。さらに、これまで出会った中で最高の女性二人の親友でもある。そうだ、できるだけ早く、彼女を自分のものだと宣言しないと。こんな女性には、もう二度と会えないかもしれない。彼女こそ――。

「ラウール」彼女の声が耳の中に響く。テレパシーでつながったのか？　いったい何ごとだ。「ラウール、設定したルートから外れてるわ。その先に広角カメラがあって、あなたの姿が映ってしまう」

しまった。イヤホンをしていたのを忘れるとは。彼女の声はそこから聞こえたのだ。あなた、ばかなの？　しっかりしなさいよ、というのを感じよく言い換えると、今の彼女の言葉になるわけだ。「了解」そう答えると、彼はエマとの夢の時間の想像を頭から振り払い、任務に専念した。

ぼんやり夢想にふけるなんて、俺らしくないな、と彼は思った。常に任務に集中してきたのに。SEALsの隊員はみんなそうだ。しかし、エマのことを思うと、本来の自分ではなくなる。

「そろそろ目的地よ」彼女が小さな声で告げる。ラウールが突発性知的遅滞症にでもなったかと、彼女は心配しているのだろう。

まずい、このままではいけない。彼はさっきと同じ応答を返した。「了解」

見張り役が同じ位置にいるか、ドローンで確かめてくれ、と彼が言おうとしたとき、エマは屋根の上までドローンを浮上させ、そのまま邸宅の横面へと下ろしていった。バルコニーからは見えない角度をうまく保ったままにしている。映像が赤外線カメラに変わる。よし、いいぞ。間抜け一号は同じ籐椅子に寝そべったまま、動こうともしない。ただときおり、籐製のテーブルに置かれた、瓶らしきものに手を伸ばしている。

あの瓶がビールであってくれればいいが、とラウールは思った。精鋭部隊の兵士なら、絶対、どんな場合もけっして、任務中にアルコールを口にすることはない。勤務中のビールは、無能さの証明となる。それでも、あなどってかかるのはまずい。すばやく、音もなく、警告を発する暇を与えずに確実に、あの男に対処しなければならない。

彼は敷地の境界にそびえる漆喰の壁によじ登り、音もなく枯れた芝生の上に下り立った。

〝兵は詭道(きどう)なり〟と古代中国の兵法書『孫子』に書かれている。戦いとは敵を欺くことがすべてなのだ、と。中国の故事成句には『打草驚蛇』という言葉もある。不用意に叢(くさむら)をつつくと、蛇が飛び出すかもしれない、つまり伏兵に気をつけよ、ということだ。

「エマ、男の右側から、顔を目がけてドローンを猛スピードで突っ込ませ、直前で回避できるか」ラウールは男の左側に位置している。聞き取れるぎりぎりの大きさの声で、彼はマイクにつぶやいた。これなら五十センチ先には声は届かない。

「了解」彼女はきわめて正しく、彼の意図を了解していた。ドローンには制音機能があるが、午後の静けさの中では、どうしてもモータ音が響く。だから猛スピードで接近し、見張りの間抜けが音に気づいたときには、もう何の反応もできないようにするのだ。

バルコニーの屋根から、ドローンは男の顔を目がけて一直線に飛ぶ。男は、何か黒いものがすごい速さで自分に向かってきた、ということぐらいしかわからない。男はドローンが来る右側へ体をねじり、自分を襲おうとするその何かを手で払おうとした。しかしそのときにはラウールが男の背後に立ち、男の首を腕で締め上げていた。締め技（チョークホールド）というのは便利かつ有効で、ラウールもよく使う。敵を倒す際に、血も出ないし、内臓が飛び出すこともない。だからこのまま男の首を締め上げ、二度と意識が戻らないようにしてやろうか、とも思った。誘惑は強かったが、一瞬考えて、力を緩め、男を床に落とした。男の頭が力なく横を向いて首がむき出しになる。ラウールは用意してきた注射器を出し、首にフルニトラゼパムを注射した。そのあと、結束バンドを男の手首と足首にかけ、さらに足首と手首をバンドで結わえた。

立ち上がって、状況を確認する。悪者一号、拘束完了。男のグロック19を自分のズボンの腰にはさむ。武装解除。足先で男を小突き、悪者一号の顔を何枚か写真に撮り、エマに送る。

「これをフェリシティとホープに送って、素性を調べてもらってくれ」

彼女の舌打ちが聞こえる。「あのねえ……」

何か、気分を害することでも言っただろうか？　その瞬間、彼のスマホが、受信を知らせて、彼女の態度の意味を理解した。写真つきの身分証明書が、男はマーティン・サファイアという名で、現在はシエラ・セキュリティ保障の社員だと伝えてきた。シエラ・セキュリティはロサンゼルスに本社のある、悪名高い警備会社だ。エージェントの職務遂行能力が問題なのではなく、その職務の内容がひどいのだ。本来の民間警備会社の職務領域をかなり逸脱したことでも進んでやる。

もうひとりの男も、シエラ・セキュリティの社員だろう。あそこの社員もすべて軍隊経験者だ。証券アナリストの監視に、元軍人を二人もつける。これはまずい。

「これから二人目の男の始末に向かう」

「承知した」ラウールの報告に、エマが軍隊式の応答をする。彼はふっと笑みを漏らした。彼女、本当にサスペンスが好きなんだな。

ドローンは、窓より高く上がって移動し、次に地面すれすれまで下がり、邸宅の外側の様子を確認する。キッチンは大きな家屋の別の端にある。ドローンはキッチンの近くまで行くと、赤外線モードにカメラを切り替えた。悪者二号は、ちょうど食事を終えたところだった。おそらく、この男の役目はトビーを見張ることで、さっきの男は、外部からの侵入者を迎え撃つ役目だったのだろう。

ぐずぐずしてはいられない。見張り役が二人いる場合は、互いが定期的に連絡を取り合うのが普通だ。二人ともかなりの怠け者だが、手順としてそう決まっていれば、その手順には従うはずだ。悪者二号が異変に気づき、本部だかボスだかに連絡を入れる前にやっつける必要がある。急襲こそが、今のラウールにとっての最大の強みだ。

赤外線映像でオレンジに光る悪者二号は、テーブルから離れ、何かを手にした。無機物で、熱を持たないもの。だから赤外線がとらえることはできない。いくら想像力のない人間でも、彼が手にしたのは銃だとわかる。敵の手には銃があるが、こちらもちゃんと武装している。

「エマ、スマホに──」最後まで言う必要もなかった。彼のスマホの画面に、邸宅の見取り図が現われる。彼は位置関係を完璧に頭に入れ、待った。男が左に行けば、ラウールは右のルートを使う。男が右に行けば、ラウールは左だ。どちらにせよ、トビーのいる部屋まで行くルートは頭に入っているし、男が現われる前に、自分は部屋に入る。

男が左に行った。

裏口への扉には鍵がかかっていない。戦略的なミスだ。見張りは、ここでは何の危険もないと信じきっていたのだろう。だから、いちいち鍵をかけるような面倒なことはしなかった。ASIのエージェントなら、そんないいかげんなことをするやつは、即、クビだ。SEALsでも、部隊を離れることを余儀なくされるだろう。

悪者一号が完全に意識を失っていることを確認するため、最後にもういちど足先で蹴ってみる。まぶたすら動かなかった。

ラウールはそっと廊下に出て、音もなく、すばやく移動を始めた。廊下を曲がるときは、壁に背をぴったり押しつけ様子をうかがう。トビーのいる部屋の廊下に来たのだが、その部屋にたどり着くまでに、ドアが二つある。かなりの距離だ。

廊下の反対側から、悪者二号がやって来る。エマの送ってくる映像で、二号の動きが追える。二号はトビーのいる部屋の前まで来ると、ドアを開け、様子を見て、ドアを閉めた。その間、トビーはぴくりとも動かない。

「エマ、あいつの注意を他に向けろ」

彼の言葉が終わるか終わらないかのタイミングで、廊下の反対側のあたりの壁に何かがぶつかる音がした。悪者二号ははっとして音のほうを向き、そちらに向かって歩き始めた。それでいい。ラウールは自分の動きの速さには自信があった。すぐに男の背後に忍び寄り、後頭部に警棒を打ち下ろす。一直線に振り下ろしたので、皮膚は裂けなかったが、見当識を失わせるにはじゅうぶんだった。そしてチョークホールドで締め上げ、フルニトラゼパム注射。男はぐったりとラウールの腕に倒れ込んだ。そっと地面に寝かせ、悪者一号と同様に足先で小突いてみる。写真を撮ってエマに送る。

「今からトビーのところに向かう。他に熱源は見当たらないから、エマとコリンも入って来て大丈夫だ。警備システムを解除すれば、正面の門から入れる。俺は先にトビーのいる部屋に行く」

「ええ、もう向かってるわ」彼女の声が途切れながら聞こえる。走っているのだ。

ラウールは音も立てずに部屋に入った。一瞬ベッドのそばで足を止め、若い男性がベッドにつながれた姿を見下ろす。怒りがめらめらと燃え上がる。頭の傷にはぞんざいに包帯が巻かれている。顔は蠟(ろう)みたいに青白い。片方の手首が手錠でベッドにつながれ、無理な姿勢で腕を上げさせられている。拘束を解こうと、腕を引っ張ったせいで、手首の皮膚が擦(す)りむけて血がにじんでいる。テロリストのビデオに出てくる人質みたいだ。この青年が自宅から拉致(らち)され、こんなひどい目に遭わされた理由は、ただ頭がよすぎたから。

許せない。悪者は世界じゅう、どこに行ってもこうなのだ。賢くて鋭敏であることが罪であるかのように他人を傷つける。その事実に嫌悪感を覚える。賢明である罪を、暴力による痛みで償わせようとする。いいとも、力の行使には、俺も力で応じるさ、とラウールは思った。

間抜け一号、二号が意識を取り戻したとき、トビーの姿はなく、いったい何が起きたのかもわからなくて途方に暮れるように、手がかりは一切残さない。彼はラテックスグローブをはめ、トビーの救出に取りかかった。

まず、手錠を外さなければ。意識が戻って、初めて会う人間にこんな格好をさらしていることに彼が気づけば、人としての尊厳を踏みにじられたように感じるだろう。幸運なことに、ラウールは手錠を開ける方法を集中的にトレーニングされてきた。米国政府はそのために、かなりの予算を使ったわけだ。すぐに手錠は解け、トビーの腕が力なくベッドに落ちた。

トビーが、うーん、とうめく。薬物の影響下にあっても、痛みのせいで意識が戻りかけているのだ。一週間近くこの状態だったのなら、肩を脱臼しているかもしれない。ラウールは反対側の腕にそっと手をかけ、やさしく揺すってみた。

「トビー、目を開けられるか？」

トビーのまぶたの下で目が左右に動くのがわかる。またうめき、ふうっと息を吐く。そのとき、ばん、とドアが開き、コリンが駆け込んできた。手には救急カバンのようなものを持ち、すぐ後ろにエマの姿もある。

「トビー！」コリンの叫び声が響く。

とにかく、支援部隊が到着したわけだ。ラウールに場所を譲られたコリンは、ラテックスグローブをはめた手でトビーの怪我の状況を診察した。無駄のない動きは、さすが外科医だ。頭部の他に外傷がないかを確認したあと、血圧を測り、まぶたを持ち上げて瞳孔の動きを見て、心拍数を調べた。コリンが手を離しても、トビーはまぶたを閉じることはなく、焦点の合わない目でぼんやりしていた。口も半開きだ。だが突然、はっとまばたきをした。視覚が脳とつながり、目の前に誰がいるのかわかったのだ。

「コ、コリン？」喉がからからなのか、かすれた声だが、それでも言葉が希望に満ちていた。「君なの？　ああ、コリン、君なんだ。来てくれたんだね！」感情がほとばしり、最後は涙声になる。

「ハニー」コリンも相好を崩す。「ああ、そうだよ。来たんだ」彼は腕を伸ばしトビーを抱きしめる。トビーはコリンの肩に顔を埋め、泣き出した。

トビーは大変な目に遭い、コリンのほうは捨てられたと自暴自棄になったあと、ひどく心配することになったが、こうしてやっと二人は会えた。ラウールとエマは顔を見合わせ、カップルに背を向けて、二人にプライバシーを与えた。

エマが自分のほうにもたれかかってきたので、ラウールは彼女を抱き寄せる格好になった。ラウールは泣くつもりなどないが、彼女にキスしたくなった。だが、今はやめておこう。あとで。あとでなら、たっぷり時間がある。

「ねえ」エマがごく小さな声で言った。「こいつら、警備会社の社員よね。つまりあなたと同じ職業なんでしょ？　トビーひとりの見張りに、武装したエージェントを二人も配置するって、やりすぎな気がするんだけど」ラウールも同じことを思った。

「ＡＳＩ社とシエラ・セキュリティは、同じ警備会社とは言え、まるで異なる。こいつらは法を破ることなんか平気だし、金さえもらえば何でもする。会社がそういうやつばかり採用するんだ。ただ、君の言うとおり、プロのエージェント二人とは、かなりの警戒ぶりだ。トビーは誰かにとって非常に危険な存在なんだろう。倫理観のかけらもない連中を雇うわけだからな。トビーが何を見つけたのか、本人の口から聞けるといいんだが、どんな薬物を摂取させられたのかはっきりしない以上、それがいつになるかもわからないな」

「はっきりさせるよ」コリンの声に振り向くと、彼はトビーの腕に巻いていた止血帯を緩め、採血管にプラスチックの蓋をしているところだった。採血管は蓋のすぐ下まで血でいっぱいになっている。「こういうのも用意してきたんだ。知り合いの研究所に頼めば、一時間以内に結果を出してくれる。トビーの体内に何が注射されたのか、それではっきりする」

トビーが力なくうなだれる。「一回じゃない」もごもごと口を開く。「何度も打たれた」

コリンがさらにしっかりとトビーの肩を抱き寄せる。「ああ、わかってるよ、ハニー。エマたちが悪いやつを見つけてくれるから。この償いをさせるからね」

「ああ、そうだ」ラウールはそう宣言した。ちくしょう。「コリン、事情はあとでも聞ける。とにかくトビーをできるだけ早く外に連れ出そう」

トビーの顔に警戒の色が浮かぶ。まだ言葉はきちんと出てこないようだが、どんどん意識はしっかりしてきている。「外に！　ああ、それだ。僕をここから外に出してくれ」そしてコリンのシャツの袖をぎゅっと握った。「病院には連れて行かないで！　あいつらに見つかってしまう。もう二度とあんな目に遭いたくない。もういちど同じことをされるのなら、死んだほうがましだ」

コリンがトビーの手に自分の手を重ねる。「病院へは連れて行かないから。緊急にMRI検査をする必要でもないかぎり、病院は無関係だ。ただ瞳孔は同じ大きさだし、殴られたことより、薬物を打たれたことによる意識の喪失の可能性のほうが大きそうだ。だから、君は僕の住まいに連れて行く」コリンが顔を上げて、コリンに問いかける。「いいよね？」

「ああ、それでいい」トビーをエマの住居には絶対に近づけたくない。今回のことにエマが関与していると、敵には知られていないだろうが、トビーの近くにいるのはリスクが高い。ラウールとしても、このトビーというやつのことは気に入っている。しかしエマのことは気に入っているどころか、もっと強い気持ちを……とにかく、だめだ。彼女はできるだけ危険から遠ざけておきたい。みんなでコリンの家に行き、彼女は自分のパソコンをそこで使えばいい。「そろそろ行こうか」

「さ、トビー、来て」コリンはそう言うと、パジャマをはいたままのトビーの脚をベッドから降ろした。「立てる？　ここから出れば、安心だからね」

トビーはうなずくとマットレスを押して立ち上がろうとしたが、へなへなと崩れた。ラウールがさっと手を差し伸べたが、助けがなければ、トビーはそのまま床に倒れ込んでいただろう。ラウールはトビーの腋の下に手を入れて立たせようとしたが、脚が震えている。これではとても、SUVを停めたところまでは行けない。コリンは非常に痩せていて、おとなの男性を担げるような体つきではない。ラウールなら難なく担げる。SEALsの訓練では、誰もが二十キロ以上にもなる装備品を背負う。そして、交代で仲間の隊員をその上に担ぐ。SEALsにいるような男は、だいたい百キロぐらいの体重がある。トビーはどう見ても、せいぜい六十五キロ、おそらくもっと軽い。

ラウールは、トビーを支える手に力を入れた。「トビー、俺が君を車まで運ぶ。構わないか？」

トビーはうなずくが、呼吸が荒い。

ラウールは体をかがめ、トビーの体を滑らせるようにして自分の肩に横向きに載せた。トビーの頭を右肩に置いて、彼の片方の脚を左腕で自分の胸元に固定する。両腕に抱え上げることもできるが、そうすると両手がふさがってしまう。見張りは二人とも片づけたが、敵の応援が来ないとは断言できない。片手は武器を使えるように空けておきたい。トビーの身柄は確保したので、一刻も早くここから立ち去ろう。ドローンを持つエマを見て、彼はあたりを慎重に見渡した。

「こちらから持ち込んだものは、すべて回収したな？　俺たちの身元の特定につながるものは残したくない」

エマとコリンがそろって首を振る。二人とも頭のいい人間だ。すべては回収済みだと信じていいだろう。何も残っていなければ、敵は途方に暮れるはずだ。トビーを誘拐し、薬物を注射したやつらには、これはエイリアンのしわざだと思わせたかった。やつらが、地球外生命体に襲われ、トビーは宇宙船に吸収されていった、と考えるとしたら愉快だ。

「よし、じゃあ出発だ」

トビーは本当に軽かった。人を担いでいる感覚はなかった。ラウールは小走りでSUVまで戻った。ここから早く立ち去りたくてたまらなかったのだ。このあたり一帯の防犯カメラは、エマの処理で、自分たちの姿はとらえられないはずだ。今も、以前の映像が再生されているのだろう。それでも、長居しないに越したことはない。

コリンが慎重に、自分の車の助手席にトビーを座らせ、シートベルトで彼の体を固定した。ラウールとエマに自分の家の住所を伝えたあと、すぐに車を出してそこから去った。

コリンの車を見送るエマが眉をひそめる。心配しているのだ。ラウールは彼女の眉間のしわを親指で伸ばした。彼女のこういう顔を見るのが辛い。不安だけど、どうしたらいいかわからない、という表情。解決に向けて、じゅうぶんな進展はあった。おもに彼女の働きによるものだ。だが、この騒ぎの本質部分、どうしてトビーが誘拐されたのかは、依然として謎のままだ。

「解決するさ」ラウールはエマに声をかけた。「トビーが何らかの情報を持っているのは間違いない。それが何なのかを彼から聞き出せば、解決したのも同然だ。大きな軍事・警備会社が二社も俺たちを支援してくれている。こんな心強い味方がいるのは、俺たちだけだ。この二社には悪いやつはいないし、どちらも警察や連邦政府レベルの法執行機関とも強力なつながりがある。俺たちを襲ってくるやつはいない。トビーが何を知ったのか、おそらくは大きな犯罪にかかわることなのだろうが、そんな計画があるのなら、俺たちで未然に防ごう。そして元の生活に戻るんだ」ただし、君は元の生活には戻らない——心では思ったが、口には出さなかった。エマがまたあの証券会社で働くことはない。

おっと。まただ。どうしてそんなことを考えてしまうのだろう？　心のどこか深いところが、本人が意識しないような計画を、勝手にあれこれと立てている。意識した今、そのイメージが頭の中に明確にでき上がり、しっかりと形を作っていく。タイムトラベルをして見てきた未来の映像として、完全に実現するものと認識している。ASI社で働くエマ、二人の親友フェリシティとホープとともに。エマもまた女王さまとして崇められるが、独身で女好きの他のエージェントたちには、エマは俺のものだ、としっかり認識させる。同僚はみんな大好きだが、特定の恋人がいない美女を前にしたら、何をしでかすかわかったものではない。オフィスの中でも信用はできない。いや、エマに特定の恋人がいない、ということはない。いるのだ。ものわかりの悪い仲間たちが、エマはラウールのものだ、と理解するまで、彼女のそばから離れない。

「そうね、あなたの言うとおりだといいんだけど」車に乗り込んだ彼女は、まだ心配そうだ。「トビーの記憶が薬物で消し去られていなければいいんだけど。さっきのトビー、かなりぼうっとしてたから、祈るような気持ちよ」

トビーが記憶を失っている可能性については、ラウールも考えていた。ただ、口には出さない。民間人に対しては、真実の、それが辛い事実である場合はなおのこと、告げ方やタイミングに慎重になる。特殊部隊の兵士は、厳しい現実を直視することに慣れている。元々そういう性格の者が選ばれ、さらには訓練によって、どれほど悪い知らせを受けても動揺しないように鍛えられる。そして戦闘経験を重ねると、生存本能が研ぎ澄まされどんな場合にも、別案があり、プランBがだめなら、プランC，それがだめならDもあると考えるようになる。それでもだめなら——そういうことだってある、そのときはあきらめて前に進む。それが特殊部隊の兵士だ。しかし、民間人は容易に気落ちしてしまう。

ただトビーがまったく何も覚えてないとすれば、完璧にお手上げだ。

二人とも黙ったまま車は進み、坂の下まで来た。エマは何かを魔法のコンピューターで調べている。何度かちらちらその画面を見たが、どういうデータなのか数字が流れているだけだった。俺には理解できっこないな、と彼は思った。前にホープのコンピューター画面をデータがどんどん流れているのを指して、これは何だ、と彼女にたずねたことがあった。彼女の返事のうち、理解できた言葉は一割以下だった。

車が市街地にさしかかったところで、エマが顔を上げた。「どこに行くの？　コリンに教えてもらった住所はこっちじゃないわ」

「ああ」ラウールはナビの画面をタップした。「けど、コリンのところに行く前に、何か腹に入れておこうかな、と思って。どうだ？」

彼女はしばらく黙ったまま、彼の顔を見ていた。「何かお腹に入れておく、という案に賛成よ。コリンとトビーにも少しはゆっくりする時間をあげないとね。トビーの頭がすっきりして、できれば本来の彼に戻ったところで、話を聞いたほうがいいのかもね」

「それもある」時間がたっぷりあるわけではないが、あの二人が愛を確かめ合う時間は必要だろうし、そうすればトビーも早く元気が出るかもしれない。

「あなたって、本当に思いやりがあるのね」そう言いながら、エマは当惑した顔をした。

「驚いてるのか？　俺だって人を思いやることぐらいできるんだぞ」トビーとコリンのカップルのことを思いやるついでに、エマと二人っきりの時間がたくさんできる場合には、特に。今頃はコリンの家で、メロドラマみたいなシーンが繰り広げられていることだろう。そういうのに巻き込まれたくない気もある。ただ、そういうことはエマには言わない。彼女は賞賛の眼差しでこちらを見てくれているのだから、それを台無しにしたくはない。絶対に。

　市の中心部に入ると、ラウールは路肩に車を停めた。「あそこ、よさそうじゃないか？　カジュアルな日本料理のレストランだ。このあたりで他にいい場所を思いつくのならそっちにするけど、そうじゃなければ――」彼女が首を振る。

　ふむ。「もしかして、君、日本語も話せるのか？」

「ひとっ言もだめ」彼女が朗らかに言った。「男の沽券（こけん）は、保たれたわね」

　ラウールは大きな声を上げて笑った。このレディは頭の回転が速い。確かに俺の男の沽券は守られたようだ。

11

ラウールの選んだ日本食レストランで出された食事は、すべて最高だった。帰り際、エマは店の名刺をもらった。店内は狭くておしゃれな雰囲気ではなかったものの、塵ひとつなく清潔で、ぴかぴかに磨き上げられていた。最初にエダマメの小鉢が出てきて、そのあとスキヤキを頼んだ。それとは別にエマは温かいウドンを、ラウールはテンプラを頼んだ。どちらも自分の料理を少しずつシェアし、お茶を楽しんだ。

中華料理を食べに行ったときも思ったのだが、ラウールは食べものの好き嫌いがなく、何でも試してみよう、というタイプだ。この冬、一緒に食事に行った男性が数人いたが、自称〝食へのこだわりが強い〟とかで、そのうちのひとり、ミッチだったか、マークだったかは、出された料理を嬉々として下げさせた。僕の基準に達していないと言って、何度も作り直させていた。幸い、この男と体の関係を持つことはなかったが、そんなことになっていたら、エマも〝僕の基準に達していない〟としてやり直しを命じられていたかもしれない。

　さらなる幸運は、久しぶりに男女関係を持った相手がラウールだったこと。エマは明らかに彼の基準に達しているらしい。

　ラウールの勧めに従って、食事をとったのは正解だった。あの夜のあと、つまり、ほとんど眠らずに朝を迎えて、そのままトビーの救出に向かった。彼女の体は滋養を必要としていた。ただ軍隊にいるときのラウールは、長時間、いや長期間、おいしい日本食など望むべくもない状態で任務を続けなければならないこともあったはずだ。証券アナリストでよかった、と思うのはこういうときだ。自分には軍隊での生活など無理だ。

「ところで」ラウールが緑茶を飲み終え、テーブルにどっかと肘を置いた。「トビーとコリンのことだが」

「トビーとコリンね」

「二人の関係は長続きすると思うか？」

「そうねえ」エマはため息を吐いた。「何とも言えない。コリンはしっかりした人で、まともな社会人、て感じだけど、トビーはもう少し……思いつきで行動するタイプかな。でも、コリンの顔を見てあんなに喜んでたし――関係が続くといいな、と思う。少なくとも、トビーに迫る危険がなくなるまでは。当面、私たちでトビーを守らなきゃならないわね。彼を隠しておく必要があるわ」

ラウールの顔に緊張が走る。「そのとおりだな。ただ簡単ではないぞ。犯人がどれほど強く、トビーを排除したがっているのかがわからない。いつまでトビーを隠しておかなきゃならないかも不明。さらに犯人の最終目的は何で、それがいつ起こるのか、今のところ見当もつかない。とりあえずトビーを人目につかないところに隠しておくことは可能だが、彼にも仕事があり、生活費を稼ぎ、責任を果たさなきゃならないからな」

「そうねえ。このまま姿を消すことはできないわよね。あの人の人生だし、自分のキャリアを大切に思っていたんだもの」

ラウールの手が彼女の手に重ねられる。大きくて温かい。「大切な友だちもいる」

「大切な友だちよ」確かにそうだ。「ただ、ここで考える必要があるのは、こんなことが起こったそもそもの原因よね。それがどうしてもわからない」

「いちばん重要なのは、君の身の安全だ。それは忘れるな」ラウールは重ねた手の指を少し曲げ、彼女の手を包み込んだ。「こうしよう――フェリシティとホープに連絡を取り、PIB社を監視してもらう。トビーの失踪に対する反応が妙だから」

エマは笑みを返した。「それからシエラ・セキュリティの反応も調べてもらいましょ。エージェント二人が手足に結束バンドを巻かれた状態で発見され、しかも二人にはそのときの記憶がないんだから。そして見張っていたはずのトビーを逃がしてしまった」

「そうだな」ラウールの顔にも笑みが戻る。「怒り狂うやつがいるだろうな」

「それが誰かを調べるのよね？　トビーを脅威だと感じているのは誰なのか」

ラウールが彼女の手を持ち上げ、キスした。毛深いので、すでにひげが伸びてきていて、手にちくちくした感触があった。その感触が心地よかった。

「それは君にまかせておけば大丈夫だ。信じてるよ。君と、フェリシティとホープの三人がそろえば、きっと見つけ出せる。君たちは本当にすごいから」

ただの社交辞令みたいなものかもしれないが、ラウールは本気でそう思っているみたいだった。彼の顔から笑みが消え、エマの瞳の奥をのぞいている。本気なのだ。ただし、状況のとらえ方を間違っているところが一点ある。

「トビーを救ったのはあなたよ。あなたがひとりで敵の隠れ家に忍び込み、二人の男を倒してトビーを助け出したんじゃないの」

「君の魔法の技がなければ、絶対にトビーを見つけることはできなかったな。タイヤ圧のモニターを追う、なんて考えつくのは、まさに天才だ。それに、ドローンの操縦もすばらしかった」

「でもあの見張り二人をやっつける、なんてことは私にはできなかった」

彼は居心地悪そうに身じろぎし、両手で彼女の手を包んだ。耐えられない、とでも言いたそうに苦しそうな表情で目を閉じる。「ああ、絶対に無理だ。そういうのは君の仕事じゃない。君の仕事は、頭を使って悪だくみを暴くことだ。俺の仕事は、ドアを蹴破って、悪いやつを力でねじ伏せることだ。つまり、俺たちは二人で、すごいチーム、ってことだ」

チーム。この数年、誰かと共同作業をすることはなかった。NSAにいたときでさえ、フェリシティ、ホープ、ライリー、そしてエマは、同じゴールに向かって仕事をしていたわけではない。それぞれが、特有の得意分野を持っていて、異なるプロジェクトで働いていた。友人ではあったし、地獄の使者と呼ばれた上司に対抗するため、共同戦線を張って自分の身を守ったりはしたが。トビーとも、チームを組んでいたわけではない。エマは外国市場を、トビーは国内市場を担当し、別々の仕事をしていた。いつも、自分だけで、自分の目的を達成してきた。

だからラウールとひとつのチームで何かをする、と思うとわくわくする。しかし、現実とは厳しいもの。それはちゃんとわかっている。期待しすぎてはいけない。彼は深い意味で言ったわけではないのかもしれない。一時的に二人で組むことになったのも、ラウールがフェリシティとホープの頼みを聞き入れただけのこと。もちろん、彼らの勧めるASI社のバックアップがあったからであるのは言うまでもない。昨夜のことだって、彼にとっては深い意味はないのかもしれない。ただセックスしただけのことだ。そのセックスはすばらしかったと記憶しているが、それは自分の感想にすぎず、そう思ったのも、こちらのそういう方面での経験が乏しいから、という可能性もある。ラウールの感想は、まあよかったかな、ぐらいのことなのかも。だから彼とカップル気取りの行動を取ると、あとで恥をかくに違いない。彼は〝チーム〟と言ったのであり、〝カップル〟と言ったわけではないのだ。

いつの間にか彼のほうを見てしまう。トラクタービームで彼のほうを向くように引っ張られているような気がする。彼女は狭い店内の壁を眺めた。安っぽいプリントの壁紙が貼ってある。そのあと、にぎやかな通りに視線を移し、また彼を見た。「私たちでできるだけのことをしましょ。何か不穏なことが計画されているのは確かだから。ほうっておくと、危険な事態を招くはずよ」

「俺もそう思う。よし、腹ごしらえも済んだし、トビーもひと息入れて、今頃は気分的に落ち着いているはずだ。摂取させられたドラッグも、コリンが中和剤を使うとかして、体内から大部分が排出されているんじゃないかな。もうそろそろコリンのところに行ってもいいよな」

「コリンにメールして、二十分ぐらいで着くと知らせて」

ラウールがメールし終えると、すぐにメッセージの受信音がした。「コリンからだ。いつでもいい、待ってる、って。それからフェリシティからの連絡――シエラ・セキュリティについてわかったことを知らせる——それは引っ込めろ」最後の言葉は、かわいい日本人のウェイトレスに、自分のクレジットカードをこっそり渡そうとしていたエマを咎めたものだった。

「だめもとで、やってみたのよ」彼女の説明に、彼はあきれ顔を見せる。「フェリシティからの報告は車の中で読みましょう。早くトビーに会いたくなってきたの。彼の無事をこの目で確かめたい。この事件の真相に迫る話も聞けるといいし。拉致された理由があるはずでしょ」

「理由は彼の知識だ」ラウールが立ち上がって、伝票にサインする。

あたりまえでしょ、それぐらい誰だってわかるわよ、とエマは思ったが、口には出さなかった。ここまでうまくことが運んだのは、すべて彼のおかげだ。トビーはかなり弱ってはいたものの、基本的には無事に救出できたのは、彼がいたからこそだが、それでもエマの活躍があったから、と言ってくれるやさしさもある。コリンとエマだけでは、あの邸宅からトビーを連れ出すことなど、絶対にできなかった。彼の度胸と戦闘能力があればこそだ。

エマも腰を上げる。「そうね、その知識の中身を聞き出すことにしましょ」

「やつが消えました」電話でクリス・リックスが伝えてきた。

ウィテカー・ハミルトンはとあるIT企業の投資案内に目を通しているところだった。表向きはそういうことにしていたが、実は妄想をふくらませている最中だった。バリ島の近くにある小さな島に、ロシア・マフィアの大物が大宮殿を建て、ほんの二週間ばかりそこで過ごしたあと、対立するベラルーシのギャングに暗殺された。先週その宮殿を手に入れる契約が成立した。二束三文で買い叩くことができたのは、キャッシュで払うと言ったからだった。こういった取引を専門にしている配送業者に、百ユーロ札でいっぱいの二十五キロにもなるスーツケースを二個、シンガポールからプライベートジェットで相手方に運ばせる予定にしている。全部で七百万ユーロ、はっきり言ってタダ同然の買いものと言える。

その宮殿みたいな豪邸は、息をのむような美しさだ。まあ、ちょっと成金趣味で、ごてごてしている感じは否めないので、金ぴかの飾りを少しはぎ取り、趣味のいい家具を置くようにする。たとえば本もののシマウマの革を張ったソファとか。たいした問題ではない。

敷地内にはプールが三つあり、他にスパ設備、ジムも完備されている。寝室が十部屋、そのそれぞれにバスルームがあり、全室、海に面している。この物件を担当したアシスタントは、何としてもこの取引を成功させようと必死だった。報酬として小さなヨットをやるよ、と言ったのが、効果的だったようだ。

この邸宅のスタッフは二十名、香港の三ツ星レストランから引き抜かれたシェフ、執事の専門学校を卒業したプロの執事、清掃スタッフ、庭師、運転手が二人と、ヨットのクルー。こうしたスタッフが、ロシア・マフィアが所有している頃からいたのだが、不動産仲介屋は、全員がそのまま残ると確約してくれた。そして、お客さまのいちばんの仕事は、朝ベッドから出て、海を見下ろすテラスへと歩き、用意された朝食を召し上がることですよ、と言われた。

ハミルトンは、自分の肌に南国の太陽が降り注ぎ、新鮮なフルーツの匂いが漂うところを想像していた。毎日パーティを開こうかな、と思っていたときに、電話が鳴り、現実へと引き戻された。

元刑事のリックスからの、トビー・ジャクソンが逃げたという知らせだった。

くそ。「どうやって逃げた?」

リックスの声には動揺は見られず、感情がこもっていない。弁解する気はないのだ。なぜなら、これはリックスの失敗ではなく、シエラ・セキュリティのへまだから。

「それがわからんのです。俺も今、この屋敷に着いたんですが、シエラのエージェント二人が拘束具で体の自由を奪われているのに、二人ともそうなった記憶がないんです。対象者を見張っていたはずが、ふと気づくと手足を拘束され、豚みたいに床に転がされていた、ってことで。しかも、二人ともかすり傷ひとつ負っていないんです。

それなのに、対象者はいない。いなくなったのがいつなのかも、不明です」

「監視映像があるだろうが」ハミルトンは全身の毛が立ち上がるのを感じた。この数週間、自分の会社のクォンツであるトビー・ジャクソンが、社内データの開示をしつこく求めてきた。少しデータを渡すとさらに深く、もっと見せろと要求する。ジャクソンのやつ、何かつかんだな、とハミルトンは直感的に悟った。

そこで元刑事のリックスに相談した。彼自身が何かできるわけではないが、金さえ払えば、どんなことでもやってくれる、いい警備会社を知っているとのことだった。そいつはいい、と思ったハミルトンは、シエラ・セキュリティに連絡を取った。トビー・ジャクソンという男を、すみやかに、人知れず排除してくれ、と頼んでも、シエラの副社長は眉ひとつ動かさずに引き受けると言ってくれた。

六月十日が過ぎれば、トビーのやつは薬物過剰摂取による昏睡状態で自宅に捨てておけばいい。薬物の影響ですべての記憶は失われているはず。仕事用のコンピューターにあった内容はすべて削除した。これ以上何の証拠も出なければ、あの男も何を申し立てることもできない。この数日、どこにいたのかも証言できないのだ。もしあの男が何もつかんでいなかったのなら……一週間の休暇を楽しんだだけの話だ。無理やりではあるが。当初は、無断欠勤による解雇も計画にあった。それぐらいの目に遭わせてやるべきだ、自業自得だ、とは思った。ただ疑問を抱いたとしても、論理的な説明ができないのだから、会社のCEOが関与していることまではわからないだろう、と考えを変えた。

「すべての監視カメラは一定の時間停止していたようですが、それがどれぐらいの時間なのかもはっきりわからん状態で。通りに並んだ屋敷すべての防犯カメラも同じです。これはプロの手口ですね。周辺すべてのカメラの作動を止め、それに見張りを簡単に始末したわけですから」

最悪の事態だ。「で、敵はひとりか、それとも複数の人間がいたのか？」

リックスの口調に真剣さがにじむ。「それがさっぱり。ただ、相手はもんのすごいIT技術があるってのは、断言できまさあ、しかもベテランの警備のプロを二人やっつけちまったわけで。うー、くわばら、くわばら」

まったく、こいつはどこの出身なんだ？　貧乏農民の小せがれだったんだろう。ハミルトンは、リックの言葉に歯ぎしりしたいような苛立ちを覚えたが、それよりも知らせの内容にぞっとした。これは大問題に発展する可能性を示唆しているが、実行を数日後に控えた今、大騒ぎすれば事態をさらに悪化させかねない。落ち着いて、静かに対応しよう。ラザフォードに伝えたほうがいいだろうか？　どう伝えるか、シナリオを頭で考えてみる。

ちょっとした懸念事項がありましてね。うちのクォンツのひとりが失踪……行方不明なんですよ。今週ずっと無断で会社を休んでるんですが、誰もこの男の所在を知らないんです。実は、おほん、この男、データを精査しているうちに、推論を導き出したのかも……。

だめだ。そんなことを言えるはずがない。それにトビーは何の証拠もつかんでいないのだ。少なくとも推論の根拠となるようなものはないはず。

もしかしたら、自分ひとりで先走りしすぎたのかもしれない。トビーのことなんて、ほうっておけばよかったのだ。あのままにしておいたって、トビーに何ができたとも思えない。問題がある、と通報するとして、どこに訴えると言うのだ？　証券取引委員会（SEC）か？　証券法に触れることはしないよう、非常に慎重に立ち回ってきた。空売りというのは、好ましくないことだとされており、特にハミルトンがやったような大規模な空売りは、倫理的な問題をはらむと考える市場関係者も多いだろう。ただ違法ではない。それに、誰がこの空売りを始めたのかをたどるのは非常に困難で、自分の素性が明らかになる恐れもない。

トビーの訴えに関心を持つ者がいたとして——たとえば金融証券市場関連のブロガーとか、そういう人間が何か言い出したとしても、もう遅い。大問題だと好きなだけ吠え立てればいい。すべてはあとの祭り。とにかく、今の時点ではトビーの言い分を真に受ける者はいない。根拠のない話をすると、トビー自身が倫理的な問題を指摘されるだけだ。

いや、待てよ……名案を思いついた。トビー・ジャクソン名義の口座を作り、空売りの利益のいくらかをそこに振り込むように設定したらどうだ？　ＳＥＣがトビーを疑うようにそれとなく誘導できる。とりあえず、南の島の購入用に、現在の資産を処分して用意した七百万ユーロを新しいジャクソン名義の口座に入れておこう。よし、これですべての問題は解決する。トビーが騒ぎ立てれば騒ぎ立てるほど、ＳＥＣや検察は、彼に対する疑いを強くするだろう。

ハミルトンは、穏やかな口調に戻した。「そうか。引き続き、何かあれば教えてくれたまえ。トビーの住居を見張らせることを忘れないようにな。それから、エマ・ホランドからも目を離すな。あの女はトビーと仲がよかったし、二人で連絡を取り合っていたかもしれん」エマもトビー同様、非常に頭がいい。海外市場の担当なので、ここまでは無視してきたが、トビーの行方がわからない今、あの女の動向も注視しなければ。あいつもデータを調べれば、２＋２が５になっていることに気づくはずだ。

「明日にでも、女を拉致しろ。何を知っているのか、口を割らせるんだ」

リックスが安堵の息を吐くのが電話口からもはっきり聞こえる。へまをしたやつがいた。自分の責任ではないとリックスは信じているが、それでも、へまの周辺にいた者が巻き添えをくうことが多いのは、警察に長年いたこの男ならよく知っている。びくびくしているところに、新たな任務を命じられたのだ。

「了解いたしました。必ずご期待に沿うよう対処します」

コリンからもらった住所のある通りへと車を走らせ、その通りの入口でラウールは車を停めた。道路はかなりの急勾配(きゅうこうばい)なので、タイヤを反対に切って、斜めに坂道駐車する。ブラック社のSUVだからブレーキ性能にも信頼は置けるものの、こういう場所でのマナーは守るべきだ。

エマが道路に並ぶ建物群を見上げる。みんな『アダムス・ファミリー』の館みたいで、唯一の違いは壁全体が明るいパステル・カラーで塗られていることだ。

「ペンキを塗られたレディ(ペインテッド・レディ)ね」彼女が驚いたようにつぶやいた。

ラウールはあたりを見回した。レディなどどこにもいない。ペンキを塗られているにせよ、ないにせよ。

エマが笑った。「こういう家を、サンフランシスコではペインテッド・レディと呼ぶの。高台に並ぶヴィクトリア様式の古い建物で、特徴を強調するように三色以上の明るいペンキで外壁を塗り直してあるのよ」

前から見ると、かなりがたついた切妻造りの家で、屋根からは小さな塔みたいなのが突き出て、家全体がごてごてと飾り立ててある。エマの言葉どおり、水色、紺(こん)、黄色、緑など、さまざまな色に外壁が塗り分けてある。ヴィクトリア女王だか何だかはよく知らないが、そういうのはどうでもいい。何にせよ、童話に出てくる魔女の館みたいな雰囲気で、突風で吹き飛ばされるのではないかと心配になる。

ひどいところだな、と笑い合おうとエマのほうを振り向いたラウールは、彼女の瞳に星がきらめいているのを見てとった。

「コリンは、〝ペインテッド・レディ〟に住んでいるのね」

まったく、女ってのは。

目的の住所番号にたどり着くまで、かなり前のめりの姿勢で歩き続けなければならなかった。その家にドアがついているのさえ、ラウールには奇妙に思えた。二人が近づくと窓のカーテンが揺れ、コリンの青白い顔が外をのぞいた。すぐにドアが開く。

エマが先に中に入り、コリンと言葉を交わす。そのあいだにラウールは道路を見て、不審なところはないかと確認した。何をどう見ればいいかはわかっている。百八十度の視界の中、道路を四分割し、四分の一ずつ確かめる。目を閉じて今見たものを忘れ、次の四分の一。また次。何に対しても、場違いな感覚は抱かなかった。つまり不審物、不審者はいなかったわけだ。人通りのほとんどない道路で目についたのは、信じられないぐらい醜い犬におしゃれなセーターを着せて散歩させている中年女性、スケートボードで遊ぶ子ども、大きな袋で野菜を運ぶ年配の中国人男性。袋の上部から緑色の葉っぱがはみ出していた。自分たちのあとをつけてきたやつはいない。大丈夫。そう確認すると、彼は玄関を閉めて、室内に向き直った。

「ラウール」コリンが出迎えてくれた。

「コリン」ラウールは会釈を返したが、コリンの焦燥した様子に気づいた。

内部は外観ほどごてごてしているわけではなかった。どこのだかわからない土産物（みやげもの）や何かの記念品があふれていることもなく、まっすぐに歩ける。ロサンゼルスに住む叔母の家が、そういうごちゃごちゃした場所で、足の踏み場もない。数歩進むごとに、必ず何かにぶつかるか踏んづけてしまう。ラウールは運動能力が高いので、何も壊したことはないのだが、その事実をいとこたちは奇跡と呼ぶ。みんなあそこに行くのは勘弁してくれ、と言いながら、叔母を訪ねる。叔母の作る料理が絶品だからだ。

コリンの家はすっきりとして、こまごましたものなどは置かれていない。彼に案内されるまま木目板の張られた廊下を通り、書斎兼寝室になっている部屋へと入った。部屋の書棚には本がぎっしりと並んでいて、そのほとんどが医学書だった。机にはコンピューター用モニターが二つ置かれている。トビーがソファの肘掛けに脚を載せて寝そべっていた。

「トビー！」エマがソファに駆け寄ると、彼が立ち上がり、二人は抱き合った。トビーは女性としても小柄なエマとも背丈がそう変わらないぐらいで、二人ともラウールやコリンと比べると小さい。肌や髪の色は異なるが、それでも二人が兄妹と言っても通用しそうだ。背格好が同じ、ほっそりとして、見るからに頭がよさそうで、感受性が鋭いのか、高周波数で反応する、という感じだ。

エマを抱き寄せるトビーの頰を涙が伝う。友情を確かめ合って抱き合っている、というより、彼がエマにすがりついているように見える。「ありがとう、本当に。君がいてくれてよかった。コリンから聞いたよ、僕の行方を求めて、君は街じゅうを捜し回ったんだって。僕を見つけるまで、絶対にあきらめない、と決心していてくれたことも」そこで彼の全身がぶるっと震える。「君がいなかったら、あそこまで頑張ってくれなかったら、僕はどうなっていたことか」

エマは少し体を引いて、トビーの肩を軽く叩き、やさしくほほえんだ。「お礼なら、ここにいるラウールに言ってちょうだい。あなたを助け出したのは、この人なの。私はただ、あなたの居場所を突き止めただけ。私とコリンだけだったら、あなたはまだあの家で拘束されていたと思う」

トビーは顔を上げ、ラウールを見た。ラウールのことをまるで覚えていないようだ。「ありがとう、本当に。で、君は誰なの?」

「友だちよ」エマが言った。

「エマの友だちだ」ラウールはきっぱりと言った。言外に、すごく仲のよい友だち、つまり、ただの友だち以上の存在であることを匂わす。「じゃあ、みんな座って、トビーからの話を聞こうか？」

「ラウールは、軍隊にいたの」説明が必要だと思ったのか、エマが口をはさむ。

「ああ、そうだね」トビーは座れることにほっとしているようだ。立ち続けると、脚がもたないのだろう。トビーはソファに腰を下ろし、その横にエマが座った。彼の背中に腕を回し、肩を抱き寄せると、彼のほうも少しエマにもたれかかる感じになる。

その姿から、ラウールは二人の関係性を読み取った。トビーは、エマを頼りにしている。トビーの気持ちは、ラウールにもよくわかる。ちょっとした困難にくじけてしまう人間と接するのは、自分が落ち込んでいるときには辛い。エマは違う。だから不安なときには頼りにしたくなる。ただトビーも本来は、精神的に強い人間のようだ。

ラウールが座ったのは、ひょろっとした造りの椅子で、自分の体重を支えられるのか、不安に思うほどだった。机とセットの椅子はあるのだが、コリンがそれを使いたがるだろうと思ったので、空けておいた。部屋からいなくなっていたコリンは、すぐに戻って来た。長いトレーを斜めにして戸口を入るのを見て、コーヒーかと期待したが、用意されたのは紅茶だった。おそらくトビーは紅茶が好きなのだろう。ラウールの好みなどが、考慮される余地はない。ただ、紅茶でも歓迎だ。それにこの場の主役はトビー、そして彼から話を聞こうとするエマだ。二人がくつろいだ気分で話をできるのなら、何だって構わない。

コリンが四つのマグカップに紅茶を注ぐ。強めにいれてあるらしく、香り高く濃い茶色――ハーブだとかそういう軟弱な飲みものとは違い、本当においしそうだ。トレーには、スコーンや小さめのクロワッサン、フルーツ・デニッシュを山盛りにした皿がある。ASI社のIT女王たちが喜びそうな軽食だ。日本食レストランを出てからまだ一時間も経っていないのに、ラウールはこのペストリーなら、いくらでも食べられそうに思った。

「おいしそう」エマも食べることに乗り気なようで、キーウィの載ったデニッシュをつまんだ。

「コリン、ありがとね」トビーはそう言うとスコーンを手にしたが、その手が震えていた。

エマがそれに気づき、コリンを見上げる。二人は顔を見合わせた。

尋問には、ある種のリズムが必要だ。テロリストを尋問する際は、矢継ぎ早に質問を浴びせる。テロリストに考える暇を与えず、もっともらしい嘘がつけないようにするのだ。今回はその逆だ。記憶をたどらせ、本人が意識していないことをしゃべらせる。それには時間と洞察力が必要になる。

エマの得意分野だ。

ラウールはゆったりと座って、紅茶をすすった。

「トビー」彼女の声が、とてもやさしい。「いちばん最後の記憶は何？」

「金曜の夜、ベッドに入るところ」トビーはコリンの目を見る。「〝ヘブン〟で僕たち、一緒だったでしょ？　覚えてる？」コリンがうなずく。

エマが、彼に体を近づける。「そのあとのことは、何も覚えてないの？」

「その次の記憶は、コリン、君の顔が見えたことだ。それとこの人――」ラウールのほうを顎で示す。「彼が僕の上からのぞき込んでいたこと。何だか海の中にいて、波間を揺られてる感じだった。自分の体が自分のものではないみたいな、自分が何なのかもわからなくて」

コリンが厳しい口調で言った。「トビーの血液サンプルを、友人に送って調べてもらう話はしたよね？　薬物を分析してもらおうと思って」

ラウールは、はっとした。これはまずい事態になっているかも。「病院からの正式な依頼に基づく分析か？」

「まさか、違うよ。僕の名前すら出ないことになっている。その研究機関のオーナーと知り合いで、ちょっとした貸しがあるんだ。大至急テストに回してくれたよ。これがその結果だ」コリンがスマホの画面を掲げた。

ラウールとエマは画面をのぞき込んだが、すぐに顔を上げてコリンを見た。さまざまな化学物質がリストにしてあるだけだった。ラウールには市中にドラッグとして出回る薬物に関する知識はひととおりあるが、それらの数値が何を意味するのかまではわからない。

「説明してくれるか、コリン？」

「うむ」コリンの口調に緊張がにじむ。「トビーはフルニトラゼパムを摂取させられた。そのため犯人に従順になり抵抗できなかった。しかし、意識をきちんと保っていられる量であったため、自ら水分を補給し、排泄欲求を訴えることもできた。つまり、犯人は慎重に摂取量を計算し、トビーに水を飲ませたり、下の世話をしたりする面倒を省いたんだ。またこれだけの量が体内にあれば、新たな記憶の形成を阻害できる。要は、拘束されているあいだの記憶を、トビーの脳内で作れないようにした。しかし、こういった状況があと数日続けば、トビーの脳神経システムは恒久的なダメージを受けていただろう。敵はプロだ。どうするのが自分たちにとっていちばん都合がいいかをわかっている。トビーを無力化しつつも、自分たちの手をできるだけ汚さないで済むやり方を実践したわけだ。最終的にトビーが脳にダメージを負うかどうかなんて、連中にとっちゃどうでもいいことだったんだ」

確かに。トビーがどうなろうが、気にも留めなかったはずだ。シエナ・セキュリティのエージェントを二人も見張りに配置した事実だけを考えても、本気で恐ろしいことをやらかすつもりだったことは間違いない。

コリンの話を聞いたトビーは、火星の天気が話題になっているかのような反応だった。自分にはまったく無関係な話、としか思っていない。少し震えながら座って紅茶を飲み、カップの底を見つめている。

エマがそっと肩に触れると、トビーはびくっとした。「ね、トビー。どうかしら、何があったか、話す気になった？　少しばかり――切迫した状況なのよ」

彼はソファの脇にある小さなテーブルにカップを置いたが、天板に当たったカップの底がかたかたと音を立てる。「何があったか、僕にはわからない。金曜の夜以降のことは、何も思い出せないんだ。さっきも言っただろ?」

「そうね。さっき、そう教えてくれたわ。じゃあ、他の話をしましょうか。月曜日、オフィスに来なかったわよね？　私たち、レアアースの鉱山会社の業績見通しについて、意見を交わすことになっていたんだけど、覚えてる？　お互いが調べた内容を精査し、投資対象としてふさわしいか結論を出すはずだった」

トビーの瞳に力が戻る。彼は少しばかり、しゃんと座り直した。「ああ、ああ。覚えてる。僕の計算では、向こう五年で27％の利益率で、大規模な投資を進言するつもりだった」

「あの日、私は手元にあるデータを読みふけったわ。そしてトビー、やったわね、と思った。私も投資の進言には大賛成で、あなたが来るのを待った。あなたが来ればすぐに、役員たちに進言書を送る準備をして」

「ところが、僕は姿を消した」トビーは、ほうっと息を吐き、自分の手を見て眉をしかめた。

エマがさらに彼に近づく。「ねえ、このところ、あなた少しぴりぴりしている感じだったんだけど。レアアースのこととは関係なく。あなただけでなく、私もデータに特異箇所があるのを見つけたわ。その特異点には、大量の空売り注文が絡んでいた。これよ、見て――」エマは自分のノートパソコンを取り出し、立ち上げてから画面をトビーのほうに向けた。彼女が何箇所かのキーを押すと、データが流れ始め、画面が明るくなる。マトリックスみたいだ。ここまで話を進めるのは、急ぎすぎではないか、とラウールは思ったが、トビーの顔に生気が戻り、頭を回転させているのがわかる。新兵が指揮官に見られているのに気づいたときみたいだ。

この二人は、根っからのデータ好きなんだな、と彼は心の中でにんまりした。フェリシティやホープも同じだ。何か気になることがあると、疲労も飢えも喉の渇きも忘れて、その解決に没頭する。そして骨をくわえた犬みたいに、解決するまであきらめない。二人は頭をくっつけるようにして、何かを話し合っている。特別な言語なのか、ラウールには二人が何を話しているのか皆目見当もつかなかった。英語のはずだが、大部分は数学用語で、内容はさておき、かなり熱心に意見を交わしている。トビーが主に説明し、意味不明の部分を指差している。

今、ラウールにできるのは、待つことだけ。彼はスコーンを口に頬張った。幸運にも、おいしいスコーンだった。紅茶もおいしくて、自分が紅茶をおいしく感じることに彼は驚いた。自分はコーヒー派だと思っていたから。

コリンを見ると、彼もじっと待っている。エマとトビーは、クォンツならではのことをしている。ラウールはコリンと顔を見合わせ、苦笑いした。どちらのパートナーも、自分たちの存在を完全に忘れ、数学オタクの楽園みたいな世界に浸っているのだ。トビーにいたっては、顔に赤みさえ差してきている。

それから一時間、エマは自分の持っていたデータをトビーに見せ、そこから、トビーは自分も、ほとんどのデータをコピーした上、隠しファイルとしてクラウド上に保存していたことも思い出した。

二人の邪魔になるのが怖くて、ラウールはコリンとも言葉を交わすのを控えた。ただ二人とも、ちょっとやそっとの物音では集中が切れる事態にはなりそうにない。家のすぐ前で核爆発でも起これば、この熱狂状態から抜け出すのかもしれないが。やがてコリンは立ち上がってカップなどを片づけ、キッチンに戻って何かを始めた。ラウールは狙撃手(スナイパー)なので、待つことには慣れている。いつまでも、ひたすら待ち続けられる。以前、まったく動かないまま、三日三晩茂みの中に隠れていたことがあった。小便は瓶の中にして、大きいほうはただ我慢した。そして、大物ターゲットが視界の中に入ってくるのを待った。ターゲットがやっと現われると、ラウールは確実にその男を仕留め、急いでその場から去った。

我慢強く待つことは、彼にしみついた性質みたいなものだ。一方、今回の真相を突き止めるのは、どう考えても彼には無理なので、彼はひとり物思いにふけった。いつもどおり、仕事に関することを考える。現在ASI社は、武器を新しいものに変えるための評価プロセスの最中だ。新興企業からのオファーがあり、セラミック製の拳銃を何種類か考慮しているのだ。そのセラミックは宇宙船の表面をコーティングするために開発されたもので、宇宙ステーションから地球へ帰還する際の高熱にも耐えられ、強度も申し分ないのに、非常に軽くて金属探知機にも引っかからない。難点は、耐久性に少し懸念があり、十万発撃ったあと壊れやすくなること。それでも、通常の拳銃の十分の一の価格なので、早めに取り換えれば問題はない。会社で武器に関する決定をするのはジャッコ・ジャックマンなのだが、ジャッコから、ラウールも選定に加わるようにと言われていた。そこでラウールは時間も労力も惜しまず、さまざまな角度から検討を加えた。今も、このセラミック拳銃について、あれこれ思いをめぐらそうとした。

だが、今そんなことをしたいか？　したくない。エマのことだけを考えていたい。美しくて、魅力的なエマ。同僚のメタルやルークの気持ちがやっとわかってきた。それぞれ、フェリシティ、ホープという本当に頭のいい女性をパートナーとして持ち、そういうのはかなり厄介なのではないかと思ってきたのだが、二人ともきわめて幸せそうだ。軍隊時代から二人とは知り合いだったが、当時はただタフなやつら、いわゆる質実剛健という感じの兵士だった。ロマンティックなこととは、一切無縁なタイプに見えた。ところが今、それぞれのパートナーのそばにいる彼らは、甘々で胸やけしそうなほどだ。ものすごく妙な感じだし、頭がいかれたのか、と疑いたくなるときもあるが、実際にフェリシティもホープもすばらしい女性なので、ある程度は納得できた。親切で仕事に関しては妥協を許さず、一緒にいて楽しい。さらに二人ともＩＴ関連のことにかけては天才で、会社のエージェント全員、高度なトレーニングを受けてきた特殊部隊やＣＩＡ出身の者たちでも、戦闘系・格闘系ゲームでは、絶対に二人にかなわないのだ。『モータル・コンバット』や『ストリート・ファイター』では、手も足も出ない状態だ。これはすごい。賞賛に値すると、ラウールは思っている。

そして今、彼はフェリシティとホープと同じように美しく頭のいい女性と親しくなれた。実際は、エマのほうがフェリシティより、ホープよりきれいなのではないかと思うが、これはメタルやルークの前では口にできない。彼女より美しい女性なんて、あまり知らないな、と思う。メタルもルークも、はっきりと自分たちのパートナーが世界一美しい、頭がいいと断言する。彼女は最高だとはばかることなく言うが、いちおう、相手のいる男性の前では言わないようにしている。

要は、彼らの言い分など無意味だということだ。なぜならエマはフェリシティよりもホープよりもきれいなのだから。さらに間違いなく頭もいい……いや、ここまでにしておこう。そういうのは考えるのもよくない。ただ、エマは頭がいい。

三人ともに共通するところもある。一緒にいて気が楽なことだ。変な駆け引きをせず、楽しむときは一緒に楽しみ、仕事に関しては真剣で集中して取り組む。あれこれ気遣う必要もない。まったく。注目を集めるために、すねてみせたりもしない。実際、今の彼女はそばにラウールがいることすら意識していないだろう。

SEALs時代のことについて、あれこれ質問もされなかった。ある種の女性にとって、SEALsにいる、もしくはいた男というのは、おかしな妄想を駆り立てる存在らしい。ラウール自身その種の女にまとわりつかれたこともある。そういう女がSEALsに期待するのは暴力的なセックスだけだ。しかし、実際はどこの特殊部隊でも、暴力的性向のある人間は、入隊テストではじかれる。こういった女たちはその事実を知らないのだ。もちろん、ラウールたちを除隊に追い込んだひどい上官みたいなやつもいるが、本質的に暴力的なやつはSEALsにはいない。SEALsでは圧倒的な力を、精密機械のような正確さで使う。特徴として共通するのは、暴力性よりも忍耐強さだ。さらに、とっさの判断力と適応力、そして協調性だ。ＳＥＡＬｓを語るとき暴力で定義づけられることはない。ＳＥＡＬｓの代名詞とされるべきなのは、必ず成果を上げることだろう。世界の秩序を保つため、必要なことを行なう。ときにそれは調査活動だったり、あるいは説得工作であったり、そしてときには、確かに武力を行使する場合もある。

圧倒的な力に魅せられる女は存在する。そういう女性たちは荒っぽくされたいと思うようだが、ＳＥＡＬｓの人間が女性を傷つけるはずはない。ラウール自身が、万一女性を物理的に傷つけるようなことをしたら、祖母、母、二人の姉、何十人といる女性の親戚たちに思い知らされる羽目になるだろう。みんなタフな女性だから、償いとして何を求められるか、考えるのも恐ろしい。

そういう女性がいる一方、ＳＥＡＬｓを、町のごろつきみたいに扱う女たちもいる。エマはどちらでもない。彼女は、ラウールを高度の訓練を受けたプロとして認め、その認識に基づいて接してくれる。彼女自身が高い能力を身につけたプロであり、その分野が異なるだけなのだ。そのせいか、彼女はラウール本人をそのまま受け入れ、尊敬してくれる。頭の中で勝手に想像し、実際は違うのに暴力的なセックスを期待したり、逆に無意味に見下したりしない。

彼女と一緒にいると本当に気が楽だ。その場の雰囲気にまかせておけばいいと言うか……ＡＳＩ社の同僚といるのと同じ感覚。ただ、彼女とのあいだにはセックスが存在するだけ。

最高のセックスが。

今夜も、ああいうセックスができれば……楽しい想像で頭がいっぱいになった彼はふと顔を上げた。何気なくエマのほうを見ると、壁に大きく映し出されたパソコンの画面が目に入った。その瞬間、彼の頭からセックスの想像が吹き飛んだ。そして本ものの恐怖でいっぱいになった。

「止めろ！」怒鳴るように叫んだ声には、恐怖がにじんでいた。不思議そうな顔が三つ、彼のほうを向いた。

12

トビーの会社用クラウド上のファイルは、完全に消し去られていた。しかし、個人用の隠しファイルにあるものはほとんど残っていたため、エマはトビーと一緒にそれらを見直すところから始めた。トビーの記憶には完全に欠落している部分があり、彼は自分が隠しておいたファイルにも初めて目にするような反応を示した。

拉致される前に、トビーはこれらのファイルを見せながらエマの意見を聞くつもりだったようだが、その機会はなく、立ち話のついでに、腑に落ちないことがあるので、説明用のファイルを用意している、とだけ彼女に伝えていた。また、彼女のほうでも、市場が歪んだ形になってきており、その原因が自分たちの働くＰＩＢ社内にあると考えていた。しかし、はっきりこれが原因だとは指摘できる根拠はないし、なぜこうなっているかもまるでわからなかった。

トビーが肉体的に辛い状態にあるのははっきりと見て取れる。それでも、青白い顔で、めまいや頭痛と闘いながら、彼はエマと一緒に、データを見直してくれた。敵はトビーを見くびっていたようだ。彼のぼろぼろの体には、不屈の精神が宿っている。

彼が調べた結果を、残ったファイルを見ながらたどっていく。たいした資料はそろっていないのでは、という不安をエマは抱いていたのだが、実際は本当にしっかりと細かいところまで調べられていた。調べた結果、特に怪しくなかったところもきちんと記録されている。この記録があれば、推論が間違っているとわかったときに、どこまで調べ直せばいいかがすぐにわかる。こういうところにトビーの優秀さが示される。ただ、彼の推論が間違っている箇所はほとんどなかった。

「つまり」彼と一緒にデータを見終わったあと、エマは口を開いた。「二ヶ月半ほど前にさかのぼるわけね。空売り注文が出始めた時期としては」

「正確には三月二十八日、その日が最初の注文で、それ以前には一切記録はなかった。つまり、三月末もしくは四月初めあたりを今回の件の開始時期と考えていいんじゃないかな」

「四月以降、空売りの量は増えていく」現在、その金額は驚くべき数字になっている。

トビーが肩をすくめた。「最初の週のあとは、べき乗レベルの増え方だね。最初の週は、おそるおそる試しにやってみた、って感じ。次の週には、堰(せき)を切ったように空売りが始まった。ただそれでも、証券取引所を経由する売買ではなく、ダーク・プールでの取引だ」

「最終的に、空売りはどれぐらいになるの？　最初から累積で」エマはトビーに話しかけながらも、目はパソコンの画面を流れるデータを追っている。

「数千億ドル」

それを聞いて、彼女ははっと顔を上げた。胸に不快な感覚が広がる。「空売りの内容を見ても、これで全部だとは思えないわ。もし株価が急落したら――」彼女は言葉を失った。

「二兆ドル近くになるね。市場から消える金額は一兆ドルをはるかに超える。9・11テロのときのことを覚えてるだろ？　あんな感じだよ」

彼女は落ち着こうと、息をそっと吐いた。巷間ささやかれている噂では、9・11テロの直後、市場から消えた金額は一兆四千億ドルになったそうだ。その理由は、あのテロ事件が起こることを前もって知っていた誰かが、空売りで稼いだからだという。もちろんテロを命じた者たちなら、あの事件が起きることは知っていた。しかし、国外にいたテロリストの幹部たちが、米国で空売りをする手段はない。その取引は米国の国内市場で行なわれたのだ。メディアなどで取り上げられることはないが、よく知られた話だ。株式市場の関係者、それも上層部の人にたずねると、誰もが挙動不審になり、そんなものは都市伝説ですよ、という答が返ってくる。

なるほどね。

その答をそのまま信じるほどのお人よしは、世の中にどれぐらいいるのだろう?

「まだ続きがある。今、思い出したんだ」

これ以上、まだあるの? そう思いながらも、エマはトビーを見た。地道な調査に基づく的確な推理。トビーは、やはり本当に頭がいい。もし彼がジャーナリストなら、ここまで調べ上げたことはピュリッツァー賞に値するだろう。「何を思い出したの?」

「これ、ネイキッド・ショート・セリングだよ」

彼女は目を閉じて、大量の空売り株の行方を想像してみた。何百万という株式が取引され、その株の引き渡し期日になっても……何もないのだ。実際に売る株が存在しないのに取引が行われ、市場には大きな圧力がかかる。

つまり、株価操作が可能になるやり方で、当然のことながら違法だ。こんなことが行なわれたら、市場は破綻しかねない。

「空売りされている銘柄は? どういう分野?」

トビーは紅茶を口に含み、返答を考えた。「それがねえ……何らかの共通点がないか、懸命に調べたんだ。本当に何度も。何にも見つけられなかった。9・11テロの前には航空業界関連の株が大量に空売りされただろ? ああいうのがないんだ。リスク分散とでも言うのか、あらゆる分野で空売りが行われている。IT関連、日用品、商社、穀物、エネルギー、自動車、本当に多岐にわたっている。ああ、娯楽産業まであるんだよ。だから特定の分野や銘柄ではない」

コリンは壁掛け式の巨大なテレビモニターを持っているので、トビーはパソコンの画面をそこに映し出していた。トビーの記憶を探るあいだ、コリンは興味なさそうに、ぼんやりとあたりを見回し、ときどき立ち上がってはトビーの脈をみていた。今のコリンの興味の対象はトビーの体調だけだ。ラウールはと言えば、壁のモニターを見たり、エマとトビーの表情をうかがったりしている。話の内容を追っているわけではなく、トビーの様子から、何か手がかりはないかと観察しているのだろう。

トビーは恐怖に震え、体も弱っているが、強い意志の力で頑張っている。そして何よりも怒りに燃えている。

「うちの会社から始まったのよね?」

「ああ、調べたかぎりでは」トビーがまっすぐエマを見据える。「そしてその大部分がウィテカー・ハミルトン自身によって行なわれている。自分の関与を隠そうとはしているし、まあそこそこうまく隠してはいるけど……」トビーが肩をすくめた。その意味するところが、エマにはわかる。トビーに勝てるはずがないのだ。

「彼の売りつけ総額は……」

「五億ドル。彼の個人名義分だけで」

これにはエマも言葉を失った。自分が勤める会社のCEOは、元々かなり裕福な家庭の出身ではあったが、億万長者ではない。高い収入を得てはいるものの、五億という資産を賭けてギャンブルに出るほどの財力があるはずがない。つまり、会社の金を使っている。横領だ。そして、見つかる前に、投じた金額が大きくなって戻ることを期待している。

「何と……」それしか言えなかった。

「いや、本当に恐ろしいのはそこじゃないんだ。この五億ドルは、ごく初期段階に行なわれたあいつ個人のための、いわば投資だった。これは結果がどうなろうが、違法ではない。問題はさっき言った数千億ドル分の空売りなんだ。これはすべてあいつが関与したもので、しかもそのほとんどがネイキッド・ショート・セリングだ。うちの会社の休眠口座を使ってるみたいだな。その事実を隠すために、いろいろ細工をしたようだけど……」トビーがまた肩をすくめる。「ドルだけじゃなく、暗号通貨なんかも使ってね」

息が苦しい。巨額の資金を扱うのには慣れていた。しかしここまでの金額となると——国家予算でギャンブルしているみたいな話だ。空売りはほとんど、インサイダー情報の漏洩（ろうえい）から始まる。そうだと認める者がいなければいいだけの話なのだ。はっきりと違法なのに、巨額の金を稼げば刑務所に行かなくても済む。こっそり注意を受けることがあるぐらいだ。たとえば欠陥車が見つかった自動車会社、原油流出事故を起こした原油会社、送電網に問題がある電力会社、というように、問題が表ざたになる前の段階で情報を入手した者が、その会社の株を空売りする。しかし、今回の場合、すべての産業、すべての商品やサービスが対象になっている。こんなのは初めてだ。

「ねえ、トビー、別の方向から考えてみたらどうかしら？」

トビーは深呼吸して、さらに自分を奮い立たせようとしていた。その瞬間、トビーへの尊敬の念がエマの中で大きくふくれ上がった。彼は自分がこんなひどい目に遭うことなど考えてもいなかったはずだ。彼の人生はここまで、その天才的な頭脳をどれだけ働かせるかがすべてだった。自宅で就寝中、突然殴られて拉致され、暴力的に拘束され、肉体的なダメージももちろんだが、精神的なショックも大きいはず。それなのに、懸命に頑張っている。

ちらっとラウールのほうを見る。これまで暴力と無縁だったトビーとは、ラウールは正反対だ。目の前で人が暴力に蹂躙されるところを見てきたはず。彼自身も暴力を受けたことはあるだろうし、敵を力でやっつけてきた。それが彼の仕事だったのだ。無骨とも言えるその顔から、あの邸宅でのことやトビーの状況にも、うろたえていないのがわかる。トビーだけではなく、エマ自身もかなり動揺しているのに。ただ自分から狼狽しているところを見せてはならない。落ち着いて、しっかりしているふりをしなくては。

「三月二十八日が最初に空売り注文の出た日よね？」

トビーが震えながらうなずく。「データではそうなってる」

「最初の頃は、間違いなくハミルトンの口座から空売り注文が出されていた。その後は休眠口座を使っているけど、すべてがハミルトンの口座とつながっているわね」

「あいつが痕跡を隠したって、僕なら必ず見つけられる。考えればわかりそうなものだけど」

「あなたは天才だけど、あいつは凡人なのよ」

そう言われて、トビーもふっと笑みを見せた。「そうだな、僕ならもっとうまく隠せたと思う」

「ええ。それにあなたなら、こんな大量の空売り注文は出さない」

彼が首を振る。「ああ、絶対に」

「さて、空売りをしているのがハミルトンだとするわね。でも、さっきも言ったとおり、凡人のあいつがひとりで、こんなことを計画できるとも思えないの」

トビーがはっとして、彼女を見つめた。「つまり、あいつは誰かの命令で動いてるってこと？」

「かもね」エマは肩をすくめる。「訳のわからないことばかりの中で、唯一納得できる話だわ」

「あいつのメール、ハッキングしてみようか？」

エマはそのアイデアの可否を考えてみたが、首を横に振った。「あいつも、そこまでばかじゃないと思うのよね。デジタルな証拠を残すなんて。でも記録を残さないとなれば、直接指示を受けたわけで、そうすれば、面会してるわけよね。黒幕は、あいつのオフィスを訪問して、話を持ちかけたりしたのかしら？　でも、あいつのオフィスに監視カメラが設置されているはずもないから、知りようがないわね」

トビーの目がきらりと光る。

「まさか？　あるの？」

目を見開くエマに、彼がにやっと笑った。いかにもトビーらしい笑顔を見るのは、救出されてから、初めてだった。

「あいつのオフィス内にはカメラはない。でもオフィスのすぐ外の廊下にあるんだ。通風孔に隠れていて、ほとんど見えないから誰も気づかないだけで。しばらく前に、市の保健局が、フロアにいる人数に対して換気がじゅうぶんかどうかを調べるということで、カメラを設置した。一時間当たり、何人がそれぞれのフロアにいるかを数える目的でね。換気に問題はなかったからみんな忘れてしまったんだが、カメラは設置されたまま、今も記録を続けている。どのフロアにも一台カメラがあり、役員フロアのカメラは、偶然ＣＥＯのオフィスの前だったというわけさ」

「すごい！　それなら、あいつのオフィスに出入りする人の記録があるわけね」エマも笑顔になる。「あとはシステムにハッキングしさえすればいいのね」

「しさえすれば――ね」トビーがキーボードの上で指を動かす。「よし、入ったぞ。どこから見ればいいかな」

「念のため、最初の空売り注文があった日の一週間前から見ていきましょう」

トビーがまたキーをたたく。「よし、いいぞ。このカメラのいいところはモーションセンサーで録画することなんだ。つまり、廊下に人がいなかったら録画しない。時間を無駄にしなくて済むね」

「録画映像は上書きされていかないの？」

彼が首を振る。「市の規定でそれはできないんだ。たくさん人がいて換気がじゅうぶんではない場合でも、録画が消えてしまったら意味ないだろ？　録画映像はひたすらため込まれる」

エマの中で、少しばかり好奇心がわいた。役員フロアという空間には、どういう日常があるのか。下々の人間とは異なる世界が広がっているものだろうか――ちょっと考えてみたが、すぐに興味は失せた。何と言っても、ものすごく退屈なおじさんばかりなのだ。たぶん午後三時には、ゴルフ場に出かけるのだろうが、それを知ってどうだというのだろう。あるいはバンケット・サービスが役員室のひとつに、朝からシャンパンとキャビアを運び込もうが、自分には関係ない。

「さ、いいよ」トビーが体を起こす。「三月二十一日から見られるように設定した。CEOのオフィスを訪れる人を調べてみよう」

映像を再生したところ、訪問者の数は多くないのがわかった。彼が社交性に欠けるのか、あまり人から好かれていないのか、とにかく、変わりばえのしない毎日が続く。毎朝午前九時前後に、ぴしっと糊の利いたシャツに身を包んだハミルトンがやって来る。始業時間は八時なのに。十時に、彼の秘書がデミタスカップに入れたエスプレッソを運んでくる。カップに蓋をしてあるのは、キッチンのあるフロアがうんと下にあるせいで、途中で冷めてしまうからだろう。三月二十一日から二十八日までのあいだの外部から訪問者を調べると、初日にドイツの投資銀行のCEO、証券取引委員会の職員が映っていた。彼の直属の部下となる副社長たちも順番に全員やって来た。三日目に来た美女は、コリンによれば有名な弁護士だそうで、オフィスに入るときと、一時間後に出てきたときでは、違うブラウスを着ていた。エマとトビーは顔を見合わせ、肩をすくめた。エマにとって、ハミルトンは世界でいちばんセックスアピールを感じない男だが、美人弁護士は異なる意見を持っているようだ。翌日の映像がとらえたのは、日本人のビジネスマンが二人、大きなブリーフケースを抱えて彼のオフィスに入って行くところ。その後、三千ドルはするだろうブリオーニのスーツを着た上品な紳士が――。

「止めろ!」ラウールの声が響いた。

エマもトビーも、キッチンから戻っていたコリンもびっくりしてラウールを見る。顔を引きつらせてモニターに近づいた彼は、画面を指差した。

「この男の顔、拡大できるか?」

「もちろん」

画面いっぱいに紳士の顔が広がる。背が高くて、目鼻立ちが整った育ちのよさを感じさせる中年紳士。銀色になりかけたブロンドの髪、淡い色合いの瞳、白い肌。絶妙なカットを施した髪形。拡大するとネクタイだけではなくて、シャツもシルクだということが、その質感からわかる。きれいにひげを剃り、おそらく高価なコロンの匂いを漂わせているのだろう。そういうタイプの男性。こういう人種を作り出すには、何世代にもわたり、名門同士が縁を結ばなければならない。

ラウールが何かにとりつかれたかのように、画面を見つめている。

「どうしたの?」彼が緊張しているところを初めて見た気がする。「この人、誰なの?」

ラウールが握っていたこぶしを開き、また閉じる。そして人差し指を立てると、一時停止した映像に向け、紳士の額の中央に置いた。指を拳銃に見立て、イメージ上の引き金に力を入れ、紳士を撃ち殺すジェスチャーをしてみせた。

＊＊＊

どくん。心臓が大きな音を立てた。ラウールの胸から、飛び出そうとしている。本来の場所から逃げ出して、エマのそばに行こうとする。なぜなら、恐ろしい男の姿が、彼女の近くに現われたから。自分が本当に大切に想う女性の隣に。

彼にはあまり怖いものはない。だが、この男には恐怖を覚える。自分のＤＮＡに刻まれた、邪悪なものへの根源的な恐怖だ。こいつと同じ種類の男が、彼の家族の歴史を変えてしまった。

彼は立ち上がると、ぽかんとしている三人を見た。突然の大声にトビーとコリンはびっくりしたようだ。いきなり立ち上がってシェイクスピアを吟じ始めた犬でも見ているかのような表情を浮かべている。エマはただ両膝に手を置き、彼が話し出すのを待っている。大声で怒鳴った理由を彼がすぐに説明してくれると信じて。トビーとコリンは、何が起きたのかわからずにいる。

「紳士淑女の皆さん」つい皮肉っぽい口調になってしまう。「ご紹介しましょう、これがマーリン・デ・エレーラ、別名化学者（エル・キミコ）だ。メキシコ有数の名門大学で化学の博士号を取得したからそう呼ばれる。この大学の卒業生として特に有名、在学中から伝説の男だった。安い抗生物質薬を作る会社のオーナーだが、メキシコでもっとも資金力のある麻薬組織、カボ・カルテルのボスという別の顔も持っている。このカルテルは、バハ・カリフォルニア半島の南端、カボ・サンルーカスを拠点とし、その勢力は米国内にも及んでいる」

エマはこれ以上大きくならないほど目を見開き、一時停止された画面を見ていた。足元が崩れ落ちるような感覚を味わっているのだろう。立派な紳士としか見えないこの男性が、恐ろしい怪物だと言われれば、何を信じていいのかわからなくなるものだ。メキシコのドラッグ・カルテルについての詳細は知らなくても、そういった組織がメキシコ国内を分断し、大量殺戮を繰り返し、そのせいで産業も大きな被害を受けていることは、ニュースなどで知っているはずだ。

「最悪じゃないか！」コリンが口を開く。「ドラッグ・カルテル？　こいつの組織は、具体的にどういったドラッグを扱っているんだ？」

「きっと違法なものなら何でも売るんだね」トビーが口をはさむ。「多額の金を横領し、違法だと思われる空売りを実行し、さらにはドラッグにまで手を染めるんだ」

「どうしてこんなことになったの？」エマがたずねた。

答えようとしたラウールだったが、声が出なかった。口がからからで砂漠みたいになっていた。今回のことに関して、最初は何となく不安を覚えるだけだったのが、トビーが拉致されたことがわかり、いっきに警戒心が増した。しかしトビーの拉致は彼を殺そうと意図したものではなく、しばらく、おそらく何か重要なことが起きるあいだだけ、遠ざけておきたい、というものだった。目的は金であり、積極的に人に危害を加えようとしてはいなかった。

もう違う。くすぶり続けていた不安が、パニックとなって燃え上がる。エマは、メキシコのドラッグ・カルテルがかかわる事件に、巻き込まれているのだ。

やつらのことなら、よく知っている。警備・軍事会社に勤めている身としては、当然だ。また以前の特殊部隊の兵士としてのキャリアでは、戦う相手はテロリストだったものの、平和維持を目的とする仕事をしている者なら、国境線の南側に住むモンスターたちの存在を意識せずにはいられない。痛いぐらいに強く。地球の裏側に住むテロリストたちが、ネズミの徘徊(はいかい)する洞窟などに隠れ住むのに対し、国境の南のモンスターたちは、宮殿みたいな邸宅に住み、ベンツに乗る。白昼堂々、王侯貴族のような生活を楽しむ。なぜなら、彼らは莫大な資金によって、誰にも手出しをさせなくしているから。

そしてひと皮向けば、捕食動物の実体があらわになる。テロリスト以上に、残忍に獲物を食い散らす。実際、ドラッグ・カルテルの暴力によって毎年十五万以上の人の命が奪われ、三十万以上の人が行方不明になる。それに比べれば、テロリストなんか、けちなちんぴらみたいに思えるほどだ。

カルテルの人間には慈悲というものはない。法律も神もなく、金と力が優先する。地上でもっとも冷酷無情な者たち。そんなやつらがかかわる事件の渦中にエマがいるのだ。

ラウールは心底、恐怖を感じていた。

背中を冷たい汗が伝い落ちる。

「ラウール？」エマが彼の手に触れる。彼はその手をつかむと、ぎゅっと強く握りしめた。自分の力の強さを知っている彼は、普段なら女性に触れるとき、強く握りしめないよう気をつける。けれど今は、しっかり彼女の手を握っていたかった。彼女をむごたらしい死から遠ざけられるのは、自分だけだという気がしたから。こうやって手をつないでいれば、しっかりと自分のそばに引き寄せているかぎり、彼女が死神に連れ去られることはないように思えた。

「ラウール、あなた、大丈夫？」

今の自分がどんなふうに見えるのかはわからないが、彼女は少し怖がっている。彼女が手を引いたので、彼は手を放した。引いた手を、彼女がこっそり振っている。きっと強く握られて痛かったのだ。

最低だな。

エマを傷つけることだけは、絶対にしたくないのに。彼女のことを守りたいのだ。ところが、ドラッグ・カルテルが彼女の生活に影を落とす可能性に動転し、自制心を失ってしまった。どれほど小さな影であろうと同じだ。彼女はそんなおぞましい存在とは無縁でいてもらわなければ。

「危険なやつなんだ」喉が締めつけられるようで、うまく声が出ない。絞り出すようにしてかすれた声で伝える。コリンとトビーもこちらを見ている。「ものすごく」

トビーがエマを見て、眉をひそめる。「この男の正体はわかった。でも、ハミルトンのやつ、ドラッグ・カルテルのボスとつるんで何をしようっていう気なのかな」

「私にもさっぱり。腐敗した政治家とか、詐欺師もどきのビジネスマンと会ってるのなら納得できるんだけど、ドラッグ・カルテルだなんて……理由がわからないわね。他人の空似ってことはないのかしら。ラウール、この人本当に、あなたが言うようなカルテルのボスなの？」

どう返事していいのかわからない。説明してもわかってもらえないからだ。実はラウールは、すべてのドラッグ・カルテルのボス、ほとんどの幹部の顔と名前をしっかり記憶している。彼は頭の中で狙撃銃の照準器をのぞき込むところを思い描く。その十字線の真ん中でボスたちの顔をとらえているのだ。

「すべてのカルテルのボスは、俺の記憶に焼きつけてある。シナロア、ハリスコ、ジ―タス……全部だ。こういったカルテルのボスたちの中でも、エル・キミコは特に危険な存在だ。理由は、こいつは本当に頭がいいから」そしてぽつりと言い添えた。「俺の祖父は、カルテルに殺されたんだ」

エマが息をのむ。

マルティネス一族に生まれてきた者が守るべき教えがある。彼の父の世代から、ラウールの世代へ、そしてその子どもの世代へと語り継がれる教え。絶対に、ドラッグには手を出すな。一族の中には、酒におぼれるやつもいるし、ギャンブルで身を持ち崩す者もいる。食欲に勝てずに太りすぎる場合だってある。けれどドラッグだけはだめなのだ。もしマルティネスの子どもが試しにでも軽いドラッグに手を染めることがあったら、百人を超える親戚から糾弾されることになる。

「俺のじいちゃん――」唾を飲む。「俺の祖父は、ハリスコ州の小さな都市の市長だった。その街にもカルテルが台頭し始めた。カルテルのボスが若い女の子をレイプし、殺すという事件があり、俺の祖父は周囲の反対に屈することなく、この男を裁判にかけ、罪を償わせようとした。その結果、祖父は銃撃に遭い、その後手足もバラバラにされて捨てられた。頭だけ、市役所の玄関前に置かれたんだ。祖母は着のみ着のままで幼い子ども四人を連れ、町から逃げた。これが俺の一族の歴史だ。カルテルへの怒りが俺たちを形作る。本当は麻薬取締局に入りたかったんだが、俺のカルテルへの憎悪が強すぎるのを懸念したDEAに採用を見送られることになった。それで俺は、仕方なく海軍に入ったんだ」

彼はエマの手を取った。「信じてくれ。俺はカルテルのボスと幹部の顔と名前を、はっきりと記憶している。カルテルについて、常に最新の情報を入手できるようにもしている。エル・キミコは、武闘派とは言えないが、頭脳派であり、だからこそ危険だ。他のボスたちとは一線を画すところがある」心拍数が上がり、息が荒くなっているのを彼は感じた。

誰も何も言わなかった。

「それで……」しばらくしてエマが口を開いた。「ハミルトンは、そこにどう絡むの？　マネー・ロンダリング？　何だかつじつまが合わないわ」

また沈黙。今度はもう少し長く続く。

「ああ。話の筋が見えない」トビーが言ったが、言葉が途切れがちで、うまくしゃべれないようだ。顔がさらに青白く、動きも鈍い。

「ハミルトンはマネー・ロンダリングなんてしないわ。リスクのわりに見返りが少ないから」エマがとんとんとテーブルを叩く。「金融証券分野を専門とする捜査官が、丁寧にお金の流れを追えば——しかもＦＢＩには専門捜査官はたくさんいる——マネー・ロンダリングは確実に暴かれる。ハミルトンがそんなことに手を染めるとは思えない。悪いことだからしないのではなくて、そういった作業に必要な狡猾さがないのよ。それにFBIににらまれるようなことをする根性もないでしょうね」

「空売りはどうなんだ?」ラウールがたずねた。「彼のやりそうなことか?」

「いちばんやりそうなことね。厳密に言えば違法ではないもの。インサイダー取引だと証明されないかぎりはね。それって難しいのよ。あいつが空売りをしている理由はわからないけど、何かあると知って、その——でも、ドラッグ・カルテルのボスが絡んできたとなれば、それはマネー・ロンダリングよね?」

「この男がドラッグ・カルテルのボスだってこと、ハミルトンは知ってるのかな?」

トビーが口をはさんだ。

エマは一瞬ぽかんとしたが、すぐにコンピューターに向かって、猛然と何かを探り始めた。一分後、画面を指差す。ラウールは画面に近づいたが、どういうことなのかわからなかった。するとエマが画面の一部分にハイライトを入れ、そこに名前が浮き上がった。〝ブランドン・ラザフォード〟そして日付と時刻。画面の上部に視線を動かすと、予定表、ウィテカー・ハミルトンと書かれていた。

「当日のハミルトンの予定表よ。あなたがマーリン・デ・エレーラだと指摘した男を、ハミルトンはブランドン・ラザフォードだと認識している」エマがまたキーを叩く。

「これがそのブランドン・ラザフォードの写真。一九七一年、九月十日生まれ、出生地カリフォルニア州ナパ。貿易業。大学での専攻は――」

「有機化学だろ」

「どうしてわかったの?」

「DEAのデータベースにハッキングできるか? できたら、メキシコのドラッグ・カルテルのファイルを調べてほしい」

エマは一瞬手を止め、ためらいがちにコリンのほうを見た。

「僕なら気にしないで。どこにでもハッキングすればいいよ」

コリンの言葉に励まされたように、彼女はまたキーボードで指を動かす。

「マーリン・デ・エレーラのファイルを出して、こっちの映像、ブランドン・ラザフォードの顔のアップと並べて画面に映してくれ」

ラウールの指示に、エマはすぐに応じ、画面に二つの写真が映し出される。四人とも画面を見つめた。

「同じ男だ」しばらくしてからトビーが言った。「完全に一致する」

「一般的に、アメリカ人のビジネスマンがハミルトンを訪ね、投資の相談をするのであれば、そのビジネスマンには多額の資産があるのだけど」エマはたずねながらラウールを見た。

「メキシコのドラッグ産業は、年間四百億ドルの売り上げを生み出す」ラウールが説明する。「その売り上げは、さまざまな形で米国に戻ってくる」

「うーむ」エマが困った顔をした。「違法な資金と言うわけね。でも、ハミルトンはマネー・ロンダリングをしない、と仮定しているわよね。あいつがしているのは、空売りよ。お金の出どころを隠してはいるけど、投資であることには変わりない。ドラッグ・カルテルが儲けたお金を投資するように言ったのかしら？　ドラッグ・カルテルからの資金とは知らずに、ハミルトンは投資依頼に応じ、結果的にマネー・ロンダリングにひと役買ったってこと？」

「論理がおかしい」トビーの言葉が不明瞭になってきている。彼は力なく椅子にもたれかかり、目を閉じた。

「さ、もう終わりだ」コリンは手をぱん、と打って立ち上がった。音に驚いてトビーが目を開ける。「話の出口がない。結局同じところに戻ってきているじゃないか。トビーは大変な日に遭って、戻ってきたばかりなんだから、もうエネルギーが残っていない。エマ、君も疲れているはずだ」

否定しようと首を振りかけた彼女の返答も待たず、ラウールが口をはさんだ。

「ああ、彼女も疲労困憊だ。どうだろう、また明日、この天才二人に知恵を絞ってもらうのは？　ゆっくりひと晩休めば、いい考えも浮かぶかもしれない。明日は全員がもっと元気になっているから、また一から考え直そう」

「私は、別に――」

反論しかけたエマの手をラウールが取った。今度は痛くないように、そっと気をつけて。「ああ、君は疲れている。部隊では、疲労がピークに達したときをきちんと認識する訓練も欠かさないんだ。そのピークを越えると、正常な判断が下せなくなる」

本当はこの話にはまだ続きがあり、SEALsのメンバーは、とっさの判断を間違えないよう、あるいは、疲労困憊状態でも、さらに無理をするための厳しい訓練を、繰り返し受ける。しかし、そんなことを要求されるのは、選抜試験に合格した者だけだし、厳しい訓練は試験のあとに体に叩き込ませるためだ。エマやトビーは、そんな訓練を受けてはいない。二人とももう頭も回らない状態で、このまま続けても何のプラスにもならない。

ラウールの任務は、いまやエマに食事をとらせ、きちんと体を休ませ、脳をリラックスさせることだ。もしセックスで心が安らぎ、体の緊張がほぐれる、と彼女が言うのなら、もちろん応じるつもりだ。彼にとっては、ボーナスみたいなものだが、彼女の意思が最優先する。

彼女がラウールの瞳を探り、うなずく。よし、やったぞ！　イエスだ。

股間で、うれしそうにもぞもぞと動き出すものを感じたが、ふと気づいた。彼女がイエスと言ったのは、疲れている、という事実への肯定であり、めちゃくちゃにワイルドなセックスをすることに応じたわけではない。少なくとも、今この瞬間は。

事情を理解した彼は、上を向き始めた分身に、おとなしくしていろ、と命じた。

まあ、いい。セックスできるかどうかはわからないとしても、エマには絶対休息が必要だ。彼女の肘を支え上げて促す。

「さ、行こう。どんなお利口さんにも、休みは必要だろ」

エマはあきらめたように息を吐き、疲れた顔に笑みを浮かべようとした。

荷物を片づける彼女に、トビーが声をかける。「じゃあね、エマ」そう言うと彼は、エマの肩に顔を埋めた。彼女は目を閉じ、彼を強く抱き寄せた。二人が同僚としてうまく協力し合いながら、仲よく働いていたことが、この光景を目にするだけでわかる。どちらも天才的な頭脳を持っているからこそ、他の人間にはわからない部分で通じ合うのだろう。その頭脳で、二人は恐ろしい謀略に気づいたのだ。自分たちの職場を発端として、何かが企てられていると。これからその内容を明らかにしていくわけだが、その結末が歓迎できないものになることは、二人ともわかっている。

しばらくそのまま抱き合ってから、トビーが体を離し、エマはコリンにうなずきかけた。「また明日ね」

「場所は?」ラウールの問いかけに、他の三人は当惑した顔を向けてきた。軍隊では、さまざまなことを復唱する。全員が同じ理解であることを確認するためで、たとえば飛行機の操縦士(パイロット)が、操縦桿を副操縦士(コ・パイロット)にまかせるとき、パイロットがまず〝機は君のものだ(ユー・ハブ・ザ・プレイン)〟と声をかけ、コ・パイロットが〝機は私のものだ(アイ・ハブ・ザ・プレイン)〟と応じる。復唱し、体がその理解に対応できるようにするのだ。

「どこで会う? よければここにしたい。この場所は誰にも知られていないから。コリン、いいかな?」

「もちろん。未消化の有給休暇がたくさん残ってるから。病院には、ちょっとした休暇を取ると言っておく」

「君もだ」ラウールは厳しい視線をエマに向けた。フェリシティとホープの話では、エマは仕事中毒だとか。あの二人の働きぶりを知っているが、あれより仕事に没頭するとなると、相当なものだ。

「でも――」

「会社には体調が悪いと連絡しろ。いつ治るかわからないから、しばらく休むと言うんだ」こういう一方的な命令を押しつけるのは気が進まないが、今回ばかりは仕方ない。最初はちょっとばかり悪い予感がしただけだったが、今やどこを見ても不穏なことだらけ。その中心にあるのがPIB社だとすれば、これ以上近寄るととんでもないことになる。

そんな会社には、死んでもエマを近づけたくない。

ただ、自分の意見を彼女が聞き入れてくれるか、という問題は残っているが。

「ラウールの言うとおりだよ」トビーが疲れた声で言った。「せめて、空売りの事情についてわかるまでは、休んだほうがいい」

「さらにトビー、君は自宅のベッドから拉致され、薬を打たれ、拘束された。その理由もわからないままにはしておけない」ラウールはかなり強い口調で言った。敵は本気だということを、みんなに覚えておいてもらいたかったのだ。「そのことについてもはっきりさせないとな。それまで、会社に近づいたらだめだ」

エマは市場分析のプロで、いわば近未来を常に予測してきたわけだが、こういうことに関してはあまり現実感を持って先を見通せないようだ。「でもね、このままずっと会社に行かないままにはしておけないでしょ。そんなことしたら、解雇されるわ」

トビーが肩をすくめる。「されたっていいじゃん」

「え、ええ……まあ。ただね、問題から離れたって解決しないでしょ。いつかは向き合わないと」

「確かに」

「それに、もしいつまで経っても真相が究明できなかったらどうするの？」

うう。エマとトビーの会話を聞きながら、ラウールは歯ぎしりしていた。頭のいい彼女なら、答はわかっているはず。ただ、その答を自分で認めたくないだけなのだ。トビーが、もういい加減にしなさいよ、という調子でエマをにらんだ。「ねえ、エマとトビーが二人がかりで問題解決に取り組んだんだよ。僕たちが解決できない問題なんてあると思う？」

そこでやっと、エマがにっこりした。彼女の世界では、トビーと彼女が宇宙の創造主であり、二人ならどんなことでも可能だと思っているようだ。しかし、ラウールの世界では違う。彼の世界にはテロリストやドラッグ・カルテルのボスがいて、すべての問題が解決することはない。彼の世界に存在する悪者は、誰かが問題を解決したところで、消えてなくなることはないのだ。どこまでも標的の匂いをたどり、やがて見つけ出して標的を殺す。あきらめることはない。

エマが死んで横たわる姿が頭に浮かび、どうしてもその想像図が消えない。道端で、燃えるような赤毛が、透き通るように白い死者の顔を彩るところ。死者の肌の白さは独特で、その色を目撃したことは何度もあった。その下の胴体にも力はなく、生気がすっかり消えている。

そんな事態は絶対に阻止する。すべて問題ないと自分で確信できないあいだは、彼女のそばから離れない。彼女の生存を脅かす最大の危機が、コレステロールになるまで、気を緩めない。

そう考えたとき、また例のアイデアが頭に浮かんだ。彼女は自分と一緒にポートランドに来ればいいのだ。それなら問題ない。ここに彼女を置いていく気はない。空売りの謎が解けても、彼女を独りにはしない。トビーは拉致され薬物を打たれたのだ。同じようなことがエマに起きたら——美しい女性が薬物を打たれて拘束されるのだ。トビーは悪者の欲望を刺激しなかったようだが、彼女ならきっと……。

ポートランドにひとりで帰り、そんな想像をすることになったら、発狂してしまいそうだ。

彼女には必ず一緒にポートランドに来てもらう。ボスたち、つまりASI社の共同経営者であるミッドナイトとシニア・チーフなら、彼女の有能性を知ればすぐにでも採用を申し出るだろう。現在、ITやサイバーセキュリティ関連の部署は、会社の稼ぎ頭(がしら)であり、心臓部だと言ってもよく、担当のフェリシティとホープはエマの親友だ。社のエージェントたちは、IT部門から提供される戦略情報や最新鋭の機材なしには、任務遂行を考えられなくなっている。ところがフェリシティは妊娠後期に入り、まもなく双子を出産する予定だ。夫のメタルは、彼女の仕事を一日数時間内に限定したいと考えている。ホープが入社して、フェリシティの仕事のかなりの部分は肩代わりしてもらえるようになったが、いずれ彼女も忙しさに対応できなくなる。ここでもうひとり、数学の天才ですぐれたIT技術を持つ人材、しかもフェリシティともホープとも一緒に働いた経験のあるエマがチームに加わってくれるとなれば、ボスたちも大きく腕を広げて彼女を迎え入れるはず。

よし、決めた。俺は、エマを残してこの街を去ることはない。

ただその前に、いくつかのステップを踏む必要がある。とりあえずは、エマに食事をとらせ、休息させる。次に問題の全体像を突き止め、エマの関与の痕跡を隠し、デ・エレーラの耳にエマの存在が絶対に届かないようにした上で、サンフランシスコを離れる。

ラウールは指をくるくる回して、そろそろ行くぞ、と合図した。元々は軍隊で、声を出せないときに、早くしろ、と伝えるためのジェスチャーだったが、映画にもよく出てくるので、今や誰でも理解してくれる。窓の外を見ると、もう暗くなりかけていた。

「では、みんなゆっくり休んで、明日に備えよう。ここには……九時集合でいいか？」

トビーの脈を測っていたコリンが、顔も上げずに言った。「十時だ」

確かに、トビーは何日も薬物を投与され続けてきたわけで、今日は気力で頑張ったのだろうが、心身ともに休息が必要だ。「わかった、では十時に」

エマに合図をすると、彼女は体を倒してトビーの頬にキスし、コリンに笑顔を向けた。そして戸口で待つラウールに駆け寄る。外に出て停めてあったSUVのところまで戻ると、ラウールはドアを開けて彼女が乗るのを待った。彼女は座ると、ほうっと息を吐いた。あそこでやめたのは正解だった。彼女もずいぶん疲れているようだ。

晴天の日の夕闇で、あたりは絵はがきにでもすればいいような美しさだった。街に明かりがともり、きらめき始める。

「さて、お家に帰りましょ」ハンドルを握ったラウールに、エマが冗談めかして声をかける。

「仰せのままに」車を出しながら、たずねる。「君の住まいの近くで、いいレストランはないか？」

「イタリア料理は好き？」

「嫌いなやつなんて、いないだろ」

「わかった。じゃあ、建物の角を曲がったところにあるお店にしましょ。パスタは何でもおいしいけど、アマトリチャーナがお勧め。それにかぼちゃのリゾット、チキンのカッチャトーレも絶品。デザートのティラミスも最高よ」

「本もののイタリア料理って感じだな」そう言ったあと、彼は不審の目を向けた。

「今の、すごく発音がよかったぞ。もしかして、イタリア語もしゃべれるのか？」

「ぜーんぜん。でも耳がいいのか、お店の人が言うのをうまく真似できるのよ。ラファエロが言うのを、何百回も聞いているから」

彼は、今度は表情を曇らせた。「ラファエロ？　誰なんだ、そいつは？　色男か？　ラテン系の人目を引く色男なら、俺だけで間に合ってるだろ？　他の男が入り込む余地はないぞ」

彼の期待どおり、エマが笑ってくれた。「落ち着いてよ。ラファエロはミラノ出身の生粋のイタリア人で、確かに人目を引く男性ではある。体重が百四十キロぐらいあって、とても愛妻家なの。奥さまのカタリーナが、お店を切り盛りしてるわ。子どもさんが三人いて、長男は今、お店でウェイターをしてる」

「はい、はい。わかったよ」彼が自分のスマホを渡す。「店までの案内を地図に入れてくれ。メニューがわかれば、先に注文しておいてくれないか？　君が頼んだものなら、何だって食べる。たっぷり頼んでくれよな。腹が減って死にそうなんだから」少しわざとらしい口調で付け加える。「育ち盛りの男の子だからな。たくさん食べないと」

冗談ばっかり、という顔で彼を見てから、エマは地図に場所を入力し、電話をかけた。横で聞いていると、軍の一個中隊を満足させられるぐらい注文していた。よし。残ったものはテイクアウトにしよう。注文が終わると、ラウールは彼女の手をつかんだ。「だめ、だめ、まだ電話を切るな。このままだと支払いは君のクレジットカードに請求されるだろ？　俺のを使うんだ」そう言って自分のカードを手渡す。「いつか、必ず私にも支払わせてね」

彼女はあきらめたように息を吐き、彼の番号を伝え、電話を切った。「そうだな、問題が解決したら、俺にマセラッティでも買ってくれよ」

うむ、とか何とかどっちつかずの声を出したあと、言い添える。

彼女が大笑いした。「それはないわね。おまけに、もしかしたら私、ＰＩＢ社での仕事を失うかもしれないのよ」

彼は奥歯を嚙みしめて、喉元まで出かかった言葉をこらえた――あの仕事はもうないんだ。君があの会社に戻ることはない。君は俺と一緒にポートランドに来る。ボスたちが君を大歓迎してくれて、フェリシティとホープが君の参加を心から喜んでくれる場所に。

けれど、今はそれを言うときではない。まだだ。けれど近いうちに。

13

私は疲れきっている――エマはそう実感した。殴られて、踏まれたあと、絞り器に通されたような状態とでも形容しようか。体の疲れと言うより、精神的に、さらには感情的に疲労が蓄積している。トビーのあの姿を見たときは、みぞおちを殴られた気分だった。彼があんな目に遭ったことが、まだ信じられない。エマもトビーも、クォンツという仕事をする者なら全員、リスクを取る覚悟はある。しかしそのリスクとは知識の上で起こること、お金を失うかもしれない、というリスクだ。新しいＩＴ企業がある、ここに賭けてみよう、古い企業は用済みだ。中国株を入れて、ロシア株を入れよう。そういう行動にともなうリスクなのだ。本来の意味のリスクに直面する日が来るとは、思ってもいなかった。

そしてトビーがその世界に巻き込まれてしまった。身体的なリスク、現実社会の脅威がそこにあった。拉致され、薬物を注射され、人目につかない場所で拘束されて。もしラウールがあの家に飛び込み、救出していなかったら、トビーが今も生きていた保証はない。

そんな世界があることを初めて知った。そんな場所には、いたくない。

しかし、いつまでもトビーがひどい目に遭ったことにショックを受けてもいられない。彼が狙われた理由を見つけなければ。ラウールは、彼の得意分野で本領を発揮した。戦術的な行動を果敢にやってのけた。今度はエマとトビーが、自分たちの能力を見せつける番だ。どういう事情なのか、二人で調べ上げよう。そう思っていたのだが、疲れすぎて、二人とももう、あのままは続けられなかった。

独りでもういちど頭を整理しよう。株式市場で何かが起きている。巨額の空売りが行なわれているが、特定の産業を狙ったものではない。そのほとんどがPIB社を介して注文が出されている。しかし、それがすべてでもない。何時間もデータとにらめっこしていたので、脳がパンク寸前で、これ以上のことを断定するのは無理だった。彼女はヘッドレストに頭を預け、目を閉じた。

目を開けると、ラウールが自分の体をそっと揺さぶっているところだった。自分のコンドミニアムのある建物の駐車場にいて、車内はおいしそうな匂いで満ちている。後部座席いっぱいに紙袋が置かれ、その中にはラファエロの店の容器がびっしり詰められていた。

うわあ。もう着いたのか。しかもラウールはラファエロの店に行き、頼んだ料理——十人分ぐらいありそうな量だ——を受け取り、その間、エマはずっと眠っていたようだ。

ふう。「ごめんなさい、一緒にいる人をほうって、ひとりで爆睡してしまうなんて。こんなこと初めてよ。すごく忙しいスケジュールで仕事するのも、いつものことだったし。でも、今日は――」申し訳なさそうにするエマを座席に残したまま、ラウールは車を降り、助手席側のドアに回って彼女に手を差し出した。驚いたのは、自分がしっかり支えなければ、彼女は車からもちゃんと降りられない状態だったことだった。

そのあと彼は後部座席のドアを開けて、袋をすべて取り出した。どこか遠いところに移住でもする人が、そこでの自分の食糧を準備した、みたいな大荷物だった。

彼女も手を差し出す。「私もいくつかなら運べるわ」

「いや、大丈夫だ」おまけに、彼は肘を横に出し、彼女が腕を組めるようにした。嘘みたい、と彼女は思ったが、彼の肘に手を置いた。足元がおぼつかなくて、人に頼らねばならない、というのはあまり愉快なことではない。けれど、ラウールの腕につかまっていれば、倒れることはないと安心していられた。絶対に。

エレベーターの中で、二人は深く息を吸った。ラファエロの店の料理からの匂いが、狭い空間をいっぱいにする。

エマは、自分の疲労度合いと、空腹感、いったいどちらが大きいのだろうと思った。今日は一日、トビーと一緒に必死にデータを見直し続けた。ときどきコリンが、野菜のスティックにディップソースを添えて持ってきてくれたり、ちょっとしたサンドイッチまで用意してくれたりした。机の上には、手に取りやすいサイズに切ったフルーツも置かれていた。でもコリンの家では、何も食べる気になれなかった。ところが、今になって胃が何かをよこせと大騒ぎしている。

彼女の頭の上から腕を伸ばし、ラウールが住居のドアを開くと、彼女は走るようにして中へ入った。自宅に戻った感覚がうれしい。ここは気に入っているし、母方の先祖からの家宝とも言えるものも置いてある。母が亡くなったあと、父はそのすべてを廃棄したが、そのうちのいくつかを、彼女がごみの山から救い出した。それを失うと、過去とのつながりが、すべて断絶してしまうように思った。

そしてそのいくつかをリビングに飾ると、少なくともリビングだけは雰囲気が温かくなり、殺風景な印象が消えた。毎日仕事から帰宅し、ドアを閉めて部屋を見ると、ほっと安堵の息が漏れた。

今は横にラウールがいてくれるので、さらに安心だ。ドアを閉めた途端、解決できない大きな問題がある世界をあとにした気分になった。ここは、安全な聖域だ。

ラウールは料理の入った袋を下ろしに、キッチンへ向かった。「俺が容器から出しておくから」彼の声がキッチンから聞こえる。「君はシャワーでも浴びて、着替えを済ませてくれればいい」

彼にそう勧められると、エマは一日の疲れを洗い流したくてたまらなくなった。

「ほんとにいいの？」

キッチンのカウンター越しに彼が笑顔で応じる。「ああ。そのあいだに、俺はテーブルを用意しておく。ラファエロが出てきて、すべての料理を詳細に説明してくれたからな。これは温める、これはそのまま、皿には、どれとどれを組み合わせて盛りつけるべきか、とか」

「あら、それは不思議ね。ラファエロが厨房から出てくることなんてないのよ。お客さんの応対はいつもカタリーナにまかせっきりなのに。私が行くと出てくるけど、それは私が常連で家族みんなと友だちだから。普通は――」

ラウールがにやりと笑う。「いや、俺が皿にどう盛りつけるか、なんて、あの人は気にしてないさ。おそらく、俺がどういう男かを見定めておきたかったんだろう」「君にふさわしいやつじゃないと思えば、あとで君に忠告でもするつもりだったんだな」

エマは驚いた。開いた口がふさがらない。「ちょっと待って、まさか――いえ、そんなつもりじゃなかったはずよ。ラファエロは……」その先、どう言えばいいのか、言葉に詰まった。自分のデート相手について、誰かが心配してくれたことなど、これまでなかった。そもそも、ラウールとはデートしているわけではない。二人の関係は……うーむ、どう説明すればいいのだろう？　とにかく、この関係は、男女が付き合う普通の経過をたどって築かれたものとは違う。たとえて言うなら、嵐(あらし)にあった船乗りが、互いにしがみついているようなものだろうか。

「ラファエロは、まさにそのつもりだったさ。俺にはわかる」ラウールは明らかに台所仕事に慣れていて、料理の入った容器をまごつくこともなく次々に皿に移していく。「見慣れた光景だからな。俺の姉とデートする男ならみんな経験する、まあ通過儀礼みたいなもんだ。俺たち大勢との一次面接に合格すると、今度は母との面談が待ってるんだ」そこで大げさに震えてみせたので、エマはほほえんだ。

「じゃあ、あなたも、集団面接には合格したわけね」

この人は腕が何本あるんだろう、と思うぐらい、ラウールは効率よく手を動かす。てきぱきと袋から出された容器を並べて、中身を皿に移していく。エマはカウンターにもたれて、彼の動きを見ていた。

「そうらしい。勘定は一割ディスカウントしてくれた」

「へえ。それって、私へのディスカウントと同じよ。あなたすごく気に入られたのね」

彼はにっこりしながら、さあ、さあ、と手で追い立てるようにしてバスルームへと促す。「ほら、せっかくの料理が、すっかり冷めてしまうから」

戻って来た彼女は、緑のジャージの上下を肌に直接着た。下着をつけなかった理由は……。

彼女が部屋に入ると、ラウールが顔を上げた。「ああ、ちょうどいいタイミングだ。では、お姫さま――」大げさに椅子を引く。

彼女は席に着くと、自分用に盛られた皿を見た。クリーム・マッシュルームのリゾット、ポレンタ（トウモロコシ粉を練って焼いた北イタリアのおふくろの味）のフライ、トマトサラダのリコッタチーズ添え、そこにちぎったバジルの葉を散らしてある。大皿には、タリアータ（細切りビーフのステーキ）、さやえんどうのサラダに薄く削ったパルメザンチーズをかけたもの、太麵のパスタのフリッタータ（イタリア版のキッシュのような卵料理）があり、さらには別の皿にサワードウのブルスケッタが並べてある。カウンターにはまだ袋が置かれているが、あれはおそらくデザートだろう。スイーツだけでも袋がいっぱいになっている。

「これ、全部私が頼んだの？」

「俺も、いくつか追加したかもしれん」

「みんな、すごくおいしそう」期待に満ちた声が漏れる。

ラウールがフォークで彼女の皿を示す。「じゃあ、食べてみれば？」

言われたとおり、彼女は食べ始めた。

食事のおかげで、彼女の顔にいくらか色が戻った。当然だろう。本当においしかったから。エマと知り合ってから、一緒に食べるものすべてが、驚くほどおいしい。彼女にまつわるすべてのことが最高だ。例外はトビーと彼が巻き込まれた問題だけ。

彼女も少し元気を取り戻したようで、彼もいくぶん安心した。すると、食欲以外に満足させたい欲望があることを思い出した。

彼はナイフとフォークを置くと、さっと立ち上がった。

「ラウール？　どうしたの何が——」彼女がラウールの顔を見る。「そうなのね」

「うむ、そうなんだ」彼はエマに手を差し出した。その手を彼女が何のためらいもなく取ったことがとてもうれしかった。彼女の手を引いて、寝室に向かったが、彼女を引きずって走り出したい気持ちを抑えるのに必死だった。そんな行動はけだものじみている。ただ、自分がただの動物のオスでしかないのは、とてもよくわかっていた。

暗い寝室の中で、ラウールは彼女を胸に抱き寄せ、キスした。すると何もかもが収まる場所にきちんと収まった感じがした。

この人は、俺の運命の相手だ。

二人はテーブルに着いて朝食をとっていた。解決しなければならない謎はあるものの、ラウールの気分は上々だった。睡眠時間は非常に短かったが、眠っているあいだは昏睡しているようにぐっすり寝た。最高のセックスを体験すると、そうなる。朝の陽ざしがまぶしく、今日一日天気がいいことが予測できる。エマは彼の隣に座り、チーズマフィンを食べていた。彼が選んだのはトーストとラズベリージャム。ジャムは彼女の手製で、びっくりするぐらいおいしい。部屋にあふれる陽光が、彼女の髪を炎の色に輝かせ、瞳は大海原のようにまぶしく碧い。すべて世はこともなし。悪いやつらがこの国の株式市場を引っかき回していることが気になるが……。

玄関の呼び鈴が鳴り、ラウールはエマを見た。彼女も驚いて目を見開いている。

「来客がある予定だったのか？」

彼女は首を振り、眉をひそめた。「まったくないわ。いったい誰かしら。それに、朝もずいぶん早い時間よね。コンシェルジェでないのは確かよ。マイクなら必ず、来る前に連絡をくれるもの」

ベルが再度鳴る。鳴らした人の苛立ちが伝わってくる。

彼女は玄関に向かって足を踏み出した。ラウールがさっと腕を伸ばして止める。

「待ってくれ」

そのまま寝室に消えた彼がグロック19を手にして戻ったのを見て、彼女は目を丸くした。万一の場合に備えておかねば。

「拳銃を持ってたの？」

「常に携行している」

「ご近所さんかもしれないのよ」

ラウールはうなずいた。「それでも、だ」訪問者が誰なのかを確かめるまで、銃を下ろすつもりはない。

エマがインターホンのボタンを押した。「どちらさまですか？」

インターホンのスクリーンにドアの外に立つ男の顔が映る。きれいにひげを剃り、黒っぽい髪を短く切った、これといって特徴のない顔だった。記憶に残らない顔。その顔が急に消えて、スクリーンには身分証明バッジが映る。「サンフランシスコ市警のファーガソン刑事（インスペクター）です。いくつかおうかがいしたいことがありまして。あなたの同僚のトビー・ジャクソンに関することです」

ラウールが止めるより先に、エマは勢いよくドアを開き、男をリビングへと案内した。「お入りください、刑事さん。何かお聞きになりました、彼の——」彼女ははっと口をつぐんだ。ファーガソンのすぐ後ろに立ったラウールが懸命に首を横に振り、喉を切るジェスチャーをした。意味がわからず顔を曇らせた彼女も、その先は言わなかった。「どうぞ、お掛けください」

ファーガソンを肘掛け椅子に座らせると、彼女はソファに腰を下ろした。そのすぐ隣に、ラウールが座る。ぴったりと体をくっつけて。さらに彼女の肩を抱き寄せ、彼女がひとりではないことをはっきりと認識させる。

自分からは進んで情報を提供すべきではないことを理解したエマは、辛抱強く警察官が話を始めるのを待った。警察官は手帳を出し、ペンで何かを書いている。おしゃれで体にフィットしたスーツに、コンバットブーツという出で立ちだ。ブーツに関しては、さほど問題ではない。現在は、警察官のほとんどが、こういうブーツをはいている。だが、スーツが高級すぎる。警察組織の中間管理職レベルの人間が買える代物ではない。

「ホランドさん」手帳に視線を落としながら、警察官が話を始める。「あなたの同僚のトビー・ジャクソン氏の所在がわからなくなっていることに、あなたもお気づきですよね？　行方不明になってから――」彼が視線を上げてエマを見る。彼女は――いいぞ、その調子だ、男の餌には食いつかなかった。静かに座ったまま、肩をすくめる。

「さあ、私には何とも。この一週間は会社では見かけなかったように思います。ただ、私も彼も自分のオフィスを持っているので、顔を合わす機会は多くないんです。私は彼の部下たちが言っていたことをお伝えしているだけです。それに、先週はとても忙しくて」

彼はうなずくと細かい字でびっしりと何かを書き留めた。「最後に彼を見たのがいつか、覚えていますか？」

彼女はすぐには返答せず、考え込んでいるふりをした。「そうですねえ――先々週の金曜日だと思いますけど、裁判で証言はできません」

警察官は、疑うような視線を彼女に投げかけた。「どうしてそんなことを言うのです？　裁判になると考えているんですか？」

「いいえ、とんでもない」彼女は依然、落ち着いた様子でさらりと言ってのける。「言葉のあや、というやつですよ、刑事さん」

「サンフランシスコでは、インスペクターと呼ぶんです」

「インスペクター」

エマの言葉に、彼はしばらく彼女の顔を見ていたが、やがてまた手帳に視線を落とした。「では、最後にジャクソン氏を見たのは、先々週の金曜日ということですね。週末には見かけませんでしたか？」

「見かけていません」エマは、最低限のことしか言わない。

その調子だ、とラウールは思った。こちらから情報を提供しないほうがいい。どうもこのインスペクターだかディテクティブだかはうさんくさい。腑に落ちない感覚を持ってしまう。

「バッジを見せてもらえるかな？」ラウールはわざと質問をさえぎり、無礼な態度を取った。

「バッジ？」

「ああ、警察官の身分を証明するバッジだ。さっきはよく見えなかった」

二人はにらみ合った。牡鹿(おじか)みたいに、角を突き合わせるのは、いっこうにかまわない。これまでだって強い相手と闘ってきた。ラウールのほうから尻尾(しっぽ)を巻いて逃げ出したことはない。

男はポケットを探り、財布みたいなものを取り出した。折りたたんだ革を開いて、手のひらに載せる。見せはするが、渡そうとはしない。真ん中に金属の星があり、プラスチックのケースにファーガソンの名前が書いてあった。「サンフランシスコ市警察では、丸いバッジじゃなくて、星形のものを使うんです」

もっともらしい話だ。

ただ、ラウールのうなじにざわっとした感覚が走った。

ファーガソンは財布をしまうと、正面からエマを見た。「ホランドさん、このしばらく、ジャクソン氏にはおかしなところはありませんでしたか？　何かに不安を抱いているとか、かっとしやすいとか」

「どういうふうに、でしょう？」エマは冷ややかな笑みを浮かべた。

「だから、不安そうだとか、ぴりぴりしてるとか、普段の彼らしくないところがあるとか」彼が顔をしかめる。「わかるでしょう？」

「インスペクター」エマは膝の上で手を組む。「トビーも私も、いえ定量分析部で働くアナリストは全員、非常にプレッシャーのかかる仕事をしているんです。自分の分析が間違っていた場合の結果の重大性を知っているからです。だから私たちは、常にぴりぴりしているし、不安でもあります」

ファーガソンは苛立たしげに息を吐いた。「では言い換えましょう。普段よりもぴりぴりしていましたか？」

彼女は小首をかしげたが、何も言わない。彼女を尊敬する気持ちが、ラウールの中でどんどん大きくなる。

「彼は何か言っていましたか？」

「彼と最後に会ったのは、とある顧客からの依頼について話をしたときでした。依頼は、金の価格変動について分析してほしい、というもので、日時騰落レシオの分析、収益率、相関量、出来高についての話し合いを行ないました」ははっ、ざまみろ、とラウールは思った。これで完全にこの男は煙に巻かれたはず。

「何かの計画をあなたに話しませんでしたか？」

「計画？」エマはかわいらしく同じ言葉を繰り返す。

ファーガソンの頬がぴくぴくと波打つ。「計画。将来のために立てる目的です」

「ああ」エマはぎゅっと眉根をくっつける。「たとえば投資計画みたいなことですか？　それとも個人的な目的かしら？」

「個人的なほうです」ファーガソンの苛立ちが、今にも爆発しそうだ。

「それなら、聞いたことはありませんわ。私たちは属する世界が異なるんです。もし彼がどこかに行く予定を立てていたとしても、それを私に話すことはないでしょう」

エマがちらっとラウールのほうを見る。彼の指示に従って、警察からの聴取に非協力的な態度で応じているが、そのことに罪悪感を覚えているのだ。

ラウールはこれでいい、と思っていた。この〝インスペクター〟とやらには、どうも怪しいところがある。自分の勘を信じるべきだ。うなじにもぞくぞくした感じがあり、こういう感覚はこれまで常に正しかった。

「パートナーはどこなんだ?」ラウールの突然の質問に、ファーガソンは顔を強ばらせる。「何ですか?」

「あんたのパートナーだよ。こういった事情聴取みたいなのは、二人組でするもんだろ? あんたの片割れはどうした?」

「署のほうで用があって、来られなかったんです。だからこれから、あなたも署までご同行願いますよ、ホランドさん」

ファーガソンが立ち上がるのと同時に、ラウールも立った。

「そいつは断る」敵意をむき出しに言い返す。

「そういう決まりになってるんです。会社の他の方にも来てもらってますから」

「具体的に、誰なの？」エマもおかしいと思い始めたようだ。「誰から事情を聴取したの？　アナリストだけでも四十人いるのよ。定量分析の専門家だって、トビーの下に十四人いる。その中の、誰と話したの？」

ファーガソンの鼻孔がふくらむのが見えた。「そういったことは、あなたにお話しできないんですよ。でも、もっと詳しく聴くために、ホランドさんには署に来てもらわなければなりません」

俺を殺してからな、とラウールは思った。「今日はだめだ」その瞬間、すべてが動き出した。猛スピードで。

銃がどこからともなく現われ、その銃口がエマの頭に突きつけられていた。「いや、行くとも。今すぐな」

14

何もかもがあっという間のできごとで、エマはその場に突っ立ったままだった。サンフランシスコ市警の刑事の聴取に応じていたはずだった。すごく感じの悪い男で、ラウールはまったく信用していなかった。どういう理由で彼がそう思ったのかはわからないが、絶対に信用するな、という意思をボディランゲージで明確に伝えてきた。結局、ラウールは正しかった。ファーガソンと名乗る男は、市警の人ではなかったようだ。

銃口がこめかみに食い込むくらい強く押しつけられて痛い。生暖かいものが頰を伝い下りる。血だ。銃口がこめかみ部分の皮膚を裂き、出血しているのだ。

男が彼女をソファから立たせようと、引っ張る。男の腕が首に回されて、息が苦しい。その腕を引きはがそうとエマはもがいたが、鋼鉄に固定されたかのように、体はびくとも動かない。

「やめたほうがいいぞ」男の体に強く押しつけられているので、声が背中から振動として伝わる。その言葉はラウールに向けられたものだった。ラウールは自分の銃を構え、警察官のふりをした男にぴたりと照準を合わせている。「そいつを下ろすんだ。おまえが誰なのかは知らないが、女ひとりだと聞いていた。追加料金を請求することになるな。まあいい、銃を置くんだ」

ラウールは、両手で銃を構え、不動の姿勢で立ったままだ。

「聞こえただろ？　銃を下ろせ」男がわめく。「さもないと、この女の頭が吹き飛ぶぞ。まさかそこまでしないとでも思ってるのか？　本気だぞ、銃を置くんだ」

ラウール、銃を下ろさないで！　エマはそう叫ぼうとしたのだが、喉がぜいぜいと鳴るだけだった。ラウールが銃を置いたら、どうなるかははっきりとわかる。銃が置かれた瞬間に、この男はラウールを撃つ。そしてエマをどこかに連れ去る。だからラウールは、武装を解いてはならないのだ。

ラウールがそろそろと銃口を下げ、床に置いた。せめて銃を投げつければ、暴発してこいつの脚を吹き飛ばせる可能性もあったのに、床に置かれた銃は、かたん、と音を立てただけだった。ただ、よく考えれば、暴発した銃弾がエマを撃つ可能性もあった。ラウールはその場に立ち、手のひらを見せるようにして腕を広げる。どこからでも撃てよ、という態度だ。

もしかすると、銃をもう一丁持っているのかもしれないが、そんな気配は感じ取れない。

そう思ったとき、エマははっと気づいた。ラウールの意図に気づいて、ショックでぼう然となる。彼は自分を犠牲にしてエマを救うつもりなのだ。このニセ警官が、武装を解いたら自分を撃つことぐらい、ラウールは百も承知だった。そしてエマを連れ去ろうとしていることも。しかし彼は自分の命を犠牲にすれば、わずかでも時間を稼げると考えたのだ。ニセ警官は本気だ。震えてもいなければ、汗もかいておらず、声もしっかりしている。エマを拉致するという明確な目的のもとに行動しており、トビーのときと同じように、冷静に実行するだけだ。それを阻止する者は冷酷に排除するのだろう。つまりラウールを殺すことなど、何とも思っていないはず。

だめ。そんなの嫌だ。だめの千倍！

そして、彼女は悟った。もし自分の頭に銃口が突きつけられていなければ、ラウールは徹底的に戦っていた。最後の最後まで、あきらめずに。銃を置くことなんて、考えなかったはず。こんなふうに無防備に立ち、どこからでも撃てよ、と銃弾が自分を貫くのを待つこともなかった。

エマを救うために、進んで自分の命を差し出すなんてことをしなくてもよかったのだ。

だめ。そんなの嫌だ。だめの千乗！

彼女の中で、何かのスイッチが入った。この瞬間まで、ラウールに対する自分の気持ちに、どこかでブレーキをかけていた。理由はわからないが、たぶん……彼がすてきすぎるから。ハンサムすぎる、魅力的すぎる。おまけに親友とも仲がいい。そんな相手がいるはずがない。理想と現実は違うのだ、と。現実にはあり得ないようなすばらしいことは、実際、現実には存在しない、これまでそう思ってきた。男運が悪く、付き合う男性がいない状態が自分にとっては自然なのだろう、と思っていた。心のすべてをさらけ出してはならない、いずれ打ち砕かれるに決まっているから。

でも、そんなこと言ってらんないよ――フェリシティならそう言うだろう。目の前に彼がいる。大切な人、勇敢ですばらしい男性。自分の命を犠牲にしてエマを救おうとする人。このニセ警官をやっつけることなど、簡単にできたはずだ。プロのボディガード二人を、ばかばかしいぐらい簡単に倒したのだから。けれど今は、ニセ警官が彼女の頭に銃口を押しつけているから、わざと武器を捨てた。自分を狙わせるために。すべてはエマのために。

こんなに大切な人を、ニセ警官なんかに奪われてなるものか、と彼女の中で怒りが燃え上がった。ではどうすればいいか？　ラウールは勇敢だが、彼女は頭を使って戦う必要がある。

ニセ警官は彼女の首に回した腕に力をこめ、彼女を引きずりながら玄関のほうへと後退していく。片方の手に銃を握り、その先端部が彼女のこめかみに押しつけられている。ゆっくりと玄関が近づいてくる。もうすぐ玄関ホールだ。あそこでならできることがある。

そしてホールに入った。

その瞬間、エマは全身の力を抜き、自分の体を重石（おもし）にした。男は驚いたようで、首周りの彼の腕の筋肉に力が入った。しっかり持ち上げようとしたのだろう。だが、彼女は足首をやわらかくして、全体重を男に預けた。

「おい！」男の怒った声が聞こえる。

エマは、甲高い悲鳴を上げた。痛みにもだえる動物が、苦痛から逃れようとするときに出す、金属的な大きな声。「いやあ、私、死にたくない！　死ぬのは嫌よ。助けて、お願い。死にたくないの！」全身でもだえ、恐怖に震える。わめき散らしているので、声が割れる。「やめて、こんなことしないで！　放してよ！　死ぬのは嫌なの」

震えながら激しく息をして、わめきながらもだえる。

ただ、涙は出ていない。

ラウールはじっと彼女の様子を見ていた。泣き叫び、のたうち回っている様子を。

彼女は彼と目が合った瞬間をとらえ、もだえ泣く合間に、ゆっくりとウィンクしてみせた。彼は表情を変えなかったが、こっそりと母指球に体重を置き、いつでも飛び出せる態勢を取ったのが、エマにはわかった。

「やめろ！」ニセ警官が怒鳴る。「静かにしないか！」

彼女は頭を上下に激しく動かし、銃口がこめかみから離れる時間を作った。暴れる彼女をじっとさせておこうと、彼女の首に回した男の腕にさらに力がこめられる。

これを待っていた。自分の首が、男に対する支点になる瞬間を。

甲高い悲鳴でわめき、発作でも起きたように暴れながら、エマは全神経を集中させて、心を決めた。体操選手としてトレーニングしていたのはずいぶん昔のことだが、体は動きを覚えてるはず。おまけに、演技と違って審判の採点を気にしなくてもいいのだ。ただ、ラウールに反応する時間を与えればいいだけだから。

ラウールの目をまっすぐに見て、大声でわめきながら、爆発的な脚力で壁を駆け上がったのだ。パルクールで言う〝ウォールラン〟の技だ。壁を数歩上がったあと、首を押さえている男の腕を支点にして、壁を強く蹴る。こんな危険なまねは、ひとりだったら絶対にできない。けれど今はラウールがいる。ニセ警官を自分の体重で押すようにすると、まったく予想外のことだったらしく男はそのまま、彼女を抱えた状態で背中からどさっと床に落ちた。落ちる途中で、ラウールが男の頭を膝蹴りした。その際、男が発砲したのだが、銃弾はただ天井に穴をあけただけだった。ただ、頭のすぐそばで発砲されたエマは、耳が痛いと思った。

男の上に寝そべる形になっていた彼女は、慌てて起き上がった。ラウールは男の持っていた銃を蹴って遠くに滑らせたあと、しゃがんで顔に何発かパンチを入れ、最後にチョークホールドで男の首を絞め上げた。大きく見開かれた男の目が、パニック状態にあることを伝えてくる。ラウールの体はその場で動かず、彫像みたいに見えた。ただ、その姿は……怖かった。引きつった顔、すがめた目、腕の筋肉が盛り上がっている。やがてニセ警官は意識を失い、ぐったりしたが、それでもラウールは力を緩めなかった。

数秒経ったが、まだラウールは腕に力を入れたままだ。

そのときエマはまだ耳が聞こえなくて、目の前の音のない地獄絵図をただ見ているだけだった。ニセ警官の顔が紫色になっても、ラウールはまだ放そうとしない。エマはラウールに飛びつき、彼の腕を引っ張った。金属配管を素手で引っ張っている感覚だった。

「ラウール！　放して。この人が死んじゃう」

自分の声が聞こえなかったが、彼にも聞こえていないようだ。

「ラウール！」声をかぎりに叫んでみた。それでもまだ、彼女の耳には遠くの音のようにしか聞こえない。きーん、という耳鳴りがうるさくて、何も聞こえないのだ。

しかし、やっと彼には聞こえたらしい。遠い目をしていた彼が、エマに焦点を合わせた。はっとして男を離し、その腕でエマを抱き寄せる。

強く抱きしめられて、息ができない、と彼女は思った。彼が左肩、聞こえないほうの耳のそばに頭を埋める。耳鳴りの中から、彼の言葉が途切れ途切れに聞こえた。

「――君を失ったかと思った。それにしても信じられない……いったいどこであんな――」

彼の息が荒く、彼の言葉のすべてがわかったわけではない。彼の胸が上下しているのを感じる。もしかして、ラウールが震えているの？

エマは彼の背中をぽんぽんと叩き、髪を撫でた。彼も同じことをしている。怪我がないか確かめているのだ。「大丈夫よ。たいした怪我はないから」

彼が体を離すと、さっきまでの引きつった恐ろしい顔から、普段の表情に戻っていた。彼女の頭を包み込むようにして彼が言う。「大声を上げなくてもいいよ」

「え？」耳鳴りで彼の言葉がうまく聞こえないが、聴覚は元どおりになりつつあった。

彼はひと言ずつ発音し、言葉を伝える。「大声。上げなくても。いい」

「何？」

彼が口を耳にくっつけて言った。「大声を上げなくていい」

ああ、なるほど。彼女は見下ろしてたずねた。声を落としたが、どこまで小さくすればいいのかわからず、かなりの小声になっていたようだ。「この人、どうする？」

ラウールがしゃがんで、男を軽く揺さぶるが、男は反応を示さなかった。

「この人まさか――死んだの？」

「いや」彼が顔を上げたので、唇の動きで彼の言葉が理解できた。それに耳もかなり聞こえるようになってきている。「気絶しているだけだ」

その事実について、どう感じるべきなのだろう？　男が死ななかったことを喜ぶ気持ちはある。理由はラウールが法的責任を問われる心配がないからだ。ただ、自分の頭に銃口を突きつけ、ラウールを撃ち殺したあと、この部屋から自分を拉致するつもりだったこの男には、はらわたが煮えくり返る思いがある。こいつは悪党の手先となって働くちんぴらで、トビーを拉致したやつらの仲間であることも明らかだ。彼女は大きく脚を後ろに引き、思いきりそのニセ警官の脇腹を蹴り上げた。私を連れ去ろうだなんて、それにラウールを殺そうだなんて、許せない。思い知れ、と力をこめたので、少しはすっきりした。

ラウールが、それってまずいんじゃないのか、と言いたそうにこちらを見る。

彼女は肩をすくめた。「こいつは、自分で転んで、怪我したのよ」

彼が納得したようにうなずき、立ち上がった。「この男には不審なところはまったくなかった。バッジもきわめて精巧に作られているし、ごく最近まで実際に警察にいた人間だろう。ただ内ポケットに入れてある文書がちらっと見えたんだ。おそらく指示書だろう。そのレターヘッドのロゴに見覚えがあった」

「そのロゴって、もしかしてシエラ・セキュリティのものだったりする？」

彼が唇を噛む。「大当たり。とにかく、まずはこいつの体を拘束しておかないと」

彼は頭だけをエマのほうに向けて、いくぶん非難をこめた眼差しで彼女を見た。「今でも信じられないよ。まさかあんなことをするなんて。やろうと思う勇気もすごいけど、実際にやってのけられるんだからな。まさか、秘密組織の特殊部隊に属しているとかじゃないよな」

耳はかなり聞こえるようになったが、耳鳴りがまだ少しだけ残っている。「え、あ。いえ、違う。冗談じゃないわ」彼女がにらみつけると、ラウールは笑いをこらえられなくなった。「冗談なのね！　もう！　私は、銃なんて、どっちから弾が出てくるかもわからないんだから」

「だが、さっきは……いや、すごかったな。あんなことどうやってできたんだ？　言っとくが、非常に危険な行為だぞ。あれで寿命が十年は縮まったよ」

実際に危険にさらされていたのは彼の命だった。彼はその事実を口にさえ出さない。ニセ警官はエマを拉致するつもりだった。ラウールのことはこの場で殺していたかもしれない。少なくとも、ここを出る際には、ラウールを撃ったはずだ。

彼がエマを見上げる。「あれは何だ？　壁を歩くやつ」

「パルクールでよく使われる技よ。その男の腕を支点にして脚を蹴り上げ、壁を歩くの。パルクールを本格的にやっていたわけじゃないんだけど、元々体操選手だったから。高校まで真剣にトレーニングしてたのよ」

彼女は自分の体を撫で下ろすようにして、ほら、この体を見て、というジェスチャーをした。「背が低いから、体操向きなのよ」

彼がまた、正直に答えろよ、という目つきをした。「オリンピック選手になるはずだったとか？」

エマは笑った。久しぶりに声を立てて笑った気がする。「まさか。もちろん、始めた頃はオリンピックを夢みたこともあったけど。基本的に球技がだめなの。テニスもサッカーもソフトボールも、そのたぐいのものはみんな苦手。でも運動能力はそこそこ高かった。その男が、突然のことに慌ててしまい、反応できなくてよかったわ」

「そうだな」ラウールは目を閉じ、ふうっと息を吐いてから立ち上がり、彼女の肩に腕を回してぎゅっと抱き寄せた。「危ないところだった。もう少しでこいつは――」

「わかってるわ」そっとそれだけ告げた。この男が、彼女のこめかみを狙った銃の引き金を引いていたかもしれない。耳鳴りだけでは済まず、今玄関ホールに横たわっているのは自分の死体だったかもしれない。淡いグレーのホールの壁に、飛び散った自分の脳がこびりついていたかもしれない。けれど、トビーのときのようなことは許さない。絶対に、拉致されるつもりはなかった。薬物を打たれ、ベッドに結わえつけられるのなんて、嫌だ。リスクはあったが、やった価値はあった。

彼女はぴったりとラウールに身を寄せた。「それで、これからどうするの？」彼の胸元でつぶやくと、彼のため息が聞こえるというより、全身に伝わってきた。

「まずは、こいつの体をきちんと拘束する。それから知り合いに連絡し、こいつをここから運び出してもらう。それが済んだら、君を連れてポートランドに戻る。あそこなら君も安全だ」

エマは体を離し、彼を見上げた。ハンサムな顔が緊張に強ばっている。今の彼は〝すてきな恋人モード〟ではなく、〝心配ごとのある戦士モード〟だ。不安でぴりぴりして、ほうれい線がくっきりと浮かび、オリーブ色の肌から血の色が消えている。

何もかも忘れてポートランドに連れて行ってもらう、という案は魅力的だ。フェリシティとホープもいる。警護を専門にする男性たちがいっぱいいて、その人たちはすごく優秀で、彼らになら自分の身の安全をまかせて、安心していられる。この状況が具体的に何なのかはまだわからないが、とにかくこの問題からは遠ざかっていられる。

しかし……トビー。このままトビーを置いて、ここを離れるわけにはいかない。

「ラウール」エマは彼の腕に手を置いた。「あなたと一緒にポートランドに行きたいと、強く思っている。でも、できないの。トビーに背を向けるわけにはいかない。私が手伝わなければ、彼も真相を究明できない。私も今では彼の集めたデータすべての内容を把握できている。今さら彼も、他の人に手伝いを頼むことはできない」

ラウールが目を大きく見開き、白目の部分まではっきり見えた。驚いた仔馬の目みたい、と彼女は思った。「おい、待て、このままサンフランシスコに留まるって言うのか？　そんなばかな。エマ、ここにいたら危険なんだ。逃げないと。ここにいるのはまずい。君を拉致しようとするやつが、すでにひとり現われた。いずれ次のが、来る。君をとらえるまで、敵はあきらめないぞ。俺は君のそばを離れないが、俺がやられないとは保証できない。君の安全を保証できるのは、ポートランドに行き、うちのチーム全員で君を守る場合だけだ。飛行機はすぐに手配できる。数時間で出発できるだろう」

彼の言うことは筋がとおっている。それでも、トビーを捨てるようなまねはできない。「トビーも一緒に来られない？」

ラウールは首をかしげて、しばらく考えていた。「うーん、可能だが、トビーはコリンと一緒にいたがるだろ？　彼の場合、勝手に職場を離れるわけにはいかないはずだ。いつ戻るかわかりませんが、とにかく無期限に休暇をください、なんて病院勤めの医師が言い出せば、間違いなく解雇される。彼のキャリアに傷がついてしまう……

あ、待ってくれ。ブラック社が助けてくれるかもしれん」

彼がスマホを取り出し、誰かを呼び出している。話の流れから、彼はブラック社の友人に電話しているのだとエマは思った。「おう、ASI社のラウール・マルティネスだ。助けてほしいことがある」電話の相手に、彼が状況を説明する。相手の話を黙って聞いてから、彼は納得して電話を切った。

彼が手のひらを彼女のほうに向けながら口を開く。「妥協案を見つけた。だが俺がこうしたかったのではない。そこのところはちゃんと理解しておいてもらいたい、いいな？　君の言い分が間違っていて、俺が正しかった場合、君は少なくとも怪我をすることにはなるが、そうなれば俺はすごく腹を立てるし、ほら、言っただろ、と君に言う。必ず。了解したか？」

ラウールの大げさなもの言いにも、エマは笑顔になれなかった。理由は床でまだ気絶したままの男が、状況の深刻さの象徴だからだ。ラウールは誠実な人だから、ほら、言っただろ、と言うからな、という警告までしてくれた。核兵器削減の条約なみの警告だ。

「はい、了解しました。それで、どういう計画なの？」

「ブラック社のエージェントが二台の車に分乗してここに来る。そのエージェントが、このクズ野郎を――」ニセ警官をブーツの先で小突く。「外に連れ出してくれる。俺たちはエージェントが使った車の一台に乗り、ここを出る。駐車場の入口が見張られていたとしても、俺たちがここを出たことはわからない」

「例の特殊フィルム」彼女はひとり言のようにつぶやく。

「ああ、それもあるし、そもそも、俺がここに来るのに使った車でもないから、たどりようがないはずだ。新しい車のナビに、ブラック社が用意してくれた隠れ家の位置情報が入っている。あの会社の用意する隠れ家は、かなり贅沢なんだ。俺たちはそこに隠れ、君はそこからトビーを助ける。トビーがその隠れ家にやって来て、一緒に仕事をしてもいい」

「なるほど。この問題は、本質に迫っている気がするの。いつまでもこの状態が続くわけじゃない。だから、あなたも本来の仕事に戻る必要があるのなら、私ひとりでも――」

「何だと――?」ラウールがぴくっとして体を離した。「君をここに置いて? 暴力を使ってものごとを解決しようとするやつが、君を狙っているのに? そんなことするはずがないだろ。あり得ない。考えるだけでもばかばかしい。当面、君の警護が俺の仕事だ。君の安全を守る。会社が何か言うのなら、俺は休暇中だと言い返す。だが、実際のところ、会社にとってフェリシティとホープの親友の安全を確保する、というのは非常に重要なことのはずだ」

ほっとして体の力が抜けていきそうだった。ラウールが帰りたいなら帰ってもいいとは言ったものの、本当はすごく怖かったので、彼がそばにいてくれるのは、実にありがたい。「本当に――」

ラウールのスマホに着信音があり、彼は内容をチェックしてからドアに向かった。「ブラック社のエージェントが着いた。君は身の回りのものを小さめのバッグに詰めておくといい。必要だが荷物に入らないものがあれば、あとで買えばいい」

ドアを軽くノックする音が聞こえ、ラウールが二人の男性を迎え入れた。二人とも背格好はラウールと似ていないものの、同じ雰囲気があった。引き締まった体、身体能力の高さがうかがえる身のこなし、そして同じ表情。ひとりは砂色のブロンドで、もうひとりは茶色い髪だった。ラウールはブロンドの男性と知り合いのようだ。

「おう、久しぶり」仲のいい男性同士でよくやる挨拶――どんと胸をぶつけて互いの背中を叩く――を交わしてから、ラウールはもうひとりの男性に手を差し出した。「エマ、支援部隊の到着だ」そしてブロンドの男性を示して紹介した。「こいつはエディ・フォレスト、通称〝イーグル〟だ。ＳＥＡＬｓの入隊選抜試験のときから一緒だった。懐かしいよ。それからこちらが――」

茶色い髪の男性が、エマに握手を求める。ものすごく大きな手、まめやたこがいっぱいある上に、傷痕だらけだった。あまりにも大きな手なので、少し怖い。エマの仕事では、基本的に必要とされるのは頭であり、手はキーボードの操作に必要なだけなので。しかし男性はやさしくエマの手を包み、すぐに放した。

「デクラン・オロークと申します。初めまして。人からはたいてい〝アイリッシュ〟と呼ばれます」彼が視線を落とし、床のニセ警官を見る。彼もつま先でニセ警官を軽く押し、顔がよく見えるようにした。ニセ警官は気絶したままだ。「これは何なんだ?」イーグルとアイリッシュが、ラウールに返答を求める。

「エマと俺は、とんでもない事件に巻き込まれているらしい。その規模はわからないが、大事件に発展する可能性もある。この間抜けは、サンフランシスコ市警の刑事になりすまして部屋に入り、エマの頭に銃口を突きつけて彼女を拉致しようとした。だがエマの大活躍で、男を倒すことができた。彼女、壁を駆け上がったんだぞ」

その言葉にブラック社のエージェントは二人とも、エマを振り返った。驚いた顔をしている。

彼女は顔を赤らめた。「いいえ、そういうんじゃないの。私はパルクールのウォールランで、こいつの腕を引きはがしただけ。するとラウールがすぐさま膝蹴りをして、こいつは床に倒れ込んだの。実際にこいつを倒したのは、ラウールよ」

ブラック社のエージェントは今度は、ラウールを見る。

「違うね。実際の話とはかけ離れている。彼女がくそ野郎を倒した。まさにヒーローだ。彼女、ほんとにタフなんだから」

　そう言われると、どう対応していいかわからない。自分がタフだと、少なくとも肉体的な意味では思ったことはない。うまい具合に、物音がして男性たちはそちらに気を取られた。ニセ警官の意識が戻りかけたのだ。ラウールが男の頭を蹴ると、男はまた静かになった。

　話の続きだ。

「事情はわかった。このくそ野郎はシエラ・セキュリティの命令でここに来たんだな？」イーグルがたずねる。

「そうだ。シエラの指示書とこんなのもあった」ラウールがプラスチック製のカードをイーグルに渡す。シエラ・セキュリティのロゴが見える。社員証だ。トビーの見張りも同じものを持っていた。

「なるほど」イーグルが尻ポケットからプラスチックの結束バンドを取り出す。「おまえがつかまえてくれた男は、俺たちで処理しないとな。こいつのことは俺たちにまかせてくれ。シエラ・セキュリティの玄関ドアの前にでも捨てておいてやるさ。ああ、確認だが、警察の世話になりたくはないんだよな？」

　エマはラウールを見て首を振った。事情を一から警察に説明している暇はない。それにトビーの拉致について話せば、彼を危険にさらすことになる。警察に話したところで、何かをしてくれるわけでもない。ラウールはうなずくと、ブラック社のエージェントのほうを向いた。

「ない」

「よし」イーグルはあっさりと言ってのけた。法執行機関に連絡をしないことを気にする様子はない。この人たちは、自分でものごとを解決するやりかたに慣れているのね、とエマは思った。「では確認だ。俺とアイリッシュは別の車で来た。このキーがそのうちの一台のもので、それに乗れば隠れ家はナビに入っている」言いながらリモコンキーをラウールに投げ、ラウールが片手でキーを受け止める。さらにいくつかのキーのついた束も渡す。「それから、これが隠れ家の鍵だ。アラーム解除用のコードはあとでメールしておく。冷凍庫に食べものは用意してあるし、テイクアウト用のレストランのリストも家にはある。必要なかぎりいつまでも使って構わないと、ジェイコブ・ブラックから言われている」

「すぐに解決させるよ。させないとな」ラウールはそう言うと、エマを見た。ここに留まり、ポートランドに行かないことが気に入らないのだ。だが、こうするしかない。トビーを置いてはいけない。解決には二人がかりで臨まねば。「エマ、身の回りのものを用意しておいで」

彼女は三人の男性を見た。「これから駐車場を含む建物内すべての防犯カメラを止めるわ。それから、駐車場出口の近辺の監視カメラも。どれぐらいの時間、止めておけばいい？」

ブラック社のエージェントが顔を見合わせ、イーグルが言った。「それはすごく助かるな。えっと、四十分もあればいい。できるかな？」

ラウールが代わりに答える。「彼女がその気になれば、北京の信号機だって消せるんだぞ」

二人は目を真ん丸にして、またエマを見た。

「いえ、北京市全域は無理ね。地区を指定してもらえば、そこのは消せる。えっと、止めておくのは四十分ね。了解。あ、コンシェルジェのマイクに、そう伝えておいたほうがいいかも」

ラウールがうなずく。「ここの警備はブラック・ホーム・セキュリティ・システムなんだ。話は早いだろう」

そのあとラウールは、ニセ警官の足首に結束バンドを巻いているアイリッシュに、低い声で何かを言っていた。ここではもう自分のすることはないので彼女は寝室に戻って荷造りを始めた。何日分の荷物を詰めればいいのだろう。見当もつかない。

一週間程度の出張に行くつもりで、荷物をまとめた。そこにカジュアルな服をいくつか加えた。部屋を見回す。ここは気に入っていたのに。寝室だけでなく、このコンドミニアムが。きれいで、住みやすい場所だった。けれど少なくとも向こうしばらくは、この住居には近づくこともできないのだ。

15

ラウールはブラック社の隠れ家に向かう車を運転しながら、強く奥歯を噛みしめていた。そうでもしていなければ、言いたかったけれど言わなかったいろんなことを、つい口走ってしまいそうだったからだ。この状況すべてに腹が立った。けれど、怒りの矛先の向け場所が見つからなかった。

そこでまず、この世の中というもの全体に腹を立てた。なぜなら、エマはポートランドに来れば安全なのに、サンフランシスコに残るから。理不尽な怒りであるのはすぐわかった。次にトビーを恨んだ。あいつがエマを巻き込んだのだ。だがエマも最初から問題に気づいていたので、無関係に巻き込まれたわけではない。ああ、ちくしょう。いったいどこのどいつが、何をたくらんでやがるんだ？　考えれば考えるほど、憤(いきどお)りが募った。

怒りは都合がいい。心の奥に潜んでいた本ものの恐怖を、隠してくれるから。兵士として戦争を体験した彼は、どうすれば恐怖を抑えておけるかを知っている。だから、怖いと思うことがあったとしても、特に大きな問題に発展することはなかった。チームメイトも同様だ。恐怖を感じたとしても、任務遂行能力には影響しない。恐怖をコントロールする訓練を受け、怖いと思った場合の対処方法を教えられた。怖い、という感覚を体から叩き出し、あったとしても無視する方法を覚えた。

だから、あのシエラ・セキュリティのくそ野郎が、エマのこめかみに銃口を突きつけたときに彼を襲った純然たる恐怖には、自分でも驚いてしまった。尖った銃口をぐいぐい押しつけられたせいで、彼女のこめかみの皮膚は裂け、血が出た。彼女の顔を血が伝い落ちるのを見たときは、体が麻痺（まひ）したように思った。

あの男の精神状態にも危うさを感じた。ひどく興奮しているのは、彼女をどこかに引きずっていくための芝居なのか、それとも脳が飛び散るのを見られると思ったからか。ラウールのＳＥＡＬｓの最後の上官は、後者だった。人間の頭に銃弾を撃ち込むと興奮するのだ。脳髄が飛び散るさまは美しい、いわば芸術だ、とか思っていたやつだった。

ラウールはこれまで、数多くの弾丸が、数多くの人の頭をぶち抜けていくところを見てきた。銃弾が通り抜けたあとの人の頭というのは、本当にひどいものだ。その人は、これまで立っていた場所で、操り人形の糸が切れたかのように、かくんと崩れ落ちる。人を人たらしめているのは頭脳であり、それが失われたあと、人間の体は、灰色の肉の塊に血が混じったものと、頭蓋骨(ずがいこつ)の残骸だけになる。しかも、どれがどの部分だったのかもわからず、わかったとしても、けっして元の姿には戻せない。

エマもそうなるところだった。

そう思うと、膝から力が抜けていく。

すべてのSEALsメンバーは、戦地に赴くときに、仲間の誰かを失う可能性があると理解している。ラウール自身、チームメイトを二人失った。どちらも気のいい、そして勇敢なやつだった。彼らの死を心から悼んだ。しかし、全員が命を失うリスクを認識し、それでも任務をやり遂げようとし、襲われたときに反撃できるような武器を持ち、そのための訓練もしてきている。

小さくて繊細なエマは、そんな準備をしてきていない。美しくて頭がよくて、生き生きしたエマ。彼女はただ、生命力と知性にあふれ、きらきらと輝いている女性でしかない。初めて彼女を見た瞬間から、激しい恋に落ちた。しかしさっき、すばらしい頭脳めがけて銃が狙いをつけていたとき、彼は悟った。ただの恋ではない。もう彼女がいなければ生きていけない。彼女こそ、自分の運命の人だ。こんな感情は初めてだった。こんなにわくわくした気分にさせてくれた人はいなかったし、これほど強く魅力を感じた女性もいなかった。彼女といるとどうしようもなく興奮するのに、同時に心が落ち着く。彼女の存在を知らないときから、自分は彼女を求めていたのだとわかる。エマこそ自分が求めるすべてだ。知性とユーモアと思いやりを持つ女性なんて、奇跡としか思えない。一緒にいると気が楽になり、楽しくて、けれど真面目なことも話し合えるし頼りになる。空のかなたのどこか遠いところに巨大なアルゴリズムがあり、その天体的解決策が彼の頭の中にうまく到達して、計算式を完成させ、理想の女性を作り上げた、それが彼女だ。

エマ。

その奇跡の女性が、頭から赤い血しぶきを霧のように飛ばし、自分の足元に死体となって転がっていたかもしれない、そう思うと、戦略的、あるいは戦術的思考ができなくなる。全身から玉の汗を噴き出し、力なくその場に倒れてしまいそうだ。どくん、どくんという鼓動を耳にうるさく感じながら、彼が思い浮かべたのは、エマの体がぐったり床に転がっているところだった。この生命感も、崇高な心意気も、美しさも、すべてが消えたところ。彼女のことをもっと知りたいのに、この女性のすばらしさをじゅうぶんに知る前に失ってしまう。何か国語も話せる彼女の口から、もうどんな言葉も聞けない――そう思った。

あの瞬間まで、彼の頭の中ではいろんな計画がほとんどでき上がっていた。エマがポートランドにやって来て、親友と再会し、一緒に仕事を始める。するとＡＳＩ社の業務運営が魔法のように改善する。アブエラにエマを紹介するところも頭に描いた。

アブエラはきっと、彼女をとても気に入るだろう。確かにうちの一族はうるさくて、押しつけがましいところもある。しかし彼女はそういうのにひるまないタイプだと思う。

そんなあれこれをひとりで計画していた。すると彼が止める間もなく、見知らぬ男が彼女の住居に入ってきて、はっと気づくと彼女の頭に銃口が突きつけられていた。足元が崩れ去る気がした。男は銃の扱いに慣れていた。構えた手がぶれないのだ。男から銃を捨てろ、さもなくば女の頭を吹き飛ばすぞ、と言われたとき、男が本気かどうかを測りかねた。はったりをかけているだけかもしれない。エマを生かしておく必要がある場合は撃たないはず。しかしはったりではない可能性もある。もし拉致できなければ、殺せ、という命令を受けているかもしれないのだ。

銃を置いたとき、ラウールは、自分の命はこれで終わるのだと覚悟した。この状況から無傷で脱出することはできない。けれど選択肢はなかった。

彼女が悲鳴を上げ始めたときは、胸が張り裂けそうだった。彼女がパニックに陥っている、恐怖で我を忘れ、泣き叫んでいる姿を見るのは辛かった。

ところが――涙が見えない。わめきながら、体を震わせているが、そのせいでニセ警官も彼女の体を引きずりにくくなっていて、なかなか玄関ドアにたどり着けない。なおも暴れる彼女の頭に、銃口をしっかり当てておくのが難しくなっている。

そしてあの瞬間——彼女がウィンクしたのだ！　天にも舞い上がる気分だった。彼女はパニックを起こして我を忘れているのではなかったのだ。何かを企んでいるらしい。どんな企みかはわからなかったが、彼はエマを信じた。どんなことにせよ、自分も最善の努力をしてその企みが成功するよう、助ける。

彼女があきらめていない以上、自分もあきらめない。ラウールは少しずつ肺に息をため、その瞬間に備えた。エマの合図を待ち、何が起きるにせよ、自分も対応する。ただ、エマが壁を駆け上がるとは思っていなかった。それでも彼女がウォールランを始めたとき、準備万端だった彼も行動を起こした。床に倒れ込む男の頭に膝をぶつけてやったのだ。思いきり。男は豚みたいに手足を縛られ、シエラ・セキュリティまで運搬されている最中だ。敵がその存在をまったく知らない、第三者の手によって、やつらのオフィスの玄関先に捨て去られることになっている。

運転中も何度となく、エマの様子をうかがった。彼女が無事であることを確認し、安心したかったのだ。彼女は元気そうで、何の問題もなさそうに見える。ついさっき、殺してやると脅されながら頭に銃を突きつけられたのだから、ヒステリックになって当然なのだが、穏やかな顔をしている。

少し顔色が悪いが、取り乱したところはない。窓の外を向いているが、何も見てはいない。目に映る風景を彼女の視線は追っていないのだ。彼女が見ているのは自分の心の内だ。こういうことをする人を、ラウールは他にも知っている。フェリシティとホープも、ときどき自我の中に消えるから。そういう場合、彼女らの黙考を邪魔するのはまずい。天才的な頭脳が、何かの答を捜しているのだ。

答が早く出るといいのにな、と切実に思う。おそらくあと二十四時間以内に、自分の中の原始人の部分が表に出てきそうだから。彼女の希望などお構いなしに、力ずくで彼女をポートランドに連れ去りかねない。彼女に対して何かを強要するようなまねはしたくない。通常の状況なら、彼女に何かを無理強いするなんて、考えもしない。しかし、命の危険があり、どこでいつ誰に襲われるかもわからないのだ。一定のラインまで、妥協はした。しかし妥協なんてしたくなかった。この町に留まるだけでじゅうぶん危険なのだ。

車は木々の生い茂る郊外に出た。深い森の中、住所表示を見逃さないように慎重に車を進めると……あった。ブラック社所有の隠れ家だ。

彼らの準備にぬかりはない。見るからに快適に過ごせそうな家だ。家が面している通りは交通量も少なく、外見的には、大金持ちとまでは言わないが、裕福な家庭向けの住居という雰囲気――たとえば、お父さんは弁護士で、お母さんは大学教授、みたいな家族が住んでいそうだ。そういう家族には二人から三人の子どもがいて、みんな将来は医者か弁護士になるのだ。それからたぶん、短毛種の犬も。毛が短ければ、子どもがアレルギーに悩むこともないだろう。

しかしラウールは知っていた。そういうアッパーミドル層の人たちが住む家とは違って、この建物は、基本的に侵入不可能だ。ブラック社によってこの家は、堅固に要(よう)塞(さい)化されていた。今回運転してきた車は、運転席の横にコンソールボックスがあるのだが、そのパネルを開けてリモコンにコードを入力すれば、門、ガレージ、家の玄関などのロックが解錠できる。また監視カメラが敷地の周囲にいくつも設置され、それらすべてが森に溶け込むよう、うまく隠してある。他には赤外線センサー、モーションセンサーもあるが、特筆すべきは重さを感知して警告を発するシステムだ。うまくプログラミングされているので、動物か人間かをその重さで判断する。壁は特殊な薬品でコーティングされており、レーダーや赤外線を通さない。窓には特殊ガラスが使われていて、銃弾はほぼ貫通しない。シャッターは防弾スチール製になっている。最近ではブラック社の所有する隠れ家のほとんどは、ドアにも工夫が凝らしてある。ビデオカメラが内蔵されていて入って来る人間を撮影するだけでなく、ハンドルが生体認証装置を兼ねているので、指紋を読み取り、スマートキーで解錠する。自分とエマの指紋は彼らのシステムに登録されているはずだから、この家のさまざまなドアは、鍵に煩(わずら)わされることもなく、簡単に開くだろう。

家に着いてコードを入力し、門を開けて車をガレージに入れる。玄関も指紋ですぐにロックが解除された。中に入って自分とエマのバッグを置き――彼女はどうしても自分の電子機器を持っていくと言い張ったので、かなりの大荷物になった――室内を見回す。これが隠れ家？

普通、用意される隠れ家には、特に使われていないところなら、ハエの死体と、隅に積み上げられたピザの空箱がつきものだ。何より、こもったようなひどい臭いがする。ブラック社所有なら、そんなひどいことはないとは思ったが、めったに使われていないと聞いたので、期待はしていなかった。

だが、ここは超高級ホテルのスイートルームそのものだ。非常に快適な空間が広がる心地よいインテリア、悪く言えば無機質だが、よく言えば個人の好みを押しつけてくる雰囲気がない。つまり、気持ちよく短期的な滞在ができる場所だ。

彼は玄関の敷居をまたいだところで立ちつくした。足元にバッグを下ろしたまま、震えてしまいそうだ。どうしてだろう？　強い感情に突き動かされているのだが、それがどういう感情なのかわからない。インテリアは淡い色合いで統一され、ソファはふかふかに見えるが、気持ちは落ち着かない。目で見たことと、心が感じることがかけ離れている。何だかじっとしていられないような、漠然とした不安を感じているから。いったい俺はどうなってしまったんだ？

「ラウール？」

はっと振り向くと、エマがそこにいた。緑のコットンのセーターに、淡いカーキ色のコットンパンツ、ローファー、という服装だった。これならどんな突発事態にも対応できそうだ。

彼女が、彼の胸にそっと手を置く。「大丈夫？」その手が服の布越しに、自分の肌を焼くように感じる。触れたことで、ラウールの心が揺れているのを察知したのだろうか？

胸に置かれた彼女の手に、彼は自分の手を重ねた。

「いや、大丈夫じゃない」

彼女はただ彼を見上げ、何も言わない。

「さっき、君は死んでいたかもしれないんだ」喉の奥から絞り出すような声が出た。

何年もしゃべっていなかった人が、久しぶりに声を出すみたいに、かすれている。

「知ってるわ」彼女が静かにつぶやく。「連れ去られてトビーみたいな目に遭わされるのかと思うと、本当に怖かった。薬物を注射され、ベッドにつながれるなんて」

彼が目を閉じ、苦痛に顔を歪ませる。「君の頭が吹き飛ばされて、壁に血のりがべっとりついているシーンが頭にこびりついて離れないんだ」

「そうよね。管理会社が激怒するところだったわ。壁にこびりついた血のりなんて、ひどいしみになって取れないんだから」

思わず、彼の口から笑い声が漏れた。笑いごとではないのだが。彼は腕を広げ、エマは何のためらいもなく、彼の胸に体をゆだねる。二人は、まったく同じタイミングで、まったく同じことを考えるのだ。できるだけ近くにいたい、それが今の二人の願いだった。ラウールはエマをぎゅっと抱き寄せた。力が強すぎて彼女を押しつぶさなければいいが、と思いながらも、彼の腕は力を抜こうとしない。彼のいちばんの恐怖は、自分が死んだあと、彼女が敵の慰み者になるのではないか、ということだった。残忍な男というのは、女性が想像するのも耐えられないようなひどいことをする。その現場を彼は実際に見たこともある。そう思うと、また腕に力が入ってしまう。

彼女がもぞもぞと体を動かした。「ラウール？　息ができないわ」

彼は視線を下げた。かわいくて、知性にあふれた顔がそこにある。ほんの数日のあいだに、自分にとってとても大切な存在になった女性の顔だ。

「俺の息を吸えばいい」そう言うと彼は唇を重ねた。

すぐに彼女がキスを返してくる。ああ、こうでなければ。熱と欲望のこもったキス。しかし二人にとっては、互いの命への祝福でもあった。二人とも、生きている。死んでも不思議はない状況だったのに。もし自分が死んでいたら、実家の人たちが遺体を引き取り、サンディエゴにあるマルティネス家の墓所に埋められることになるのだろう。両親、きょうだい、アブエラ――葬式ではみんなが泣くのだろう。

けれど、エマの死を誰が悼むのだろう？　フェリシティとホープ、それにライリーという女性は、間違いなく悲しむはず。しかし、彼女の父は？　父親のことをちょっと話題にしただけで、彼女の顔から表情が消えた。こんなにすばらしい娘なのに、きちんと悼むことさえしないのかもしれない。

　そして、短期間で燃え上がった二人の恋の行方がどうなるか、その先もわからないままになってしまう。冷たい土の中で、朽ち果てて骨だけになるのだ。

　切迫感のある欲望が、彼の血管で脈動する。これが初体験であるかのように、愛し合う行為のすべてが新鮮で、わくわくする。呼吸なんて忘れてしまいそうになる。彼女の唇がやわらかく、かすかにコーヒーの匂いがする。舌を絡ませて、彼女の肌をまさぐる。ああ、宇宙でいちばんやわらかな感触のもの。シルクみたいに滑らかだ。もっと肌に触れたいので、彼女の服が邪魔になる。彼はじりじりしながら、服を脱がせた。セーターも下着もぜんぶ引きちぎりたくなる。手でも唇でも彼女の肌に触れたいのに。

　セーターを引き上げて頭から脱がせるときに、彼女の髪が静電気で逆立ち、ぱちっと音を立てた。赤い髪がうねりながら肩に落ちる。先端がカールしたひと束が、彼女の乳首の周りを取り囲む。これはあなたへの捧げものです、とでも訴えているかのように。

確かに捧げものだ。この乳房は俺の口のために作られたものだから。チェリーのような真っ赤な先端部を口に含むと、彼女があえぐのが聞こえた。そこで彼は激しく吸い上げた。彼女が背中を反らし、もっと捧げたいと訴える。彼は乳房のあいだのふんわりした肌を何度も唇でつまみながら、反対側の乳房へと移動した。ああ、この味。塩味のアイスクリームに、少し塩を振ったチェリーを載せた感じ。片手で彼女の背中を支えながら、もう片方の手でコットンパンツの前を開け、そのまま引き下げる……ああ、これだ！　彼女の中心部が温かく濡れていた。やわらかな襞は、彼が押し入ってくるのを待っている。彼はまず、指を使って彼女の体の奥から放たれる熱に触れた。

　こうやっていると、死に直面していたあの瞬間から、どんどん遠ざかれる気がする。この瞬間の積み重ねが、生きていることへの祝福だ。

「ああ、エマ」声がかすれる。「ゆっくりできない。抑えられないんだ。ごめん」

　返事の代わりに、彼女が腰を突き出し、彼の指を自分で奥のほうへと誘った。彼女の中心部の肉がじわじわと彼の指を締め上げる。そして収縮が始まった。一回、二回。彼女がクライマックスに達しようとしている。

　そのときには彼女と一緒にいきたい。どうしても。

　ソファまで二歩で移動し、一瞬で互いの服を取り去ることができたが、どうやってそんなことが可能だったのか、わからない。唇を重ねながら、鋭く腰を押しつけ、彼女の中へ入る。彼の口の中で彼女のうめき声が聞こえる。次の瞬間、あっというような鋭い悲鳴を上げ、彼にしがみついた彼女は絶頂に達した。彼の全身に熱が満ち、背骨から脚のあいだへと高熱が駆け抜ける。彼も絶頂に昇り詰めながら、何度も腰を打ちつける。全身の液体すべてを彼女の中に注ぎ込むような感覚だった。

やがて、筋肉から力が抜けて、ぐったりと彼女の上に倒れ込む。

呼吸が元に戻り、ここがどこかを悟るのに、少し時間がかかった。ウルヴァリンなみに荒っぽく、彼女に欲望をぶつけてしまった。

エマを相手に。これはエマなのに！

彼の中で後悔が広がっていった。

こんな荒っぽいことをしてしまうなんて。

彼女に口をきいてもらえなくなるのではないか？

確かめてみよう。

「う、あの、君、大丈夫か？」おずおずとたずねる。

自分の下にいる彼女が、少し体を動かすのがわかる。「大丈夫そうよ。断言はできないけど。いちど死んで生き返った気分」

「俺に腹を立ててないのか？」

「人生最高のオーガズムを与えてくれたことに対して？　まさか、そこまでばかじゃないわ」

彼の顔にも笑みが広がる。「そうだな、君はばかじゃない」もういちど、念のために。「つまり、俺のことを怒っていないんだな？」

エマは一瞬頭を上げたが、すぐにどさりと落とした。ヒップを揺すると、まだ彼女の中にあった彼のものが刺激され、大きくなっていく。あたりに彼女の香水とセックスの匂いが漂っていた。「でも、この高級ソファに、しみを作ってしまったみたいよ」

16

大きな音がどこかで聞こえる。音楽――聞きなれた曲だ。『スター・トレック』のテーマ。どうして……。エマは片目だけ開けてみた。自分の寝室ではない。けれど、すてきな部屋だ。背中に熱を感じる。

ラウール。

「ほっとけ」彼はもごもご言うと、彼女を抱く腕に力を入れ、強く引き寄せた。

彼女の中で、いっきに記憶がよみがえる――自宅で襲われ、隠れ家に移動したこと。激しいセックス。会う約束をしていたトビーには、少し遅れると伝えるつもりで電話すると、コリンから、トビーが倒れたので、今日は休養させてもらえないかと言われた。

何となく責任を感じ、ここは自分が頑張るしかない、とエマは二人で進めていた調査をひとりで続行した。彼のデータを調べ直しているうちに、いつの間にか寝てしまったらしく、パソコンのキーボードに突っ伏していた。時間を見ると午前三時半で、もうこれ以上は無理だとあきらめ、ベッドに入った。ラウールは先に寝ていたが、彼女が横に滑り込むと、寝返りを打って彼女を抱きしめた。安心感ですぐに眠りに落ちたが、眠る寸前に、明日はできれば九時頃まで寝ていたいな、と思った。

それで、今は九時？　片目で時計を見ると、午前六時！

二時間ちょっとしか寝ていないの？

それでも、スター・トレックのテーマソングは鳴り続ける。

「電話に出るな」ラウールがまたつぶやく。

「トビーからなのよ」

その言葉に、ラウールははっと反応し、すぐにベッドに起き上がった。黒い髪が乱れて顔にかかり、生えてきたひげで顔の輪郭に影があるように見える。その姿が信じられないぐらいセクシーで、エマは息をのんだ。

ラウールはベッドから脚を下ろすと、彼女と並んで座った。ちらっと見ると彼が勃起し始めているのがわかった。彼は肩をすくめて、腰から下にシーツを巻きつけた。

「こいつのことは忘れてくれ。ビデオ通話にして、俺にも話が聞けるようにしてくれないか？」

まだ寝ぼけまなこだったのと、彼の下半身に気を取られていたため、エマは少し手間取りながら、電話をつないだ。

「トビー？」

「エマ！」トビーの声がスピーカー越しに響く。寝ぐせがついた髪に、目の下の大きなくまが目立つ。声に興奮がにじむが、びくついてもいる。見るからに大きな心配ごとを抱えているようだ。「昨日はごめんね。ベッドから起きられなくなったんだ。でも夜のうちに、データをもういちど調べ直してみた。すると日付だけは特定できることがわかった」

「日付？」ばかみたいに、彼の言葉を繰り返す。脳と口のあいだに、時差があるみたいだ。「何の日付？」

「株価の大暴落を起こさせる事件の発生日」

その言葉ですっかり目が覚めた彼女は、背中を伸ばして座り直した、「どういう事件か、わかったの？」

「わからない」トビーの声が失望を伝えてくる。自分がそこまで突き止められなかったことを恥じているかのように、彼は一瞬顔をそらした。「でも、それがいつ起きるかはわかったんだ。この事件のせいで、株価は大暴落し、空売りによる莫大な利益が生まれる。事件のあと、数日は暴落が止まらないようだ」

「それはいつなの？」

「今日、六月十日、カリフォルニア時間の午前十時三十分。恐ろしい話だが、株価が全面的に暴落し、株式市場というものは、もう存在しないのも同然になる。何にせよ、そんな事態を引き起こす事件は、非常に恐ろしいものに違いない」

当然そうだろう。これほどの巨額の空売りをするからには、よほどひどいことがこれから起きるに違いない。たとえば、9・11同時多発テロ事件のような。いや、あれよりひどいことなのだろうか？

悪寒を覚えて、彼女は肩からシーツをかぶり、スリッパを履こうと足先を動かした。不安が募り、動悸がするが、心を鎮める方法がわからない。もうすぐ、非常にまずいことが起きる。でも、それは……いったい何なのだろう？

地震や津波も考えてみたが、何ヶ月も前から、発生する日付どころか時間まで予測できるはずがない。つまり自然災害ではない。何にせよ、ドラッグ・カルテルのボスがかかわることなのだから、悪いことに決まっている。

「トビー、事件の日時なんだけど——確かなの？」

スマホの画面に映るトビーは、不安ながらも覚悟は決まった、という雰囲気だった。

「ほぼ間違いない。断言してもいいんだけど、ハイゼンベルクを忘れちゃいけないから」

ラウールは背後から、エマの肩越しにスマホの画面を覗いている。エマはスマホを持つ手の角度を調整し、ラウールの裸体を写さないようにしていたが、朝の六時に二人で寝室にいるわけだから、関係を隠しても意味はないようにも思う。まあ、いいか。トビーはそんなことを気にする人じゃないし。前から、もっとロマンスのある暮らしをすべきだと言われていたぐらいだ。

背後からラウールに肩を軽くぶつけられる。「おい、そのハイゼンベルクってやつは、誰だ？」

「不確定性原理を考慮に入れて、という意味で言ったのよ」

「ふ……何？」

「微視的世界における粒子の位置と運動量を測定すると、粒子の状態が同じでも物理量の測定値はばらつくのね。この場合、ばらつきの大きさの間には定まった関係がある。この関係を原理のように見なして、不確定性原理と言うのよ。ハイゼンベルクという人が発見したの。現在の量子力学における説明とは違うんだけど。現在では、量子力学に従う系の物理量を観測したときの不確定性と、同じ系で別の物理量を観測したときの不確定性が適切な条件下では同時に0になる事はないとする一連の定理の総称──」

「いや、待ってくれ、それが──」ラウールは質問したことを後悔した。

「要するに、どんな場合も確定できない要素がある、っていうこと」

待ちきれなくなったトビーが声を上げる。「これ、誰か他の人が見てくれないかな。

僕たちはデータを近くで見すぎているから、客観視できない」

「うちの会社の人には頼めないわよ」エマが警戒心をにじませる。

「もちろん、それは絶対にだめだ」トビーが顔に手を当てる。「今僕が言えるのは、今日起こる事件で、誰か、それが個人なのかグループなのかはわからないけど、その人たちが少なくとも一兆ドルの利益を得る、ということだ。その事件は、あと数時間後に起きると思う。僕の精いっぱいの分析で言えるのは、そこまでだ」

どうしよう。エマはどきどきしながら、トビーに語りかけた。「このままちょっと待ってくれる? 切らないでね」カメラだけをオフにして、大急ぎで服を着始めた彼女を見て、ラウールもジーンズを身に着けた。その様子を見ながら、エマは言った。

「フェリシティとホープにデータ分析を頼んでみる」

「いい案だ」と言ったあと、彼は言葉を足す。「だが、オフィスに呼び出すのはホープだけにしてくれ。フェリシティには自宅で考えてもらおう。ものすごく大きなお腹を抱えた彼女に無理をさせると、メタルに殺される」

「オフィスには来なくてもいいの。家にいながら、同じデータを見られるようにするわ」

トビーに、もうちょっと待ってね、と伝えてから、広々としたリビングに移動した彼女は、壁の大型モニターにトビーの顔を映し出した。画面のトビーは、心配でたまらない、といった顔だ。

「あ、トビー。お待たせ。私たち二人では分析が間に合わないと思ったので、ポートランドにいる友だちに連絡しようと思うの。みんなで一緒にデータを調べましょう」

「NSA時代の親友たち？」

「ええ、そのうちのひとり、ホープっていう子は、しばらく銀行で働いていたから、金融証券市場に関する知識も豊富よ。私たちはあまりにも近くからデータを見続けていたから、大事なことを見落としているのかもしれない」

トビーが膝を上下に揺さぶっている。強いストレスを感じると、彼はいつもこうやって貧乏ゆすりをするのだ。「僕の分析が正しければ、あまり時間はないよ」

「ええ。とにかく、事件発生が今日だと推測する理由となったデータを圧縮して送ってくれる？　無関係なファイルを調べる時間を省略したいから」

「わかった」そう言うと、トビーはひとまず画面から消えた。

エマはホープに電話をかけた。すでに目覚めていたようで、キッチンで婚約者のルーク・レイノルズとコーヒーを飲んでいるところだった。ルークはラウールの同僚で仲がいいらしい。ルークが画面越しに手を振ってくる。

「エマ」電話に出たホープの顔が、壁のスクリーンに大きく映る。「おはよう。ずいぶん早いのね。また何十億ドルも会社に利益を上げさせていたの？」

軽い冗談にも、エマは応じる気になれなかった。「うーん。私、会社を辞めたかもしれないの」

「辞めたかも？　辞めるかも、でも、辞めた、でもなく？」

ラウールが背後から乗り出してきて、カメラが彼の顔をとらえる。「エマは辞職届を出してはいないが、あの会社に戻ることはない」

まったく、勝手に決めるんだから、とエマは心でつぶやいた。

ホープが目を丸くする。「えっ？　そうなの？　それで、何か悪いことが起きているって話、あれは本当だったのね？」

エマはいちど呼吸を整えた。「ええ、具体的なことはまだわからないんだけど。それでね――」

「ちょっと待って」ホープが興奮しながら、エマの話をさえぎる。「あの会社に戻らないってことは、つまり失業するわけよね？　じゃあ、こっちに来られるじゃない。私たちと一緒に働いてよ。ああ、すてき。最高だわ。うちのボスたちに知らせたら、その場でオファーを出すわよ。あなたが早めに応じてくれたら、早期契約ボーナスも出るかも。フェリシティと私だけでは、需要に応じきれなくて。おまけにフェリシティは、もうすぐ出産でしょ。それはおめでたいことなんだけど――それも双子なんだから。分娩室でも仕事する気よ、彼女。でも旦那さまのメタルから、絶対にだめだ、と言われてて、仕事量をセーブしないといけないの――」

エマは話を先に進めたくて、ホープの言葉をさえぎった。「その話は、あとでするわ。今、うちの会社のデータをダークネット経由で転送中だから見てくれない？」

ホープはさっと眉を上げた。「株式のデータをダークネット経由で？　何だか、ものすごく、うさんくさいことをしている人がいるみたいね」

「その誰かが、数十億ドル分も空売りをしているのよ。大事件が起きるという前提で。その大事件は今日の午前十時三十分に起きることが、さっきわかったばかり。空売りの最初の買戻し期限がその時刻に設定されているの。破滅的なひどい事件が起これば、その誰かは、一兆ドルもの利益を得ることになる」

ホープのぼう然とした顔が、ショックの大きさを物語る。「それって、9・11同時多発テロのときと同じじゃない」

「ただ、あのときみたいに、航空株に集中しているわけじゃない」ふうっと息を吐き、エマは説明を続けた。「事件がどういうものにせよ、空売りは主に、うちの会社から発注されている」

「えっ？」

「うちのCEOは会社の資金を流用して、巨額の空売りをしたんだと、私は見ている。取締役たちはデータを見ても何のことだかわからない人たちばかりだし、もしCEO

のギャンブルが当たれば、うちの会社は莫大な利益を得ることになるから。副社長たちは、CEOの投資に疑義をはさむようなまねはしない」

ホープが首を横に振る。「早く、こっちに来なさいよ」

「その点は心配無用だ」ラウールがまたモニターに映り込んでくる。「あの会社に、エマは今後一歩たりとも足を踏み入れることはない」彼は横目でエマを見て、挑戦するかのように付け加えた。「絶対に」

これに関しては、エマも反論しなかった。結論は出していなかったが……そうだ、もう戻らない。ラウールとくだらない言い争いをしたくない。彼には勝てないし、エマ自身、あの会社に不穏なものを感じていた。あのオフィスに戻るのは嫌だ。そもそも戻らなくてもいいのだ。私物はオフィスにはほとんど置いていなかった。使っていたコンピューターは会社のものだし、彼女が分析した結果をまとめたファイルも、会社の所有物となる。机の引き出しには、シャネルの口紅が入ったままで、これはちょっと惜しいが、他にはときどきメモを取るために置いていた安もののペンと、安もののノートがあるぐらい。さらには櫛(くし)がひとつ、テイクアウト用に、近くのベトナム料理の店の名刺。

あの会社で、本当の意味で友人と言えたのはトビーだけだった。彼もあの会社には二度と戻らない。それなら、あの会社には何もない。トビーにとっても、エマにとっても。何の愛着も残っていない。

「ええ」ラウールの言うとおりだ。「あの会社には戻らないわ。それから、ポートランドに行って、当面はあなたたちを手伝うことを考えてもいい」ラウールが、喜びとも安堵ともつかない声を漏らす。「でも、今はその話をしていられない。すごく悪い予感がするの。おぞましい事件が今にも勃発しようとしている。その事件によって、莫大な財産を作ろうとしている誰か、もしくは複数の人のグループの手によって」

「莫大、なんて言葉じゃ足りないわね」ホープも真剣な表情になる。「一兆ドルって、天文学的な数字よ」

エマは横目でラウールを見た。彼が笑みを見せ、彼女も笑顔で応じた。

「何にせよ、あなたが悪い予感がする、って言うときは、要警戒よ。覚えてる、NSAでISISの会議の話をしたときのこと。幹部がローマに集結したでしょ」

記憶がよみがえり、エマの顔から笑みが消えた。エマは、まずい、と言う顔でさっとラウールを見た。「あなたの機密情報閲覧権限はどのレベル？」

「おそらく君たちほど高くはない。俺たちは情報を分析するわけじゃなく、ドアを蹴破って突入するだけだから。ただ、口は堅い。だから、心配は要らない。今日起きるかもしれない事件についてだけ考えてくれ」

彼の言葉に納得したエマは、話を続けた。

「ホープ、トビー・ジャクソンも、話に参加するわ。会社の同僚なの」

「元同僚だ」苦々しい口調で、トビーが会話に加わる。「現在は友人」

ホープが画面で手を振る。「トビー、初めまして」

「やあ、ホープ。君たちのことは、エマからさんざん聞いていたよ」彼も手を挙げる。

「おう、みんな」ラウールが前に出る。「話を進めよう。エマは、ホープに何をしてもらいたいんだ?」

「実はね、トビーと私で、ずっとデータの見直しを続けてきたの。データをひとつのファイルにまとめてから、再度調べるつもり。今のところでは、余計な情報が多くて、無駄が多いの。余計なものをそぎ落とすのが先ね」

「それはそうね。で、私は何をすればいい?」ホープがたずねる。

エマはトビーの表情をうかがってから、口を開いた。「この男についての情報を、徹底的に洗い出してもらいたいの」言いながら、ブランドン・ラザフォードがPIB社のCEOオフィスに入って行く映像を画面に出す。「他にも写真があるから、これまでに私たちで調べ上げた情報と一緒に、そっちに送るわ」ラウールが口を開いたが、エマは人差し指を立てて、ちょっと待って、と伝えた。「ラウールが言うには、この男はメキシコのドラッグ・カルテルのボス、マーリン・デ・エレーラだとか。フェンタニルをカルテル内で製造し、流通させているらしい。ラザフォードとしては、カリフォルニアにアメリカ人として申し分のない身元がある。デ・エレーラとしてもラザフォードとしても化学の修士号を持ち、メキシコではエル・キミコ、つまり化学者と呼ばれている。それ以上のことはわからない。NSA流のやり方で調べられる?」

自分がどれほどきわどい要求をしているか、エマは理解しながら頼んでいた。〝NSA流のやり方〟とは、あらゆるデータベースに法律を無視してハッキングを繰り返すことだ。

「もちろん」ホープはこともなげに返事する。見つかったとしても、サイバー犯罪で起訴されることなんてないわ、とでも思っているように。ただ、ASI社に迷惑がかかっては困る。

「痕跡は必ず――」

「了解」エマの警告も、ホープは途中でさえぎった。「五分経ったら、フェリシティにも知らせるわ。こんなことしてるって、メタルに見つからないよう、祈るしかないわね」ハッキングにかけては、フェリシティの右に出る者はいない。こちら側の秘密兵器だ。

とりあえず、今できることはやった。サイバー空間でいかんなく能力を発揮できる二人が、自分たちに協力してくれるのだ。ライリーも呼ぼうかと思ったのだが、彼女は現在、国家偵察局から依頼されたプロジェクトに参加していて、どこにいるのかわからず、まったく連絡も取れない。事件が起こると予想される時刻まで、残り時間はもうほとんどない……。

肘の横に、いつの間にかコーヒーが現われた。魔法みたい、と思ったら、サクサクのクロワッサンまでその横に置かれた。彼女は顔を上げて、ラウールに感謝の気持ちを伝えた。

「俺にできるのは、これぐらいだからな」深刻な表情で彼が言った。「これまでのところは」

いいえ、私の命を救ってくれたじゃないの。そう思いながら、彼女はトビーと一緒にデータの洗い出しを続けた。

6：30、事件が起こるまで、あと四時間。

画面上のトビーはますます疲れてきたように見える。拉致されたあと、ずっと薬物を打たれていたのだから、体力が戻っていないのも当然だ。それでも、できるだけ頑張っている。それなら、私も、とエマは気合を入れた。

空売りには、何らかのパターンがあるはず。それを見つけなければ。あらゆる産業にわたっているため、これといったつながりが見出せない。けれど、そんなばかばかしい話はない。何らかの原因でこういった会社の株価が大暴落すると予想されているわけだから、何かの共通点はあるはず。航空機事故だとか、集団食中毒だとか、何かがあるはずなのに。どんな産業でも、ひとつか二つの会社をターゲットにして空売りは行なわれている。保険、製造、IT、ホテル・チェーン、自動車……。そういった会社の共通項を洗い出そうと、それらの会社が扱う商品、オンライン領域など、考え得るすべてのことを調べたのだが、何も出てこなかった。トビーが作り出したアルゴリズムで、その会社のサイトがリンクを持つすべてのサイトまで調べたのだが、やはり何もわからなかった。共通するのは、それぞれの空売りの額が巨大だという事実だけ。

何が起こるにせよ、大事件になる。いいことのはずがない。

7:30になり、エマは、一瞬手を止めた。目の前の数字がちらついてきたからだ。頭をぐったりと垂れると、力強い手が、首筋をマッサージしてくれた。首から肩にかけての筋肉が、かちこちになっていたので、ラウールにもみほぐしてもらうのは、本当に気持ちよかった。

7:32、またキーボードに向かうと、画面にホープが映し出された。彼女はもうオフィスに来ていて、後ろで険しい顔をした婚約者のルークが所在なげに立っているが、さらに別の人物をカメラがとらえた。エマは自分の目を疑った。以前に、フェリシティとホープから、友人としてローレン・ジャックマンを紹介され、彼女の夫、ジャッコ・ジャックマンもASI社のエージェントだと聞かされたことがあった。ジャッコという男性の写真を見たことがあるのだが、いかにも強面で、見るからに恐ろしそうな男性、実際、絶対に機嫌を損ねてはいけない人、という話だった。ただし妻のローレンにはものすごくやさしく、娘のアリスには甘々、そしてフェリシティとホープにも、とても親切だとは聞いていた。画面に現われた第三の人は、そのジャッコに瓜二つなのだ。違いは、この男性のほうが、おそらく三十歳ぐらい年長であることと、ジャッコは頭を剃り上げているのに対し、この男性は銀色に輝く白髪頭だということぐらい。

ホープが男性の隣に立ち、早口で説明する。

「エマ、こちらはうちのエージェント、ジャッコ・ジャックマンのお父さまで、ダンテ・ヒメネスさん」

あら、父と息子で苗字が違うの？　そう思いながらもエマは、家族にはいろいろな形があるから、と何も言わずにいた。彼女自身の親子関係も、奇妙なものだし。

「初めまして」きちんと挨拶をする。

ラウールが割り込んできた。「ダンテ、俺たち今、時間がなくて――」

「今日、何が起きるのか、わかったように思うんだ」ヒメネス氏の低い声が陰鬱に響く。

全員が作業をやめ、彼に注目した。

「では、話してくれ。急いで」

ホープはヒメネス氏に場所を譲り、二人の顔が並ぶ。ルークは背後で行ったり来たりしている。

「今日、合衆国政府のあらゆるセキュリティ関連機関の長が、とある場所に集まる。サンフランシスコ郊外の巨大な敷地にある大邸宅で、周囲は完全に人の出入りをストップしてある。この国で多少なりとも防衛機能のある部署すべてから、千人を超える老若男女が来るんだ。完全に極秘の会議だ。実はバイオテロの噂があったらしく、会議ではそのことが省庁横断的に話し合われる。俺は元DEA捜査官だから、麻薬取引に関する報告を会議でしてくれと言われていた。しかし、その後引退し、孫も生まれた。アリスにとって初めての夏だ、一緒にいたい、と思って」

誰も何も言わない。

ラウールが机に指を打ちつける。「今、多少なりとも防衛機能のある部署すべて、と言ったか？」

「もれなく、すべてだ」ヒメネス氏の言葉が重々しい。「そういった部署のトップだけで、三百人を超える。その他に、それぞれの省庁が、最低二人の人間を出席させている。防衛、情報、警察、それぞれのエリートたちが集まっているんだ。政府関連はもちろん、州関連も」

「そんな話は聞いたこともない」ラウールがぽつりと言った。

「俺もだ」画面の奥からルークが言う。

「そりゃそうだ。こういう会議が開かれるのは、今回が初めてなんだから。そして会議の開催については、厳重にかん口令が敷かれていた。各省庁では、それぞれ、トップの人間が数日間出張する、ということしか知らされていない」

エマは頭をフル回転させた。「では、もしこの会議に何か不測の事態が起きたら――具体的にどういう被害が出るんですか？　たとえば、この会議の出席者全員が殺されたとすると、何が起きるでしょう？　だって、それぞれの省庁には優秀な人たちもいっぱいいるはずだから、業務に支障はないでしょう？」

ヒメネス氏の頰から顎にかけての筋肉が波打つ。「いや、言葉に尽くせないほど、壊滅的な支障をきたすだろう。これが、敵国からの攻撃だと仮定する、つまり戦争行為だ。ロシアとか中国とか、米国に敵対するその他の国が、運よく、わが国の重要省庁のトップを殺害できたのだ、という推測は成り立つが、それを確定させるまで、数日はかかる。その間、国の機能は停止せざるを得ない。重要な決定事項も先延ばしだ」

「どういった機能が停止するんですか？」経済も停止するとなれば、空売りの期限を迎える者にとっては理想的な状況だ、と思いながらエマは質問した。「9・11同時多発テロのときと同じぐらい？」

「あれよりひどいことになるだろうな。はるかにひどいはずだ。すべての輸送は即座にストップする。飛行中の航空機は、最寄りの空港に強制着陸させることになる。離陸は一切許可されない。鉄道も動かず、道路も封鎖だ。銀行もただちにシャットダウンさせられる。学校は休校、店舗は閉鎖、すべての人は自宅から出られなくなる。当然、一切の経済活動は休止する。州兵が招集され、街をパトロールする。連邦法に基づく、自警組織の活動が始まり、厳格な戒厳令が敷かれるだろう。軍はデフコン3以上の警戒態勢を取る。空軍は十五分以内の出撃可能状態になる。場合によってはデフコン1にまで上がり、核兵器の使用も考慮される」

目の前が真っ暗になりそうな気分で、エマは椅子に座り直した。「その後、何もなかった場合、この緊急警戒状況は、どれぐらいの期間続きますか？」

「何もない、とは攻撃がなかったら、ということか？」

喉が苦しくて声が出なかったので、彼女はただうなずいた。

「一週間かな」

「トビー」

「うん、聞いてたよ」彼の疲れた顔が画面に現われる。「空売りの期限は、今日から一週間で終わる。その間、莫大な金を稼ぐ者がいて、莫大な金が市場から失われる」

「ああ」ヒメネス氏がまた口を開いた。「そういう意味では、影響はもっと長く続くぞ。一週間では終わらない。軍がデフコン1を宣言したら――いまだかつて、1になったことはないんだからな、だが、防衛、情報、警察機関のトップ全員の暗殺となれば、当然デフコン1だ、そうなれば、また徴兵制が始まるだろう。さらには、陰謀論者が、この攻撃は敵国の仕業だ、とか言い出せば、核ミサイルをその名指しされた国に撃ち込んでしまうことだってあり得る。そうなれば、もう引き返せない」

「つまり、9・11同時多発テロのときよりひどい状況なのね」ホープがささやくように言った。

「あの事件は、日曜日の公園の散歩だった、みたいに思えるだろうな」

「その会議って、何時に始まるんだ？」ラウールがたずねた。

ヒメネス氏はカメラを見据え、ラウールに直接語りかけてきたように思えた。

「一時間前に、開始した」

17

自分はめったなことでは怖気づかない、とラウールは自負してきた。しかし今の彼は心の底からの恐怖を感じている。ジャッコの父親が言ったことを要約すれば、アメリカ合衆国は、今後何世代にもわたって、貧困の底に沈んだままになる、ということだった。そこから這い上がるには、百年以上かかるかもしれない。新しい大恐慌時代の幕開けとなるのかも。

人の命も失われるだろう。ダンテ・ヒメネスの語った内容が現実になれば、暴動が起きる。事態を鎮静化する必要から、容赦のない厳しい取り締まりが始まる。病院は何週間、もしかすると何ヶ月、いや何年も機能しなくなる。学齢期の子どもは教育を受ける機会を失う。もしかすると永遠に。個人的に所有されている銃は、全米に一億丁存在すると言われているが、すぐにその銃がいたるところで見られるようになる。

そこまで考えたところで、ラウールは時計を見た。

8：58、事件を防ぐために、自分たちの仲間でできることがあるのなら、何だってする。まだ時間はあるのだ。

「現地にいる人間で、知り合いはいるか?」ダンテにたずねる。

「ああ」ダンテが首を縦に振った。「DEAの参加者とは知り合いだし、FBIや国土安全保障省の参加者も知っている。だが、いちばん頼りになるのは、ジェイコブ・ブラックだな。会議の警備はブラック社が請け負ってるんだ。やつと連絡を取ろう」

ラウールのスマホの連絡先リストには、ジェイコブ・ブラックの名前がある。ASI社のエージェント全員が、彼の電話番号を知っている。ASI社とブラック社は最近、共同で任務を遂行することが多いからだ。

二度目の呼び出し音でジェイコブ・ブラックが電話に出た。「ラウール、何だ?」背後に大勢の人の話し声がざわざわと聞こえる。主に男性だが、女性の声もある。

ジェイコブ・ブラックの姿が大きな壁のモニターに映し出された。スーツ姿がびしっときまっているのだが、本人はこんな格好が大嫌いであることをラウールは知っていた。彼は現場の人間であり、普段はジーンズとフランネルのシャツ、戦闘ブーツという出で立ちだ。

「どこか静かに話をできるところに移動できないか? 重要な話がある」

ダンテの説明どおりなら、ジェイコブは今世紀で最も重要と言っても過言ではない会議の警備責任者として、神経を張り詰めているはずだ。それでも彼の顔からは、一切の感情が読み取れず、邪魔しないでくれよ、というような態度も見受けられない。

「少しあとにしてもらえないかな。今、ちょっと仕事中なもので」

「それはわかっている。実はその仕事にかかわることなんだ。そちらの会議について、緊急に耳に入れておきたいことがある」

「一分待て」映像と音声の両方が消え、その後また、ジェイコブ・ブラックが画面に現われた。背後は先ほどより暗い部屋で、他の人の話し声なども聞こえない。「いいぞ、何だ？」

ラウールはちらっと横を見た。事件の背景を説明するのは、エマのほうがふさわしいだろう。「説明は、ここにいるエマ・ホランドからしてもらう。彼女はフェリシティ、ホープ、ライリーとともに、ＮＳＡの仕事をしていた。だから、情報、防衛のプロだ」

ジェイコブの鋭い顔が、ぱっと明るくなった。「ＡＳＩ社の天才女性たちの仲間なのか？」

エマは緊張した顔に、わずかな笑みを浮かべた。「はい、そうです」

「よし、じゃあ、本題に入る前に、ブラック社から君への職のオファーを伝えておく。ＡＳＩ社があの天才二人を雇えたことが羨(うらや)ましくてたまらないんだ。四人がＮＳＡですばらしい働きをしたことも知っている。できればその内のひとりぐらいは、ブラック社に来てくれないかと思っていたんだ。待遇や雇用条件に関しては、できるだけのことをする」

突然の職のオファーに、エマはびっくりした。自慢に思ってもいいのだろう。実際、自慢できる話だ。世界的にも知られた、これほどの大物実業家から直々に自分の会社に来ないかと誘われているのだ。さらにブラック社は、評判、実力、規模、そのすべてが世界最高の民間軍事・警備会社なのだから。すごい年俸を提示され、労働条件もこちらの希望を最大限叶えてくれるはず。それでも……。

答はノーだ。

ラウールはさっとエマの方に腕を回した。「彼女はポートランドで、昔の仲間と一緒にＡＳＩ社で働くことになってる」

エマはラウールを斜めににらみつけたが、文句は言わなかった。

ジェイコブは、あたりを凍らせるような笑みを見せた。「了解した」彼の深い了解ぶりが、ラウールに伝わる。「で、ミズ・ホランド、本題に入ろう。できれば手短に要点を頼む」

「ブラックさんは現在、アメリカ国内で情報・防衛にたずさわる人たちのトップが集まった、秘密会議の場にいらっしゃると理解しています」ジェイコブが反論しかけるのを、エマは人差し指を立てて制止した。するとジェイコブが口を閉じた。

すごい。エマは若いかわい子ちゃんから、ジェイコブ・ブラックを指一本で黙らせる威厳のあるプロへと変身した。

「私がその事実をどうやって知ったかは、ここで言うまでもない――」

「俺からも、その辺の事情を説明しよう」太い声が割って入り、小さな画面にダンテ・ヒメネスの顔が映し出された。「俺だ、ブラック」

「ヒメネスか」ジェイコブが、軽く会釈する。

「三ヶ月ほど前のこと、DEA捜査官がひとり行方不明になった。そいつはメキシコのバハ・カリフォルニア半島の南端にある、カボ・サンルーカスという都市で捜査にあたっていた。ここはフェンタニル製造の一大拠点とされ、そのビジネスをコントロールしている現地のカルテルを調べていたんだ。カボ・カルテルとつながりのある情報提供者に接触を試みていたんだが、この捜査官からの連絡は三月の初旬以降途絶えたままだ。現地では、アメリカの捜査官が拷問の末に殺されたという噂はあるが、証拠は何も出なかった。DEAではもちろん徹底的に、それこそ草の根を分けるようにして調べたさ。自分たちの仲間の捜査官がやられて、黙ってはいられないからな。カボ・カルテルのボスはマーリン・デ・エレーラという男で、こいつは薬学知識にかけては非常にすぐれている。天賦の才とも言われるぐらいだ。こいつは強力な自白剤を合成でき、拷問とあわせてその薬剤を使えば、おそらくどんな人間の口を割らせることも可能だろう。行方不明になった捜査官は、今回の会議のことを知っていた。デ・エレーラは新しいタイプのドラッグ・カルテルのボスだ。非常に頭がよく、洗練されていて、暴力は外科手術のように、絶対に必要な場所にだけ、ピンポイントで徹底的に、残忍なまでに使う」

ここからが自分の出番だと判断し、エマが口を開いた。「そのデ・エレーラが、アメリカ人のビジネスマンを装って、私が勤務するパシフィック証券投資社(PIB)のCEOを訪ねてきたんです。それが三月末のことでした。それからほどなくして、株式市場の妙な動きに気づいたんです。私はこの会社で市場定量分析家(クオンツ)として働いていますが、担当は海外市場です。国内市場を担当する同じクォンツのトビー・ジャクソンは、もっとはっきりとそのおかしな動きを認識していました」

「おかしな、とは？」

「意味がない投資、とでも言えばいいか……その無意味な投資が日を追うごとに加速度的に増え出し、それがダムが崩壊するみたいな勢いになっていったんです。具体的には、数十億ドルにも及ぶ空売りで、普通の証券取引所ではなく、ダーク・プール経由で取引されたものです。トビー、あなたから説明する？」

トビーが画面越しに、首を横に振って、指で先に進め、と合図してくる。本当に疲れきっている様子だ。

「じゃあ、私からトビーが見つけたことを説明します。ダーク・プールというのは、証券会社内のシステムで、投資家の売買注文を付け合わせて取引を行う方法です。基本的には非常に大きな投資を匿名で実施でき、そのために、売買の最中に市場をどちらかに誘導することがない、というメリットがあります。大口の投資家の動向に注目し、その動きに追随することで利益を上げようとする人たちを牽制することもできます。空売りは株式を対象にした賭けのようなものです。トビーは、莫大な額の空売り注文を追跡していき、その多くが、私たちの勤めるＰＩＢを発端にした、違法なものであることを突き止めました」

沈黙。

「その巨額の空売りは、何か非常に悪いことが今日の十時半頃、つまりあと一時間後に起きると仮定して、実行されているのです。空売りされた株は、あらゆる産業に及んでいます。私たちの推測では、合衆国の情報・防衛関連のトップの人たちが集まる会議で事件が起きると考えています。あらゆる産業の崩壊を実現させるには、もっとも効果的なやり方でしょう」

ラウールは、具体的な脅威を言葉にした。「つまり、そこに集うトップレベルの人たちの命を狙う人間がいるってことなんだ」

話を聞くジェイコブは、渋い顔をしていた。「ここの警備は非常に厳しい。どこにも漏れはない。敷地から十マイル内には誰も入れないようにしてあり、その境界線は封鎖してある。上空にドローンを飛ばして警戒にあたらせ、建物内に入る際は、FBIの厳重な検査を受けなければならない。警備に関して責任を持っているのは国家安全保障省で、ブラック社と直接契約を結び、実際の警備をうちの人間が担当している。国家安全保障省とは一ヶ月も前から綿密な打ち合わせの上、あらゆる緊急事態を予想して準備してきた。君たちの言っていることを疑う気はないが、テロリストがここをどう攻撃するつもりなのか、想像できないんだ」

「攻撃してくるのはテロリストではありません。一般的な意味合いにおいては。政治的な意図はなく、ただお金が目当てなだけなんです」

ラウールはここぞとばかりに口をはさんだ。「しかも、ものすごい額の金なんだ。想像もできないほどの金だ。少しの金のために、もっとひどいことをするやつなんて、ごろごろいるだろ?」

ジェイコブが考え込み、顔にしわが刻まれる。

「何か気になることはないのか? ほんのちょっとしたことでもいい」ラウールは引き下がらなかった。「何となく、いつもと違うな、というようなことでもいいんだ」

もし事件が起きるのがこの会議ではないとしたら、時間をすっかり無駄にしたことになる。間違いだったとすれば、完全に手遅れだ。

「変わったことは何もない。強いて言うなら……」

ラウールのうなじがざわつく。ぴりぴりした感覚が、背筋を駆け降りる。「強いて言うなら？」

「いや、ばかばかしい話なんだ。トイレで、水が出なくなってね。仕方なく仮設トイレをあちこちに設置し、水のボトルを大量に持ち込んでいる。会議には影響はないんだが」

横にいたエマが、ものすごいスピードでパソコンを操作し始めた。そして顔を上げる。

「あの、ブラックさん。私、ＮＳＡを辞める前に、〝新たな脅威〟というテーマで、報告書を提出してます。液体の爆発物、どろっと粘性のあるものなんですけど」

ジェイコブが考え込む。「うむ、そういうものがあるのは承知している。だが、爆発物探知犬を常時巡回させているし、敷地内では何も見つかっていない」

「その報告書の中で、存在がいちどしか確認されていない新種の液体爆発物のことを取り上げているんですが、それは硝酸（しょうさん）アンモニウムをごく少量含むだけなので、探知犬でも爆発物と認識するのは困難だとされています。しかも、硝酸アンモニウムは水道用の配水管に断熱材として使われることもあるため、水道管をこの爆発物で満たした場合、検出はさらに難しくなります」

「うむ、もういちど、敷地内をチェックさせよう。ただ、監視用ドローンがこの周囲を警戒し始めたのは一ヶ月も前で、忍び込もうとした人間もいなかった。どうやって爆薬をしかけるんだ？」

「その映像をすべて調べましたか？」

「私自身が見たわけではない。映像は、延べ七百四十時間を超えるからね。それでも、コンピューターにはチェックさせた。不必要なことだと思ったが、万一のこともあるかと――」

「不必要なことではありません」最後まで聞いていられなくなって、エマが声を上げた。自分のパソコンをカメラに向けて、ジェイコブ、トビー、ホープ、ダンテに見せる。全員が前に乗り出して画面を覗く。ラウールがいちばんよく見える場所にいた。会議の場所を上空から見た映像だ。解像度が非常に高く、通常のドローンで撮影できる画質ではない。映像はリレーレンズで撮影されていて、左右それぞれが少し違う角度なので３Ｄ効果を持たせられる。

エマがキーを押すと、画像が飛び出すように見えた。

ワゴン車が二台見える。車体に〝スローン配管〟という文字が書かれている。作業着の男が七人、ワゴン車の後部から、何かを外に出している。録画された日時が画面の右上に出ている。五月二十八日。今から十二日前だ。

ジェイコブの顔が強ばり、できるだけ感情を見せないようにしながら、背もたれに体を預ける。「十二日前だな」

「はい、そうです」エマが答えた。

「この映像、どこから手に入れた？」

「え、えっと――国防省傘下の国家地理空間情報局から借りたもので……この映像はキーホール衛星で撮影しています」一時停止して、静止画像にする。「動画は五分間分しかありません。ご存じのとおり、キーホールは静止軌道で公転する人工衛星ではないので」

沈黙。

キーホールは、国家機密の塊みたいなもので、防衛の要だ。キーホール衛星が撮影した画像が公表されたことはこれまでいちどもない。国防省の外局である地理空間情報局にハッキングしてキーホールの画像を入手するだけで、軽く二十以上の罪名で訴えられる。エマはその事実をはっきりと認識している。軍人であれば、軍法会議にかけられることも理解していた。終身刑を言い渡され、テロリストたちと同じ刑務所で一生を終えることになる。一般人として裁かれる場合でも、陪審員がいなくて、一般市民の傍聴が許されない裁判となり、何十年という日々を監獄で過ごす。

そう気づくと、ラウールは無性に腹が立ってきた。このすばらしい女性が、米国への襲撃を防いだという理由で刑務所送りになるなんて、信じられない。この女性の知力をセキュリティ上の決まりだの何だのという理由で葬り去ってもいいと言うのか？経済が壊滅状況になろうとしているんだぞ！

ラウールは画面をにらみつけた。この怒りの眼差しがジェイコブに届け、と思いながら。ただ、ジェイコブ・ブラックはジョーカーだ。敵対すれば恐ろしい相手だが、味方になれば切り札として、絶対的に頼れる存在になる。エマのキーホール映像ハッキングについて知っているのは、今のところ仲間内だけで、国防省への報告義務を負うのはジェイコブだけ。ラウールは、何とかジェイコブを説得しようとした。

「エマはNSA職員として働いていたので、今回のこともすべて彼女の機密情報閲覧権限内なんだ。だから俺たちが無理やりハッキングさせた。彼女には何の罪も――」

ジェイコブが、おい待て、と手のひらを掲げた。「いいんだ、ラウール。これだけのことを見つけ出してくれたエマに、感謝こそすれ、責める者は誰もいない。このまま少し待ってくれ。もういちど、彼女に確認してもらいたいことがあるから。この静止画像、メタデータを落とした形でこちらに送るように言ってくれないか？」

エマは即座に作業を始めた。

ジェイコブの顔が画面から消えたが、カメラは切らないでどこかに行ったようで、彼の顔が映し出されていた四角い小窓はそのままになっている。

「静止画像だけのデータを送ったわ」エマが誰にともなく言った。しかしそのまま、懸命にキーボードに向かって作業を続けている。

「受け取った」姿は映らないが、ブラックの声が聞こえた。「感謝する」彼はビデオ通話機能を入れたままにして、長い廊下を走り出した。木目(もくめ)の美しいフロア、大きなフラワーアレンジメントが見えたあと、コーヒーや紅茶がセルフサービスで飲めるように置かれている巨大なテーブルがあった。横には飲みものと一緒につまめるようにパン、ケーキ、フルーツなどもある。そして千人ほどの人たちが不規則にホールをうろついているところ。これが米国における、情報、防衛部門のトップレベルの人たちなのだ。

自分たちの推測が正しいのなら、そして、今すぐその計画を止めなければ、これだけの人が全員死ぬ。

そう思ったラウールは、自分たちの推測が間違いであってくれと願わずにはいられなかった。大災害がどこか遠くの、はるかかなたで起こってくれれば。ジェイコブのスマホ映像がとらえる、勇敢な男女たちから、ずっと離れた場所で起きてほしい。画面に映るのは、この国を安全な場所にしておくために、常に頑張ってきた人たちなのだ。

しかし論理的な推測、さらに彼のうなじの感覚が、危機はこの場所にあると告げる。

そしてそれが、今にも始まろうとしているのだ。

ジェイコブが、誰かと話している。全員が非常に真剣な表情を見せる。中には女性もいた。

9：30。

「ジェイコブ」ラウールはじりじりして声を上げた。「避難方法を考えるべきじゃないか？　水道管を調べる時間はないから、確認はできないとしても、これだけの人を避難させるには時間が――」

「待って！」エマが顔を上げた。その声にパニックの色を感じ取って、ラウールは彼女の肩に手を置いた。彼女の体が震えている。「監視ドローンは、現在何機飛ばしてますか？」

ジェイコブが即答する。これぐらいのことは、頭に入っているのだろう。「敷地上空に十機、周辺区域に十五機だが、なぜだ？」

「敷地上空だけでも二十機のドローンが映像を送っていて、周辺にはさらに二十五機がいます」彼女は唇まで真っ青だ。「見られているんです。避難を開始すれば、敵はすぐにでも爆発を起こす気です。予定の時刻より早く」

ブラックが人差し指を立てると、その長さが目立つ。「ちょっと待ってくれ。支援部隊を投入するから」彼の姿がまた画面から消えた。

みんなが待つあいだ、トビーだけはまだキーボードに何かを打ちこんでいる。その理由がラウールにはさっぱりわからなかった。もう事件の内容を突き止める段階ではない。今は被害を最小限に食い止めることに傾注するときだ。株式市場も、物理的な攻撃に対しても。彼自身は株式市場自体には興味はないのだが。

この国の情報、防衛機関のトップが、同時に完全に消し去られる、と思うと心の底から恐怖がわき上がる。その結果どうなるか、までは考えたくもない。SEALsでは、最悪のシナリオを想定する訓練は受けてきたが、ここまでの事態は想定するだけでぞっとする。自分の国が、まったくの丸腰で敵の攻撃を受けるがままの状態になるのだ。さまざまな可能性を頭で思い描いていると、またジェイコブが画面に戻って来た。

隣にはFBI長官のボブ・ベンダー、国土保障省大臣のマーティン・デ・マルティノ、CIA局長のアン・マリー・インゲルスがいた。

ジェイコブはエマに三人を紹介した。エマはもちろんこの三人が誰かをわかっていただろうが。「ボブ、マーティン、アン・マリーにここまでの経過をすべて説明した。時間がないのはわかっているので、さっそく――」雑音が入り、彼の声が聞こえなくなった。また接続したときには、彼はしかめっ面をしていた。「失礼、どうも――」

エマがカメラに顔を近づける。「今のは私です。妨害信号が出せるか、試してみたんです。今回の事件の黒幕は、ドローンからこちらの様子を観察しています。それは断言できます。それで、自然に見えるような電波妨害ができないか実験してみました。怪しまれると、ドローンの数が追加されるでしょうから。妨害されていると気づくには、三十分ほどかかると思います。向こうが気づいて追加のドローンを到着させるまでの三十分で、爆発処理班をここに入れ、会議参加者を避難させてください。過去数日分の映像をうまくつなぎ合わせ、その画像を流しておきます。太陽の位置にはじゅうぶん気をつけますから、ニセ映像だと気づくには時間がかかるはずです。ただ、避難はできるだけ目立たないよう、静かにお願いします。内通者がいて、避難状況を報告されてしまうと手の打ちようがありませんけど」

「ここにいる者は、徹底的に調べてあるから大丈夫だ」ボブ・ベンダーFBI長官が口をはさんだ。「避難状況が敵に知れるとすれば、遠くから監視されている場合だけだが、そちらは君が対応してくれたようだから。爆発物処理のプロが、すでに水道管のチェックを始めて――」彼が耳をタップし、ちょっと待ってくれ、と指を立てると、どこかに行ってしまった。すぐに戻ってくると、その顔が完全に硬直していた。強いストレスにさらされたのだ。「君の言うとおりだった」彼らは全員、国全体の安全を守る組織のトップなので、憤りや恐怖などは見せない。ただ、みんな強ばった顔をして、ストレスに対処しようとしているのが伝わってきた。「ブラック君、そちらの協力者の諸君が――」

「ラウール・マルティネス、エマ・ホランド、トビー・ジャクソンです」

この三人の功績だとブラックが明言するのを受けて、ベンダー長官は、うむ、とうなずいた。

「三人の主張が正しいと証明された。FBIから爆発物の専門家が二人、陸軍情報局の爆発物処理のプロが二人、水道管を調べた。中は粘性のある液体爆発物でいっぱいになっていた。大会議場の真下に、起爆装置があるのも発見した。現在、装置の取り外しにかかっている」

「慎重に、と伝えて」エマが慌てている。「起爆装置は二個以上あるのが普通だから。それから、取り外し検知器が付いている可能性もあります。起爆装置が無効化された瞬間、これを仕かけた犯人は、遠隔操作で爆発を起こせるようにしてあるのかもしれません。犯人が遠隔操作に使う周波数がわからないので、私からはどうにもできない」

ベンダーがイヤピースをタップし、にやりとした。凄みのある笑顔だった。「二つ目の起爆装置も見つかったようだ。さらに取り外し検知器についても目視できたので、犯人に知られることなく、爆発物の無効化ができそうだ。参加者の避難はすでに始まっている。ミニバスが次々と到着し、順次参加者をモスコーニ・センターまで送り届ける。一般市民にも開催を公表した上で会議を開くんだ。ならば、あの市内随一のコンベンションホールで実施するのが適切だと判断した。こうなったからには、情報や防衛機関のトップが、セキュリティのいっそうの強化を議論する重要性は特に広く認識されるべきだからね」カメラをまっすぐに見て、ＦＢＩ長官がエマに語りかける。「ミズ・ホランド、君には何とお礼を言えばいいのか、ふさわしい言葉も思いつかない。君がいなければ、我が国はどれほどの打撃をこうむったか……。〝真珠湾〟よりひどいことになっていたはずだ。政府の中心となる者たちを亡き者にするんだからね。モスコーニ・センターでの会議は午後三時に開始と決まった。開会式で、君への正式な感謝を表明する」

「やめてください！」ラウールは思わず大きな声を出していた。うなじがざわつくだけではなく、彼の全身の細胞が大騒ぎを始めている。「エマとトビーには非公開で表彰状を授与し、あなたの個人的な感謝を述べる手紙でも添えてください。その表彰状と手紙は、銀行の金庫に入れて、誰の目にも触れないようにさせます。事件解決に二人がどういう役割を果たしたか、誰にも知られてはなりません」特に、エマの名前は、絶対に漏れないようにしなければ。ドラッグ・カルテルの裏をかいたのだ。おそらく彼らもかなりの金額を失ったはず。やつらは彼女をとらえ、数日間は殺さずに、普通の人間なら考えつかないような残忍な方法で、精神的にも肉体的にもとことん痛めつけるだろう。どうか殺してくれと彼女が哀願するようになってから、ようやく殺害するのだ。ちょっと想像しただけでも、体がムズムズしてくる。だめだ、耐えられない。

「エマとトビーには申し訳ないが、君たちのすばらしさを世間に伝えることはできない。本当に信じられないことを君たち二人はやってのけたんだ。ここにいる人たちは、君たちのしたことを、けっして忘れない」

ふと見ると、エマの顔に驚きの色がある。トビーも同じだ。二人とも問題を解決することにだけ集中していたので、そのあとのことまで考えていなかったのだろう。ラウールは、じゅうぶん考えた。カボ・カルテルが企てた今回の事件、その失敗、そういったことと、エマ・ホランド、もしくはトビー・ジャクソンの名前が結びつけられるような事態は、絶対に避けなければならない。エマ・ホランドという女性が、自分たちの計画を阻止した、その事実がデ・エレーラの耳にでも入ったら……ラウールは恐怖どころか、お尻がこそばゆくなるような、睾丸がいっきに引っ込んでお腹の上まで駆け上がっていくような、そんな感覚に陥った。

「完璧な推薦状が用意されるから、君たちは働きたい会社、どこにだって行けるはずだ。それでも、ここで何があったかは、誰にも知られてはならないんだ」ラウールは、二人にそう伝えた。

ニューヨークのメガバンクだろうが、シンガポールの証券会社だろうが、ロンドンの先物取引所だろうが、トビーが求めればどこにだって職を得られるだろう。だがエマは――エマは俺と一緒にいるんだ！

ベンダー長官がうなずく。「確かに、一理ある。とある情報提供者からの通報により、事件が未然に防げた、としておこう。それ以上の内容は、国家機密にかかわる極秘情報なので、公表できない、と言えばメディアも納得する。君たちの関与を知るのは、政府側の私たち三人、そしてブラック君だけだ。他の者は、私たちが誰と何を話し合ったか、一切知らない。ただ、私たちが君たちのことを忘れるとは、けっして思わないでほしい。ミズ・ホランド、ミスター・ジャクソン、ミスター・マルティネス、君たちにはとうてい返しきれない恩義を受けた。心から感謝する」

ベンダー長官が画面から消え、ジェイコブ・ブラックのいかめしく険しい顔がまた映し出された。「まあ、俺からは付け加えることもないな。今の長官の言葉がすべてだ。俺も、もう行かないと。これから千人以上のお偉いさんを一か所に集め、市の中心部にあるコンベンションホールまで送り届けなきゃならんわけだから。最後に、もういちど言う。ブラック社も俺個人も、君たちに大きな借りができた。まず、俺を含めて、大勢の社員の命を救ってくれたんだからな。爆発物処理班のやつが言ってたんだが、ここにいる人間を月まで吹き飛ばせそうな量の薬品が仕込んであったらしい。だから今後、我が社が存続するかぎり永遠に、君たちからブラック社への依頼は最優先で対応される。もちろん無料だ。それからミズ・ホランド、さっきの職のオファー、もういちど考えてみてくれないか？」

かなり青い顔をしていたエマも、ジェイコブの言葉にぽっと頰を染めた。「ありがとうございます。でも、私はもう他の会社に職を見つけたんです」彼女はおずおずとラウールを見た。まさか、この俺が反論するとでも思っているのか？　ラウールは彼女の額にそっと口づけした。よし、エマ、それでいいんだ。彼女は新しい仕事、恋人を得たわけだ。恋人は、彼女が望みさえすれば、婚約者になる。

ラウールもすべてを手に入れたくなっていた。

午前十一時

メキシコ、バハ・カリフォルニア・スル州、カボ・サンルーカス市

ふん。年代物のテキーラをすすりながら、マーリンは思った。うまくいかなかったわけか。爆破場所の近くに、何人かを確認役として潜ませておいた。爆破場所ではなく、爆破未遂場所になった。技術的な問題があったわけではない。こういうことに手慣れたプロ中のプロを雇ったのだから。つまり計画が誰かに見破られてしまったのだ。

実は九時半頃に、監視用ドローンからの信号に妙な雑音が入った。不審に思ったが、そのままにしてしまった。あれだったのだ。

計画としてはよくできた——非常によくできたものだった。直前まで完璧に実行されていた。ところがどういうことか、最終段階で想定外のことが起き、うまくいかなかった。

残念。

ドラッグ・ビジネスから引退する日を楽しみにしていたのに、もうあと数年はカルテルのボスとして仕事を続けなければならないようだ。この日の午前中だけで、十億ドル近くを失ったのだから。

しかし、金というのは、抗うことのできない川の流れみたいなものだ。高いところから低いところへ落ちていく。堰を作ることはできるが、そこへの流入を止めることはできない。

実はマーリンは、新たなドラッグの開発に成功し、テストしてみたところ、資金源として非常に有望であることがわかった。これを買いたいやつはたくさんいるはず。しかも製造コストも低い。このエル・キミコを止められる者などいないのだ。ただしばらくは、国境の北に行くのはやめておいたほうがよさそうだ。慎重の上にも慎重を期さねば。自分がかかわっていることは、誰にも知られていないはずだが、どこで水が漏れるかはわからないものだから。

ここでのマーリンは帝王だった。尊敬もされている。この贅沢で気分のいい暮らしをあきらめ、刑務所でごろつきと一緒に過ごす？　うう、あり得ない。悪寒が走る。

ああ、そうだ、あの投資会社の男はどうなったんだろう？　あいつの強欲さをうまく利用した。運命の歯車がひとつ違えば、あの男も世界有数の金持ちになれていただろうに。だが、残念だったな。運命の女神は、君にはほほえみたくなかったようだ。

世の中とは、まあ、そういうものだ。

サンフランシスコ
パシフィック証券投資社（P B）、ＣＥＯ室

ウィテカー・ハミルトンは目の前のプリントアウトを見つめた。空売りの期限の第一波が来た。五千万ドル。第二波は二時間後、そして今日の取引終了時刻まで、空売り注文を出した株を取得するための代金を次々と支払わなければならない。そして翌日も。そのあともまだ十件以上の取引が控えている。いちばんの問題は、ネイキッド・ショート・セリングの売り株をどう手当てするか、そしてハミルトン個人の損失

は……。

彼は午前中ずっと、いつ緊急ニュースが入るかとテレビに釘づけだった。壊滅的な打撃です、とキャスターが報じればすぐ、利益額を計算し始める予定だった。ニュースはなかった。締め切りは来て、取引は終わった。第一波の取引終了のあと、彼は自分の机の前に座り込んで動けなくなった。パソコンは金融証券情報のサイトの画面を出したまま、大きな薄型テレビ二台は、異なるニュース専門チャンネルをつけていた。さらに、タブレット端末で金融証券関連の闇サイト掲示板を見た。証券市場で何かあれば、このサイトがいちばん最初に伝えるだろうから。

昼頃秘書が電話で、ランチを頼みますか、ラ・ヴァロアに予約を入れますか、とたずねてきた。ラ・ヴァロアは、今いちばん流行している高級フレンチ・レストランで、ひいきにしていた。声を出すのもやっとの状態だったので、何も欲しくない、とだけ伝えた。そのあと、机の横にある紙くずかごに吐いた。酸っぱいような悪臭が、彼のオフィスいっぱいに広がった。

アルマーニのシャツとヒューゴ・ボスの上着越しにも、自分がひどく汗をかいているのがわかった。窓から見る風景は、いつも彼を楽しませてくれていたが、今は外を見るとめまいがする。見下ろせばいつもどおり、アリのような人たちがちょこまかと歩き回っている。

ただし、この働きアリのような人たちは、ハミルトンのような問題を抱えていない。抜け出すことのできないアリ地獄にはまっているのは彼のほうなのだ。

画面に視線を戻すと、空売りで取引した株の支払いが始まったのがわかった。金が堰を切った川のように流れ出していく。会社の人間も、もうすぐ気づくだろう。気づいたやつが、また別のやつに話をして、退社時刻になる前に、取締役会から派遣された調査人がこの部屋のドアを叩く。

この会社にも、会社の歴史始まって以来という損失を出させる事態になった。いや、この金額の百倍もの利益が入る予定だったのだ。すべてが計画どおりに進んでいれば。そのときふと、彼は思い出した。待て、南の島の購入用に用意した金——あれはトビー・ジャクソン名義にしておいたはず。あの金を持って、どこかに逃げよう。そう思ってすぐに調べたが、口座そのものが消えていた。希望が見えたと思っただけに、絶望もまた大きい。

結局、自分のものとして残っているのは、今身に着けている服だけ。

この苦境を切り抜けるには弁護士が必要だが、やり手の弁護士に支払う費用など、まったくの一文無しになった彼には残っているはずもない。

社内が騒がしくなってきた。血を嗅ぎつけたサメのように、みんながここに押し寄せてくる。

想像するだけで耐えられない。投資会社のCEOが、自分の支払額がどれぐらいになるかも気に留めず、巨額の取引をした、なんと愚かなやつだ——メディアが騒ぐのが目に浮かぶ。

これまでに自分がどれだけこの会社に貢献したかなんて、みんな忘れるんだ。これまで取締役たちは、数字が緑なら、利益が上がっているんだな、ぐらいの認識で、何も気に留めなかった。なのに、数字が赤になると大騒ぎした。大した損失ではない場合でも。

今回は途方もない損失だ。真っ赤な湖に沈み、溺れそうになっている。

一時間後の取引支払いには、もっと大きな金額が動く。会社の歴史始まって以来、いちどの取引で出した損失額としては、最大だ。しかも市場が堅調な時期に。弁解の余地はない。これまで自分が会社のために上げた利益すべてを足しても、まったく届かない額。自分が会社に貢献したことなんて、なかったことになってしまうのだろう。事実として記録されるのは、この年の六月十日、ウィテカー・ハミルトンという男が、大きな賭けをして、史上最大の損失を出したことだけだ。

ＰＩＢ社自体、存続の危機を迎えるかもしれない。それほど大きな一撃だ。すぐさま取締役会から解雇通告を受け、警備員に付き添われてビルをあとにすることになる。だがそれで終わりではない。まず、会社に損害を与えたとして、株主に訴えられるだろう。その後も、証券法で裁判にかけられ、民事で訴えられと、いつ終わるとも知れない裁判が続く。わかっているのは、最終的にはＰＩＢ社に対する多額の賠償金の支払いを命じられること。支払う金など、何も残っていないのに。これから死ぬまで、貧困にあえぎながら、そして多くの人から罵られながら暮らすのだ。

　二度目の妻、シャーロットは裁判所に離婚を申し立てている最中で、心底彼を嫌っている。おそらく彼女もサメのように、彼から奪えるかぎりのものを奪おうとしてくるだろうが、何もないと知って、ショックを受けるはずだ。それでもなお、何かを奪い取ろうとはしてくるだろうが。彼女の金切り声が、頭の中に響く。

　ゴルフ場の会員権は失うだろう。言うまでもなく、友だちなどいなくなる。社会から拒絶された存在、あざけりの対象となる。存在自体が恥ずかしいやつ。

　何より……貧しいのだ。

　この窓から見下ろすアリのような人間どもと同じ。虫けら同然のやつら。

　貧しいとは、どういうことなのだろう？　見当もつかない。

　貧しい。

　ああ、神よ。

　彼は窓ガラスに両手を置き、額をくっつけた。ずっと向こうに、サンフランシスコ湾が広がる。新たに住む場所も見つけなければならないが、ここから百マイル圏内で住めそうな場所はない。土地の価格が高すぎて、買うのはおろか、賃貸でも無理だ。つまり、ホームレスになるしかないのかも。

そんなことは、受け入れられない。

彼は何とか頭を上げたが、ガラスには額の汗が残っていた。この窓は開かない。ここから飛び出して、空へと身を投げ出すこともできない。地面に叩きつけられる前の数秒、空を飛ぶ感覚を味わってみたかった。

だが、他にも逃げ出す方法はある。引き出しに入れて鍵をかけてあるもの。数年前、この地区で強盗が何件か発生したときの名残りと言うべきか、あの当時は自衛手段を持つことが流行して、ハミルトンもグロック19を購入し、射撃のレッスンを受けた。銃を手にする感触に満足感を覚え、銃があると思うだけで、気分がよかった。ただ、レッスンも途中で辞めてしまい、オフィスから出るときは携帯していようと思いつつ、いつも忘れていた。

だから、銃はまだそこにある。

引き出しの鍵を開け、銃を見下ろす。黒っぽいグレー、まさに精密機器、見事な職人技が光る。彼が必要とする用途には最適だ。彼は指を伸ばして引き金に触れたが、すぐに引っ込めた。金属が熱くなっているのに初めて気づいた、みたいな反応だった。実際には熱くない。逆に金属の冷たい感触がある。ノートパソコンやスマホに触れたときも、このひんやりした感じがある。さらに、年代物のウィスキーにも。

また市況をチェックすると、身がすくんだ。すでにPIB社損失額は、一日としては過去最大になっている。まだ昼前なのに。

不安を覚えた財務部あたりから電話がかかってくるのが最初だろう。その次に、ランクの低い経営陣、そしてランクの高い経営陣。彼らに対応していくうちに、ハミルトンはどんどん見下され、何があっても立ち上がれなくなる。

貧乏人になるのだ。

貧しくて、貧しくて……どこまでも貧しい人間。

弾倉の装塡の仕方は覚えていた。弾倉にはすべて銃弾が入っている。思い出した。引き金に置いた指に、少し力を入れればいいだけだということを。一平方インチあたり四ポンドの圧力でいいはずだ。すると、苦悩のすべてが消える。そのあとどうなるかは知らないが、貧乏になることはないだろう。

彼は銃の先端を口にくわえ、引き金に四ポンド以上の圧力をかけた。ちょうどそのとき、彼につながる電話線のボタンが一斉にともり始めた。

数週間後
オレゴン州、ポートランド、
ASI社オフィス

「ランチには、新しくできたベトナム料理の店はどうだ？」そう声をかけながら会社のITセンターに入ったラウールは、ぶるっと体を震わせた。凍えそうな寒さだ。

エマはいつもの眉間にしわを寄せた顔で画面を見つめている。何かに集中すると、この顔になるのだが、それが実にかわいい。彼女は頭を振り、目を閉じ、また開けたときには笑顔になってラウールを見上げた。

その瞬間、彼の心臓がどくん、と大きな音を立てた。彼女のそばにいると、こんなふうにどきっとすることがよくある。彼女を毎日見ているうちに、どきどきすることも少なくなっていくのだろう、と思っていたのだが、実際は違った。彼女に夢中なのだ。都合のいいことに、彼女もまたラウールに夢中らしい。仕事には圧倒的な集中力で取り組む彼女も、ラウールを見るとやわらかな表情になる。つまり、お互いさまだということになる。

職場ではプロとして接するように心がけてはいるのだが、彼女の頰のやわらかさに気づくと、その肌をつい撫でおろしてみたくなる。ふわふわのほっぺ。仕事を離れれば、気持ちを抑える必要はない。彼はほとんど毎晩、会社が新しい社員用に借り上げているワンルームのアパートメントに寝泊まりする。本当は自分の家で一緒に住まないか、と言いたいのだが、なかなか勇気がわかない。

あの混乱の中、事件の全体像が明るみに出たあとも、トビーがずっとキーボードに向かっていた理由も後日わかった。彼の名前で新たに作られた口座に多額の資産があり、事件にまだ裏があるのではと恐れた彼は、その出どころを調べていたのだ。どうやらハミルトンが、罪をトビーに着せるつもりで、自分の資産のほとんどを彼の名前の口座に入れていたらしい。それがわかったあと、その資産をどうするか関係者で話し合ったのだが、トビーの疑念が事件解決の端緒であったこと、実際に被害を受けた唯一の関係者はトビーだけだったことなどを考慮して、そのまま彼の資産としておくことに異議を唱えるものはいなかった。まだ体調の回復をはかっている途中の彼だが、好きな場所で好きな職を選べるだけではなく、引退して優雅に暮らす、もしくはコリンのために小さなクリニックを建てるぐらいのこともできる身分になった。

ラウールのアブエラは、先週末、マルティネス一族全員を引き連れてポートランドにやって来た。エマに会うためだ。帰ったあとしょっちゅう、その後彼女とはどうなってるんだ、と電話がかかってくる。誰もが、エマはラウールにとって大切な女性だということを理解した。彼自身は、こういうことは、クールな態度で進めていこうと思っていたのだが、エマがいると、すぐに熱くなってしまう。

一族全員が、エマのファンになった。騒がしくてあけすけなマルティネス一族から、あからさまな好奇心を向けられ、興味の中心になったエマだが、居心地の悪さを訴えるどころか、一緒にいることを楽しんでいた。みんなに囲まれると、ぽっと頬を染める彼女を、ラウールの姉たちは絶賛し、そんな彼女を独り占めするラウールを、兄たちや男性のいとこたちは羨ましがった。

もちろんそうだろう。エマを自分のものにできたのは、幸運だった。もうつかまえたからには、絶対に離さない。

「で、どうだ？　ベトナム料理は？　その仕事をそのままにしておいても大丈夫なら、行こう」

ちょうどそのときホープが入ってきた。フェリシティが産休に入ったので、ホープの仕事量が増え、とてもホープひとりでは対応できず、エマは事件後そのままこちらにやってきたのだった。エマが仲間になってくれたことを、ホープはとても喜んでいた。二人の仕事ぶりはすばらしく、みんなが二人に感謝し、二人は女神のように崇められていた。ルークとラウールは共同で、この女神たちは手を出してはいけない存在だ、とエージェントの頭に叩き込むようにしている。美しくて、頭のいい女性二人は、男性ホルモン過多ぎみのオフィスの中で、際立つ存在なのだ。

エマは壁に据えつけられたモニターで、ワシントンDCにいるピアース・ジョーダンと話をしていたところだったようだ。政府機関と、契約に関する交渉をしに首都に出張しているのだが、ラウールは、ピアースの目的は他にあると見ていた。エマたちの親友、ライリーをデートに誘おうとしているのだ。何とか勇気を振り絞り、彼女を夕食に連れ出すつもりらしい。

タフで怖いもの知らずの元SEALのピアースだが、この美人コンピューター・サイエンティストに関することになると、おどおどした挙動不審者になる。

「特に急ぎの仕事はないわ」エマが画面のピアースに言った。「〝チャイナ危機〟がどうなっているか、続報を追っていただけ。物騒なことになってきたわね」

本当にそうだった。ラウールたちがまだ現役のSEALsだったら、いつ前線に召集されてもいいように、準備を整えていたところだ。〝チャイナ危機〟とは、コンゴで、アメリカ人の測量技師や地質学者のグループを中国の特殊部隊が襲撃したことをきっかけに、緊張が高まっている現在の状況を指す。その後、台湾海峡を航行する航空母艦USSロナルド・レーガンの船首に向けて、中国の駆逐艦が砲撃、対抗措置として、合衆国大統領は第七艦隊から四分隊を中国の南側の海岸線に向けて派遣する命令を出した。

互いにヒートアップして、鎮まる様子がない。

ピアースが自分のタブレット端末に目を落とし、顔を曇らせた。「おい、この界隈での噂では、中国の人民解放軍本部に出撃命令が出たらしいぞ」

「嘘でしょ？」エマが別の画面の電源を入れ、そこに流れるニュース速報を読む。「まさか……。このままじゃ、戦争に突入よ」

そのとき特徴的な警告音とともに、彼女の画面に『ゴブリンの王』が現われた。HERルームだ。メンバーのうち三人はポートランドにいるので、ライリーに何らかの危険が迫っているに違いない。ピアースは自分のタブレット端末を置き、身を乗り出す。「これって緊急事態ってことだよな、エマ？」

彼女は慎重に言葉を選ぶ。「そうね、ライリーが何らかのトラブルに巻き込まれているみたい」

ゴブリン王が消え、ライリー・ロビンソンの整った顔が画面に出た。かなりの速足で、しょっちゅう背後を振り返り、かなり取り乱した様子だ。「エマ、助けてほしい」

エマが真剣な顔になる。「ええ、何があったの？」

ピアースも身を乗り出し、画面越しにライリーに話しかけた。「ライリー、俺はエマの友人のピアースだ。事情を教えてくれ。困ったことになっているのか？」

ライリーは、さっと方向を変え、ひと気のない通路に入った。彼女の息が上がっている。「ニュース見てる？　中国関連の話？」

「ああ」

「あれ――あの襲撃は中国がやったんじゃないの。証拠もあるわ。中国と戦争を始めようとしている人がいて、私はその人に追われている。拉致されそうになったけど、どうにかここまで逃げてきた。このあとどうすればいいかわからないの。お願い、助けて！」

ピアースはエマとラウールを見た。「俺は彼女のあとを追う」

訳者あとがき

前作『真夜中のキス』から、なんと二年半！　ようやく真夜中シリーズの最新刊をお届けすることができ、とてもうれしく思います。前作の最後に少しだけ顔を出していたラウールをヒーローとして、HERルームのひとりエマが放った警戒信号に、フェリシティとホープ、それにラウールたちが身構えるところからストーリーは始まります。これだけ刊行時期が空いてしまったのは、二〇二二年十二月刊の『奪われて』のあとがきでも触れたとおり、これまで別名義で刊行されていたものもすべて再発売し、その内容修正や見直しなどの作業に時間を取られていたためのようです。基本的にはすべての作品がリサ・マリー・ライス名義で刊行され直し、また原書出版権も作家本人に帰属するようになったらしいので、今後さらなる修正などの必要な昔の作品の再発売は、ひと段落したものと思われます。

記憶を新たにしていただくため、これまでのできごとで本作と関係のある部分に触れておきます。先にASI社で才能を発揮していたフェリシティ（『真夜中の約束』

ミッドナイト・シリーズ第五話のヒロイン）は、国家安全保障局（NSA）で仕事をしていたときに、同僚のホープ、エマ、ライリーという友人グループのHERルームというグループチャット、もしくは掲示板のようなものに参加し、警戒すべき事態に直面したメンバーは、その掲示板に信号を送ることを取り決めていました。ホープからの警戒信号を受けたフェリシティが、その危機をASI社の新入エージェントであるルークと一緒に救ったのが前作『真夜中のキス』で、その最後にルークの仲間として登場したラウール・マルティネスが今回のヒーローとなります。

なお、混乱を避けるために整理しておくと、NSAは国防省の下部組織となる情報機関で、CIAが主にスパイを用いて情報収集するのに対して、NSAは通信傍受などで情報を集める機関です。さらに日本語にするとNSA（国家安全保障局）とほとんど文字面が変わらない国土安全保障省とは、911同時多発テロで、もっと各省庁での情報共有をすべきだったという反省から生まれた省で、税関やシークレットサービスなども下部組織として統括する大きな行政組織です。

また文中でも簡単に触れられていますが、サンフランシスコ市警では、なぜか刑事（通常はディテクティブ）職の警察職員を、他の都市では警視や警察本部長といった組織の幹部を指すインスペクターという名称で呼びます。ダーティハリーも当然、インスペクターです。

本作ではブラック社との共同業務や関係に触れられるところが多く、今後はブラック社の人たちの話が描かれるのかな、と思ってしまいました。ジェイコブ・ブラック氏のロマンスはぜひ読みたいものです。

しかし、本作の最後で、新たな警報が発動し、次回作は、前作『真夜中のキス』でラウールとともに登場したピアースとＨＥＲルームの最後のひとり、ライリーの物語になることがわかります。こちらもとても楽しみなのですが、今のところはまだいつ刊行になるのか、まったく情報は届いていません。ただし、作者本人がデジタル版を自分で出版するようになったため、代理人からの情報というものが届きにくくなっていますので、突然、え、もう刊行されたの？　みたいな話になることもあり、すぐに続きが読めればなあ、と思っています。

本作品では中国や日本の料理や文化などの記述が盛り込まれ、作家がアジアに興味を持っているのかな、と思わされました。次回作は中国がらみのようですが、どうなるのか、本当に楽しみです。

◉訳者紹介　上中 京（かみなか　みやこ）
関西学院大学文学部英文科卒業。英米文学翻訳家。訳書にライス『真夜中の男』他シリーズ十二作、ジェフリーズ『誘惑のルール』他〈淑女たちの修養学校〉シリーズ全八作、『ストーンヴィル侯爵の真実』『切り札は愛の言葉』他〈ヘリオン〉シリーズ全五作（以上、扶桑社ロマンス）、パトニー『盗まれた魔法』、ブロックマン『この想いはただ苦しくて』（以上、武田ランダムハウスジャパン）など。

真夜中の抱擁

発行日　2023年6月10日　初版第1刷発行

著　者　リサ・マリー・ライス
訳　者　上中 京

発行者　小池英彦
発行所　株式会社 扶桑社
〒105-8070
東京都港区芝浦1-1-1　浜松町ビルディング
電話　03-6368-8870（編集）
03-6368-8891（郵便室）
www.fusosha.co.jp

印刷・製本　図書印刷株式会社

ISBN978-4-594-09347-1　C0197